中国古典文学
读本丛书典藏

周邦彦选集

蒋哲伦 选注

人民文学出版社

图书在版编目（CIP）数据

周邦彦选集/蒋哲伦选注. —北京：人民文学出版社，2023
（中国古典文学读本丛书典藏）
ISBN 978-7-02-017909-1

Ⅰ.①周… Ⅱ.①蒋… Ⅲ.①中国文学—古典文学—作品综合集—北宋 Ⅳ.①I214.42

中国国家版本馆 CIP 数据核字（2023）第 053388 号

责任编辑　李　昭
装帧设计　陶　雷
责任印制　王重艺

出版发行　人民文学出版社
社　　址　北京市朝内大街 166 号
邮政编码　100705

印　　刷　三河市鑫金马印装有限公司
经　　销　全国新华书店等
字　　数　305 千字
开　　本　880 毫米×1230 毫米　1/32
印　　张　12.875　插页 3
印　　数　1—4000
版　　次　2023 年 5 月北京第 1 版
印　　次　2023 年 5 月第 1 次印刷
书　　号　978-7-02-017909-1
定　　价　48.00 元

如有印装质量问题，请与本社图书销售中心调换。电话：010-65233595

目　录

新版说明　1
前言　1

词

瑞龙吟(章台路)　3
风流子(枫林凋晚叶)　8
风流子(新绿小池塘)　11
华胥引(川原澄映)　14
意难忘(衣染莺黄)　16
宴清都(地僻无钟鼓)　19
兰陵王(柳阴直)　22
锁窗寒(暗柳啼鸦)　26
隔浦莲近拍(新篁摇动翠葆)　29
苏幕遮(燎沉香)　32
四园竹(浮云护月)　34
蓦山溪(湖平春水)　36
侧犯(暮霞霁雨)　37
齐天乐(绿芜凋尽台城路)　40
荔枝香近(照水残红零乱)　43
水龙吟(素肌应怯余寒)　44
六丑(正单衣试酒)　48
塞垣春(暮色分平野)　53

扫花游(晓阴翳日) 55

夜飞鹊(河桥送人处) 57

满庭芳(风老莺雏) 60

花犯(粉墙低) 64

大酺(对宿烟收) 67

霜叶飞(露迷衰草) 71

法曲献仙音(蝉咽凉柯) 73

渡江云(晴岚低楚甸) 75

应天长(条风布暖) 78

玉楼春(大堤花艳惊郎目) 81

玉楼春(桃溪不作从容住) 82

品令(夜阑人静) 85

木兰花令(郊原雨过金英秀) 86

秋蕊香(乳鸭池塘水暖) 87

菩萨蛮(银河宛转三千曲) 88

丑奴儿(肌肤绰约真仙子) 90

蝶恋花(爱日轻明新雪后) 91

蝶恋花(蠢蠢黄金初脱后) 92

蝶恋花(月皎惊乌栖不定) 93

少年游(并刀如水) 95

少年游(南都石黛扫晴山) 98

少年游(朝云漠漠散轻丝) 99

还京乐(禁烟近) 100

解连环(怨怀无托) 102

绮寮怨(上马人扶残醉) 105

丹凤吟(迤逦春光无赖) 107

忆旧游(记愁横浅黛)　109

拜星月慢(夜色催更)　112

倒犯(霁景)　114

木兰花令(歌时宛转饶风措)　116

蓦山溪(楼前疏柳)　117

南柯子(宝合分时果)　119

关河令(秋阴时晴渐向暝)　120

鹤冲天(梅雨霁)　121

解语花(风销绛蜡)　122

锁阳台(山崦笼春)　125

锁阳台(白玉楼高)　127

过秦楼(水浴清蟾)　129

解蹀躞(候馆丹枫吹尽)　131

蕙兰芳引(寒莹晚空)　133

六幺令(快风收雨)　134

红林檎近(高柳春才软)　136

氐州第一(波落寒汀)　138

尉迟杯(隋堤路)　140

塞翁吟(暗叶啼风雨)　143

绕佛阁(暗尘四敛)　145

庆春宫(云接平冈)　147

满江红(昼日移阴)　149

丁香结(苍藓沿阶)　150

三部乐(浮玉飞琼)　152

西河(佳丽地)　154

一寸金(州夹苍崖)　157

瑞鹤仙(悄郊原带郭) 159

浪淘沙慢(晓阴重) 162

浪淘沙慢(万叶战) 165

西平乐(稚柳苏晴) 167

玉烛新(溪源新腊后) 170

南乡子(晨色动妆楼) 172

南乡子(户外井桐飘) 173

南乡子(轻软舞时腰) 174

望江南(歌席上) 175

望江南(游妓散) 177

浣溪沙(翠葆参差竹径成) 178

浣溪沙(争挽桐花两鬓垂) 179

浣溪沙(雨过残红湿未飞) 180

浣溪沙(日薄尘飞官路平) 181

浣溪沙(楼上晴天碧四垂) 182

浣溪沙(日射欹红蜡蒂香) 183

点绛唇(孤馆迢迢) 184

点绛唇(辽鹤归来) 185

点绛唇(征骑初停) 187

点绛唇(台上披襟) 188

夜游宫(叶下斜阳照水) 189

诉衷情(出林杏子落金盘) 190

诉衷情(堤前亭午未融霜) 191

一落索(眉共春山争秀) 192

一落索(杜宇催归声苦) 193

虞美人(疏篱曲径田家小) 195

醉桃源(冬衣初染远山青) 196

红窗迥(几日来) 197

南浦(浅带一帆风) 198

月下笛(小雨收尘) 199

烛影摇红(芳脸匀红) 201

诗

薛侯马并序 207

天赐白并序 209

元夕 213

漫成二首(选一) 215

楚村道中二首(选一) 216

无题 218

曝日 219

春雨 220

偶成 221

芝术歌并序 221

仙杏山 224

过羊角哀左伯桃墓 226

楚平王庙 229

凤凰台 232

越台曲 233

天启惠酥四首(选一) 235

游定夫见过晡饭,既去,烛下目昏不能阅书,
　　感而赋之 236

谩书 239

开元夜游图并序 239
次韵周朝宗六月十日泛湖五首(选一) 246

文

汴都赋 251
祷神文并序 333
插竹亭记 344
重进《汴都赋》表 346
睦州建德县清理堂记 351
跋李龙眠《归去来图》 354
续秋兴赋并序 356

附录 总评辑要 363

新版说明

为弘扬民族传统文化,人民文学出版社组织编纂一套"中国古典文学读本丛书典藏"以面向广大读者,邀我承担北宋文学大家周邦彦作品的编选任务,且知我年过耄耋,无力新起炉灶,嘱我在原有成果的基础上加工制作。回顾既往,我所编撰的周邦彦集子共三种。最早为1983年江西人民出版社出版的《周邦彦集》,在施蛰存先生指导下,收辑了当时所能见到的周氏全部作品,并附本人所辑"集评",但仅录白文而无注释,看来不适合用为读本。其次是1993年人民文学出版社发行的《周邦彦词选》,选词80首,各附注释与解说文字,均浅显易懂,适合初学者阅读,却难能有效地促进提高。再一种便是应河南大学出版社邀约编选而于1999年问世的《周邦彦选集》,共录词101首、诗31首、文(包括赋作)7篇,各有注解、说明与集评,并附录作家传记、序跋、总评及版本等资料。这是一个含带某种学术追求的选本,既可满足已有一定文化底子的读者进一步加强文学修养的需要,且亦有助于专业研究和教学工作者用为参考。考虑到当下传统文化普及与专业发展的状况,特别是广大青少年对古典文学的爱好与研习不断增深的趋势,我觉得以晚出的这个《选集》为底本并加适当删改,可能是比较合理的方案。

选择《选集》的形式再次面世,也还有另一层用意在。周邦彦作为北宋文学史上的大家,时人称其诗、词、文各体俱佳,惜常为词名所掩(具体言论引述见前言及附录资料)。其所留存的文集,据宋人书目记载有二十四卷之多,俱已散佚,仅词作流传不坠。故后人编印的"清真集"多以词集单行(与诗文合刊者仅今人罗忼烈《清真集笺注》一种),选本亦皆限于词作。拙编《周邦彦选集》可说是第一本诗、词、文合辑的选本,尽管仍以词为主体,诗文选录数量不多,而一些最具代表性的作品(如人所艳称的《汴都赋》及其他知名之作),则并加录入,便于读者对其文学成就能有一较完整的把握,也是我们接受文学遗产时所应树立的客观态度。我的这些想法在与出版社沟通后,获得编辑的认可与支持,书的修订工作便正式上马了。

下面来汇报一下这次加工修订的具体安排,大致有这样几方面。

一是适当调整选目,主要在诗文部分,词作基本未动。确切地说,选诗删去了11首,由原来的31首降为20首;选文则删却1篇而又增补1篇,保持原来7篇数字不变。诗文的适当削减是考虑到择取更精当些(佚存诗文本来数量不多,选录比例各取其半,不宜过宽),能将作家的代表性风格和成就反映出来即可。现在看来,周诗的主要特色在歌行长调,其行文亦以赋体铺排最为擅长(或许跟他熟谙慢词的腾挪跌宕章法有关),将这方面特长予以具体展示,兼及其他方面,也就算完成选家的任务了。至于选文中增补的《跋李龙眠〈归去来图〉》,乃本人继《插竹亭记》后再次搜辑到的一篇周氏佚文,是2005年于查阅资料时偶然发现的,现存各本清真集及相关辑佚材料中均未载录。清真佚文尚有《与李端叔书》一篇,载见《国朝二百家名贤文粹》卷一〇四,今收入《全宋文》卷二七七五(曾枣庄、刘琳主编,2006年8月版)。

修订工作的第二个方面乃是补缺正误。补缺主要在选文的说明部分。为帮助读者了解所选作品的主旨与表现方法,原本在每首诗词的本文与注解后面都附加"说明"一栏作简要提示,唯独"文"的部分除《汴都赋》因篇幅特长有逐段提示和总体说解外,其余各篇都只在文中列段落大意,而未于篇后另加总体概括,因为当时感觉文章相对诗词较浅白易懂,有逐段提示即便于掌握通篇要领,无须重复多言。这次检阅旧稿,发现有的文章也不容易读懂读通,且即使能通其大意,对命意的由来与达意的方式亦未必一目了然,于是在各篇选文后均添补了简要说明,并对诗词各篇的原有说明加以通检修理(有的甚至作了改写),使全书体例更为统一,说解也力求到位。有关正误工作,则重在注解方面。经反复审读,发现原本尚有注说不当或引证失误之处,一一加以校核是正,以免贻误读者。至于原本排印中讹文错字的校改,则又不限于注解这一栏了。

修订的最后一环,乃是删繁就简,具体表现为附录资料的删削。原书作为中级选本,本含有提高读者阅读能力与为专业研究提供参考这二重职能,故在选篇、注解与说明之外,另辑有相当数量有关作家传记、作品评论、文集序跋题记乃至版本考索等文献资料作为附录,其篇幅约占到全书的五分之一。出版社主要从便利阅读的角度考虑,希望附录资料尽量删削,但有些资料对了解作家的创作特色亦有帮助,特别是"集评"栏目收录有关清真词及其少量赋作的历代评论,虽多呈现为点评式短语,却常能覈心切理,得艺术之三昧,实有利于提升今日读者的领悟水平。经磋商,现决定将"附录"所收传记、序跋与版本考辨等资料悉加删除,而保留每篇作品后所附的评论文字,对"总评"一栏也作了适当精简。希望这一改动更有助于凸显本书作为文学读本的主要功能,以满足广大古典文学爱好者不断提升自身阅读和欣赏能力的需求。

以上所述,大致反映了我选择本书用为再版的意图以及为书稿以新面目问世所做的加工、修理事项,算是对再版工作的一个简略交代吧。至于周邦彦的身世介绍及其方方面面的文学成就,前言已作了较完整的概括,这里就不必再加赘说了。人民文学出版社有意将本书列入其"读本典藏",个人甚感荣幸,编辑部同仁特别是责任编辑李昭为本书的修改提供许多帮助,在此深表谢忱!

蒋哲伦

2021年7月于上海

前　言

在古代著名的文学家中,周邦彦可说是一个褒贬不一、毁誉交加的人物。"风流才子""饱学儒生""词坛宗匠""御用文人"乃至"唯美主义词风"的开启者、"熙丰新法"的拥护者,诸种称号纷纷落在他的头上,使他的面目时时发生变异,而他的作品时而备受赞赏,时而遭遇冷漠,也就不足为奇了。特别是新中国以来,对他的研究很少。迄今为止,在大陆范围内,不仅没有一本周邦彦全集的笺注,连较完备的选本也鲜见出版。本书的编写意在弥补这一缺陷,希望通过对周氏有代表性的诗、文、词及相关资料的选辑,为广大文学爱好者提供一个足以了解其人其作的比较坚实的凭藉,进而推动深一步的研究和探讨。编选之余,不免要赘言几句我个人的一点粗浅认识,是为前言。

一

周邦彦,字美成,号清真居士。北宋钱塘(今浙江杭州)人。生于仁宗嘉祐元年(1056),卒于徽宗宣和三年(1121),享年六十六。他出身于仕宦门第,五世祖尝仕吴越钱氏(见吕陶《净德集》卷二六《周居士墓志铭》)。父原,字德祖,终生布衣[①]。叔父邠,字开祖,嘉祐八年(1063)进士。神宗熙宁间苏轼通判杭州,曾相与唱和,苏集中所谓"周长官"者即是。邠为乐清令,以《雁荡图》赠轼,轼和诗有"西湖三载与君同"句。后轼罹罪,邠亦坐罚金。元丰四年(1081)曾知溧水,又曾知

[①] 参看刘永翔《周邦彦家世发覆》,《华东师范大学学报》(哲学社会科学版)1996年第3期。

管城,治政有绩,传见《咸淳临安志》。周邦彦《芝术歌》序末云:"邦彦乞(芝)于卢(道人),持寿叔父",叔侄之情可见。

邦彦少有才名,"博涉百家之书",但亦有旧时才子的通病,"疏隽少检,不为州里推重"①。元丰二年(1079),朝廷颁布诏令,太学增额至八十斋,每斋三十人,计外舍生二千,内舍生三百,上舍生百人②。于是,这位二十四岁的年轻人,便满怀憧憬,离乡赴京,踏上他为自己开拓的人生旅途。从这时起,到他去世,大致经历了如下四个时期:

一、留滞京师(1079—1088)

周邦彦来京后,四经炎凉③,即进入太学,为外舍生。当时正值新法大行之际,国家财力的增长,社会经济的繁荣,帝都风物的伟丽,文化学术的昌明,都给予他以深刻印象。元丰六年(1083)所作《汴都赋》,备述皇朝太平之盛观,"极铺张扬厉之工"④,当是青年学子对皇朝盛世及帝都壮观的热情礼赞。文中反映了熙丰新法实施后所取得的成绩,深得神宗皇帝青睐,命侍臣宣读于迩英阁,并将他召赴政事堂。次年(1084)三月,由太学生提拔为试太学正,"声名一日震耀海内"⑤。这是周邦彦一生中最为荣耀之事。此后,哲宗、徽宗每绍新政,必令他重进赋文,所谓"一赋而得三朝之眷,儒生之荣莫加焉"⑥。可惜好景不长,一年后,神宗谢世,高太后临朝听政,起用旧党,变法派人士多遭贬黜。周邦彦虽算不上新党,亦颇受冷遇,"居五岁不迁"⑦,后循资历荐选外任,调出京师。

留京期间,他放浪不羁的习性并未稍减,习学之余,经常流连坊曲,倚红偎翠,有《凤来朝》《洛阳春》《望江南》等狎妓词传播京师,词风香

---

①⑦ 《宋史·文苑传》。
② 《宋史·选举志》三。
③ 见周邦彦《与李端叔书》。
④⑤⑥ 楼钥《清真先生文集序》。

艳软媚,得"花间"之余脉。与此同时,也写了一些抒发其久客京华、倦游怀归之词。如小令《苏幕遮》以故乡往事的美好回忆,反衬京师生活的无聊乏味,其笔致轻灵,画面明丽,洋溢着浓厚的生活气息,在古代羁旅怀乡之作中别具一格。那首脍炙人口的长调《兰陵王·柳》,写"京华倦客"漂零不偶的苦闷情怀,大约亦作于此时,则又吞吐凝噎、郁勃拗怒,显示出词人风格由软媚向深劲的转变。类似的抑塞不得志的情绪,在他同期诗歌里表现更为显豁。如"铨劳定次屈壮士,两眼荧荧收泪光""焉知不将万人行,横槊秋风贺兰道"(《薛侯马》),再如"闲坊厌听秕糠鼓,晓漏犹飞轫辘尘""谁解招邀狂处士,掺挝击倒座中宾"(《元夕》),借英雄的落魄,伤才子的厄困,甚至要召唤"击鼓骂曹"的祢衡,来为自己宣泄胸中的愤懑不平。这同《汴都赋》里一味颂美皇政,又分明是两个调子了。总之,作者早年风格多样而善变,既体现了他的艺术才能,而亦表明其阅世未深,思想尚未定型,足以接纳这五光十色的帝京生活的各种投影。

二、浮沉州县(1089—1097)

哲宗元祐四年(1089)前后,周邦彦奉调离京,开始了他多年飘泊的宦游生涯,先教授庐州(今安徽合肥),后知溧水县(今属江苏),中间曾流寓荆南(今属湖北)一带;赴溧水任前后,途经六朝故都金陵(今江苏南京)。在日后《重进〈汴都赋〉表》中所述"臣命薄数奇,旋遭时变,不能俯仰取容,自触罢废,漂零不偶,积年于兹",指的就是这段经历。

浮沉州县的这些年,是词人创作的丰收时期,也是他词风转变、词艺更臻成熟的阶段。这期间,他写下大量羁旅行役的篇章,代表作有《宴清都》《风流子》《齐天乐》《西河》《满庭芳》等。《宴清都》作于庐州,词人初离京师,深感地僻人远,形单影只,其凄苦、惶惧的心情渗透于词中残灯、断梗、暗雪、寒风的景物描写中,从一个侧面映现了北宋后期政治风云笼罩于文人心头的阴影。《齐天乐》约作于作者知溧水前后途经金陵之时,与《宴清都》相比,凄苦寂寞的情怀似有收敛,狂放颓唐的气息更形加重,意绪哀乐无端,词风渐趋老成,这是屡经迁谪、阅历增长、感情内蕴而行为放达的表现。这一趋向到了溧水又有新的变化。

溧水为负山之邑,官赋浩穰,民讼纷沓。周邦彦身为邑长,为政敬简,与民休息;又于拨烦治剧之余,舒啸吟咏,自得其乐①。此处地近茅山,道风颇盛。词人自幼熟读诸子百家之书,受老庄思想影响本深,饱尝人生忧患之后,更欲从道教洞天福地中寻求解脱。这期间所写的诗篇如《仙杏山》《芝术歌》《宿灵仙观》等,自称"本非民土宰官身,欲断人间烟火谷",集中反映他厌世、出世、渴求羽化登仙的思想。溧水还是春秋时楚平王都城的旧址,名胜古迹甚多。周邦彦足迹所到,时有题咏,现存后人辑佚的诗作,如《楚平王庙》《过羊角哀左伯桃墓》《越台曲》《凤凰台》《仙杏山》《竹城》以及佚文《插竹亭记》和仅存篇名的《萧闲堂记》,皆为此时前后的作品,其中寄寓着他对历史的凭吊和自适的情趣。但作者毕竟不能浑身静穆,不仅常要发出"年年。如社燕,飘流瀚海,来寄修椽"(《满庭芳》)的沦落之叹,即便在片刻休闲中,也会有"惊觉,依前身在江表"(《隔浦莲近拍》)的警醒。可见那种"孤愤莫伸"的委屈(见《重进〈汴都赋〉表》),仍时时萦绕心头,而构成其词作主体风格的沉郁顿挫,亦由此得到确立。

三、重返京师(1097—1112)

元祐八年(1093),高太后病故,哲宗新政;次年改元绍圣,表示要继承神宗的政治路线。于是,新党纷纷起用,旧党俱遭罢斥。周邦彦亦于绍圣四年(1097)调还京师,受任国子主簿,时年四十二。元符元年(1098),他应哲宗召对于崇政殿,上《重进〈汴都赋〉表》,授秘书省正字。徽宗即位(1100)后,历任秘书省校书郎、考功员外郎、卫尉、宗正

---

① 见强焕《题周美成词》。

少卿兼议礼局检讨,迁卫尉卿。这一阶段,仕途比较顺达,生活也较平稳。但这时的词人已失去青年时期的政治进取心。在他由溧水返京路经荆南时,写有《渡江云》一词,即隐隐透露他对政局变动的复杂感受,特别下半阕里"愁宴阑,风翻旗尾,潮溅乌纱"数语,更显示出他在政事反覆、祸福无常形势下的疑虑和恐惧心理[1]。

周邦彦返京后的创作,大体上沿着前一阶段奠定的路线而更有所发展。初回京师时写的《瑞龙吟》一词,从"人面桃花"的陈旧爱情故事里,翻出"前度刘郎重到"的新意,寓有人世沧桑、宦海升降的深沉感慨,即所谓"以身世之感打并入艳词"(周济《宋四家词选》)。《锁窗寒》《应天长》诸篇,以京城寒食为题,抒述羁愁、怀人、迟暮之思,笔触细腻,情调凄婉,神韵幽邃。咏物词《月下笛》,作风沉郁苍凉,通过对笛声的传写,尽情倾诉曲高和寡、知音难觅的悲怆与怨悒,充溢着那种荣华过眼、盛景不再的哀感。这类蕴藉丰厚、感喟沉重而又意境浑成、兴寄无端的特点,正是词人这一时期作品的典型风格。与此同时,周词在艺术造诣上也进入高峰,如上述《瑞龙吟》及此时或稍后写成的《大酺》《六丑》等,不仅摹写物态人情细致入微,叙次章法上也极尽腾挪跌宕之能事,深为后人称道。至于这期间留下的诗作,如《天启惠酥》《游定夫见过……》各首,属文人之间交往唱酬之什。唯《开元夜游图》一篇,借古喻今,从总结天宝祸乱的历史教训中,表达了对饱含内忧外患的北宋政局的严重关切。有如该诗诗序所云:"向使君臣无忘艰难,以相戒敕,则诸臣各保世宠,而天宝之祸,必不至于鱼烂如此。古人以燕安为鸩毒,岂虚也哉!"此论当非无的放矢。

四、暮年远宦(1112—1121)

徽宗政和二年(1112)底或三年(1113)初,周邦彦离京外调,以直

---

[1] 此据叶嘉莹《论周邦彦词》的论析,见《灵谿词说》,上海古籍出版社1987年版。

龙图阁出知隆德府(今山西长治),时年五十七。政和五年(1115),徙知明州(今属浙江宁波)。六年,返京,入职秘书监,进徽猷阁待制,提举大晟府。七年,出知真定府(今河北正定),改顺昌府(今安徽阜阳)。宣和二年(1120),徙知处州(今浙江丽水),旋罢,奉祠提举南京(今河南商丘)鸿庆宫。这时,千疮百孔的北宋王朝已面临"山雨欲来风满楼"的情景,方腊为首的农民军起义于睦州青溪乡,自南向北席卷。周邦彦时居睦州,仓卒避乱返钱塘,又挈家渡江入扬州,过天长(今属安徽),至南京鸿庆宫斋厅。这最后十年间,除短期在京供职外,大多宿游在外,直至逃难病逝,也算得上暮年飘泊了。

在这段生涯里,入朝提举大晟府一节,是人们关注的焦点。大晟府作为国家设置的音乐机构,创建于徽宗崇宁年间,其职责是配合统治者兴礼作乐的需要,为朝廷制作新乐。周邦彦在大晟府工作的时间虽不长,却充分发挥了自己的优势。他以主管的身份,与制撰官万俟咏、田为等一起讨论古音,审定词乐,并改制和创制新调,按月进律,共整理八十四调,为词乐的发展、提高及其规范化、定型化作出了贡献。词人后期作品音律精审,法度谨严,技巧纯熟,当与他的这段工作经历分不开。周集里的一部分创调,也可能写成于这期间。但亦由于这段经历,他被某些文学史家称作"宫廷词人",乃至"御用词人",其实是冤枉的。如上所述,他于政和六年返京,"提举大晟府,未几,知顺昌府"(《宋史·本传》),则其供职大晟府的时间甚短,而且,在他前后的大晟词人多有应制颂圣、歌咏祥瑞之作,周集中独无一篇。这说明他固然为北宋朝廷制礼作乐出过一份力,特别在词乐的雅化方面起过推动作用,却戴不上"宫廷词人"的"桂冠"。

周邦彦晚年作品有佚文《续秋兴赋并序》《田子茂墓志铭》,词作《诉衷情》《黄鹂绕碧树》《烛影摇红》《一寸金》《瑞鹤仙》《西平乐》等,大多流露出消极遁世思想和衰飒、颓唐的气息。《续秋兴赋》写于出知真定时,意图对潘岳《秋兴赋》作翻案文章,用道家的"脱物忘情"来摆脱悲秋之慨。《黄鹂绕碧树》作于京城,在想像春光将临、可及时行乐的描绘中,突接入"这浮世、甚驱驰利禄,奔竞尘土?纵有魏珠照乘,未买得流年住"这样沉痛的句子,其直白宣泄的方式亦与词人以往的作风大异。尤其是垂暮居睦州及避难途中所作《一寸金》《瑞鹤仙》《西平乐》三首,或回顾自己生平,领悟到利名的虚幻和冶游的无根;或叹息韶光易尽,以低沉的语调唱出"西园已是,花深无地,东风何事又恶"的挽歌;或伤感年华老去,如过眼云烟,"事逐孤鸿去尽"——而又共同归结到全身避世,隐遁晦迹。这是词人思想的结穴,而其词风的演进,便也由第二期的凄苦、抑郁和第三期的含蓄浑成,转变为最后阶段的衰飒与颓放,其中自亦含有一种自然、清淡的神理。

综观词人一生,他不属于有革新思想和远大抱负的政治家,却也不是什么"宫廷词人""御用文人",只不过是一个有才华而又秉性软弱的文士。他的成就在艺术创作上,主要是在推动词艺的发展上,我们应着重从这方面来评价他;至于那些虚虚实实的风流逸事,前人考辨甚多,其实倒是不足深究的。

二

周邦彦以词名家,而其艺术才能并不限于填词。陈师道《后山诗话》曾说:"美成笺奏杂著俱善,惜为词掩。"张端义《贵耳集》亦云:"美成以词行,当时皆称之,不知美成文章大有可观,惜以词掩其他文也。"陈郁《藏一话腴》谓其"诗歌自经史中流出,当时以诗名家如晁、张,皆自叹以为不及。"楼钥《清真先生文集序》更加详述道:"见所上献赋之书,然后知一赋之机杼;见《续秋兴赋》后序,然后知平生之所安。《磐》(一作"磬")、《镜》、《乌几》之铭,可与郑圃、漆园相周旋;而《祷神》之

7

文,则《送穷》《乞巧》之流亚也。"他们的评价是否恰当,姑置不论,但从这些评语中,确可以看出时人对其多方面才能的推崇。不仅如此,周氏精通乐理,妙解音律,自不待言。他兼擅书法,"体具态全""正行皆善",其手迹被收入《石刻铺叙·凤墅堂帖》①。又曾担任议礼局检讨,参与修订礼书。而岳珂《宝真斋法书赞》里提到他"字画之传,斯亦称矣",说明可能还有绘画传世。诗、词、文、赋、书、画、礼、乐,样样俱通,"博文多能"②,殆非虚语。

这一节里着重谈论他的诗文创作。

周邦彦一生著述甚丰,所修礼书外,文集、杂著见于史书、书目者,有二十四卷本、十一卷本、五卷本、三卷本多种,均不传。现存遗文、遗诗,大多为近人从各种材料中辑得,计诗四十二首、断句三,文十二篇,备见于罗忼烈《周邦彦诗文辑存》。不久前,我从上海图书馆所藏康熙刻本《溧水县志》(胶卷)中,补录出罗氏未收之《插竹亭记》一篇,发表并介绍于1995年12月29日香港《大公报》"艺林"副刊。这就是今天所能见到并加研究的周邦彦的全部诗文③。

在这些作品里,首先引起我们注意的,当系作者成名之作《汴都赋》。此赋脱胎于汉代题写京城的大赋,全长六千七百字,从多角度铺陈北宋都城汴京的宏伟富丽,颂美皇朝的功业,气势磅礴,文采斐然,所以能投合统治者的心意。以今天的眼光看来,这类歌功颂德的文字实无很高的文学价值,构思结撰亦未免落套,但它能接续汉大赋的余绪,充分展示宋代文人的丰富学养与博大学力,并为当时社会经济、文化风貌留下某些剪影,仍有其一定的意义。写作上比较讲求征实,不同于汉大赋一味虚夸,且能将"熙丰新政"的一系列措施与帝都风物、皇朝功

---

① 见王国维《清真先生遗事·尚论》所述。
② 陈振孙《直斋书录解题·集部·别集类》。
③ 后辑佚文,见本书"新版说明"。

业结合起来叙写,是其特色。王国维称此赋"变《二京》《三都》之形貌而得其意,无十年一纪之研练而有其功。壮采飞腾,奇文绮错。二刘博奥,乏此波澜;两苏汪洋,逊其通则"(《清真先生遗事·尚论》)。虽不无溢美,亦为有据。

　　如果说,《汴都赋》侧重反映作者思想上积极用世的一面,那么,《续秋兴赋》和《祷神文》便更多地显示其保身避世的趋向。前节曾说到,《续秋兴赋》是给传统的悲秋主题作翻案文章,它认为:"伊四时之去来,犹人事之辗转。来兮不可推,去兮不可挽。"只有看破人世间的得失荣辱,齐同生死,才能忘情于哀乐,而真正得到解脱。《祷神文》假借主人公胥山子(作者自况)因患心疾求祷于神,展开神与人的对话,以说明圣智思虑有碍心之澄明,忘怀得失、自然无为才是人生至境。而不论主张去智或遗情,其基调都是老庄的哲理。写作体例上,前者有散文化倾向,属宋代流行的文赋体类;后者设主宾问答,又出以嘲戏笔墨,当从东方朔《答客难》、扬雄《解嘲》以至韩、柳杂体赋文化出。但篇内议论皆多,则又是宋人的通例。

　　赋体以外,其他文章尚有可观。《重进〈汴都赋〉表》高华古质,语重味深,人以为可比荆公章表。《足轩记》条畅顺达,叙议兼胜,近于欧、曾散文。而《插竹亭记》简洁明白,清新自然,平直中有起伏,稍具晋人小品从容不迫之风韵。种种虽非高品,亦宜一读。

　　周邦彦的诗歌创作在题材的广泛与风格的多样上,超过了他现存的散文。存诗以古体为多,七古写得尤好。其《薛侯马》描绘失意英雄及其骏马的困厄,寄托才士不遇的愤懑。《天赐白》记述宝马救主的故事,隐寓对永乐之战败绩的指斥和对失路者的同情。两首诗写得气势磅礴,场景生动,结构上四句一转韵,平仄韵相间,多用对句,声韵铿锵,属高适《燕歌行》一路典型的盛唐七古。另一首《越台曲》题咏越女往事,情思宛转有致,音节靡曼可歌,作风上接近于初唐歌行。《开元夜游图》以唐玄宗的一生,概括唐王朝的盛衰,立意精警,波澜层叠,似追摹元、白长篇叙事,恨少风致。《仙杏山》《芝术歌》《宿灵仙观》诸篇表现求仙学道,奇情幻思,更带有李贺的影响。五古之中,《过羊角哀左伯桃墓》《楚平王庙》皆咏史之作,或颂朋友高谊,或讽君臣大节,从纪事中生发感慨,质直可风,有左思遗则。《楚村道中》和《游定夫见过……》,一叙途中经历,一述日常生活,刻画真切,细琐不遗,略得杜、韩笔意。他如《无题》诗写景物,画面清新,有类谢灵运;《曝日》诗得自然之趣,"在东坡和陶诗中犹为上乘"(王国维语);七绝《凤凰台》风神摇曳,近于唐人品味;而《春雨》《偶成》《二月十四日至越州……》诸小诗意象活泼,则又属宋绝句的境界。这些作品显示出作者广博的文学修养和多样化的艺术才能,在评价人物时不应忽视。当然,也有不足,最根本在于其诗文创作尚未形成鲜明的个人风格。王国维说他"于诗文无所不工,然尚未脱古人蹊径",是切中肯綮的。尽管如此,他的诗文功底,特别是写古诗和古赋的笔力,已经深深渗入其词作之中,促成词体重大的革新,下文将要述及。

三

周邦彦在文学史上的地位,毕竟是由他对词的创作所奠定的,这仍是我们今天研究的重点。我们先就他的各类词作作一个大略的介绍。

周词流传至今的数量,诸种版本不一,删重补缺,约二百首不到(有部分为人质疑)。其中题写较多的,为男女恋情、羁旅愁思、咏物咏节序三大类,另有少量登临怀古和闲居自适之作。

恋情词(包括一部分艳词)是唐五代北宋词的主调,也是清真词的大宗。清真写情,多以舞女、歌妓为对象,内容上没有什么突过前人之处,而艺术表现上自具特色,总的说来,比温庭筠略少闺阁脂粉气,较富有生活情趣,比柳永则洗涤市井尘俗之气,更增添深情雅致。他笔下的女性,往往形象鲜明而有个性。如《浣溪沙》(争挽桐花)中的一群女孩,冶容装扮,打闹玩耍,肯苦练琵琶,却不耐烦夜习女红,显得天真烂漫、活泼而又淘气。《意难忘》(衣染莺黄)中的歌人,能歌善舞,妩媚娇艳,她时而停歌驻拍,持觞劝酒,时而低首私语、传送秋波,不愧是社交场中的胜手。至若《少年游》(并刀如水)中纤指破新橙、焚香调笙的那位妓女,举止文静,气调温顺,多年卖笑生涯使她学会揣摩迎合狎客心理,善于含蓄不露地表达自己的情意。各各风貌不同,神情活现,有别于传统艳词里那种堆珠积翠式的外形描摹。清真写情,又常见得真切诚挚,缱绻情深。如《玉楼春》(桃溪不作从容住)以"人如风后入江云,情似雨余黏地絮",表现对逝去情爱的无限追怀与执著;《解连环》写失恋后怨望、留恋、绝情又重作遐想种种心态,如连环相扣而难解,都异常深刻动人。词中一些直白式的情语,如"待花前月下,见了不教归去"(《法曲献仙音》)、"天便教人,霎时厮见何妨"(《风流子》)、"许多烦恼,只为当时,一饷留情"(《庆春宫》)之类,虽曾为人诟病,实在是"深于情者"(沈谦《填词杂说》)之言。与一味调笑浮薄者不可同日而语。尤值得注意的是,他词里的相思离别之情,还同他自己失意飘泊的身世情怀屡常结合在一起,落拓中的思恋,更加重了凄苦、感伤、压抑难伸的情味,增强了词作的感染力,也使这部分作品获得特定的社会意义。

  恋情以外,羁旅愁思是清真词的重要内容,甚且可说是其中最有价值的部分。羁旅行役题材,在古典诗歌传统中并不罕见,大量引入曲子词,则从柳永开始,这同整个社会文化背景分不开。宋代是中小地主阶层参政相当活跃的时期,科举制度将天下读书人吸引到州府、京师,又使大批考生名落孙山;侥幸得中的,也大多浮沉小吏,辗转于各地州县。于是,离乡背井的痛楚,便同怀才不遇、仕途蹭蹬的苦闷相交织,构成当时知识分子的普遍心态。柳永的羁旅行役词,正是这一社会心理的审美结晶。北宋中叶以后,党争加剧,士夫官僚卷入党祸,身遭窜逐者此起彼伏,羁旅愁思更成为广泛抒写的情怀,并获得了新的政治内涵。拿后起的秦观来同柳永相比较,不难发现,在同类题材中,柳永式的直抒胸臆,已转变为秦观式的吞吐掩咽、含蓄深沉,这里除了个性、风格的差异,当有时代的政治投影在内。周邦彦的羁旅行役词是沿着秦观路线发展的,而又吸取柳永的长处。他注重抒情胜过写景,在感情表达上回环吞吐、深藏不露,笔意转折顿宕,音节宛转谐和,这些都接近秦观而与柳永异趣。但他长于叙事,多用铺排,布局层深,规模宏大,乃至情实相兼,物象鲜明,细节纷呈,刻画生动,又显然受到柳永的影响。如代表作《兰陵王》写久客淹留之感,通篇只有"登临望故国,谁识京华倦客"两句触及题旨,其余或写景物,或写送行的情事,无一语直说淹留之苦,而无处非淹留之苦,这种"极其感慨,而无处不郁,令人不能遽窥其旨"①的作风,同"多情自古伤离别,更那堪、冷落清秋节"(柳永《雨霖铃》)的俊亮语调,自是气象不侔。但此词叙事极有章法,先咏柳,引出送行,接着写离宴,而后分别从行者和送者两方面着墨,将现场描述、往事回顾与别后想象穿插起来叙述,末了再以"沉思往事,似梦里,泪暗滴"一笔绾住,层次井然,波澜迭卷,则又非秦观词所能比拟。可以断言,周邦彦是在综合前人的基础上,将羁旅行役词推上了新的高峰。

　　清真词里不少咏物的篇章,在艺术上也达到相当高度。咏物,在敦煌民间词里已经出现,早期文人词如《尊前集》里亦有,北宋至柳永渐多,而以苏轼《水龙吟·咏杨花》一首最为出色。苏词的特点在于突破形似,追求神似,将杨花拟作思妇,借咏花而抒发愁怨,即物即情,浑然无间,读了令人拍案叫绝。周邦彦继苏轼之后,对咏物的传统又有新的发展。他的咏物词数量多(约三十余首),题材广泛(咏及梅花、柳、梨

---

① 陈廷焯《白雨斋词话》。

花、蔷薇、月、雪、春雨、笛声等），且素以"模写物态，曲尽其妙"[1]著称，如"叶上初阳干宿雨，水面清圆，一一风荷举"（《苏幕遮》）之句，就被王国维誉为"真能得荷之神理"（《人间词话》）。但周词的佳构还不在这里，而在于以慢词长调咏物，融入自己的身世经历，使物态与情事交相为用，咏物也就成了抒情。像《花犯》题咏梅花，并不黏着于梅花自身，乃是从眼前的花，联想起去年赏花的情景，再说到今年花事匆匆，行将凋萎，而己身亦待远离，只能在日后空江烟浪里梦想花枝照水的潇洒身影。全词娓娓道来，始终扣住梅花，又不限于梅花，而是反复陈说自己和梅花的交往，对梅花的情意，藉以寄托人生离合、荣枯无常的感慨，抒写是很有深度的。另一名篇《六丑》咏凋谢后的蔷薇，则是从客愁、春去、花落写起，再落笔到东园岑寂中一朵枯残的蔷薇，而以"长条故惹行客，似牵衣待话，别情无极"来形容花对人的依依恋情，又以"残英小，强簪巾帻"和"漂流处、莫趁潮汐"来表达人对花的爱怜、顾惜和郑重叮咛，从而把惜花伤春之情与迟暮飘零之感结合起来，咏花与自咏也就合为一体了。这可以说是清真咏物词的最大胜境，后来南宋姜夔的《暗香》《疏影》咏梅和张炎的《解连环》咏孤雁，都是走的这条路子，而在体验深刻、意境沉郁上终有所不足。

清真还有一些咏节序的词，如《解语花》咏元宵，《应天长》《锁窗寒》咏寒食，都曾为人称道。这类作品不独措辞精粹，切合时令风物，能生动地展现风土人情，且因其中常渗入词人落拓失意之感和念远怀归之思，也就有了特殊的感动力量。其余如《西河》写登临怀古，暗含忧国伤时的意绪；《鹤冲天》写闲居自适，反映恬淡冲和的情趣，皆别具一格，不一一缕述。

---

[1] 《直斋书录解题·集部·词曲类》。

四

那么,应该怎样来把握周邦彦词的基本艺术成就和艺术风格呢?在这个问题上,历来有过不少评论,归纳起来,可以从音律、语言、结构、意象等方面加以论述。

清真妙解音律,深于乐理,早有定评。他不但能整理、审定旧曲,亦曾改创、自设新腔,所谓"增演慢曲、引近,或移宫换羽,为三犯、四犯之曲,按月律为之,其曲遂繁"(张炎《词源》),说的便是这件事。他集子里的《六丑》《大酺》《浣溪沙慢》《拜星月慢》《粉蝶儿慢》《华胥引》《隔浦莲近拍》《荔枝香近》《花犯》《玲珑四犯》诸调,均为其所创制,不仅流传后世,还引起人们的追随、模仿。正因为精通乐理,他在作词的声律上十分考究,既谨守格律,一丝不苟,又脱化入神,自求创获。众所周知,词的声律脱胎于近体诗,用字要讲平仄,更由于合乐的关系,有时还要区分上声与去声。这一点在清真之前,不那么严格,而清真因熟谙音律,遂严分四声,特别在上、去的运用上精心推敲,务求声乐谐调,其所奠定的法式被后人奉为圭臬。与此同时,他还根据词中表达感情的需要,灵活地调节声韵,有时故用拗调,特别在一篇警策处,常以峭劲之去声领起,或将去声字介入两平声之间,以取得击撞摩戛的效果,而全词声调也就在这拗怒激越与和谐宛转的起伏变换中得到调剂。刘熙载以为"周美成律最精审",王国维谓其"拗怒之中,自饶和婉,曼声促节,繁会相宣,清浊抑扬,辘轳交往,两宋之间,一人而已",都对他这方面成就作了高度肯定。

清真在语言使用上,亦甚有独创性。他长于练字,特别在选用动词以摹写物态上,最见工力。如"柳阴直,烟里丝丝弄碧"(《兰陵王》)的"弄","桐花半亩,静锁一庭愁雨"(《锁寒窗》)的"锁","水面清圆,一一风荷举"(《苏幕遮》)的"举","水浴清蟾,叶喧凉吹"(《过秦楼》)的"浴"和"喧",用得都很入神。周词所用比喻平实而妥贴,除前面举过的"人如风后入江云,情似雨余黏地絮"(《玉楼春》)外,像"春归如过翼,一去无迹"(《六丑》),将春天的消逝比作鸟儿飞过,迅疾而不留痕迹,显得贴切而生动。所以,前人赞扬他"语意精新,用心甚苦"①。句法上,夭矫多变之外,他善用对仗,尤喜用扇面对,即第一与第三句相偶,第二与第四句相偶,如"欲说还休,虑乖芳信;未歌先噎,愁近清商"(《风流子》)、"念渚蒲汀柳,空归闲梦,风轮雨楫,终孤前约"(《一寸金》),在排比中见出流动,于驰骤下复归整饬,这显然是吸取了辞赋、骈文的句式,有助于发挥慢词长调的铺叙功能。但其用语并不一味堆垛,像"到长淮底。过当时楼下,殷勤为说,春来羁旅况味"(《还京乐》),以及"几回相见,见了还休,争如不见"(《烛影摇红》),这类散文化甚至口语化写意传神的语句,也运用得非常纯熟,几乎叫人看不出在填词。再一点常为人提及,便是他作词"多用唐人诗语檃括入律,浑然天成"②,或者叫作"采唐诗融化如自己者,乃其所长"③,典型例子如《西河·金陵怀古》一首,化用了谢朓《入朝曲》、刘禹锡《石头城》《乌衣巷》乃至古乐府《莫愁乐》诸诗的句意,通过联想,大大丰富了词的内涵,而无馀钉拼凑的痕迹。这是他最擅长的技巧,也是他的词风趋于典雅而受到后世文人尊崇的重要条件。从沈义父所云:"凡作词当以清真为主,盖清真最为知音,且无一点市井气。下字运意,皆有法度,往往自唐宋诸贤诗句中来。"(《乐府指迷》)便可以窥见此中消息。

不过,周邦彦更为人称道的,还是他在结构章法上的创新,主要是对慢词长调结构体式的大胆革命。唐五代宋初文人词多小令,至柳永

---

① 王灼《碧鸡漫志》卷二。
② 《直斋书录解题·集部·歌词类》。
③ 张炎《词源》。

才大量创作慢词。小令的体式接近绝句,篇幅短小,文辞简约,表达集中,大多伫兴而就,不烦思索,结构上也比较浑成。慢词长调出现,字句成倍或数倍增长,词的内涵大大扩张,需要引进新的手法(如铺叙)和内容(如叙事),于是,整个布局也要重新安排。柳永的慢词经常呈现为一种铺陈式的结构,以记事为主线,结合和穿插写景、抒情,首尾连贯,叙次井然,迥异于前期小令的集中抒述感兴。这样的写法固然可以容纳较多的内容,但一味铺陈,不免单调,顺流而下,易陷平沓,从而迫使后起的词家去努力探索新的结撰方式。苏轼以其天才豪逸,放浪形骸,随意挥洒,自成佳构,但非常人所能习得。秦观因其哀怨深沉,专主情致,缠绵悱恻,沁人心脾,而终嫌气局狭小,波澜不阔。清真词则着意在章法上改革创新,继承柳永的铺叙,融记事、抒情、写景为一炉,而又变顺序铺陈为时空错综,围绕所要表达的题旨,将过去、现在、未来以及人、我双方的情事与情景纽合、交叉叙写,转接无痕,不仅利于克服慢词铺衍中平弱、单调的弊病,还足以拓展人的想象空间,给人以寻绎玩味的余地。前几节里谈到的《兰陵王》《瑞龙吟》《六丑》《花犯》诸章,都有这个特点,故为人叹赏不止。而要做到这一点,又须讲求用笔,所谓顺、逆、提、顿、转、接、伸、缩之类。刘熙载说到:"伏应转接,夹叙夹议,开合尽变,古诗之法;近体亦俱有之,唯古诗波澜较为壮阔耳。"[1]清真正是将古诗的笔意笔法引入慢词,改造词体,才能达到"离合顺逆,自然中度"[2],"操纵处有出人意表者"[3]的境界,不愧"顿挫之妙,理法之精,千古词宗自属美成"[4]之誉。

　　结构体式的变革,又同其意象经营的方式分不开。清真是捕捉意象

---

[1] 刘熙载《艺概·诗概》。
[2] 陈洵《海绡翁说词稿》。
[3][4] 陈廷焯《白雨斋词话》卷一。

的能手,"模写物态,曲尽其妙"①,"言情体物,穷极工巧"②,说的皆是这个意思。但这并不能道尽清真词的奥秘,它的艺术胜境更在于不停留在模拟形似,却要追求形神兼备、意象浑成,特别是词人的身世经历之感,常要渗入其所叙写的具体情事和情景(恋情、旅思、物象、节序)之中,从而使所写对象获得深一层的内蕴。然而,这种渗入乃是深藏不露的。作者处身于北宋后期政治低气压之下,自身作为一个富有才华而又秉性软弱的文人,他的身世感受不能不是幽怨噎塞、苦闷难言。直接的倾诉很难将这种心绪表白,所以要寄意于具体的情事物象,寄意时不能不说,又不宜说破,只好"才欲说破,便自咽住"③,这就形成了他那种蕴藉层深的语言风格和腾挪顿宕的结构形体,严格说来,都是为表情达意的特定需要而被创造出来的。后人乏其情而效其体,便容易显得忸怩作态,张炎所云"美成词只当看他浑成处,于软媚中有气魄",又云"作词者多效其体制,失之软媚,而无所取"④,固当作如是解。而这样一种意象经营的方式,自不能不超越"工巧",跻于"浑成"。周济说:"钩勒之妙,无如清真。他人一钩勒便薄,清真愈钩勒愈浑厚。"⑤还说:"清真浑厚,正于钩勒处见。他人一钩勒便刻削,清真愈钩勒愈浑厚。"⑥所谓"钩勒",是指对艺术意象的形容刻画。不钩勒,无以发露意象;钩勒过度,圭角太分明,又会显得呆板、执泥而少生气,欠神韵,这便叫作"薄",叫作"刻削"。要像清真那样将深情远意寄寓于场景物象的浑灏流转之中,才能"于钩勒处

---

① 见强焕《题周美成词》。
② 王国维《人间词话》。
③ 陈廷焯《白雨斋词话》卷一。
④ 张炎《词源》。
⑤ 《介存斋论词杂著》。
⑥ 《宋四家词选目录序论》。

见浑厚""愈钩勒愈浑厚",这算是清真词意象经营的不二法门。

以上讲的是清真的艺术成就,他当然也有不足的一面,且留到下一节再谈。现在来对周词的整体风格特征加以总结。这个问题上,前人也有种种说法,不妨参看。一种专就其语言风格立论,如《宋史·文苑传》谓其"词韵清蔚",刘肃《片玉集序》说它"缜密典丽",田同之《西圃词说》以为"蜿蜒流美",刘熙载《艺概·词曲概》又作"富艳精工",互有侧重,而以"缜密典丽"说较为全面,能把周词语言的华美、典雅、精工、整饬几个方面都包容进去,但也只限于语言层面,尚难体现其整体风格。拓开一步,则如王国维《清真先生遗事》称其"精工博大",陈洵《海绡翁说词稿》认作"朴拙浑厚",乃至吴衡照《莲子居词话》题"圆融",孙麟趾《词径》说"婉约",刘体仁《七颂堂词绎》云"雅正",等等。"精工博大"谓清真词艺术技巧的高度发展和集大成,涉及面较广,但仍不足以揭示其内蕴的深沉和作风的婉曲。"朴拙浑厚"和"圆融",大抵重在体貌的浑成,而亦未能概括其他一些重要的特点。至于"婉约""雅正",更只能反映一个侧面,不为精确之论。相比之下,我以为,张炎《词源》所说的"浑厚和雅"和陈廷焯《白雨斋词话》标举的"沉郁顿挫",差近人意。"浑厚"指体貌的浑成与内涵的深厚,"和"包括音节谐和与作风和婉,"雅"亦兼有思想感情的雅正和文辞的雅驯,虽未能赅备清真词的艺术特征,而能得其仿佛。"沉郁"的含意与"浑厚"相近,"沉"也指情意厚实,"郁"则深藏不露,不露故见得浑成。"顿挫"乃是就音节的跌宕和章法的错综变幻而言,这也应该是清真的一大贡献。陈廷焯认为:"顿挫则有姿态,沉郁则极深厚,既有姿态,又极深厚,词中三昧亦尽于此矣"[1],可见论旨。两种说法都肯定周词的蕴藉深厚与

---

[1] 陈廷焯《白雨斋词话》卷一。

意象浑成,这确是其根本特点之所在,差别在于张炎论词重"清空",主"雅正",故倡扬其"和雅"的一面,而陈廷焯为代表的常州词派更偏好"质实"的趋向,遂将"顿挫"凸现出来,这背后是有着审美情趣与文化传统的歧异的。

然则,我们究竟取哪一说为好呢?在我看来,"沉郁顿挫"突出的是周邦彦慢词长调里最精粹、最有创造性的那部分作品,因为只有这类作品才需要在结构和音律上精心锤炼,才谈得上声情"顿挫",因亦见得格外"沉郁"。所以,用这四个字来标示周氏的艺术造诣和独创性风格,是比较鲜明而有特色的。但若要从清真词全体着眼,把那些小令、中调都包罗进来,那么,或许"浑厚和雅"有更大的概括性。据此,似可考虑将"浑厚和雅"代表清真词的总体风格,而以"沉郁顿挫"标示其主体风格,两者互相补充(其他提法亦可参照),便于更全面地把握其艺术风貌。

五

于此,可以进而探讨周邦彦在词史上的地位。这一点,前人也有成说,即所谓"集大成"。此说正式见于周济《宋四家词选目录序论》,在他撰写的《介存斋论词杂著》里谈到:"美成思力,独绝千古,如颜平原书,虽未臻两晋,而唐初之法至此大备。后有作者,莫能出其范围矣",可算是对"集大成"的界说。陈廷焯亦云:"词至美成,乃有大宗,前收苏、秦之终,复开姜、史之始。自有词人以来,不得不推为巨擘;后之为词者,亦难出其范围。"[①]其后,王国维称清真词"精工博大",推许周氏

---

① 陈廷焯《白雨斋词话》卷一。

为"词中老杜",也还是从"集大成"这一点上说的。这个说法一直沿用至今,它究竟是否可靠呢?平心而论,此说不无根据,但却有失偏颇。不无根据,是周氏确实广泛吸取了前此词家的创作经验,把词的艺术提到一个新的高度,对后世众多词人产生了深远的影响。而仍有偏颇,则因为在他之前,苏轼等人"以诗为词",已经对词的传统作了很大的突破,但他并没有接受这方面的成果;在他之后,辛派词人沿着苏轼路子继续开拓,更有发展,也决不是他的词风所能范围得了的。从后面这个角度来看,周氏尽管"精工博大",毕竟够不上"集大成"。

与"集大成"相关而微有区别,是将周氏奉为词家正宗。近人蒋兆兰《词说》云:"词家正轨,自以婉约为宗。欧、晏、张、贺,时多小令,慢词寥寥,传作较少。逮乎秦、柳,始极慢词之能事。其后清真崛起,功力既深,才调尤高,加以精通律吕,奄有众长,虽率然命笔,而浑厚和雅,冠绝古今,可谓极词中之圣。"这里并不强调周氏兼综各派,倒是隐约地承认他只是婉约词的圣手,但婉约既定为"词家正轨",周氏当然也就成了词人的宗主。其实这个观念前人早已有过,从南宋沈义父标榜"凡作词当以清真为主"(《乐府指迷》),到清初严沆宣扬"论词于北宋,自当以美成为最醇"(《见山亭古今词选序》),以至清中叶常州词派提示学词门径"问涂碧山,历梦窗、稼轩,以还清真之浑化"(《宋四家词选目录序论》),说法不一,都是为了尊奉周氏为宗师,要后人追踪他的步伐。这类"词家正宗"的论调,往往夹杂很深的派别门户习气,我们不取;但不同的人们从不同的方面不约而同地推崇周氏宗匠词林,这个现象颇耐人寻味。让我们结合词史的演进,尝试作一解答。

词自晚唐五代开始流行于文坛,到它形成自身特定的抒情文学的体性与体式,有一个变化发展的过程。大体说来,"乐人词""诗人词""词人词",是它经历的三个历史阶段,从而构成它的三种基本的类型。"乐人词",指专为乐工合乐、妓席传唱谱写的词,虽出自文人之手,并不着意倾吐文人自己的心曲,而仅仅用于宴饮交会时的"娱宾遣兴"①,"聊佐清欢"②,说白了,相当于今天流行歌曲的曲辞。它较多地以妓女的口吻述情,着重抒写男欢女爱、离愁别恨的主题,情景描写虚拟化,语言明白易懂,音节柔婉谐和,作者的个性风格不显著,都是由这种宴饮传唱、娱宾消闲的功能所决定的。由温、韦开创的"花间词",即其典型样式,流风延及北宋晏、欧诸家,而以柳永为其殿军③。曲子词流传既广,便有士夫文人试着用它来表现自身的情怀,也就是以写诗的态度来写词,是为"诗人词"。南宋冯、李开其端绪(李后主表露亡国哀思的作品尤为突出),经北宋范仲淹、王安石等人的衍续,到苏轼进入大成。苏轼有意识地"以诗为词",不仅把诗歌的各类题材、手法、语言、意象引入词中,对词的音律也作了大胆突破,确立了"横放杰出,自是曲子中缚不住"④的豪放词风。由此,词的世界空前扩展,词的职能由"娱宾遣兴"转变为"吟咏情性",词的地位亦渐受人的尊重。不过,豪放过甚,自有弊病,粗浮浅露之类且不去说它,只是充分诗化这一端,便足以泯灭诗词的界线,消解词自身的特点。于是有人起来坚持、捍卫词的传统,立意要走一条与诗歌创作不同的路线,以发扬词的体性,这就成了"词人词"。柳永乃其先驱⑤,秦观、周邦彦发扬光大,而以周邦彦最具代表性,他最终奠定了"词人词"的基础,为后世词学流变提供了典范。

"词人词"的特点又该如何来理解呢?最根本的一条,便是"缘

---

① 陈世修《阳春集序》。
② 欧阳修《西湖念语》。
③ 柳永不全是"乐人词",这里只就其收结意义而言。
④ 吴曾《能改斋漫录》引晁补之语。
⑤ 柳永在词史上的地位十分特殊,他是"乐人词"的收结,亦有"诗人词"的成分,而又开"词人词"之先河。这说明三种类型互有渗透,不可截然分割。

情"。我们知道,中国诗学本有"诗言志"和"诗缘情"两个传统,两者也非绝对对立,"志"本身就包含情感的成分,"言志"亦须抒情。但"志"并不能等同于一般的"情",在以往观念中,它特指士夫文人立身处世的思想怀抱,经常同政教伦理相联系,"言志"因而取得了社会功利的职能,与发抒闲情逸兴以求娱乐消遣不是一回事。所以,"缘情"说的提出,即含有打破以"言志"限制诗歌创作的用意,它后来演变为旨在表现个人狭隘的生活情趣的文学旗号,遂同"言志"说判然分离。在古代诗歌传统里,"言志"始终占据正统地位,"缘情"只能算诗学的旁门。不过,曲子词的情况却有差异。前面说过,词在初起时相当于流行歌曲,不被视作正规的诗,填词合乐是为了娱乐,"缘情"(特别是男女情爱)自然成为主要的追求。"缘情"的词必然要求情意真,真莫善于切身,于是主题小、取境狭、造端微、寄兴深,便形成词的审美特质。"缘情"的词还要合乐传唱,讲求音律亦必不可少。这些总合起来,构成词的美学传统,正是词区别于诗的特异性之所在。苏轼等人"以诗为词",就是要破除以"缘情"为核心的词的传统,将诗歌"言志"的功能及与之相适应的一整套规范纳入词中,使词的体性得到改造,他们在词体解放上的贡献值得肯定。但"缘情"自是人性的一种需求,在诗歌"言志"的大前提下,为个人宣泄、娱乐保留这一角天地,亦有其适当的理由。"词人词"作为"诗人词"的反拨而兴起,不是没有意义的。

还要看到,"词人词"否定"诗人词",并非简单回归到"乐人词"。经过诗化阶段的洗礼,文人以词抒情的意识高度发达。如果说,早期文人词的"缘情",不过是应消闲之需对欢情离思作一般性的题咏,那么,后来的词家大多实现了自我投入,在词的创作中切实地营造自己的心灵世界和个性风貌,这才是更深层次上的"缘情"。正因为这样,"词人词"中包含的情意,虽仍不离乎恋情相思、羁愁别恨、观花赏月,而由于结合着词人自己的身世经历,有意无意地寄托和宣泄其特殊情怀,遂变得复杂起来,相应地要求有更丰富的意象,更成熟的语言,更宏阔的体制,更精巧的结构,更多样化的音节和更个性化的作风加以配合,这就把词的艺术性大大推向前进。当然,与此同步,"乐人词"的明白通俗和伫兴而就,也必然要转向高文雅意、惨澹经营。"词人词"丢失了原初曲子词兴象玲珑、自然天成的风味,这也是无可奈何的事。

从上面的论述不难发现,周邦彦作为"词人词"的最大代表,确实当之无愧。他那沉郁的情思、浑成的意象、和雅的文辞、缜密的法度、顿挫多变的音律与结构以及精工博大的艺术修养,处处符合一部分文人学士创作"词人词"的趣味和愿望,他的出现体现了词体自我发展的需要,所以能对后世有久远的影响。而题材的相对狭窄、内容的比较单一、词风的婉媚、辞旨的雅化乃至气调欠超迈、人巧胜于天然诸种局限,则属于"词人词"题中应有之义,正不必深责周氏个人。至于一些论者批评其尚不够雅正,不免为情所役[①],那是因为清真词里多少留有一点"乐人词"的余风,还不像后来的"词人词"那样纯净,从词体演进的过程看,也是不足为奇的。

周邦彦在词史上的地位,更由于三类词于日后的消长而得到论定。前面说过,"乐人词"到柳永告一段落,尽管其后秦观、黄庭坚乃至周邦彦的少数篇章还有余波荡漾,已不占主要成分;南宋词"复雅"倾向更严重,它只有趋于消亡。"诗人词"在苏轼之后,由于南渡兵革纷乱而得以衍续,到辛派词人极形光大,嗣后又在清初阳羡派手里得一回响;词史上一直受人注目的豪放与婉约之争,其实质即是"诗化"与"词化"、"言志"与"缘情"两条路线的矛盾运动。不过,总体上说,"词人

---

① 见张炎《词源》。

词"的路线既已确立,词作为与诗不同的特定的抒情文学样式得到广泛重视,"诗化"的词风便只能作为一种补充性的结构存在于词坛,而把主导地位让给了它的对手。周邦彦在南宋被视作词坛宗主,后世更奉为词家正宗,甚至抬高到"集大成""词中老杜"的位置,正是因为他所奠定的"词人词"传统在南宋以后发展成为词学的主流。我们不必完全同意"集大成""正宗"这类封号,但客观地承认他作为词体演进的重要环节——"词人词"的宗匠,在词史上有着继往开来的巨大作用,是完全应该的。王国维曾经意识到这一点,他把清真词视为由北宋词向南宋词过渡的枢纽①,而由于他持论尊北宋而贬南宋,故未能认真阐发其对词史的贡献。乃若一度将清真斥作唯美主义或形式主义词风开启者的做法,则不仅无见于其词内蕴的深情远意,实际上也反映出对词史演进过程的漠然无视。

六

末了,还要说一说周集的版本流传和本书的编写体例。

周邦彦的著述,据楼钥《攻媿集》和晁公武《郡斋读书志》所载,有《清真先生文集》二十四卷,《宋史·艺文志》作《清真集》十一卷,陈振孙《直斋书录解题》著录有《清真集》二十四卷,别有《清真杂著》三卷、《操缦集》五卷,均佚。单以词行的,《直斋书录解题》著录有《清真词》二卷、《续集》一卷,其他文献上提及的尚有《清真诗余》《圈法美成词》《美成长短句》《片玉集》等不下十来种宋刻本,大多亦已散佚。现存的周词别集分属两个系统:一为南宋溧水县刻《清真集》本,编词不分类;

---

① 参见以樊志厚名义写的《人间词乙稿序》。

另一为陈元龙《详注周美成词片玉集》，分类编词。今人吴则虞《清真词版本考辨》曾加推考，认为前一种可能录自周氏文集，后一种当与单行的《清真诗余》《清真词》一脉相承。

溧水本《清真集》分上下卷，收词182首，有淳熙七年(1180)晋阳强焕序。据前人记述，此本在宋元间已屡见翻刻，更名《片玉词》。明毛晋汲古阁刊《宋六十名家词》中的《片玉词》即来源于此，并经校理，于上卷增入2首，更有补遗一卷收词10首，总数达194首。清末丁丙所辑《西泠词萃》中的许增校本《片玉词》，卷数、篇数全同，而字句多有差异。近人郑文焯(署大鹤山人)校《清真集》，虽题名不一，卷、篇所据仍为毛本。拙编《周邦彦集》(江西人民出版社1983年版)所录《清真词》，即据郑本加以标点，并从《全宋词》里补得《烛影摇红》一篇，共195首。

陈元龙《详注周美成词片玉集》乃分为十卷，按春、夏、秋、冬四景，加上单题、杂赋共六类编次，收词127首，有嘉定四年(1211)庐陵刘肃序。元刊巾箱本《清真集》分类、篇目皆同，而改编为二卷。明吴讷《唐宋名贤百家词》本《片玉集》恢复了陈注本的编卷，另抄补27首，共154首；但后来朱祖谋校《彊村丛书》本和陶湘涉园景宋覆刻本，则仍沿袭陈注本127首之旧。近人王鹏运刊四印斋本《清真集》，转依元巾箱二卷本的编集，并附集外词一卷54首，收词181首。今人林大椿校《清真集》，即以四印斋本为底本，改"集外词"为"补遗"，收补67首(较四印斋本增13首)，共194首。吴则虞校《清真集》，更在林大椿本基础上增入12首及断句一，使总数达到206首、断句一。这些后来收补的词作中，有一部分常为人所致疑。所以四十年代唐圭璋编《全宋词》，其中周邦彦词仍据四印斋本而删其集外词3首，另补入一首及断句一，计179首、断句一，另将存疑19首编入附录。建国后《全宋词》改编时，又加考证，编入周邦彦词185首及断句一，而将误收、存疑之32首及另一断句列入存目。这就是清真词集沿革的大致情况。

关于周邦彦的诗文,自文集散佚后,绝大多数湮没无闻,仅《汴都赋》录于《宋文鉴》而得以流传。清康熙厉鹗撰《宋诗纪事》,亦只载其《过羊角哀左伯桃墓》等诗六首。清真诗文的辑佚工作,是近代以来正式展开的。先是钱塘丁立中《武林往哲遗著后编》,于《汴都赋》后收入《重进〈汴都赋〉表》和《敕赐唐二高僧师号记》二文,并诗12首(较《宋诗纪事》增6首)。王国维《清真先生遗事》,复于丁氏之外增补二书帖及二断句。1936年,唐圭璋发表《清真先生文集》(载《艺文杂志》第一卷第五、六期),据《永乐大典》残卷辑出《睦州建德县清理堂记》及诗若干,连前共得文6篇、诗28首、断句三。次年,赵万里有《清真集校辑》(载《国立北平图书馆馆刊》第十一卷第一号),更从《圣宋文海》《永乐大典》诸典籍中发掘整理出佚文9篇、佚诗35首,其中相当部分与唐辑重合。此后一段时间,搜辑工作略显停顿,除1957年山西忻县出土文物中发现周氏所撰《田子茂墓志铭》(见《文物参考资料》1958年第8期)外,无甚进展。直到1978年至1980年间,罗忼烈在香港《大公报》"艺林"副刊上连续发表《周清真佚诗十三首》(新76、77期)、《续辑周清真佚诗二十首》(新86、87期)及《续辑周清真佚诗(附佚文篇目说略)》(新120、121期)三篇文章,才把清真诗文辑佚推进到一个新的局面。罗氏总得文12篇,诗34首及断句二,收罗颇广,成绩可观,惜乎其未见唐、赵二人的成果,仍有遗佚。后香港《大公报》"艺林"副刊又补发了唐氏原辑而为罗氏未见之佚诗8首及断句一,罗氏遂据以补入,编成《周邦彦诗文辑存》一书(1980年香港一山书屋出版),共收文12篇,诗42首,断句三,是为集成。拙编《周邦彦集》所附《清真集诗文辑佚》一卷,也是根据上述学者所得并复核原文,迻录而就,然尚未录及本人新辑得的《插竹亭记》。此外,罗氏又从《诗渊》辑得祝寿诗3首,后收入其论文集《词学杂俎》。

清真作品(主要是词)的笺注,很早亦已出现,但存传绝少。宋陈元龙注本外,《直斋书录解题》著录曹杓《注清真词》二卷,沈义父《乐府指迷》载及《周词集解》,俱佚。其余注本各代尚有,清谢章铤《赌棋山庄词话》还提及萧山单玉辉《周清真词笺注》,皆不传。晚近以来,则有叶圣陶选注《周姜词》、杨铁夫《清真词选笺释》、俞平伯《清真词释》、刘斯奋《周邦彦词选》、汪纪泽《清真词选释》及本人与刘坎龙合编《周邦彦词选》等多种注本问世,亦皆为词选,篇幅有限。1985年香港三联书店出版罗忼烈《周邦彦清真集笺》上下卷,收词212首并佚文佚诗,详加笺校,考订深入,创获良多,洵为力作,但征引虽繁,诠解恨少,适合专家学者研究之用,难餍一般读者。

本书的编选,意在为爱好、研读周邦彦作品的人提供一种可资参考的中级选本。诗文选篇占现存作品比例较大,主要因为过去很少流传,且可借以窥见周氏的思想、生活和文学修养;选词则着眼于艺术成就,力图从多方面体现其艺术风貌。注释方面,除尽量引证出处外,亦试加诠释,疏通句意,并曾吸取自陈元龙以至今人刘斯奋、罗忼烈之研究成果。词的本文依据大鹤山人校《清真集》,参校《彊村丛书》本陈元龙《详注周美成词片玉集》。集评及附录各种资料,在拙编《周邦彦集》基础上有所扩充,当有助于增进对清真其人其作的了解。限于水平,疏漏、讹误仍多,祈请批评指正。

蒋哲伦
1996年3月18日

词

瑞龙吟[1]

章台路[2]。还见褪粉梅梢[3],试花桃树[4]。愔愔坊陌人家[5],定巢燕子[6],归来旧处。　　黯凝伫[7]。因记个人痴小[8],乍窥门户[9]。侵晨浅约宫黄[10],障风映袖[11],盈盈笑语[12]。　　前度刘郎重到[13],访邻寻里,同时歌舞。唯有旧家秋娘[14],声价如故[15]。吟笺赋笔[16],犹记《燕台》句[17]。知谁伴、名园露饮[18],东城闲步[19]。事与孤鸿去[20]。探春尽是[21],伤离意绪。官柳低金缕[22]。归骑晚、纤纤池塘飞雨[23]。断肠院落,一帘风絮[24]。

〔1〕《瑞龙吟》:此调由周邦彦始创。陈元龙《详注周美成词片玉集》(以下简称陈注本或陈本)注"大石"调。吴讷《百家词》注"越调"。黄昇《花庵词选》题作"春词"。这首词约作于词人绍圣四年(1097)重回汴京任职后。

〔2〕章台路:章台原为战国时秦离宫名,以其宫中有章台而名之,故址在今陕西长安故城西南隅。《史记·廉颇蔺相如列传》:"秦王坐章台,见相如。"西汉时,此台犹存,台前有街,称章台街。《汉书·张敞传》:"敞……时罢朝会……走马章台街。"后多指妓女聚居之处。欧阳修《蝶恋花》:"玉勒雕鞍游冶处,楼高不见章台路。"

〔3〕褪(tùn 吞去声)粉:花瓣凋落。褪,脱落。粉,粉色。这里以粉白、粉红指代花瓣。

〔4〕试花:花朵初放。

〔5〕愔（yīn音）愔：深静貌。坊陌：当作"坊曲"，指妓女聚居的地方。唐孙棨《北里志》云："长安诸倡家聚处谓之曲"。明杨慎《词品》"坊曲"："唐制妓女所居曰'坊曲'……周美成词'小曲幽坊月暗''愔愔坊曲人家'，近《草堂诗余》改作'坊陌'，非也。"

〔6〕定巢：筑窝定栖。

〔7〕黯（àn暗）凝伫：暗自伤感而凝神久立。黯，感怀伤神的样子。凝伫，发怔，出神，久立不动。柳永《鹊桥仙》："但黯凝伫，暮烟寒雨，望秦楼何处？"

〔8〕个人：那人。个，指点辞，犹这也，那也。痴小：年少而痴情。白居易《井底引银瓶》诗："寄言痴小人家女，慎勿将身轻许人。"记，陈本作"念"。

〔9〕乍窥（kuī亏）门户：正出门向外探看。乍，刚，初。此句语意双关，宋时称妓院为"门户人家"，此亦有倚门卖笑之意。

〔10〕侵晨：清晨。浅约宫黄：淡淡地抹上黄色脂粉。古代妇女用黄色化妆品涂额，称"额黄"。宫中用的这种黄色脂粉叫"宫黄"。梁简文帝《美女篇》："约黄能效月，裁金巧作星。"

〔11〕障风映袖：举起衣袖挡风遮面。障，遮隔。

〔12〕盈盈：仪态美好貌。《古诗十九首》："盈盈楼上女，皎皎当窗牖。"

〔13〕"前度"句：刘郎，原指唐代诗人刘禹锡，此作者借以自况。刘禹锡在永贞革新失败后，被贬为朗州司马，十年后，回到京城，因作《元和十年自朗州承召至京戏赠看花诸君子》诗，有"玄都观里桃千树，尽是刘郎去后栽"的句子讽刺新贵，再次遭贬。又十四年后，第二次回京，作《再游玄都观绝句》序云："余贞元二十一年为屯田员外郎，时此观未有花。是岁出牧连州，寻贬朗州司马。居十年，召至京师，人人皆言有道士手植仙桃，满观如红霞，遂有前篇以志一时之事。旋又出牧，今十有四

年,复为主客郎中。重游玄都,荡然无复一树,唯兔葵燕麦动摇于春风耳,因再题二十八字,以俟后游。时大和二年三月。"诗末二句云:"种桃道士归何处?前度刘郎今又来。"

〔14〕秋娘:唐代有谢秋娘、杜秋娘两名妓,后世诗词常用"秋娘"借指名妓或丽人。这里借指周邦彦所熟悉的汴京名妓。

〔15〕声价如故:名声和往日相同。

〔16〕吟笺赋笔:吟咏写作。笺,精美的纸张,供题诗写信等用。

〔17〕"《燕台》"句:唐代诗人李商隐有《燕台》诗四首,分咏春、夏、秋、冬。有一位洛阳姑娘,名叫柳枝,读了这四首诗后,对作者产生了爱慕之情,然终未结合。事见李商隐《柳枝五首(并序)》。这里以《燕台》诗借喻作者当年在汴京写的诗词曾深受当地妓女的喜爱,并暗示此女已归他人。

〔18〕露饮:在露天饮酒。

〔19〕"东城"句:此用杜牧《张好好》诗的典故。该诗序云:"牧大和三年(829)佐故吏部沈公江西幕,好好年十三,始以善歌来乐籍中。后一岁,公移镇宣城,复置好好于宣城籍中。后二岁,为沈著作述师以双鬟纳之。后二岁,于洛阳东城重睹好好,感旧伤怀,故题诗赠之。"此借以表达怀旧之情。

〔20〕事与孤鸿去:喻往事消逝无踪。杜牧《题安州浮云寺楼寄湖州张郎中》诗:"恨如春草多,事与孤鸿去。"

〔21〕探春:初春到郊外游赏。王仁裕《开元天宝遗事·探春》云:"都人士女,每至正月半后,各乘车跨马,供帐于园圃或郊野中,为探春之宴。"

〔22〕官柳:官府种植的柳树。《晋书·陶侃传》:"侃尝课诸营种柳,都尉夏施盗官柳植之于己门,侃后见,驻车问曰:'此是武昌西门前柳,何因盗来此种?'施惶怖谢罪。"后泛指大道上的柳树。杜甫《西郊》

诗:"市桥官柳细,江路野梅香。"金缕:金丝,此喻指金黄色的柳条。

〔23〕纤纤:形容事物之细微。

〔24〕风絮:风中飘忽的柳花。絮,柳花状如绒絮,故称柳絮。谢道韫咏雪名句:"未若柳絮因风起。"

　　这首词通过顺叙、倒叙、实写、虚写等多种方式,抒发世事沧桑,物是人非的感触。全词分三叠(音乐上一叠就是一段),其中第一、二两叠的句式和平仄完全相同,称为"双拽头"。第一叠以环境描写为主,叙述自己旧地重游的深切感受,事事引起联想,处处感到亲切,为下文回忆往事制造了浓郁的抒情氛围。第二叠进入回忆,以人物描写为主,寥寥几笔,将娇小可爱的姑娘写得栩栩如生,呼之欲出。第三叠抒发今昔之感,反复渲染其寻访不遇的伤感情绪,所谓"探春尽是,伤离意绪",点明了本词的主题。这首词叙事的成分虽然较多,但抒情色彩并不因此减弱,景物描写也相当成功,叙事、抒情、写景三者水乳交融,将身世之感打并入艳词,完美地体现出清真词"哀感顽艳"的艺术特色。

　　《花庵词选》:今按此词,自"章台路"至"归来旧处"是第一段,自"黯凝伫"至"盈盈笑语"是第二段,此谓之"双拽头",属正平调。自"前度刘郎"以下即犯大石,系第三段。至"归骑晚"以下四句再归正平。今诸本皆于"吟笺赋笔"处分段者,非也。

　　《乐府指迷》:结句须要放开,含有余不尽之意,以景结情最好。如清真之"断肠院落,一帘风絮",又"掩重关、遍城钟鼓"之类是也。

　　《草堂诗余隽》:此词负才抱志,不得于君,流落无聊,故托以自况。(李攀龙评语)

　　《宋四家词选》:"事与孤鸿去",只一句化去町畦。

　　又云:不过"桃花人面"旧曲翻新耳。看其由无情入,结归无情,层层脱换,笔笔往复处。

《词则·别调》:笔笔回顾,情味隽永。

《词学通论》:《瑞龙吟》一首,其宗旨所在,在"伤离意绪"一语耳。而入手先指明地点曰"章台路",却不从目前景物写出,而云"还见",此即沉郁处也。须知"梅梢""桃树",原来旧物,唯用"还见"云云,则令人感慨无端,低徊欲绝矣。首叠末句云:"定巢燕子,归来旧处。"言燕子可归旧处,所谓"前度刘郎"者,即欲归旧处而不得,徒彳亍于"愔愔坊陌"、章台故路而已,是又沉郁处也。第二叠"黯凝伫"一语为正文,而下文又曲折,不言其人不在,反追想当日相见时状态。用"因记"二字,则通体空灵矣,此顿挫处也。第三叠"前度刘郎"至"声价如故",言个人不见,但见同里秋娘,未改声价,是用侧笔以衬正文,又顿挫处也。"燕台"句,用义山、柳枝故事,情景恰合。"名园露饮""东城闲步",当日己亦为之,今则不知伴着谁人赓续雅举?此"知谁伴"三字,又沉郁之至矣。"事与孤鸿去"三语,方说正文。以下说到归院,层次井然,而字字凄切。末以"飞雨""风絮"作结,寓情于景,倍觉黯然。通体仅"黯凝伫""前度刘郎重到""伤离意绪"三语为作词主意;此外则顿挫而复缠绵,空灵而又沉郁。骤视之,几莫测其用笔之意,此所谓神化也。

夏敬观评《清真集》:词中对偶最忌堆砌板重,如此词"褪粉"二句,"名园"二句,皆极流动,所以妙也。"愔愔""侵晨",挺接。末段挺接处尤妙,用潜气内转之笔行之。(龙榆生《唐宋名家词选》引)

《海绡说词》:第一段,地,"还见"逆入,"旧处"平出。第二段,人,"因记"逆入,"重到"平出,作第三段起步。以下抚今追昔,层层脱卸。"访邻寻里",今;"同时歌舞",昔;"唯有旧家秋娘,声价如故",今犹昔。而秋娘已去,却不说出,乃吾所谓留字诀者。于是"吟笺赋笔""露饮""闲步",与"窥户""约黄""障袖""笑语",皆如在目前矣。又吾所谓能留,则离合顺逆皆可随意指挥也。"事与孤鸿去",咽住,将昔游一齐结束,然后以"探春"二句,转出今情。"官柳"以下,复缘情叙景。"一帘风絮",绕后一步作结。时则"褪粉梅梢,试花桃树",又成过去矣。后之视今,犹今视昔,奈此"断肠院落"何。(《词话丛编》增订本)

乔大壮手批《片玉集》:此调是双拽头。四声可参酌梦窗及杨泽民、方千里和作。近时作者多即依此篇四声,其触韵处仍可依之,惟戒添出触韵之字耳。"事与"句,用杜牧句作提笔,"重""大"之至。

风流子[1]

枫林凋晚叶[2],关河迥[3]、楚客惨将归[4]。望一川暝霭[5],雁声哀怨;半规凉月[6],人影参差[7]。酒醒后、泪花销凤蜡[8],风幕卷金泥[9]。砧杵韵高[10],唤回残梦,绮罗香减[11],牵起余悲。　　亭皋分襟地[12],难堪处[13]、偏是掩面牵衣[14]。何况怨怀长结[15],重见无期。想寄恨书中[16],银钩空满[17];断肠声里,玉筯还垂[18]。多少暗愁密意,唯有天知。

〔1〕《风流子》:陈本注"大石"调,题作"秋怨"。《花庵词选》题作"秋词"。关于这首词的作年,王国维《清真先生遗事·尚论》云:"其时当在教授庐州之后,知溧水之前。"

〔2〕枫林凋晚叶:谓秋已深,枫树的红叶已开始凋零。杜甫《秋兴八首》诗:"玉露凋伤枫树林。"

〔3〕关河迥:谓旅途漫长。关河,关防河流。迥,遥远。柳永《八声甘州》词:"渐霜风凄紧,关河冷落,残照当楼。"

〔4〕楚客:作者自指。周邦彦当时正客游楚地,故以楚客自称。惨将归:因离别在即,而心中十分悲伤。宋玉《九辩》:"登山临水兮送将归。"

〔5〕一川暝霭:水面上弥漫着黄昏的雾气。暝,日暮。霭,雾气。

〔6〕半规凉月:半圆形的月亮。规,校正圆形的工具,此指代圆形。半规,半圆形,此状月,谢灵运《游南亭》诗:"密林含余清,远峰隐半规。"

〔7〕人影参差:谓岸边送行者在月光下来回走动,身影错杂零乱。

〔8〕泪花销凤蜡:谓含着泪花眼看蜡烛渐渐销熔。凤蜡,蜡烛的美称,典出《南齐书·王僧虔传》:"僧虔年数岁,独正坐,采蜡烛珠为凤凰。"此句化用杜甫《西阁三度期大昌严明府同宿不到》诗:"花催蜡炬消。"又杜牧《赠别》诗:"蜡烛有心还惜别,替人垂泪到天明。"

〔9〕风幕卷金泥:谓夜风吹卷起室内的帘幕。金泥,用来涂饰物品的金粉,这里指帘幕上的涂金花饰。李煜《临江仙》词:"画帘珠箔,惆怅卷金泥。"

〔10〕砧杵(zhēn chǔ 针楮)韵高:捣衣声一声高于一声。砧杵,古代妇女用来捣衣的工具,砧为捣衣石,杵为捣衣槌。储光羲《田家杂兴》诗:"秋山响砧杵。"韵,此指捣衣声均匀的节拍。

〔11〕绮罗:有花纹的丝织品。此指衣裙罗帕一类女性的衣着和用品。

〔12〕亭皋(gāo 高)分襟地:于水边分别的时候。亭皋,水边平地。分襟,分别、分手。罗邺《途中寄友人》诗:"秋庭怅望别君初,折柳分襟十载余。"

〔13〕难堪:难以忍受。堪,忍受、禁当。处:时也。

〔14〕掩面牵衣:形容难舍难分的情状,掩面而泣,牵衣而啼。

〔15〕怨怀长结:忧愁怨恨的情绪无法排解。徐幹《室思》:"沉阴结愁忧。"

〔16〕寄恨书中:将一腔的怨愁全寄托于书信之中。

〔17〕银钩空满:密密麻麻的字,徒然写满信纸。银钩,形容书法笔势宛如银质的钩。晋索靖《书势》:"盖草书之为状也,婉若银钩,漂若惊鸾。"后泛指字迹。白居易《写新诗寄微之偶题卷后》:"写了吟看满卷愁,浅红笺纸小银钩。"

〔18〕玉筯(zhù 住):喻美人的眼泪。南朝梁刘孝威《独不见》诗:"谁怜双玉筯,流面复流襟。"

这首词由写景入手,反复铺写伤离惜别的凄楚情怀。先写送别时的凄凉景象,接着虚拟别后孤栖独宿和两地相思的痛苦,其中又有追忆和虚想。全词顺逆离合,虚虚实实,变化无端。文中多用对偶,散中见整,参差错落,饶有韵致。

《乐府指迷》:炼字下语,最是紧要。如说桃,不可直说破桃,须用"红雨""刘郎"等字;如咏柳,不可直说破柳,须用"章台""灞岸"等字。又用事,如曰"银钩空满",便是书了,不必要说"书"字;"玉筯双垂",便是泪了,不必更说"泪"。

《草堂诗余正集》:"砧杵""寄恨"四句,扇对,魂芳魄艳。末句不得已而呼天。兼金石绮彩之美,长篇未易。

《蓼园词选》:婉曲周全。

《蕙风词话》:清真又有句云:"多少暗愁密意,惟有天知。"……此等语愈朴愈厚,愈厚愈雅,至真之情由性灵肺腑中流出,不妨说尽,而愈无尽。

夏敬观评《清真集》:此词四句对偶凡三处,句调皆变换不同。又云:通篇一气衔贯。(龙榆生《唐宋名家词选》引)

风流子[1]

新绿小池塘[2]。风帘动、碎影舞斜阳[3]。羡金屋去来,旧时巢燕[4];土花缭绕,前度莓墙[5]。绣阁里、凤帏深几许,听得理丝簧[6]。欲说又休,虑乖芳信[7];未歌先噎,愁转清商[8]。　　遥知新妆了,开朱户,应自待月西厢[9]。最苦梦魂,今宵不到伊行[10]。问甚时却与,佳音密耗[11],寄将秦镜[12],偷换韩香[13]。天便教人,霎时厮见何妨[14]?

〔1〕《风流子》:陈本注"大石"调。《花庵词选》题作"初夏",陈耀文《花草粹编》作"风情"。这首词约作于周邦彦知溧水期间。

〔2〕新绿:指初春新涨的绿水。一说池塘名。据强焕《题周美成词》载,池在溧水县治的后圃。一说新绿为亭轩名,见王明清《挥麈余话》。

〔3〕风帘:被风吹动的帘幕。碎影:零乱的影子。风吹帘动,水中的帘影零乱破碎。

〔4〕"羡金屋"二句:羡慕旧时栖居画梁的燕子,又回到华丽的闺房,自由自在地飞进飞出。金屋:指华丽的闺房。据《汉武帝故事》载:汉武帝幼时曾说"若得阿娇作妇,当作金屋贮之也"。巢燕:筑巢于屋梁上的燕子。

〔5〕"土花"二句:从前到过的院墙,如今爬满了苔藓和莓草。土花,指苔藓。李贺《金铜仙人辞汉歌》:"画栏桂树悬秋香,三十六宫土花碧。"莓墙:长有莓苔的院墙。

〔6〕"绣阁"二句:花团锦簇的闺房里,透过重重帘幕,传出弹琴鸣曲的乐音。凤帏:绣有凤凰图案的帘幕。帏,同"帷",帐子,帘幕。理丝簧:弹奏乐器。丝,琴弦。簧,乐器中用以振动发音的薄片。丝簧合指乐器。

〔7〕虑乖芳信:担心辜负了美好的春光。乖,背离,违误。芳信,花信。苏轼《谢关景仁送红梅栽》诗:"年年芳信误红梅,江畔垂垂又欲开。"

〔8〕清商:古代乐府歌曲名,其中的吴歌、西曲等多爱情相思之歌。此句说:将心中的愁苦转借相思的曲调表达出来。转,陈本作"近"。

〔9〕待月西厢:谓思念和等待情人。元稹《会真记》中崔莺莺赠张生诗云:"待月西厢下,迎风户半开。拂墙花影动,疑是玉人来。"

〔10〕伊行(háng杭):她那边。行,宋人口语,犹那边,那里。晏几道《临江仙》:"如今不是梦,真个到伊行。"

〔11〕甚时:何时。却与,一本作"说与"。密耗:密约,密信。耗,消息。

〔12〕秦镜:指男女互赠的信物。汉代秦嘉的妻子徐淑卧疾,嘉在外得徐赠诗,便派人送信并赠明镜、宝钗等物,答诗中有"宝钗好耀首,明镜可鉴形"之句。事见《琅邪代醉篇》卷一九。

〔13〕韩香:指男女互赠的信物。《晋书·贾充传》:"韩寿与贾充女私。时西域贡奇香,一着人经月不脱,武帝以赐充,充女盗予寿。充僚属闻其芬馥,称于充。充知与寿私也,秘之,以女妻寿。"庾信《燕歌行》:"盘龙明镜饷秦嘉,辟恶生香寄韩寿。"以上二句谓暗中传递的爱情信物。

〔14〕厮见:相见。

想念情人,又无从相见,由此生出无限情思,满腔怨愁。作品先写外景,以景衬情;次用比兴,借无情的燕子飞入金屋和无知的莓苔绕生土墙,反衬自己不能自由出入庭院与所爱者相见相守。接着又从对方落笔,设想女子独处深闺的寂寞,弹琴唱曲,难赋深情。结句以朴厚率真见长。

《词源》:词中句法要平妥精粹,一曲之中,安能句句高妙?只要拍搭衬副得去,于好发挥笔力处极要用工,不可轻易放过,读之使人击节可也……如美成《风流子》云:"凤阁绣帏深几许,听得理丝簧。"……此皆平易中有句法。

又云:词欲雅而正,志之所之,一为情所役,则失其雅正之音。耆卿、伯可不必论,虽美成亦有所不免。如"为伊泪落";如"最苦梦魂,今宵不到伊行";如"天便教人,霎时厮见何妨";如"又恐伊寻消问息,瘦损容光";如"许多烦恼,只为当时,一饷留情"。所谓淳厚日变成浇风也。

《乐府指迷》:结句须要放开,含有余不尽之意,以景结情最好……或以情结尾亦好。往往轻而露,如清真之"天便教人,霎时厮见何妨";又云"梦魂凝想鸳侣"之类,便无意思。亦是词家病,却不可学也。

《草堂诗余正集》:"土花"对"金屋",工。末句驰骋,恣其望,申其郁。张玉田"淳化尽变为浇风",此胶柱鼓瑟之论也。

《本事词》:此词虽极情致缠绵,然律以名教,恐亦有伤风雅也。

《蕙风词话》:元人沈伯时作《乐府指迷》,于清真词推许甚至。惟以"天便教人,霎时厮见何妨""梦魂凝想鸳侣"等句为不可学,则非真能知词者。清真又有句云:"多少暗愁密意,惟有天知""最苦梦魂,今宵不到伊行""拚今生、对花对酒,为伊泪落",此等语愈朴愈厚,愈厚愈雅,至真之情由性灵肺腑中流出,不妨说尽,而愈无尽。

《填词杂说》:"天便教人,霎时厮见何妨""花前月下,见了不教归去",卞急迂妄,各极其妙,美成真深于情者。

《蓼园词选》:因见旧燕度莓墙而巢于金屋,乃思自身已在凤帏之外,而听别人理丝簧,未免悲咽耳。

《海绡说词》:"池塘"在"莓墙"外,"莓墙"在"绣阁"外,"绣阁"又在"凤帏"外,层层布景,总为"深几许"三字出力。既非巢燕可以任意去来,则相见亦良难矣。"听得""遥知",只是不见,梦亦不到。"见"字,绝望;"甚时"转出"见"字,后路千回百折,逼出结句,画龙点睛,破壁飞去矣。(罗忼烈校录本,见《词曲论稿》)

乔批《片玉集》:重在写景,不在言情。"金屋"四句,作对;"欲说"四句亦然。"绣阁"句比卷五一首少一字,或是夺文,或是别体,宋刻本已然,不可考矣。"最苦""天便"二句是十字句,上四下六或上六下四均可。

《挥麈余话》卷二:周美成为江宁府溧水令,主簿之室有色而慧,美成常款洽于尊席之间,世所传《风流子》词,盖有寓意焉。(原词从略)词中新绿、待月,皆簿厅亭、轩之名也。(俞羲仲云)

华胥引[1]

川原澄映[2],烟月冥濛[3],去舟如叶。岸足沙平,蒲根水冷留雁唼[4]。别有孤角吟秋,对晓风鸣轧[5]。红日三竿,醉头扶起还怯[6]。　　离思相萦[7],渐看看、鬓丝堪镊[8]。舞衫歌扇,何人轻怜细阅。点检从前恩爱,(但)凤笺盈箧〔9〕。愁剪灯花〔10〕,夜来和泪双叠〔11〕。

〔1〕《华胥引》:此调为周邦彦始创。陈本注"黄钟"宫,题作"秋思",《百家词》同。此词写作年代不详。《蓼园词选》云:"美成由徽猷阁待制出知顺昌府,徙处州,此词或在顺昌、处州作乎?"供参考。

〔2〕川原澄映:清澈的水流穿过广阔的原野与天光云影共辉映。此句化用韩愈《和李相公摄事南郊》诗:"川原共澄映,云日还浮飘。"

〔3〕烟月冥濛:烟雾迷濛中,月色昏暗。冥濛,昏暗迷茫。

〔4〕"蒲根"句:留宿于蒲苇丛中的大雁正在寒冷的秋水中觅食吞咽。唼(shà 霎,又读 zā 匝):水鸟或鱼类吞食。李商隐《子初全溪作》诗:"战蒲知雁唼,皱月觉鱼来。"

〔5〕"别有"二句:对着晓风呜呜呻吟,那是江楼上的画角在孤独地吟唱着悲秋的乐曲。此句化用杜牧《题齐安城楼》诗中"鸣轧江楼角一声,微阳潋潋落寒汀"的句子。

〔6〕"红日"二句:谓酒后初醒,体软头晕,太阳已高高升起。此二句化用杜牧《醉题五绝》中的诗句:"醉头扶不起,三丈日还高。"

〔7〕萦(yíng 莹):缠绕。

〔8〕鬓丝堪镊(niè 聂):鬓发稀白,已不堪夹镊。堪,不堪,不能忍受。镊,镊子,拔除毛发的用具,此作动词"拔除"解。李商隐诗《咏怀寄秘阁旧僚二十六韵》:"羞镊镜中丝。"

〔9〕凤笺盈箧(qiè 怯):谓书箱里装满昔日的书信和诗笺。凤笺,信纸的美称,指绘有金凤的纸。箧,小箱子,如书箧,行箧。按:此句陈注本"凤"字上有"但"字,方千里、陈允平的和词均作五字句,陈本是。

〔10〕灯花:灯芯余烬结成的花形。

〔11〕和泪双叠:谓含泪看灯花,花形两两相叠。

这是一首羁旅行役之词。上阕描写旅途秋景,蒲根水冷,孤角吟秋,一片萧瑟。下阕抒写离愁别恨,一边嗟叹"鬓丝堪镊",时光蹉跎;一边"点检从前恩爱",怀恋"舞衫歌扇",于旅途寂寞之中,更添一层哀愁。

《草堂诗余正集》:叶几个险韵,难得。"点检"句,精心巧笔。

《古今词论》引毛稚黄曰:词家刻意、俊语、浓色,此三者皆作者神明,然须有浅深处。平处忽着一二乃佳,如美成"秋思"(指《华胥引》)。平叙景物已足,乃出"醉头扶起还怯",便动人,工妙。

《蓼园词选》:结后三句,恋恋主恩,情词悱恻,不失敦厚之致。

《海绡说词》:日高醉起,始念夜来离思,即景叙情。顺逆伸缩,自然深妙。(《词话丛编》增订本)

乔批《片玉集》:起是对句,"岸足"二句亦然。"唼"韵新艳,为梦窗所祖。"舞衫歌扇""从前恩爱",乃与歌者别离之作耳。"双叠",指灯花。

意难忘[1]

衣染莺黄[2]。爱停歌驻拍,劝酒持觞[3]。低鬟蝉影动[4],私语口脂香[5]。莲露滴,竹风凉[6],拚剧饮淋浪[7]。夜渐深,笼灯就月,子细端相[8]。 知音见说无双[9]。解移宫换羽[10],未怕周郎[11]。长颦知有恨[12],贪耍不成妆。些个事[13],恼人肠。试说与何妨?又恐伊、寻消问息,瘦减容光[14]。

〔1〕《意难忘》:此调由周邦彦始创。陈本注"中吕"宫,题作"美咏",《花庵词选》题"美人",《草堂诗余》题"佳人",《词的》题"歌伎"。这首词约作于元丰年间,时周邦彦在京都太学。

〔2〕莺黄:近似莺羽的黄色。温庭筠《舞衣曲》:"偷得莺黄锁金缕。"

〔3〕驻拍:停住节拍。持觞:举杯。觞,酒杯。

〔4〕"低鬟"句:低下头来发鬟像蝉翼一样轻轻颤动。鬟:环形的发髻。蝉影:蝉形的发髻。此句出自元稹《续张生会真诗三十韵》:"低鬟蝉影动,回步玉尘蒙。"(见《会真记》)

〔5〕私语口脂香:此句出于顾夐《甘州子》词:"山枕上,私语口脂香。"私语,悄声细语。口脂,女子涂在嘴唇上的香脂。

〔6〕"莲露滴"句之"莲",陈注本作"檐"。竹风凉:从竹林里吹来的风很凉爽。白居易《渭村退居》诗:"望春花景暖,避暑竹风凉。"

〔7〕拚(pàn 判):甘愿。剧:此指剧饮,痛饮。淋浪:此形容酒不断下滴的样子。陈注本引舒亶诗云:"空得淋浪酒满衣。"

〔8〕笼灯就月:点上灯笼,就着月光。端相:正视,审视。

〔9〕"知音"句:听说她妙解音律,高出众人。知音:妙解音律。见说:听说。无双:无与伦比。古诗《焦仲卿妻》:"精妙世无双。"

〔10〕解:懂得。移宫换羽:变换乐曲的宫调。宫、羽,古代音乐分宫、商、角、徵、羽五音。

〔11〕周郎:三国时期吴国的周瑜。他二十四岁时拜建威中郎将,吴中人呼为"周郎"。据《三国志·吴书·周瑜传》载:"瑜少精意于音乐,虽三爵之后,其有阙误,瑜必知之,知之必顾。故时人谣曰:'曲有误,周郎顾。'"这里指精通音乐的行家。周邦彦精通音律,又与周瑜同姓,故亦以自指。

〔12〕长:通"常"。颦(pín频):皱眉。
〔13〕耍:嬉戏。些个:宋人口语,即"个些",说不上的点点小事。
〔14〕瘦减容光:面貌消瘦,减损姿色。《会真记》:"崔知之,潜赋一章,词曰:'自从别后减容光,万转千回懒下床。不为旁人羞不起,为郎憔悴却羞郎。'"

　　这首词描写歌女的动作、神态和个性,十分鲜明生动。她能歌善舞,精通音律,又会逗情,又会撒娇,但心中却隐藏着愁苦。至于男主人公,明知离别在即,却迟疑再三,未敢明言,其对心爱者温顺体贴,百般怜爱的情状也刻画得细致入微。正如俞平伯所说:"一经点破,上文艳冶都化深悲;而深悲仍出之以微婉。"(《清真词释》)

　　《浩然斋雅谈》:周美成长短句纯用唐人诗句,如"低鬟蝉影动,私语口脂香",此乃元、白全句。贺方回尝言:"吾笔端驱使李商隐、温庭筠常奔走不暇。"则亦可谓能事矣。

　　《古今诗余醉》:"低鬟"下,丰韵绝也。"贪耍"下,娇痴触目。

　　《草堂诗余正集》:绝世风韵。恩爱了一回,瞻瞩了一回,生情实是这样。"贪耍"句,娇痴触目。末几句,即孙夫人"归来都告,怕伤郎,又还休道"的意思,何等体惜,何等机权。钟氏曰:写情若叙事,实开元曲滥觞。

　　尤侗《苍梧词序》:每念李后主"小楼昨夜又东风",辄欲以泪眼洗面;及咏周美成"低鬟蝉影动,私语口脂香",则泪痕犹在,笑靥自开。词之能感人如此。

　　《古今词论》引毛稚黄曰:清真"衣染莺黄"词,忽而欢笑,忽而悲泣,如同枕席,又在天畔,真所谓不可解,不必解者。此等最是难作,作亦最难得佳。"夜渐深,笼灯就月,子细端相",义仍之"就月笼灯衫袖张"

出此。

《填词杂说》:小令中调有排荡之势者,吴彦高之"南朝千古伤心事"、范希文之"塞下秋来风景异"是也。长调中极狎昵之情者,周美成之"衣染莺黄",柳耆卿之"晚晴初"是也。于此足悟偷声变律之妙。

《白雨斋词话》:美成艳词,如《少年游》《点绛唇》《意难忘》《望江南》等篇,别有一种姿态,句句洒脱,香奁泛语,吐弃殆尽。

《词则·别调》:洒落有致,吐弃一切香奁泛语。

《云韶集》:此词香艳极矣。但香艳不难,难在吐弃一切泛语。谁不能作香奁词?谁能如此摆脱有致?

《海绡说词》:"檐露滴,竹风凉"六字,如繁休伯《与魏文帝笺》:"是时日在西隅,凉风拂衽"也。(罗校本)

乔批《片玉集》:"停歌"八字作对,甚密。"低鬟"十字作对,跳掷。"檐露"六字作对,写景。又自命周郎。"长颦"十字,甚新。

宴清都[1]

地僻无钟鼓[2]。残灯灭,夜长人倦难度。寒吹断梗[3],风翻暗雪[4],洒窗填户。宾鸿漫说传书[5],算过尽、千俦万侣[6]。始信得、庾信愁多[7],江淹恨极须赋[8]。　　凄凉病损文园[9],徽弦乍拂[10],音韵先苦。淮山夜月[11],金城暮草[12],梦魂飞去。秋霜半入清镜[13],叹带眼、都移旧处[14]。更久长、不见文君[15],归时认否?

〔1〕《宴清都》:此调由周邦彦始创。陈本注"中吕"宫。《草堂诗

19

余》《花草粹编》《古今诗余醉》题作"秋思"。据词中"淮山夜月,金城暮草"句,这首词约作于周邦彦教授庐州期间。

〔2〕地僻无钟鼓:远离京师,身处偏僻之地,不闻钟鼓之声。

〔3〕寒吹断梗:寒风吹卷着草木的断枝枯茎。此句暗喻自己遭弃京师。李贺《咏怀》二首:"梁王与武帝,弃之如断梗。"

〔4〕风翻暗雪:大雪在风中翻滚。暗雪,雪盛。储光羲《陇头水送别》诗:"暗雪迷征路,寒云隐戍楼。"

〔5〕宾鸿:鸿雁。因其春季北飞,秋季南翔,过往如宾客,故称。《礼记·月令》:"季秋之月……鸿雁来宾。"漫说:空说。传书:《汉书·苏武传》:"使者谓单于,言天子射上林中,得雁,足有系帛书,言武等在某泽中。"因有雁足传书之说。

〔6〕千俦万侣:雁类群行,故云。俦,伴侣。

〔7〕庾信(513—581):字子山。南阳新野(今属河南)人。初仕梁,后出使西魏,被留不归;西魏亡后又仕北周,晚年虽居高职,心中仍怀念南朝。曾作《愁赋》,今不传。陈注《片玉集》引《愁赋》云:"闭户欲驱愁,愁终不肯去;深藏欲避愁,愁已知人处。"

〔8〕江淹(444—506):字文通。济阳考城(今属河南)人。历仕宋、齐、梁三代。少孤贫好学,早有文名,善辞赋,尤以《恨赋》《别赋》著称于世。其《恨赋》云:"仆本恨人,心惊不已。直念古者,伏恨而死。"

〔9〕文园:指司马相如(前179—前117),字长卿。蜀郡成都人。工辞赋,因《子虚赋》为汉武帝召见,又作《上林赋》,武帝用为郎。曾奉使西南,后任孝文园令。有消渴症,故词中谓"病损"。此作者以司马相如自指。

〔10〕徽弦:系琴弦的绳子或抚琴时设的乐音标志,此代琴弦。乍:初,刚。

〔11〕淮山:泛指淮南的山。周邦彦这时任庐州州学教授,庐州即今

安徽合肥，宋时属淮南西路，词中淮山当指合肥周围的山。

〔12〕金城：水名，即铁索涧，"在合肥县西九十里"（《续修庐州府志》）。此与"淮山"对举，亦泛指淮南的水。

〔13〕秋霜：喻白发。此句谓镜中鬓发已斑白。

〔14〕带眼：腰带的孔眼。带眼移处，形容腰围日渐瘦减。杨亿《此夕》诗："程乡酒薄难成醉，带眼频移奈瘦何。"

〔15〕文君：卓文君，汉代临邛富商卓王孙的女儿，寡居在家，司马相如弹琴挑逗，文君即与之私奔，这里借指作者的妻室或所爱的女子。

词中极写身居偏僻州地的孤独凄苦心情，长夜、残灯、寒风、断梗、暗雪所渲染的阴冷气氛，透露出作者政治受压后内心的惶惑和惊惧。这种忧惧之心只通过对家人的思念表现出来，隐而不露，含蓄深沉。

《乐府指迷》：词中用事使人姓名，须委曲得不用出最好。清真词多要两人名对使，亦不可学也。如《宴清都》云"庾信愁多，江淹恨极"，《西平乐》云"东陵晦迹，彭泽归来"，《大酺》云"兰成憔悴，卫玠清羸"，《过秦楼》云"才减江淹，情伤荀倩"之类是也。

《草堂诗余正集》："千俦万侣"上用个"算"字妙。无疑生疑，以求其议。（沈际飞语）

《蓼园词选》：凄然欲绝。

乔批《片玉集》："寒吹"二句作对。庾信、江淹人名作对，固遭评骘，然此八字须是对句，上加"始信得"三字，下加"须赋"二字。"徽弦"二句作对，"淮山"二句亦然。此首庾信、江淹、文园、文君，人名太多，乃矜才使气之过，不可为训。

兰陵王[1]

柳

柳阴直[2]。烟里丝丝弄碧[3]。隋堤上[4]、曾见几番,拂水飘绵送行色[5]。登临望故国[6]。谁识、京华倦客[7]。长亭路[8]、年去岁来,应折柔条过千尺[9]。　　闲寻旧踪迹[10]。又酒趁哀弦[11],灯照离席。梨花榆火催寒食[12]。愁一箭风快[13],半篙波暖[14],回头迢递便数驿[15]。望人在天北[16]。　　凄恻[17]。恨堆积。渐别浦萦回[18],津堠岑寂[19]。斜阳冉冉春无极[20]。念月榭携手[21],露桥闻笛[22]。沉思前事,似梦里,泪暗滴。

〔1〕《兰陵王》:据《钦定词谱》,此调由周邦彦首创。陈本注"越调"。本词作年说法不一,从"京华倦客"句推断,约作于元丰末至元祐初,时周邦彦为太学正,"居五岁不迁",故有厌倦之意。

〔2〕柳阴直:汴堤(见下"隋堤"注)为人工开筑,故其上所栽柳树笔直成行。此从树阴写柳。

〔3〕烟:指薄薄的雾气。丝丝:形容柳条的细长轻柔。弄碧:形容绿柳在和风中袅娜飘拂的情状,"弄"字出于张先《天仙子》词"云破月来花弄影"。

〔4〕隋堤:隋炀帝时开凿的通济渠,自洛阳至淮水沿渠筑堤,沿堤栽柳,后人称之为隋堤。这里指汴京城外的一段堤岸,是北宋时京都旅

客来往必经之路。陈注:"隋炀帝疏洛为河,抵江都宫,道皆种柳。"

〔5〕绵:喻柳絮。柳树的种子带有白色绒毛,状如绵絮,故云。

〔6〕"登临"句:宋玉《九辩》:"登山临水兮送将归。"故国:此指故乡。

〔7〕京华倦客:作者自指。因长期旅居京城产生了厌倦苦闷的情绪。京华,京城。杜甫《奉赠韦左丞丈二十二韵》:"骑驴十三载,旅食京华春。"

〔8〕长亭:古代交通要道上十里置一长亭,五里置一短亭。这里指送行的地点。

〔9〕"应折"句:古人送行,攀折柳条相赠。过千尺:极言离别送行之频繁。李商隐《离亭赋得折杨柳》诗二首之二:"含烟惹雾每依依,万绪千条拂落晖。为报行人休尽折,半留相送半迎归。"

〔10〕旧踪迹:指过去聚会或送别的地方。

〔11〕酒趁哀弦:饮酒饯行时伴奏离别的乐曲。趁,跟逐、伴随的意思。

〔12〕"梨花"句:旧俗清明节前一日或二日是寒食节,禁烟禁火。清明节早晨宫中把榆柳钻取的新火赐给近臣,称榆火。这句说:正是梨花盛开,榆火新点的寒食节前后。

〔13〕一箭风快:形容船行顺风,快如飞箭。

〔14〕半篙波暖:春江水涨,撑船的竹篙一半没入水中。篙,竹制撑船工具。

〔15〕迢递:遥远的样子。驿(yì义):驿站,古代传递公文的人住宿和换马的场所。

〔16〕望人在天北:行者从汴京向南行,行过几站路程,回过头看,再也望不到远在天北的友人了。

〔17〕凄恻:心情悲伤。江淹《别赋》:"是以行子肠断,百感凄恻。"

23

〔18〕别浦:送行的水边。萦回:水流回旋。王勃《秋日登洪府滕王阁饯别序》:"穷岛屿之萦回。"

〔19〕津堠(hòu厚):指渡口码头。堠,古代记里程的土堡,五里一堠。岑(cén)寂:冷清寂寞。

〔20〕冉(rǎn染)冉:缓慢地移动。春无极:春满人间,春色无边。

〔21〕月榭(xiè谢):月光下的台榭。榭,有屋顶的台,供人歌舞游乐的场所。

〔22〕露桥闻笛:谓深夜在沾满露珠的桥上欣赏笛声。

这首词题为咏柳,其实并非一般的咏物之作,而是借柳起兴,引出送别的主题,并寄寓作者长期旅居京都的厌倦苦闷情绪。全词分三叠。第一叠从隋堤上的柳阴落笔,抒写作者多次登堤送别的羁旅思乡之情。第二叠由眼前的离宴转而设想别后的寂寞和凄凉。"愁一箭风快"以下是从行者设想。第三叠"渐别浦萦回"起从送者设想。自"念月榭携手"以下总写别后相互思念的情景,从而结束全篇。这样通过多层次、多侧面的铺叙,反复吟叹,欲吐又吞,以倾诉作者临别忧伤和抑塞难舒的羁旅愁情。据南宋毛开(jiān间)《樵隐笔录》载:"绍兴初,都下盛行周清真咏柳《兰陵王慢》,西楼南瓦皆歌之,谓之《渭城三叠》。以周词凡三换头,至末段声尤激越,惟教坊老笛师能倚之以节歌者。"可知当日传唱之盛况。

《碧鸡漫志》:世间有《离骚》,惟贺方回、周美成时时得之。贺《六州歌头》《望湘人》《吴音子》诸曲,周《大酺》《兰陵王》诸曲,最奇崛。或谓深劲乏韵,此遭柳氏野狐涎吐不出者也。

《樵隐笔录》:绍兴初,都下盛行周清真咏柳《兰陵王慢》,西楼南瓦皆歌之,谓之《渭城三叠》。以周词凡三换头,至末段声尤激越,惟教坊老笛师能倚之以节歌者。其谱传自赵忠简(鼎)家。忠简于建炎丁未九日南渡,泊舟仪真江口,遇宣和大晟乐府协律郎某,叩获九重故谱,因令家伎习之,遂流传于外。

《草堂诗余正集》:快匀。"闲寻旧踪迹"以下不沾题,而宣写别怀,无抑塞。"斜阳"句淡宕有情。

《介存斋论词杂著》:北宋有无谓之词以应歌,南宋有无谓之词以应社。然周美成《兰陵王》、东坡《贺新凉》,当筵命笔,冠绝一时。碧山之《齐天乐》咏蝉,玉潜之《水龙吟》咏白莲,又岂非社中作乎?

《宋四家词选》:客中送客,一"愁"字代行者设想;以下不辨是情是景,但觉烟霭苍茫。"望"字、"念"字尤幻。

《白雨斋词话》:美成词极其感慨,而无处不郁,令人不能遽窥其旨。如《兰陵王》"登临望故国,谁识京华倦客"二句是一篇之主,上有"隋堤上、曾见几番,拂水飘绵送行色"之句,暗伏"倦客"之根,是其法密处。故下文接云"长亭路、年去岁来,应折柔条过千尺",久客淹留之感,和盘托出。他手至此,以下便直书愤懑矣。美成则不然,"闲寻旧踪迹"二叠,无一语不吞吐,只就眼前景物约略点缀,更不写淹留之故,却无处非淹留之苦。直至收笔云"沉思前事,似梦里,泪暗滴"遥遥挽合,妙在才欲说破,便自咽住,其味正自无穷。

《云韶集》:意与人同,而笔力之高,压遍今古。又沉郁,又劲直,有独往独来之概。

《谭评词辨》:已是磨杵成针手段,用笔欲落不落。"愁一箭风快"等句之喷醒,非玉田所知。"斜阳冉冉春无极"七字,微吟千百遍,当入三昧,出三昧。

《艺蘅馆词选》:"斜阳"七字,绮丽中带悲壮,全首精神提起。

《海绡说词》:托柳起兴,非咏柳也。"弄碧"一留,却出"隋堤";"行色"一留,却出"故国";"长亭路"复"隋堤上","年去岁来"复"曾见几番"、"柔条千尺"复"拂水飘绵";全为"京华倦客"四字出力。第二段"旧踪",往事,一留;"离席",今情,一留;于是以"梨花榆火催寒食"一句脱开。"愁一箭"至"数驿"三句,逆提;然后以"望人在天北"合上"离席"作歇拍。第三段"渐别浦"至"岑寂",乃证上"愁一箭"至"波暖"二句,盖有此"渐",乃有此"愁"也;"愁"是逆提,"渐"是顺应。"春无极"正应上"催寒食";"催寒食"是脱,"春无极"是复。"月榭携手,露桥闻笛"是"离席"前事;"似梦里,泪暗滴",仍用逆挽。周止庵谓:"复处无脱不缩,故脱处如望海上仙山。"词境至此,谓之不神不可也。(罗校本)

乔批《片玉集》:古今绝唱,必须记诵。第一过变入情。"望人"句,两宋词人有作一四字句,有作二三字句,仍应是一四字句。"渐别浦"以下又回入景,此神力也。

夏闰庵云:有此二语(指"梨花"句和"斜阳"句)顿挫之力,以下便一气奔赴。(俞陛云《唐五代两宋词选释》引)

锁窗寒[1]

寒食

暗柳啼鸦[2],单衣伫立[3],小帘朱户。桐花半亩,静锁一庭愁雨[4]。洒空阶、夜阑未休[5],故人剪烛西窗语[6]。似楚江暝宿[7],风灯零乱[8],少年羁旅[9]。　　迟暮[10]。嬉游处。正店舍无烟[11],禁城百五[12]。旗亭唤酒,付与高阳俦侣[13]。想东园、桃李自春,小唇秀靥今在否[14]?到归时、定有残英,待客携尊俎[15]。

〔1〕锁窗寒:亦作"琐窗寒",《花草粹编》作"锁寒窗",倒误。此调由周邦彦始创。陈本注"越调",无题。这首词约作于周邦彦中年回京任职期间。

〔2〕暗柳啼鸦:点明春深。暗柳,柳树枝叶浓密。李贺《答赠》诗:"杨柳伴啼鸦。"

〔3〕伫立:久立。

〔4〕"桐花"二句:谓庭院深锁,春雨愁人,桐花凋落,遍地落英。半亩:谓庭院之大,半是落花。

〔5〕空阶:温庭筠《更漏子》词:"梧桐树,三更雨,不道离情正苦。一叶叶,一声声,空阶滴到明。"夜阑:夜将残尽。夜,除注本作"更"。

〔6〕"故人"句:和老朋友在西窗下剪着烛花彻夜长谈。此借用李商隐《夜雨寄北》诗:"君问归期未有期,巴山夜雨涨秋池。何当共剪西窗烛,却话巴山夜雨时。"

〔7〕楚江暝宿:在荆南江中小船上过夜。楚,此谓荆州(今湖北江陵)一带,旧属楚地。

〔8〕风灯零乱:风中灯光摇曳不定。杜甫《船下夔州郭宿雨湿不得上岸别王十二判官》诗:"风起春灯乱,江鸣夜雨悬。"

〔9〕羁旅:离乡行旅在外。

〔10〕迟暮:比喻衰老、晚年。屈原《离骚》:"惟草木之零落兮,恐美人之迟暮。"

〔11〕正店舍无烟:旧俗寒食节不点火,不起灶。烟,指炊烟。元稹《连昌宫词》:"初过寒食一百六,店舍无烟宫树绿。"

〔12〕禁城:王城,宫城。百五:指寒食节。冬至后第一百零五天为寒食节,故云。姚合《寒食二首》:"今朝一百五,出户雨初晴。"

〔13〕旗亭:酒店、酒楼。以悬旗为招徕顾客的标志,故称。高阳俦

27

侣:指豪狂酒友。高阳,《史记·郦生陆贾列传》:"郦生瞋目案剑叱使者曰:'走!复入言沛公,吾高阳酒徒也,非儒人也。'"俦侣,友伴。李商隐《寄罗劭兴》诗:"高阳旧俦侣,时复一相携。"

〔14〕小唇秀靥(yè夜):指代美女。靥,脸颊上的酒窝。李贺《恼公》诗:"晓奁妆秀靥,夜帐减香筒。"

〔15〕尊俎:指代酒菜。尊,酒杯。俎,古代祭祀或设宴时盛放食品的器皿。

这是一首节日怀人词。上片只写应时的景物,不点破节日,然后从眼前凄迷之景引出对往昔羁旅生活的追忆,从而过渡到京城客舍生活并衬托其孤独无聊。下片"店舍无烟,禁城百五"始点明寒食,"旗亭唤酒"以下再次唤起对往日生活和远方情人的追念,进而突出其怀人主题。如此虚实结合、疏密相间,乃清真之长技也。

《草堂诗余正集》:"静锁"句,霎然有声。"无烟""禁城"二句点题。

《草堂诗余隽》:上描旅思最无聊,下描酒兴最无聊。寒窗独坐,对此禁烟时光,呼卢浮白,宁多逊高阳生哉?(李攀龙语)

《宋四家词选》:奇横。

《云韶集》:起三语精工,若他人写来,秀丽或过之,骨韵终逊。"少年羁旅"四字凄惨。一味直来直往,自非他手所能到。

《蓼园词选》:前阕写宦况凄清,次阕起处点清寒食,以下引到思家情怀,风情旖旎可想。

《海绡说词》:由户而庭,由昏而夜,一步一境,总趋归"故人剪烛"一句。"楚江暝宿""少年羁旅",又换一境。一"似"字极幻。"迟暮"钩转,浑化无迹。以下设景设情,层层脱换,皆收入"西窗语"三字中。美成藏此金针,不轻与人。(罗校本)

乔批《片玉集》:"似"字用笔领出下文,是柳、周二公家法,别家能之者少。境界开阔,唯必在一篇之中分出时地,乃可云境界也。

隔浦莲近拍[1]

中山县圃姑射亭避暑作[2]

新篁摇动翠葆[3]。曲径通深窈[4]。夏果收新脆[5],金丸落、惊飞鸟[6]。浓霭迷岸草[7]。蛙声闹。骤雨鸣池沼[8]。

水亭小。浮萍破处,檐花帘影颠倒[9]。纶巾羽扇[10],困卧北窗清晓[11]。屏里吴山梦自到[12]。惊觉。依然身在江表[13]。

[1]《隔浦莲近拍》:陈注本作《隔浦莲》,注"大石"调,无题。《花庵词选》无"拍"字,与《草堂诗余》《古今诗余醉》同题作"夏景"。1974年6月,南京江宁县出土元吉州瓷枕二,其一侧面书清真词《隔浦莲》词,无"近拍"二字(见《文物》杂志1977年第一期)。此调由周邦彦始创,写于知溧水任上。

[2]中山:山名。据《景定建康志》载:"中山,在溧水县东一十五里,高一十丈,周回五里。"县圃(pǔ普):县衙后面的园圃。圃,种植蔬菜、花果或苗木的绿地,周围常有墙篱。姑射(yè夜)亭:强焕《题周美成词》云:"所治后圃……有亭曰'姑射',有堂曰'萧闲',皆取神仙中事揭而名之。"其中"姑射"取自《庄子·逍遥游》:"藐姑射之山,有神人居焉。肌肤若冰雪,淖约若处子,不食五谷,吸风饮露,乘云气,御飞龙,而游于

四海之外。"后人便以"藐姑"或"姑射"为仙子的称呼。

〔3〕新篁:新竹。篁,竹子。翠葆:饰有翠鸟羽毛的车盖。这里喻指翠竹的枝叶。谢朓《侍宴华光殿曲水奉敕为皇太子作》:"翠葆随风,金戈动日。"

〔4〕曲径通深窈(yǎo 咬):弯弯曲曲的小路通往幽深僻静的佳境。常建《题破山寺后禅院》诗:"曲径通幽处,禅房花木深。"

〔5〕新脆:新鲜脆嫩的果实,如梅、桃、李、杏一类果实。元吉州瓷枕绘有梅、莲、桃、枇杷等。

〔6〕金丸:原指金弹子。《西京杂记》:"韩嫣好弹,常以金为丸,所失者日有十余。长安为之语曰:'苦饥寒,逐金丸。'"李白《少年子》诗:"金丸落飞鸟。"这里喻指金黄色的果实如梅子、杏子之类成熟后自然落地。按:元吉州窑瓷枕此句作"金丸惊落飞鸟"。

〔7〕霭(ǎi 矮):雾气。陈注本作"翠"。

〔8〕沼:小池。圆者为池,曲者为沼。

〔9〕"浮萍"二句:化用张先《题西溪无相院》诗句"浮萍破处见山影"。此二句写雨后放晴,从水面浮萍的间隙处可以看到亭檐和花帘的倒影。檐花帘影:元吉州瓷枕同,陈注本作"帘花檐影"。

〔10〕纶(guān 关)巾:以丝带做成的头巾。苏轼《念奴娇·赤壁怀古》:"羽扇纶巾,谈笑间、樯橹灰飞烟灭。"

〔11〕困卧北窗:用陶渊明典,以示心境之恬淡。《晋书·陶潜传》:"尝言夏月虚闲,高卧北窗之下,清风飒至,自谓羲皇上人。"

〔12〕屏里吴山:屏风上画的吴地山水。屏,屏风。吴山,春秋时为吴南界,又名胥山、城隍山,位于今浙江杭州西湖东南,左带钱塘,右瞰西湖,为杭州名胜之一。温庭筠《春日》诗:"屏上吴山远,楼中朔管悲。"周邦彦为钱塘人,吴山借指其故乡。

〔13〕江表:长江以南古称江表,此指江宁、溧水一带。依然:元吉州

瓷枕同,陈注本作"依前"。

　　这首词抓住景物的夏令特征,逐一加以描绘,有动景,有静景,无不鲜明生动。其中"浮萍破处,檐花帘影颠倒"二句与《苏幕遮》中的"水面清圆,一一风荷举"同为周词写景名句。就抒情而言,词人表面显得恬适安宁,内心却十分惆怅,思乡之情中隐含政治失意的郁闷,而这一切又寓于景物描写之中,不露不涩,恰到好处。

　　《苕溪渔隐丛话》:周美成"水亭小,浮萍破处,檐花帘影颠倒",按:杜少陵诗"灯前细雨檐花落",美成用此"檐花"二字,全与出处意不相合,乃知用字之难矣。

　　《野客丛书》卷一〇:详味周用"檐花"二字,于理无碍,《渔隐》谓与出处不合,殆胶于所见乎?大抵词人用事圆转,不在深泥出处,其组合之工,出于一时自然之趣。

　　《词品》卷二:杜诗"灯前细雨檐花落",注谓檐下之花,恐非,盖谓檐前雨映灯光如花尔。后人不知,改作"檐前细雨灯花落",则直致无味矣。宋人小词多用"檐花"字,周美成云:"浮萍破处,檐花帘影颠倒。"又云"檐花细雨照芳塘",多不悉记。

　　《草堂诗余正集》:果如丸,巧喻。"浮萍"句,小而致。

　　《古今词统》:徐士俊云:"金丸"句,惊鱼错认月沉钩,正如鸟认果为丸耳。

　　《古今词话·词品下》:檐花,美成词"浮萍破处,檐花帘影颠倒",无逸词"檐花细雨照芳塘",以檐间画花为是,非雨花也。

　　又,《词辨下》:强焕序曰:美成为溧水令,民到于今称之。强焕八十年后踵公旧治,既喜且愧。适观隔浦之莲,抑又思美成之词,模写物态,曲尽其妙。暇日式燕佳宾,果以公词为冠云。

《听秋声馆词话》：词中换头句扼一篇之要，故分段不容稍混……周邦彦《隔浦莲近拍》应于"骤雨鸣池沼"句分段。

《岁寒居词话》：周邦彦清真居士《片玉词》方千里和词，一一按填，不失分寸。今以两集互校，如《隔浦莲近拍》"金丸惊落飞鸟"，毛注此处三字二句，而周词不尔，当从原作。

《海绡说词》：自起句至换头第三句，皆"惊觉"后所见。"纶巾""困卧"却用逆叙，"身在江表"，梦到吴山。船且到，风辄引去，仙乎仙乎。周词固善取逆势，此则尤幻者。"檐花帘影"，从"萍破处"见，盖晓灯未灭，所以有檐花；风动帘开，所以有帘影。若作"帘花檐影"，兴趣索然矣。胡仔固是胶柱鼓瑟，王楙又愈引愈远。可惜于此佳处，都未领会。（《词话丛编》增订本）

乔批《片玉集》："屏里"句已不易，其下二韵尤难。

苏幕遮[1]

燎沉香[2]，消溽暑[3]。鸟雀呼晴，侵晓窥檐语[4]。叶上初阳干宿雨[5]。水面清圆[6]，一一风荷举[7]。　故乡遥，何日去？家住吴门[8]，久作长安旅[9]。五月渔郎相忆否[10]？小楫轻舟[11]，梦入芙蓉浦[12]。

〔1〕《苏幕遮》：陈本注"般涉"调。这首词约作于元丰年间周邦彦在京师太学读书或为学正时。

〔2〕燎沉香：谓在室里焚香。燎，小火煨炙，延烧。沉香，用沉香木末制成的香，薰烧时可以驱湿、消暑、除恶气。

〔3〕溽(rù入)暑:湿热薰蒸的暑气。《礼记·月令》:"季夏之月,土润溽暑,大雨时行。"沈约《休沐寄怀》诗:"临池清溽暑,开幌望高秋。"

〔4〕侵晓:天将亮。侵,渐近。窥(kuī亏)檐:从屋檐下的缝隙里探看。隋炀帝《晚春》诗:"窥檐燕争入,穿林鸟乱飞。"

〔5〕宿雨:夜雨。

〔6〕清圆:清润圆正。

〔7〕风荷举:荷叶迎着晨风,挺立于水面。风荷,风中的荷叶。李群玉《池塘晚景》诗:"风荷珠露倾,惊起睡鸳鹭。"

〔8〕吴门:古吴县城称吴门,即今江苏苏州。周邦彦早年或曾寓居吴门,故云。一说古吴地包括浙江北部,此指作者的家乡钱塘。

〔9〕久作长安旅:谓久滞京师。长安,汉唐时的都城,故址在今陕西西安市,这里借指北宋都城汴京。以上二句仿苏轼《醉落魄》词"家在西南,常作东南别"。

〔10〕渔郎:指水乡钓鱼的少年朋友。许浑《灞上逢元九处士东归》诗:"旧交已变新知少,却伴渔郎把钓竿。"

〔11〕楫(jí及):船桨,划船的工具。

〔12〕芙蓉浦:即荷花塘。浦,此指流动的浅水。以上谓似乎摇着小船,梦入莲花荡中。

这首词上片描写夏日清晨的景色,以传神之笔画出雨后圆荷迎风挺举的优美姿态,显得清新明丽;下片由荷花引出对故乡的思念,回忆少年时夏天与家乡的小伙伴们一同在荷塘中嬉游的情景,似梦似幻,思深情长。

《宋四家词选》:若有意,若无意,使人神眩。

《云韶集》:不必以词胜,而词自胜。风致绝佳,亦见先生胸襟恬淡。

《人间词话》:美成《青玉案》(当作《苏幕遮》)词:"叶上初阳干宿雨。水面清圆,一一风荷举。"此真能得荷之神理者,觉白石《念奴娇》《惜红衣》二词犹有隔雾看花之恨。

乔批《片玉集》:"家住"二句与东坡《醉落魄》"家在西南,常作东南别"句同境异,可供研究。

四园竹[1]

浮云护月[2],未放满朱扉[3]。鼠摇暗壁[4],萤度破窗,偷入书帏[5]。秋意浓,闲伫立、庭柯影里[6]。好风襟袖先知[7]。夜何其[8]。江南路绕重山,心知漫与前期[9]。奈向灯前堕泪[10],肠断萧娘,旧日书辞。犹在纸[11]。雁信绝,清宵梦又稀[12]。

〔1〕《四园竹》:陈本注"小石"调,调下原注"官本作《西园竹》"。此调由周邦彦始创。《草堂诗余》题作"秋怨"。这首词写作年代难以确定,可与《夜游宫》对读。

〔2〕浮云护月:明月被薄薄的浮云遮掩。《古诗十九首·行行重行行》:"浮云蔽白日,游子不顾返。"

〔3〕未放满朱扉(fēi非):月光斜照,故云"未满朱扉"。朱扉,红漆的门扇。

〔4〕鼠摇暗壁:老鼠肆意地在壁脚暗处活动。王安石《登宝公塔》诗:"鼠摇岑寂声随起。"崔涂《秋夕与王处士话别》诗:"虫声移暗壁,月色动寒条。"

〔5〕"萤度"二句:化用僧齐己《萤》诗:"透窗穿竹住还移……夜深飞过读书帷。"

〔6〕庭柯:庭院中的树木。柯,树枝。陶渊明《归去来辞》:"眄庭柯以怡颜。"

〔7〕"好风"句:用杜牧《秋思》诗:"微雨池塘见,好风襟袖知。"

〔8〕夜何其(jī 基):夜深已是什么时候?《诗·小雅·庭燎》:"夜如何其?夜未央。"

〔9〕漫:一本作"谩",枉,徒然。前期:早先的期约。

〔10〕"奈向"二句:谓无奈只有对灯流泪。奈:无奈。

〔11〕萧娘:指代作者心爱的女子。杨巨源《崔娘》诗:"风流才子多春思,肠断萧娘一纸书。"

〔12〕"雁信"二句:大雁不再给我传信,想在梦里见到她,可是,夜里冷清清的,连梦都很少。大雁传书的典故出自《汉书·苏武传》。毛熙震《菩萨蛮》词:"忆君和梦稀。"

这也是一首羁旅行役之词。上片描写孤馆独宿、鼠摇暗壁、萤入书帷的景况,辛弃疾《清平乐》"绕床饥鼠"似出此机杼。下片抒情,以时间为线索,从"夜何其"直至"清宵梦又稀"。词人夜不能寐的原因是:想到江南路远难赴,旧日萧娘的书辞犹在纸上,可是早已失去联系,"漫与前期"的负疚感袭上心头,不禁暗向灯前潸然堕泪。

《草堂诗余正集》:景妙。清趣。颇跌入底里。

《海绡说词》:"鼠摇""萤度",于静夜怀人中见,有《东山》诗人之意。"犹在纸",一语惊人,是明明有"前期"矣,读结语,则仍是"漫与"。此等处,皆千回百折出之,尤佳在朴拙。(《词话丛编》增订本)

乔批《片玉集》:和缓之笔无人能及,必须记诵。"里"字可押上声韵。"泪"字可押去声韵。"纸"字可押上声韵。"犹在纸"是北宋外转不二法门。

蓦山溪[1]

湖平春水,藻荇萦船尾[2]。空翠扑衣襟[3],拊轻榔[4]、游鱼惊避。晚来潮上,迤逦没沙痕[5],山四倚。云渐起。鸟度屏风里[6]。　　周郎逸兴[7],黄帽侵云水[8]。落日媚沧洲[9],泛一棹、夷犹未已[10]。玉箫金管,不共美人游[11],因个甚,烟雾底。偏爱莼羹美[12]。

〔1〕《蓦山溪》：陈本注"大石"调。这首词为泛舟游湖之作。周邦彦佚诗有《次韵周朝宗六月十日泛湖》五首、《二月十四日至越州置酒泛湖欲往诸刹风作不前》一首,可能为同时之作。周邦彦中年以后,曾知明州(今浙江宁波),泛湖诗词或许作于知明州或其前后。诗有"百年欲半"句,则将近五十岁时。

〔2〕藻荇(xìng 杏)：水生植物,水草和荇菜。荇,荇菜,白茎紫叶,浮于水面。《诗·周南·关雎》："参差荇菜,左右流之。"

〔3〕空翠：草木叶绿欲滴。王维《山中》："山路元无雨,空翠湿人衣。"

〔4〕拊(fǔ 府)：击、拍。榔(láng 狼)：捕鱼时用以敲船的长木条。《文选·潘岳〈西征赋〉》："鸣榔厉响。"李善注："以长木叩舷为声……所以惊鱼令入网也。"

〔5〕迤逦(yǐ lǐ 以里)：曲折绵延。

〔6〕鸟度屏风里:用李白《清溪行》的诗句:"人行明镜中,鸟度屏风里。"屏风,比喻重重叠叠的山峰。

〔7〕周郎:作者自指。逸兴:清闲脱俗的兴致。

〔8〕黄帽:指船夫。《汉书·佞幸传》:"邓通,蜀郡南安人也,以濯船为黄头郎。"黄头郎即头戴黄帽的船夫。侵云水:谓持棹行舟于云水相映的湖面。

〔9〕沧洲:水滨之地,隐者所居。谢朓《之宣城出新林浦向板桥》诗:"既欢怀禄情,复协沧洲趣。"

〔10〕夷犹:原意为犹豫,后引申为徜徉,从容不迫貌。

〔11〕玉箫金管:管类乐器的美称,亦指吹箫弄管之美人。李白《江上吟》:"木兰之枻沙棠舟,玉箫金管坐两头。美酒尊中置千斛,载妓随波任去留。"不共美人游:谓此游并不载妓。

〔12〕莼羹美:谓归隐之乐趣。《晋书·张翰传》:"因见秋风起,乃思吴中菰菜、莼羹、鲈鱼脍,曰:'人生贵得适志,何能羁宦数千里以要名爵乎!'遂命驾而归。"

周邦彦因受道家思想的影响,中年以后,不再迷恋功名和美人,尤其当身处大自然中,感到心旷神怡之时,更有宠辱皆忘,超然物外之思,故本词篇末有"不共美人游"和"偏爱莼羹美"的自述。词中上片"空翠扑衣"的佳境与下片徜徉湖水的雅趣是这种心境的形象化表现。

乔批《片玉集》:遣词良美。触韵太多。"周郎"句亦浅薄,不足为法。

侧犯[1]

暮霞霁雨[2],小莲出水红妆靓[3]。风定。看步袜江妃照明镜[4]。飞萤度暗草[5],秉烛游花径[6]。人静。携艳质[7]、追凉就槐影[8]。　　金环皓腕[9],雪藕清泉莹[10]。谁念省。满身香、犹是旧荀令[11]。见说胡姬,酒垆寂静[12]。烟锁漠漠,藻池苔井[13]。

〔1〕《侧犯》:此调由周邦彦始创。陈本注"大石"调。《花庵词选》题作"荷花",《草堂诗余》题作"夏景",《古今诗余醉》题作"夏夜",本词是对京都游冶生活的追忆。

〔2〕霁(jì 记):骤雨初停。

〔3〕"小莲"句:形容雨后莲花在水面初放时的娇艳姿色。何逊《看伏郎新婚》诗:"雾夕莲出水,霞朝日照梁。"李白《经乱离后赠江夏韦太守》诗:"清水出芙蓉。"红妆:女子的盛妆。靓(jìng 静):艳丽的妆饰。

〔4〕步袜江妃:喻水上的莲花。曹植《洛神赋》:"凌波微步,罗袜生尘。"江妃,神话传说中的江上神女。《列仙传》:"江妃,郑交甫常游汉江,见二女,皆丽服华装,佩两明月珠,大如鸡卵。交甫见而悦之,不知其神人也……(江妃)手解佩与交甫,交甫受而怀之,行数十步,视怀空无珠,二女忽不见。"此揉合二典以喻"艳质"。明镜:指水清如镜。

〔5〕飞萤度暗草:萤火虫在黑暗中飞过草丛。杜甫《倦夜》诗:"暗飞萤自照,水宿鸟相呼。"

〔6〕"秉烛"句:《古诗十九首》:"昼短苦夜长,何不秉烛游。"李白《春夜宴桃李园序》:"古人秉烛夜游,良有以也。"

〔7〕艳质:指美好的姿质。陈后主《玉树后庭花》诗:"丽宇芳林对高阁,新妆艳质本倾城。"

〔8〕追凉:犹乘凉。杜甫《羌村三首》:"忆昔好追凉,故绕池边树。"槐影:槐树的树荫。庾信《西门豹庙》诗:"菊花随酒馥,槐影向窗临。"

〔9〕"金环"句:出自曹植《美女篇》:"攘袖见素手,皓腕约金环。"

皓腕:形容女子手腕之洁白。韦庄《菩萨蛮》词:"皓腕凝霜雪。"

〔10〕雪藕:形容女子手臂之白嫩如藕。莹:明如珠玉之光。

〔11〕荀令:指荀彧(yù玉),字文若,东汉人。李商隐《韩翃舍人即事》诗:"桥南荀令过,十里送衣香。"又《牡丹》诗:"石家蜡烛何曾剪,荀令香炉可待熏。"清冯浩注:"习凿齿《襄阳记》载刘季和曰:'荀令君至人家,坐处三日香。'"按:《三国志·魏书·荀彧传》载曹操称:"荀令君之进善,不进不休;荀军师之去恶,不去不止。"这里荀令为作者自指。

〔12〕胡姬:胡女的代称,此泛指当垆卖酒的女子。语出《玉台新咏》辛延年《羽林郎》:"昔有霍家奴,姓冯名子都。依倚将军势,调笑酒家胡。胡姬年十五,春日独当垆。"

〔13〕藻池苔井:布满水藻的池塘和长有苔藓的井床。李商隐《汴上送李郢之苏州》诗:"露桃涂颊依苔井。"

春、夏、秋、冬四景中,春、秋之景是古典词诗中吟咏最多的题材,冬景(雪景)次之,夏景最少。《清真集》中颇多描写夏景的佳构。这不仅因为江南水乡的夏季别具诱人的景色,而且因为词人在江南消夏时还别具一种闲适的情趣和怀抱。前者如《苏幕遮》的风荷,《隔浦莲近拍》中金丸新脆;后者则如《隔浦莲近拍》中困卧北窗的清闲和本篇的"追凉就槐影"等情趣。江南夏季多雨,以上三篇分别以宿雨、骤雨和暮雨作背景。雨,给炎热的大地冲凉,给人带来清爽和惬意,读清真的夏词,也像江南的雨水一样,沁人心脾,宜人心田。

乔批《片玉集》:一本"飞萤"下作双拽头。

齐天乐[1]

绿芜凋尽台城路[2],殊乡又逢秋晚[3]。暮雨生寒,鸣蛩劝织[4],深阁时闻裁剪[5]。云窗静掩[6]。叹重拂罗裀[7],顿疏花簟[8]。尚有练囊[9],露萤清夜照书卷[10]。　　荆江留滞最久[11],故人相望处,离思何限!渭水西风,长安乱叶[12],空忆诗情宛转。凭高眺远。正玉液新篘[13],蟹螯初荐[14]。醉倒山翁[15],但愁斜照敛[16]。

〔1〕《齐天乐》:此调由周邦彦始创。陈本注"正宫",题作"秋思"。《花庵词选》题作"秋词"。《花草粹编》题作"秋"。这首词约作于周邦彦知溧水任前后途经金陵时。

〔2〕绿芜:丛生的草地。白居易《东南行一百韵》:"孤城覆绿芜。"台城:故址在今南京市鸡鸣寺南。本是三国时吴国后苑城,东晋成帝时改建,名建康宫,为东晋和南朝的宫省所在,所谓禁城,亦称台城。见宋张敦颐《六朝事迹编类》引《建康实录》。

〔3〕殊乡:异乡。

〔4〕鸣蛩(qióng穷)劝织:蟋蟀鸣声如紧促的织布声。蛩,蟋蟀,又名促织。孟郊《杂怨》:"暗蛩有虚织。"

〔5〕"深阁"句:化用韩偓《倚醉》诗:"分明窗下闻裁剪。"此谓闺中女子在赶制寒衣。

〔6〕云窗:窗的美称,以其雕有云状的图案,故称。

〔7〕罗裀(yīn因):丝织的被褥。裀,夹层被褥。司马相如《美人

赋》:"裯褥重陈,角枕横施。"

〔8〕花簟(diàn店):织有花纹图案的凉席。李贺《河南府试十二月乐词》:"仅厌舞衫薄,稍知花簟寒。"簟,竹织的席子。

〔9〕练(sù素)囊:粗丝织品做的袋子。练,粗丝织的帛。

〔10〕"露萤"句:用车胤的典故。《晋书·车胤传》:"胤恭勤不倦,博学多通。家贫,不常得油,夏日则练囊盛数十萤火以照书,以夜继日焉。"

〔11〕荆江:长江自湖北枝江至湖南岳阳城陵矶一段别称荆江。周邦彦曾流寓这一带。

〔12〕"渭水"二句:化用贾岛《忆江上吴处士》诗:"秋风吹渭水,落叶满长安。"渭水:黄河的支流,源出甘肃省渭源县鸟鼠山,横贯陕西渭河平原,于潼关县入黄河。长安:今西安市。

〔13〕玉液新篘(chōu抽):新滤的美酒。玉液,仙酒。《汉武帝内传》:"上药有风实云子,玉液金浆。"此为酒之美称。篘,滤酒用的竹器。此新篘之,代酒。

〔14〕蟹螯(áo敖):蟹的第一对足,俗称蟹钳,这里代指螃蟹。《晋书·毕卓传》:"卓尝谓人曰:'得酒满数百斛船,四时甘味置两头,右手持酒杯,左手持蟹螯,拍浮酒船中,便足了一生矣!'"初荐(jiàn箭):初进的时鲜。荐,进也。

〔15〕醉倒山翁:用山简故事。山翁,山简。《晋书·山简传》:"简每出嬉游,多之池上,置酒辄醉,名之曰'高阳池'。时有童儿歌曰:'山公出何许?往至高阳池。日夕倒载归,酩酊无所知。'"李白《襄阳歌》:"旁人借问笑何事?笑杀山翁醉似泥。"这里作者以山翁自况。

〔16〕"但愁"句:只恐夕阳隐去余辉,长夜又要来临。但愁:只担心,惟恐。敛:收。

词人离开京都以后长期漂泊,到达金陵时正值晚秋,又逢暮雨,不禁触动身世之感。回想在荆楚时的诗酒交游,更觉眼前境况的孤独凄凉,惟有以酒浇愁,暂求解脱,但"日暮客愁新",不禁悲从中来。全词情景相生,哀乐无端,而意境浑成。

《山中白云词》卷一《国香》词序:沈梅娇,杭妓也。忽于京都见之,把酒相劳苦,犹能歌周清真《意难忘》、《台城路》(指本词)二曲,因嘱余记其事。词成,以罗帕书之。

《宋四家词选》:此清真荆南作也,胸中犹有块垒,南宋诸公多模仿之。身在荆南,所思在关中,故有"渭水""长安"之句,碧山用作故实。

《谭评词辨》:首句亦是以扫为生法。结句出奇,正是哀乐无端。

《词则·大雅》:渭水西风——苍凉沉郁,开白石、碧山一派。

《白雨斋词话》:"绿芜凋尽台城路,殊乡又逢秋晚。"伤岁暮也。结云"醉倒山翁,但愁残照敛",几乎爱惜寸阴,日暮之悲,更觉余于言外。此种结构,不必多费笔墨,固已意无不达。

《云韶集》:只起二句,便黯然销魂。下字用意,无不精炼。沉郁苍凉,太白"西风残照"后,有嗣音矣。

《人间词话删稿》:"西风吹渭水,落日满长安。"美成以之入词,白仁甫以之入曲,此借古人之境界为我之境界也。然非自有境界,古人亦不为我用。

《海绡说词》:此美成晚年重游荆南之作。观起句,当是由金陵入荆南,又先有次句,然后有起句,因"殊乡秋晚",始念"绿芜凋尽"也。"留滞最久",盖合前游言之。"渭水""长安"指汴京,此行又将由荆南入开封矣。《渡江云》"晴岚低楚甸",疑继此而作。王国维谓作于金陵,微论后阕,即第二句已不可通矣。周济谓渭水、长安指关中,亦非。(《词话丛编》增订本)

乔批《片玉集》:"暮雨"八字作对。"重拂"八字亦然。"渭水"八字作对,慢词于此加入重大之境,非片玉不能为之。"玉液"八字作对。

夏闰庵云:此系黄钟宫正调。宜于深稳之词,他人或作激楚语者,非合作也。(《唐五代两宋词选释》引)

荔枝香近[1]

照水残红零乱,风唤去[2]。尽日恻恻轻寒[3],帘底吹香雾[4]。黄昏客枕无憀,细响当窗雨[5]。看两两相依燕新乳[6]。　　楼下水,渐绿遍、行舟浦[7]。暮往朝来,心逐片帆轻举[8]。何日迎门,小槛朱笼报鹦鹉[9]。共剪西窗蜜炬[10]。

〔1〕《荔枝香近》:陈本无"近"字,注"歇指"调。这首词作年不详。从"客枕无憀"句看,应写于羁旅行役之中。

〔2〕"照水"二句:风吹落花飞舞,零乱的花影照入水中。

〔3〕恻恻轻寒:形容寒意轻袭。韩偓《夜深》诗:"恻恻轻寒翦翦风,小梅飘雪杏花红。"

〔4〕"帘底"句:轻雾似烟,夹带着落花的芬芳,不时地从帘儿底下飘来。

〔5〕"黄昏"二句:旅居无聊,天一黑便靠在枕上休息,静听渐渐细雨洒向窗间。无憀(liáo 聊):无聊赖。

〔6〕"看两两"句:没事儿,便看着梁上的一双燕子,相亲相偎,刚生了小燕子。燕新乳:雏燕初生。韦应物《长安遇冯著》诗:"冥冥花正开,

43

飕飕燕新乳。"

〔7〕浦:水边。

〔8〕"暮往朝来"句:谓看着朝来晚去的行船,我的心不禁也跟着船帆一起高举远扬。

〔9〕小槛朱笼:陈注引《丽情集》云:"小玉歌:西北槛前挂鹦鹉,笼中报道李郎来。"全句的意思是:哪一天真的回到家门,听到门前红色鸟笼里鹦鹉呼招迎我归来?

〔10〕"共剪"句:谓与亲人一起,在灯下一边剪着灯花,一边诉说离别的痛苦。李商隐《夜雨寄北》:"何当共剪西窗烛,却话巴山夜雨时。"蜜炬,蜡烛。

春寒料峭,落花飘零。黄昏,听着窗外的细雨声,独自客居多么无聊!看到乳燕相偎,河浦渐绿,轻快的舟帆早来晚去,心中油然而生羁旅思乡之情,哪天能乘上轻舟回到熟悉的家门,重新听到鹦鹉在门边迎客的呼叫声?晚上和亲人一起坐在窗前烛下,一边剪着灯花,一边悄悄诉说离别后相互思念的痛苦。想象得愈具体,愈幸福,就愈觉得眼前生活的孤独和寂寞,这是用虚拟的乐景来反衬心中的哀情。

水龙吟[1]

梨花

素肌应怯余寒[2],艳阳占立青芜地[3]。樊川照日[4],灵关遮路[5],残红敛避[6]。传火楼台[7],妒花风雨[8],长门深闭[9]。亚帘栊半湿[10],一枝在手[11],偏勾引、黄昏泪[12]。

别有风前月底。布繁英、满园歌吹[13]。朱铅退尽[14],潘妃却酒[15],昭君乍起[16]。雪浪翻空[17],粉裳缟夜[18],不成春意[19]。恨玉容不见[20],琼英谩好[21],与何人比?

〔1〕《水龙吟》:陈本注"越调"。这首词作年不详。罗忼烈《周邦彦清真集笺注》于此词笺后附记云:"清真集中咏物词,每因当地草木而发,故咏梅则在溧水,咏柳多以汴堤。真定以梨著,《艺文类聚》卷八六引魏文帝诏曰:'真定郡梨,甘若蜜,脆若菱,可以解烦饷。'又何晏《九州论》云:'安平好枣,中山好栗,魏郡好杏,河内好稻,真定好梨。'而谢朓谢启,亦有'岂徒真定归美'之语。则此词之作,或在真定时乎?"可供参考。

〔2〕"素肌"句:梨花洁白如肌肤,该是畏惧冬天的余寒。素肌:白皙的皮肤。素,白色的生绢,引申为白色,此形容梨花的洁白可爱。

〔3〕"艳阳"句:她站在草地上,占尽明丽的春光。青芜地:绿草丛生的草地。杜甫《徐步》诗:"整履步青芜。"

〔4〕樊川照日:谓梨园里洁白的花朵与艳红的日光交相辉映。樊川,指梨树园。据《艺文类聚》卷八六引《三秦记》载:"汉武帝园,一名樊川,一名御宿,有大梨如五升瓶,落地则破。其主取者,以布囊承之,名含消梨。"

〔5〕灵关遮路:谓灵关一带的山路被盛开的梨花遮蔽了。灵关,山名,在今四川省境内,以产梨著称。谢朓《谢隋王赐紫梨启》:"味出灵关之阴。"

〔6〕残红:落花,此指有色的众花。敛避:收藏、躲避。

〔7〕传火楼台:谓时令到了清明节。吴自牧《梦粱录》:"寒食第三日,即清明节,每岁禁中命小内侍于阁门用榆木钻火……宣赐臣僚巨

45

烛。"韩翃《寒食》诗:"日暮汉宫传蜡烛。"

〔8〕妒花风雨:清明前后,雨水渐多,好像风雨嫉妒梨花的美丽似的,把她吹打在地。杜甫《风雨看舟前落花戏为新句》诗:"风妒红花却倒吹。"

〔9〕长门深闭:长门,汉宫名。司马相如《长门赋》:"孝武皇帝陈皇后时得幸,颇妒,别在长门宫,愁闷悲思。"又,刘长卿《长门怨》:"何事长门闭,珠帘只自垂。月移深殿早,春向后宫迟。蕙草生闲地,梨花发旧枝。芳菲自恩幸,看却被风吹。"又,秦观《鹧鸪天》词:"雨打梨花深闭门。"以上三句谓清明一过,风多雨骤,眼看梨花被打落殆尽,只有紧闭深深的院门,为之叹息发愁。

〔10〕亚帘栊半湿:关起窗来,然而帘子和窗棂早已一半被雨水打湿。亚,掩也。蔡伸《如梦令》:"人静重门深亚。"栊,窗槛,窗上的棂木。

〔11〕"一枝"句:白居易《长恨歌》:"玉容寂寞泪阑干,梨花一枝春带雨。"

〔12〕黄昏泪:欧阳修《蝶恋花》:"门掩黄昏,无计留春住。泪眼问花花不语,乱红飞过秋千去。"

〔13〕"别有"三句:借梨园事铺写梨花的繁盛。繁英:众花盛开。

〔14〕"朱铅"句:谓梨花洁白无华。朱铅:用以涂面的红色铅粉。

〔15〕潘妃:齐废帝东昏侯的妃子,名玉儿,洁白貌美。却酒:辞酒不饮。饮酒则颜红,潘妃却酒,以保持其洁白的容颜。比喻梨花之白。

〔16〕昭君乍起:比喻梨花之明丽。《后汉书·南匈奴列传》:"昭君丰容靓饰,光明汉宫。"乍起,骤然而起。江淹《恨赋》:"若夫明妃去时,仰天太息。"李善引《琴操》注:"会单于遣使请一女子,帝谓后宫:欲至单于者起。昭君喟然而叹,越席而起,乃赐单于。"

〔17〕雪浪翻空:形容梨花纷谢,飘落空中。

〔18〕粉裳缟(gǎo 稿)夜:白色的下裳映得夜色分外明亮。缟,白色

的绢。此作动词用。

〔19〕不成春意：谓再也看不到梨花盛开的满园春色了。

〔20〕玉容：美丽的容貌。

〔21〕琼英：美玉般的花，花之美称。谩好：空好。谩，空，徒然。

这是一首咏物词。词人运用有关典故，调动多种艺术手段，铺陈展衍，摹形写态，极力铺写梨花盛开时洁白纷繁，独占春光的盛况，以及凋败时花片翻飞，夺走三春美色的气势。通篇未见"梨花"或"洁白"的字眼，但用事用语处处突出梨花的特点。沈义父《乐府指迷》论词中咏物，即以此词为例，认为词中用"樊川""灵关""深闭门""一枝带雨"以及"玉容"等事语都能紧扣咏梨花的题旨，是咏物词的楷模，后多为南宋姜、张一派词人所继承。

《乐府指迷》：如咏物须时时提调，觉不分晓，须用一两件事印证方可。如清真咏梨花《水龙吟》第三第四句用"樊川""灵关"事，又"深闭门"及"一枝带雨"事。觉后段太宽，又用"玉容"事，方表得梨花。若全篇只说花之白，则凡是白花皆可用，如何见得是梨花？

又云：咏物最忌说出题字，如清真梨花及柳，何曾说出一个"梨""柳"字？

《古今诗余醉》："残红敛避"四字冲云天。

《莲子居词话》：周美成咏梨花云"传火楼台，妒花风雨，长门深闭。亚帘栊半湿，一枝在手，偏勾引、黄昏泪"，用"深闭门"和"一枝春带雨"意，圆转工切。

《蓼园词选》：但写梨花冷淡性情，曰"占尽青芜"，曰"长门闭"，曰"引黄昏泪"，曰"不成春意"，为梨花写神矣，却移不到桃、李、梅、杏上。

乔批《片玉集》：体物之笔，以称艳著。四字句法，足资师守，转接处,动荡处,尤开无数法门,必须记诵之作。韩翃诗:"日暮汉宫传蜡烛。""亚"字好。"玉容寂寞泪阑干,梨花一枝春带雨。"见《长恨歌》。

六丑[1]

蔷薇谢后作

正单衣试酒,怅客里、光阴虚掷[2]。愿春暂留,春归如过翼[3]。一去无迹。为问花何在?夜来风雨,葬楚宫倾国[4]。钗钿堕处遗香泽[5]。乱点桃蹊,轻翻柳陌[6]。多情为谁追惜[7]!但蜂媒蝶使,时叩窗隔[8]。　东园岑寂[9]。渐蒙笼暗碧[10]。静绕珍丛底[11],成叹息。长条故惹行客。似牵衣待话,别情无极[12]。残英小、强簪巾帻[13]。终不似、一朵钗头颤袅,向人欹侧[14]。漂流处、莫趁潮汐[15]。恐断红、尚有相思字,何由见得[16]?

〔1〕《六丑》:此调由周邦彦始创。陈本注"中吕"宫,题作"落花"。这首词的写作年代,说法不一。周密《浩然斋雅谈》记其事于"宣和中""新知潞州周邦彦作"。郑文焯《清真词校后录要》非之,认为"当在提举大晟府时所制"。罗忼烈考"唐之潞州,宋升为隆德府,金、元复称潞州;清真以政和二年出知隆德府,故云知潞州耳",似认为作于政和二年(1112)。按:宣和中,周邦彦已卒,此小说家未详考实之误。郑、罗二说可供参考。

〔2〕试酒:宋时夏历四月初,酒库开煮尝酒叫试酒。《武林旧事》卷

三"迎新"条云:"户部点检所十三酒库,例于四月初开煮,九月初开清,先至提领所呈样品尝,然后迎引至诸所隶官府而散。"怅:陈注本作"恨"。

〔3〕过翼:飞过的鸟儿。杜甫《夜二首》:"城郭悲笳暮,村墟过翼稀。"此喻春归之迅速。

〔4〕楚宫倾国:楚王宫中的美女。此以美人喻花。《后汉书·马廖列传》:"传曰,吴王好剑客,百姓多创瘢;楚王好细腰,宫中多饿死。"倾国,《汉书·李夫人传》记李延年歌曰:"北方有佳人,绝世而独立。一顾倾人城,再顾倾人国。"后以倾国、倾城指代美女。

〔5〕钗钿:古代女子的头饰,比喻落花。此句用杨贵妃事,《新唐书·杨贵妃传》:"遗钿堕舄,瑟瑟玑琲,狼藉于道,香闻数十里。"徐寅《蔷薇》诗:"晚风飘处似遗钿。"泽:膏脂之类。

〔6〕"乱点"二句:桃蹊(xī 溪)、柳陌:栽有桃树或柳树的道路。此谓落花到处飘零。刘禹锡《踏歌词》四首:"桃蹊柳陌好经过,灯下妆成月下歌。"

〔7〕为谁:谁为。追惜:追怀和怜惜。

〔8〕蜂媒蝶使:蜜蜂和蝴蝶为采吸花蜜、传播花粉,像媒人和使者,故云。裴说《牡丹》诗:"游蜂与蝴蝶,来往自多情。"窗隔(gé 格):窗上的木格子。又,此反用崔涂《残花》诗:"蜂蝶无情极,残春更不寻。"

〔9〕岑寂:冷清寂静。杜甫《树间》诗:"岑寂双甘树,婆娑一院香。"

〔10〕蒙笼:遮蔽覆盖。《世说新语·言语》:"顾长康从会稽还,人问山川之美,顾云:'千岩竞秀,万壑争流,草木蒙笼其上,若云兴霞蔚。'"郭璞《游仙》诗:"绿萝结高林,蒙笼盖一山。"暗碧:草木浓密而呈深绿色。

〔11〕珍丛:蔷薇花丛的美称。这句化用梁刘缓《看美人摘蔷薇》诗:"绕架寻多处,窥丛见好枝。"

〔12〕"长条"三句：蔷薇多刺易钩人衣裙，此曲意形容，似情意无限，依恋惜别。

〔13〕簪(zān 赞阴平)：古人用来插定发髻或连冠于发的一种长针。杜甫《春望》诗："白头搔更短，浑欲不胜簪。"这里用作动词"插"的意思。巾帻(zé 责)：古代男子用的裹头巾。应璩《百一诗》："醉酒巾帻落，秃顶赤如壶。"

〔14〕终不似：毕竟比不上。钗：女子的头饰。杜牧《山石榴》诗："一朵佳人玉钗上。"颤袅：摇曳抖动。欹侧：倾斜。以上数句谓强簪头巾的残英，毕竟比不上盛开的鲜花插在美人钗头随步摇曳那么袅娜多姿。

〔15〕潮汐(xī 夕)：早夜的潮水。朝曰潮，晚曰汐。

〔16〕断红：落花或残瓣。相思字：表达爱情的字句。何由：何从、无从。以上三句暗用红叶题诗的典故。据范摅《云溪友议》卷一〇载：唐宣宗时舍人卢渥应举之年，偶然从皇宫御沟拾得红叶一片，上有诗云："水流何太急，深宫尽日闲。殷勤谢红叶，好去到人间。"便带回珍藏，后来宣宗放宫女出宫嫁人，卢渥前去择配，恰巧选中了那个曾在红叶上题诗的宫女。此寄语落花，莫趁潮水流去，以免花瓣上的相思字句，不为人知。

这首词叹息春光的易逝，伤悼蔷薇的凋残。先从客里光阴虚度、惜春、留春写到落花遗香的四散飘零，以寄寓身世之感；再用拟人化的手法描摹无花的枝条对人的依恋，反衬人对花的爱怜和追惜；末句化用红叶题诗的典故以增添作品的韵味。这种借物寓情、曲折尽意的手法，多为南宋咏物词人所效法。《六丑》是周邦彦创制的词调，据周密《浩然斋雅谈》卷下载云："此犯六调，皆声之美者，然绝难歌。昔高阳氏有子六人，才而丑，故以比之。"全词连押十七个入声韵，读来语意缠绵而声调幽咽,犹如泉流冰下,冷涩欲凝。

《谈薮》:唐小说记红叶事凡四……本朝词人罕用此事,惟周清真乐府两用之。《扫花游》云:"随流去,想一叶怨题,今到何处?"《六丑》咏落花云:"飘流处、莫趁潮汐。恐断红、尚有相思字,何由见得?"脱胎换骨之妙极矣。

《草堂诗余正集》:首句摆开言意。"钗钿"句芳香泥入。真爱花者,一花将萼,移枕携褥,睡卧其下,以观花之由微至盛,至落,至于萎地而后已。善哉!长条有似,残英不似,眨眼即知,锥心必尽。"况漂流"一段,节起新枝,枝发奇萼。长调不可得矣。

《宋四家词选》:"愿春暂留,春归如过翼。一去无迹"十三字,千回百折,千锤百炼,以下乃鹏羽自逝。不说人惜花,却说花恋人;不从无花惜春,却从有花惜春;不惜已簪之"残英",偏惜欲去之"断红"。

《白雨斋词话》:美成词极其感慨,而无处不郁,令人不能遽窥其旨……《六丑》(蔷薇谢后作)云"为问家何在",上文有"怅客里、光阴虚掷"之句,此处点醒题旨,既突兀,又绵密,妙只五字束住。下文反复缠绵,更不纠缠一笔,却满纸是羁旅抑郁,且有许多不敢说处,言中有物,吞吐尽致。大抵美成词,一篇皆有一篇之旨,寻得其旨,不难迎刃而解,否则,病其繁碎重复,何足以知清真也!

《词则·大雅》:"为问家何在",沉郁;"残英小……",思深意苦,亦哀婉,亦恣肆。

《云韶集》:如泣如诉,语极呜咽,而笔力沉雄,如听江声。笔态飞舞,反复低徊,词中之圣也。结笔愈高。

《复堂词话》:但以七言古诗长篇法求之,自悟。

《谭评词辨》:蔷薇谢后作"愿春"二句,逆入平出,亦平入逆出。"为问"三句,搏兔用全力。"静绕"三句,处处断,处处连。"残英"句,即愿春暂留也。"飘流"句,即春归如过翼也。末二句,仍用逆挽,此《片玉》所独。

《蓼园词选》:自叹年老远宦,意境落漠。借花起兴,以下是花是自己,比兴无端,指与物化,奇情四溢,不可方物,人巧极而天工生矣。结处意致尤缠绵无已,耐人寻绎。

夏敬观评《清真集》:一气贯注,转折处如天马行空。所用虚字,无一不与文情相合。

《海绡说词》:蔷薇谢后,言春去也,故直从惜春起。"留"字、"去"字将大意揭出。"为问家何在",犹言春归何处也。"夜来"以下,从蔷薇谢后指点。结则言蜂蝶但解惜花,未解惜春也。惜花小,惜春大。"东园"二句,谢后又换一境。"成叹息"三字用重笔,盖不止惜花矣。"长条"三句,花亦愿春暂留。"残英"七字,"留"字结束;"终不似"至"欹侧","去"字结束。"漂流"七字,"愿"字转身。"断红"句,逆挽"留"字;"何由见得",逆挽"去"字,言外有无限意思。读之但觉回肠荡气,复何处寻其源耶?(《词话丛编》增订本)

《词说》:词叶入声韵者,如美成《六丑》《兰陵王》《浪淘沙慢》《大酺》……皆宜谨守前规,押入声韵,勿用上去,其上去韵孤调亦然,不得以上、去、入皆是仄声,任意混押。

乔批《片玉集》:古今绝唱,妙在直笔而能绝处转回。慢词至此,可叹观止,属和实可不必,其法则不可不知。以一"正"字领起至结,无第二手能之。只此一篇,可悟北宋转法。

夏闰庵云:是人是花,合而为一,变化无方。结句:白石之《暗香》《疏影》似脱胎于此。(《唐五代两宋词选释》引)

《浩然斋雅谈》下卷:宣和中……朝廷赐酺,师师又歌《大酺》《六丑》二解,上顾教坊使袁绹问,绹曰:"此起居舍人新知潞州周邦彦作也。"问

《六丑》之意,莫能对,急召邦彦问之,对曰:"此犯六调,皆声之美者,然绝难歌。昔高阳氏有子六人,才而丑,故以比之。"

塞垣春[1]

暮色分平野[2]。傍苇岸、征帆卸[3]。烟深极浦[4],树藏孤馆[5],秋景如画。渐别离、气味难禁也[6]。更物象、供潇洒[7]。念多才、浑衰减,一怀幽恨难写[8]。　　追念绮窗人[9],天然自、风韵娴雅[10]。竟夕起相思,慢嗟怨遥夜[11]。又还将、两袖珠泪,沉吟向、寂寥寒灯下。玉骨为多感,瘦来无一把[12]。

[1]《塞垣春》:陈本注"大石"调。《草堂诗余》《花草粹编》题作"秋怨"。

[2] 平野:平旷的田野。杜甫《旅夜抒怀》诗:"星垂平野阔,月涌大江流。"分:区分,区别。此处谓远近明暗之别。

[3] "傍苇岸"句:行船卸下篷帆,停靠于芦苇丛生的岸边。

[4] 烟深极浦:水涯极远处,被深深的烟雾笼罩着。极浦,水涯、水边。《楚辞·九歌·湘君》:"望涔阳兮极浦。"

[5] 树藏孤馆:孤村旅舍掩藏于深密的树林中。

[6] 气味:犹滋味、感受。难禁:难以忍受。

[7] 物象:自然界的景象。潇洒:此谓秋色爽丽清明。杜甫《玉华宫》诗:"万籁真笙竽,秋色正潇洒。"

[8] "念多才"二句:谓自己富赡的才华突然衰退,满腔的幽怨和恨

意竟一个字也写不出。浑:全。

〔9〕绮窗人:指深处绣阁中的女子。梁武帝《雍台》:"日落登雍台,佳人殊未来。绮窗莲花掩,洞户玻璃开。"绮窗,雕有花纹的窗格,窗的美称。

〔10〕风韵闲雅:风度气质娴静文雅。陈注本引《丽情集·莲花妓序》:"富辞艳色,风韵娴雅。"又引《后汉书·马援列传》注曰:"娴雅,犹沉静也。"

〔11〕竟夕:整夜、彻夜。慢嗟:徒然叹息。遥夜:长夜。此二句化用张九龄《望月怀远》诗中"情人怨遥夜,竟夕起相思"的句子。

〔12〕玉骨:形容女子的身骨。李商隐《偶成转韵七十二句赠四同舍》诗:"玉骨瘦来无一把。"

周词常在抒情中夹带叙事的成分,通过回忆和想象,把不同时地、不同人物的生活情景和思想感情揉合在一起,突破了时空界限,扩大了词的规模,增强了抒情效果。本词即其一例。上片从暮色秋景落笔,引出幽怀离恨;下片纯属想象和假设之辞,明明是自己刻骨地思念着对方,却偏说是对方在思念自己,并虚拟出许多细节,如夜中嗟叹、竟夕相思、珠泪盈袖、灯下沉吟、玉骨消瘦等等,作了较为生动细腻的刻画,更觉逼真动人。

《草堂诗余正集》:调逼侧,读之难忘。"念多才"二句,恨无异意。"将""泪珠""沉吟",伤矣。"沉吟向寒灯",伤如之何?结得奇,恐惊肉眼。

《蓼园词选》:比耶?兴耶?情文相生,音节俱极清隽。

《海绡说词》:"渐别离、气味难禁也",脱。"更物象、供潇洒",复上五句。然后以"念多才"十二字,归到"别离气味"上。后阕全从对面写,层联而下,总收入"追念"二字中,正是难禁难写处。比"金花落烬灯"一

首,又加变化。学者悟此,固当飞升。(《词话丛编》增订本)

乔批《片玉集》:两"念"字不可为训。"情人怨遥夜,竟夕起相思",张九龄诗。"玉骨瘦来无一把",义山诗。

扫花游[1]

晓阴翳日[2],正雾霭烟横,远迷平楚[3]。暗黄万缕[4]。听鸣禽按曲,小腰欲舞[5]。细绕回堤[6],驻马河桥避雨[7]。信流去。想一叶怨题,今在何处[8]?　春事能几许[9]?任占地持杯,扫花寻路,泪珠溅俎[10]。叹将愁度日,病伤幽素[11]。恨入金徽[12],见说文君更苦[13]。黯凝伫[14]。掩重关、遍城钟鼓[15]。

〔1〕《扫花游》:《草堂诗余》作《扫地花》,题作"春恨"。此调由周邦彦始创。陈本注"双调"。这首词约作于周邦彦教授庐州时,可与《宴清都》对读。

〔2〕翳日:遮蔽太阳。

〔3〕平楚:犹平林,平展的树林。杨慎《升庵诗话》:"楚,丛木也,登高望远,见木杪如平地,故云'平楚',犹《诗》所谓'平林'也。"谢朓《宣城郡内登望》诗:"寒城一以眺,平楚正苍然。"

〔4〕暗黄:指柳条,春深呈深黄色。李贺《河南府试十二月乐词·正月》:"暗黄著柳宫漏迟。"

〔5〕小腰:喻柳条的细柔。李商隐《无题》诗:"腰细不胜舞,眉长惟呈愁。"

〔6〕回堤:曲折的长堤。

〔7〕驻马:停马。

〔8〕信:任凭。一叶怨题:化用红叶题诗的典故,见前《六丑》"恐断红、尚有相思字"注。

〔9〕春事能几许:谓春天还能有多少时日。春事,指赏花游春一类赏心乐事。几许,几多,多少。

〔10〕任:任凭,一任。占地持杯:谓对景设宴。扫花寻路:扫除被落花遮蔽的花间小路。俎(zǔ组):古代祭祀时用以载牲的器皿,此泛指盛器。以上三句谓任你扫除花径,寻路赏春,对景设宴,仍不免流洒伤春的泪水。

〔11〕幽素:内心隐秘的情感。素,通"愫",本心,真情。李贺《伤心行》:"咽咽学楚吟,病骨伤幽素。"

〔12〕金徽:琴的代称和美称。徽,系弦的丝绳,或弹琴时为控制琴音高低而设的标志。

〔13〕文君:卓文君。汉代临邛富商卓王孙的女儿,后为司马相如妻。这里指代作者的妻子。

〔14〕黯凝伫:暗自伤感而凝神久立。黯,感怀伤神的样子。凝伫,发怔,出神,久立不动。柳永《鹊桥仙》:"但黯然凝伫。暮烟寒雨,望秦楼何处?"

〔15〕"掩重关"二句:谓掩门闭户,只听得满城钟鼓作乐之声。戴叔伦《奉酬卢端公饮后赠诸公》诗:"朱门半掩拟重关。"重关:两道门闩。曹植《美女篇》:"青楼临大路,高门结重关。"

这是一首春游怀人词。上片边写景,边叙事。远景用大笔涂抹,近景用工笔细描。叙事则从雨前的晓阴迷雾写到河桥避雨,又从桥下流水追想到旧日情事,层层叙来,曲曲含情。下片以抒情为主,从惋惜春光流逝难以挽留说到自己抱愁度日,忧伤成病;继而又设想对方此时可能比自己还要痛苦,于是加倍地伤心感怀;最后以景结情,神味隽永。

《乐府指迷》:结句须要放开,含有余不尽之意。以景结情最好,如清真之"断肠院落,一帘风絮";又"掩重关、遍城钟鼓"之类是也。

《草堂诗余正集》:词秾意稳。

《裛碧斋词话》:词中四声句最为着眼,如《扫花游》之起句、《渡江云》之第二句、《解连环》《暗香》之收句是也。又如《琐窗寒》之"小唇秀靥""冷薰沁骨",《月下笛》之"品高调侧"。美成、君特无不用上平去入,乃词中之金科玉律。今人随手乱填又何也?

《词则·大雅》:宛雅幽怨,梅溪全祖此种。

《海绡说词》:微雨春阴,绕堤驻马,闲闲写景。"信流去",陡接。"怨题",逆出。"任占地持杯,扫花寻路",言任是如此,春亦无多耳,缩入上句。"看将愁度日",再推进一层。如此则日日好春,亦只是愁,而春事之多少,更不足问矣。"文君更苦",复从对面反逼。"遍城钟鼓",游思缥缈,弥见沉郁。(罗校本)

乔批《片玉集》:此结情景交融,宋人词话盛称之。

夏闰庵云:"泪珠"以下五句,笔势一气挥洒。"恨入金徽"二句透到对面,顿挫有力。(《唐五代两宋词选释》引)

夜飞鹊[1]

别情

河桥送人处,良夜何其[2]!斜月远,堕余辉。铜盘烛泪已流尽[3],霏霏凉露沾衣[4]。相将散离会[5],探风前津鼓[6],树杪参旗[7]。花骢会意,纵扬鞭、亦自行迟[8]。　　迢递路回清野[9],人语渐无闻,空带愁归。何意重经前地,遗钿不见,斜径都迷[10]。兔葵燕麦,向残阳、影与人齐[11]。但徘徊班草,欷歔酹酒,极望天西[12]。

〔1〕《夜飞鹊》:此调由周邦彦始创。陈本注"道宫",一作"正宫"。《草堂诗余》《古今诗余醉》题作"离别"。

〔2〕良夜何其:多么深长的夜晚。其,语助词。《诗·小雅·庭燎》:"夜如何其?"

〔3〕铜盘:指铜制烛台上承烛泪之盘。此句化用杜甫《相逢歌赠严二别驾》中诗句:"铜盘烧蜡光吐日,夜如何其初促膝。"又,杜牧《赠别》诗:"蜡烛有心还惜别,替人垂泪到天明。"

〔4〕霏霏:雨雾或露水细密纷乱貌。

〔5〕"相将"句:谓送行的宴会即将散去。相将:行将。宋人口语。离会:送别的宴会。

〔6〕探:打听。津鼓:河边渡口的更鼓。津,渡口。李端《古别离》诗:"月落闻津鼓。"

〔7〕树杪(miǎo 眇)参(shēn 申)旗:谓夜已深,参旗星移转至树梢。参旗,星名。参星西边的九颗星,又名天旗、天弓。《史记·天官书》:"参旗九星在参西,一曰天旗,一曰天弓。"

〔8〕"花骢(cōng 聪)"句:花骢马也领会人惜别依恋的心思,迟迟不肯前行。花骢:青白色的马。杜甫《骢马行》诗:"初得花骢大宛种。"扬鞭,李贺《代崔家送客》诗:"恐随行处尽,何忍重扬鞭。"

〔9〕"迢递"句:从遥远的旷野往回走。自此叙写归途中的伤感情怀。迢递:远貌。

〔10〕"何意"三句：为何归途中竟找不到送别饯行时的遗踪。遗钿：遗留的钗钿。详见《六丑》"钗钿堕处遗香泽"句注。钿，女子头饰。斜径都迷：先前走过的小路都迷失了。

〔11〕"兔葵"二句：谓兔葵菜和燕麦的影子在斜阳下和人影一样长短。兔葵形似葵而叶小，状如藜。燕麦为一种有芒的麦。此用刘禹锡《再游玄都观绝句并序》中"荡然无复一树，惟兔葵燕麦动摇于春风耳"的句子。

〔12〕"但徘徊"三句：只能在原地徘徊叹息，把草摊开坐下，一边洒酒一边望着西下的夕阳。但：只。班草：把草分开摊平，藉草而坐。王安石《次韵十四叔赐留别》诗："班草数行衣上泪，何时携杖却相亲。"班，铺也。欷歔（xī xū 希虚）：抽咽、哀叹声。杜甫《羌村三首》："感叹亦欷歔。"欷歔与歔欷通。酹（lèi 泪）酒：以酒洒地。

离愁别绪是诗词中的传统题材，但这首词在表现手法上却能避俗就新，选取新的视角。它不限于离别场景或人物神态的描摹刻画，而是着重抒发重经送别故地时引起的一种物是人非，怅然若失的感慨，表达出较一般伤离惜别更为复杂的心绪。

《草堂诗余正集》：今之人务为欲别不别之状，以博人欢，避人议，而真情什无二三矣。能使华骝会意，非真情所潜格乎？物既如是，人何以堪？妆衬幽凉，怎奈玉人不见。

《宋四家词选》："班草"是散会处，"酹酒"是送人处，二处皆前地也。双起，故须双结。

《白雨斋词话》：美成《夜飞鹊》云："何意重经前地，遗钿不见，斜径都迷。兔葵燕麦，向残阳、影与人齐。但徘徊班草，欷歔酹酒，极望天西。"哀怨而浑雅。白石《扬州慢》一阕从此脱胎，超处或过之，而厚意微逊。

《蓼园词选》：一首送别词耳。自将行至远送，又自去后写怀望之情，层次井井，而意致绵密，词采秾深，时出雄厚之句，耐人咀嚼。

《艺蘅馆词选》：梁启超云："兔葵燕麦"二语，与柳屯田之"晓风残月"可称送别词中双绝，皆熔情入景也。

《海绡说词》："河桥"，逆入。"前地"，平出。换头三句，钩勒浑厚，转出下句，始觉沉深。（《词话丛编》增订本）

乔批《片玉集》：和缓之笔，可与《四园竹》参看，乃《片玉》独到之处，古今无第二手，必须记诵。平仄合押。

夏孙桐（闰庵）评曰：以景写情，方能深厚。（俞平伯《唐宋词选释》引）

满庭芳[1]

夏日溧水无想山作[2]

风老莺雏[3]，雨肥梅子[4]，午阴嘉树清圆[5]。地卑山近[6]，衣润费炉烟[7]。人静乌鸢自乐[8]，小桥外、新渌溅溅[9]。凭栏久，黄芦苦竹，拟泛九江船[10]。　　年年。如社燕[11]，飘流瀚海[12]，来寄修椽[13]。且莫思身外，长近尊前[14]。憔悴江南倦客[15]，不堪听、急管繁弦[16]。歌筵畔，先安簟枕[17]，容我醉时眠[18]。

〔1〕《满庭芳》：陈本注"中吕"宫。《花庵词选》《花草粹编》题作

"夏景"。这首词作于周邦彦知溧水期间。

〔2〕溧水:县名,位于今江苏南京东南,宋时属江宁府。无想山:在溧水县南。元《至大金陵志》卷五:"无想山在州南十八里。"

〔3〕风老莺雏:谓小黄莺在暖风抚拂下逐渐长大。老,此作动词。杜牧《赴京初入汴口晓景即事先寄兵部李郎中》诗:"风蒲莺雏老。"雏,幼鸟。

〔4〕雨肥梅子:谓梅子在雨水滋润下渐渐肥硕。肥,此作动词。杜甫《陪郑广文游何将军山林》诗:"红绽雨肥梅。"

〔5〕嘉树:树的美称。《楚辞·九歌·橘颂》:"后皇嘉树。"清圆:谓树影清晰圆正。刘禹锡《昼居池上亭独吟》诗:"日午树阴正。"

〔6〕地卑山近:溧水背山面水,地势低湿,故云。

〔7〕衣润费炉烟:衣服易潮,颇费炉烟熏烘。

〔8〕乌鸢(yuān冤):泛指鸟类。鸢,鹰类禽鸟。

〔9〕渌(lù录):清澈的水流。溅溅:水流声。

〔10〕"黄芦苦竹"句:化用白居易《琵琶行》中"住近湓江地低湿,黄芦苦竹绕宅生"的诗句,意谓自己身处地卑山近的溧水县,颇似当年谪居江州的白居易,心情十分郁闷。九江:汉属寻阳,今属江西省。

〔11〕社燕:燕子为候鸟,相传每逢春社日(古代祭祀土地神的日子)从南方飞来,秋社日(古代祭祀谷神的日子)飞回去,故称社燕。

〔12〕瀚海:原指戈壁沙漠,这里泛指荒远之地。一说北海名,《史记·卫将军骠骑列传》称霍去病"登临翰海",《索隐》引崔浩云:"北海名。群鸟之所解羽,故云翰海。"

〔13〕修椽(chuán船):屋顶承瓦的长木。燕子常筑巢栖宿梁间,故云"来寄修椽"。

〔14〕"且莫思身外"二句:暂且忘却对身外之物(诸如功名富贵等)的追求,不妨多多饮酒来排遣心头的烦恼。身外:指功名事业。长:同

"常"。尊前：指酒宴。尊，同"樽"，酒器。这二句化用杜甫《绝句漫兴九首》中"莫思身外无穷事，且尽生前有限杯"的句子。

〔15〕江南倦客：作者自指，以其家乡钱塘在长江之南，故称。

〔16〕不堪：不忍，受不了。急管繁弦：音调急促而乐曲繁复的音乐。杜甫《陪王使君》诗："不须吹急管，衰老易悲伤。"

〔17〕歌筵：歌舞助兴的酒席。安：置放。簟(diàn 店)：竹席。

〔18〕容我醉时眠：《宋书·陶潜传》："潜若先醉，便语客：'我醉欲眠卿可去。'其真率如此。"李白《山中与幽人对酌》诗："我欲醉眠卿且去。"

周邦彦自出任庐州教授，至此离京漂泊在外已有多年，词中反映他屡迁州县失意沉沦的苦闷心情。溧水低湿近山，地势颇似江西的湓城（九江），作者联想起当年贬谪江州（治所在今江西九江）的诗人白居易，并借以自比，因而有"黄芦苦竹，拟泛九江船"的浮想。词中江南山城的幽静景色写得很有特色，乌鸢自乐和社燕自苦形成鲜明对照，含蓄地表现了作者羁旅落魄的怅恨。

《乐府指迷》：词中多有句中韵，人多不晓。不唯读之可听，而歌时最要叶韵应拍，不可以为闲字而不押。如《木兰花》云"倾城。尽寻胜去"，"城"字是韵。又如《满庭芳》过处"年年。如社燕"，"年"字是韵。不可不察也。

《古今词话·词品下》："费"，周美成"衣润费炉烟"，谢勉仲"心情费消遣"，晏小山"莫向花笺费泪行"，本于"学书费纸"之"费"。

《草堂诗余正集》：起句，千炼。"衣润"句，景语也，景在"费"字。"不堪听"句，浅而得情。

《古今诗余醉》："风老"二语，炼。"衣润"句有景，景在"费"字。美成有《塞翁吟》一首,去此远矣。

《词综偶评》:通首疏快,实开南宋诸公之先声。"人静乌鸢乐",杜句也;"黄芦苦竹",出香山《琵琶行》。

《宋四家词选》:("人静"句)体物入微,夹入上下文中,似褒似贬,神味最远。

《词洁》:"黄芦苦竹",此非词家所常设字面,至张玉田《意难忘》词尤特见之,可见当时推许大家者自有人在,决非后人以土汲脂粉为词耳。

《白雨斋词话》:美成词有前后若不相蒙者,正是顿挫之妙。如《满庭芳》上半阕云:"人静乌鸢自乐,小桥外、新渌溅溅。凭阑久,黄芦苦竹,拟泛九江船。"正拟纵乐矣,下忽接云:"年年。如社燕,飘流瀚海,来寄修椽。且莫思身外,长近尊前。憔悴江南倦客,不堪听、急管繁弦。歌筵畔,先安枕簟,容我醉时眠。"是乌鸢虽乐,社燕自苦,九江之船,卒未尝泛。此中有多少说不出处。或是依人之苦,或有患失之心,但说得虽哀怨,却不激烈,沉郁顿挫中别饶蕴藉。后人为词,好作尽头语,令人一览无余,有何趣味?

《云韶集》:起笔绝秀,以意胜,不以词胜,笔墨真高。亦凄恻,亦疏狂。

《谭评词辨》:"地卑"二句,觉《离骚》廿五,去人不远;"且莫"二句,杜诗韩笔。

《艺蘅馆词选》:梁启超评:最颓唐语,却最含蓄。

《海绡说词》:方喜"嘉树",旋苦"地卑";正美"乌鸢",又怀"芦""竹"。人生苦乐万变,年年为客,何时了乎!"且莫思身外",则一齐放下。"急管繁弦",徒增烦恼,固不如醉眠之自在耳。词境静穆,想见襟度,柳七所不能为也。(罗校本)

又:层层脱卸,笔笔钩勒,面面圆成。(《词话丛编》增订本)

乔批《片玉集》:词中去上、去入处,则须遵守。"拟"字别本作"疑"

字。"年"字,句中韵,小山无之。

夏闰庵云:换头处直贯篇终,有矫若游龙之势。(《唐五代两宋词选释》引)

花犯[1]

咏梅

粉墙低[2],梅花照眼,依然旧风味[3]。露痕轻缀,疑净洗铅华[4],无限佳丽。去年胜赏曾孤倚[5],冰盘共燕喜[6]。更可惜、雪中高士[7],香篝熏素被[8]。　　今年对花最匆匆,相逢似有恨,依依愁悴[9]。吟望久,青苔上、旋看飞坠[10]。相将见、脆圆荐酒[11],人正在、空江烟浪里[12]。但梦想、一枝潇洒,黄昏斜照水[13]。

〔1〕《花犯》:此调由周邦彦始创。陈本注"小石"调,题为"梅花",《花庵词选》同。这首词约作于周邦彦即将离开溧水回京之时。按:周邦彦于元祐八年(1093)知溧水,至绍圣三年(1096)任期已满三年,词当为离任赴京前赏梅之作。

〔2〕粉墙:白色的墙。

〔3〕照眼:耀眼、夺目。杜甫《酬郭十五受判官》诗:"药里关心诗总废,花枝照眼句还成。"风味:风采、神韵。

〔4〕"露痕"二句:带着淡淡的露痕,想必刚洗净脸上的脂粉。缀(zhuì坠):点点连结。铅华:搽(chá茶)脸的脂粉,古代的化妆品。

〔5〕"去年"句:去年我曾独自靠在梅树边,尽情地品赏。胜赏:雅赏,尽兴地观赏。

〔6〕"冰盘"句:将梅花置于洁净的盘子里,供筵席上欣赏。冰盘:洁净如冰的盘子。韩愈《李花二首》:"冰盘夏荐碧实脆。"共:同"供"。燕喜:宴席作乐。燕,同"宴";喜,乐也。《诗·小雅·六月》:"吉甫燕喜。"

〔7〕雪中高士:喻梅。旧称松、竹、梅为岁寒三友,以其高洁,傲霜斗雪,犹如志行高尚之士。高士,志行高洁之士,多指隐士。

〔8〕香篝(gōu沟):熏香的竹笼子,内燃香料,熏烘衣被。素被:此喻树枝上的积雪如一层白色的被子。

〔9〕依依:恋恋不舍貌。愁悴:因忧愁而憔悴。此句谓既依恋又怨恨,以致玉容憔悴。

〔10〕"吟望"二句:一边吟诗,一边久久地凝望,心中想:过不多久,这花就会凋谢,片片花瓣即将飞落在青苔上。旋:不久,随即。

〔11〕相将:行将,即将,宋人口语。脆圆:指脆口的青梅。圆,陈注本作"丸"。荐酒:下酒。《山家清供记》:"剥梅浸雪,酿之露,一宿取去,蜜渍之,可荐酒。"

〔12〕"人正在"句:承上谓等到青梅荐酒的时候,人已离此而去,正漂泊于烟波迷茫的江面上。

〔13〕一枝潇洒:指姿态横斜风度潇洒的梅枝。林逋《山园小梅》诗:"疏影横斜水清浅,暗香浮动月黄昏。"

咏物词不但要求形似,而且要求神似,如能寄情于物,寓托深意,就更加耐人寻味。本词题为咏梅,将词人宦途失意,离合无常的惆怅情怀寄之于物,使梅花的形象似也含有愁悴幽怨的情调,这正是作者力求神似所取得的艺术效果。周词往往打破时空界限,以扩大词的规模和容量。将这种手法用于咏物词,尤其富有创造性。黄昇《花庵词选》评这首《花犯》说,"此只咏梅花,而纡徐反复,道尽三年间事",是十分恰当的。

《花庵词选》:此只咏梅花,而纡徐反复,道尽三年间事。昔人谓:"好诗圆美流转如弹丸。"余于此词亦云。

何士信《妙选笺注群英诗余》:此为梅词第一。

《草堂诗余隽》:机轴圆转,组织无痕。一片锦心绣口,端不减天孙妙手,宜占花魁矣。(李攀龙语)

《草堂诗余正集》:只咏梅而纡徐往复,了三年间事,故足珍贵。"愁悴"句,梅花传心。"脆圆"句,弹丸流转。

《古今词统》引徐士俊评:"香篝"句得其神,"相逢"句得其情。

《宋四家词选》:清真词其清婉者至此,故知建章千门,非一匠所营。

《左庵词话》:晁无咎《水龙吟》(去年暑雨钩盘)、周美成《花犯·咏梅》二词层次曲折,一气舒卷,机轴相同。

《云韶集》:此词非专咏梅花,以寄身世之感耳。黄叔旸谓"此词只咏梅花,而纡徐反复,道尽三年间事,圆美流转如弹丸",可谓知言。

《谭评词辨》:"依然"句,逆入。"去年"句,平出。"今年"句,放笔为直干。"凝望久"以下,筋摇脉动。"相将见"三句,如颜鲁公书,力透纸背。

《蓼园词选》:总是见宦迹无常、情怀落漠耳。忽借梅花以写,意超而思永。言梅犹是旧风情,而人则离合无常,去年与梅共安冷淡,今年梅正开而人欲远别,梅似含愁悴之意而飞坠,梅子将圆而人在空江中,时梦想梅影而已。

《海绡说词》:只"梅花"一句点题,以下却在题前盘旋。换头一笔钩转。"相将"以下,却在题后盘旋,收处复一笔钩转。往来顺逆,磐控自如。圆美不难,难在拙厚。又云:"正在",应"相逢";"梦想",应"照眼",结构天成,浑然无迹。又云:此词体备刚柔,手段开阔。后来稼轩有此手段,无此气韵。若白石,则并不能开阔矣。(罗校本)

又:起七字极沉着,已将三年情事,一齐摄起。"旧风味",从"去年"虚提。"露痕"三句,复为"照眼"作周旋。然后,"去年",逆入;"今年",平出;"相将",倒提;"梦想",逆挽。圆美不难,难在浑劲。(《词话丛编》增订本)

乔批《片玉集》:此是古今绝唱,读之可悟词境。"旧风味""去年""曾""今年""相将见""梦想",皆时也;"粉墙""雪中""苔上""空江""照水",皆地也。合时与地,遂成境界。

自"吟望久"至结句,夏闰庵云:此数语极吞吐之妙。(《唐五代两宋词选释》引)

大酺[1]

春雨

对宿烟收[2],春禽静,飞雨时鸣高屋[3]。墙头青玉旆,洗铅霜都尽[4],嫩梢相触。润逼琴丝[5],寒侵枕障[6],虫网吹黏帘竹[7]。邮亭无人处[8],听檐声不断,困眠初熟[9]。奈愁极频惊[10],梦轻难记,自怜幽独[11]。　　行人归意速。最先念、流潦妨车毂[12]。怎奈向、兰成憔悴[13],卫玠清羸[14],等闲时、易伤心目[15]。未怪平阳客,双泪落、笛中哀曲[16]。况萧索、青芜国[17]。红糁铺地,门外荆桃如菽[18]。夜游共谁秉烛[19]?

〔1〕《大酺》:此调由周邦彦始创。陈本注"越调"。这首词约作于政和年间周邦彦以直龙图阁出知隆德府时。

〔2〕宿烟:隔夜的烟雾。刘禹锡《登陕州城北楼却寄京都亲友》诗:"尘息长道白,林清宿烟收。"

〔3〕"飞雨"句:急雨如飞,不时地打响屋顶。杜甫《酬本部韦左司》诗:"好鸟依桂树,飞雨洒高城。"又顾况《苦雨》诗:"暮与佳人期,飞雨洒青阁。"

〔4〕"墙头"二句:谓新竹已高出墙头,经春雨冲刷后,洗尽身上的箨粉,碧绿的竹叶犹如青玉雕饰的旗旆。青玉旆(pèi沛):形容翠竹的绿叶如旗旒。旆,古代旗末状如燕尾的垂旒。白居易《秋霖即事联句》:"竹沾青玉润,荷滴露珠圆。"铅霜:指竹竿外皮上白色的箨粉。

〔5〕润逼琴丝:谓湿气使琴弦变韧。王充《论衡》:"天且雨,蝼蚁徙,丘蚓出,琴弦缓,固疾发,此物为天所动之验也。"

〔6〕枕障:指枕头和帐帷屏风一类卧具或室内遮蔽物。

〔7〕虫网:蜘蛛一类昆虫吐出的粘液结成的丝网。

〔8〕邮亭:古代传递公文的交通站,备有馆舍供人旅宿。

〔9〕"听檐声"二句:耳听沿着屋檐下滴的雨水声,使人感到困倦而渐渐入睡。

〔10〕奈:无奈,没奈何。愁极频惊:谓带愁入睡不宁,时时为雨声惊醒。

〔11〕梦轻难记:谓睡不深,故梦不清,醒后难以追记。幽独:幽处独居,孤独凄凉。

〔12〕流潦:路面上的积水。车毂(gǔ古):指车轮。毂,车轮中心的圆木,中间有孔,用以穿轴。此句谓路面积水妨碍行车。

〔13〕怎奈:无奈,没奈何。向:语尾助辞,有加强语气的作用。兰成:北周文人庾信的小名。详见《宴清都》"庾信愁多"句注。

〔14〕卫玠:底本作"乐广",据陈注本改。晋人。风姿秀异,有"玉人"之称。《世说新语·容止》:"卫玠从豫章至下都,人久闻其名,观者如堵墙。玠先有羸疾,体不堪劳,遂成病而死,时人谓'看杀卫玠'。"清羸:清瘦、疲病。庾信、卫玠为作者自喻。

〔15〕等闲:无端地。此句谓自己(像多愁的庾信、多病的卫玠那样)本就动辄伤感。

〔16〕"未怪"二句:难怪马融旅居平阳客店时,偶而听到洛阳旅客吹奏笛曲,会伤心得掉下双泪。未怪:难怪,怪不得。平阳客:指东汉马融。马融《长笛赋》序云:"融既博览典雅,精核数术,又性好音,能鼓琴吹笛,而为督邮,无留事,独卧郿平阳坞中。有洛客舍逆旅,吹笛为《气出》《精列》相和,融去京师逾年,暂闻甚悲,而乐之。"

〔17〕萧索:景物萧条冷落。青芜国:指长满青草的园圃。温庭筠《春江花月夜》词:"玉树歌阑海云黑,花庭忽作青芜国。"

〔18〕红糁(sǎn 伞):比喻落花。糁,散粒状的东西。荆桃:即樱桃。菽:豆类。二句意谓何况又遇上暮春多雨萧条冷落的景况,绿色的草地上已洒满红色的花瓣,樱桃已结满了豆粒般大小的樱桃颗。

〔19〕秉:持,拿。《古诗十九首》:"昼短苦夜长,何不秉烛游?"

旅途被春雨所阻,只得暂居客舍,归心似箭的旅客心中多么烦躁不安!本词题为春雨,在描写雨景的同时,细致逼真地表现了旅客情绪上的种种微妙变化。作品先由室外之景写到室内之物,然后由独处孤馆、困眠惊梦写到流潦阻途、归计难成,最后又从雨打花落、春意将残,转出惜春伤逝的感情。层层转折,跌宕起伏,在咏物词中可谓别开生面的佳构。

《碧鸡漫志》：周《大酺》《兰陵王》诸曲，最奇崛。或谓深劲乏韵，此遭柳氏野狐涎吐不出者也。

《草堂诗余隽》："自怜幽独"，又"共谁秉烛"，如常山蛇势，首尾自相击应。（李攀龙语）

《古今诗余醉》："梦轻难记"，"轻"字妙。

《词综偶评》：通首俱写雨中情景。

《谭评词辨》："墙头"三句，辟灌皆有赋心，前周后吴，所以为大家也。"行人"二句，亦新亭之泪。"况萧索"下，一句一折，一步一态，然周昉美人，非时世妆也。

又，《复堂词》自序：周美成云"流潦妨车毂"，又云"衣润费炉烟"，辛幼安云"不知筋力衰多少，只觉新来懒上楼"，填词者试于此消息之。

《蓼园词选》：观"平阳客"句，用马融去京事，知为由待制出知顺昌后作。写得凄清落漠，令人恻恻。

《艺蘅馆词选》：梁启超云："流潦妨车毂"句，托想奇拙，清真最善用之。

《蒆碧斋词话》：清真词《大酺》云："墙头青玉筛。"玉字以入代平。下文云："邮亭无人处。"句法皆四平一仄。守律之严如此。

《海绡说词》：玩一"对"字，已是惊觉后神理。"困眠初熟"，却又拗转。而以"邮亭"五字作中间停顿，前后周旋。换头五字陡接。"流潦"八字，复绕后一步出力。然后以"怎奈向"三字钩转。将前阕所有情景，尽收入"伤心目"中。"平阳"二句，脱开作垫，跌落下六字。"红糁"二句，复加一层渲染，托出结句。与"自怜幽独"，顾盼含情，神光离合，乍阴乍阳，美成信天人也。（《词话丛编》增订本）

乔批《片玉集》："宿烟"六字作对。内转之笔，必须记诵。"听"字以下入情。人名作对，前人已非之。"宿""玉""逼""极""客""落""笛"

"索"必须避大韵。"国"字是大韵。

霜叶飞[1]

露迷衰草[2]。疏星挂,凉蟾低下林表[3]。素娥青女斗婵娟[4],正倍添凄悄[5]。渐飒飒、丹枫撼晓[6]。横天云浪鱼鳞小[7]。见皓月相看,又透入、清辉半饷,特地留照[8]。

迢递望极关山[9],波穿千里[10],度日如岁难到[11]。凤楼今夜听秋风[12],奈五更愁抱[13]。想玉匣、哀弦闭了[14],无心重理相思调[15]。念故人、牵离恨,屏掩孤鼙[16],泪流多少。

〔1〕《霜叶飞》:此调陈本注"大石"调。《草堂诗余》题作"秋思",《花草粹编》作"秋夜"。

〔2〕迷:模糊不清,迷迷蒙蒙。秦观《踏莎行》词:"月迷津渡。"

〔3〕"疏星"二句:天空中稀稀朗朗地挂着几颗星星,清冷的月亮低低地移向林外。凉蟾:月亮。古代神话传说月中有蟾蜍,故以蟾代月。林表:林外。

〔4〕"素娥"句:月神和霜神似乎在比谁更美。素娥:即嫦娥,传说中的月中女神。青女:霜神。《淮南子·天文》:"至秋三月……青女乃出,以降霜雪。"高诱注:"青女:天神,青霄玉女,主霜雪也。"婵娟:形态美好。李商隐《霜月》诗:"青女素娥俱耐冷,月中霜里斗婵娟。"

〔5〕凄悄:凄清寂寥。

〔6〕飒(sà 萨)飒:风声。丹枫:红色的枫叶。

71

〔7〕"横天"句:谓鱼鳞般的云浪横布于天际。鱼鳞:水气上升为云,其状似鱼鳞。王筠《春日》诗:"风生似羊角,云上若鱼鳞。"

〔8〕"见皓月"三句:谓只见明月当空与我遥遥相对;一会儿,她的清光又穿过云层进入我的窗户,特地留下余辉。皓月:明月。皓,明亮。《诗·陈风·月出》:"月出皓兮。"半饷:半饭之久,一会儿。"饷"同"晌"。"见皓月",陈注本作"似故人"。

〔9〕迢递:远貌。

〔10〕波穿千里:谓望眼欲穿。

〔11〕度日如岁:《诗·王风·采葛》:"一日不见,如三秋兮。"

〔12〕凤楼:原指宫内的楼阁,后作楼的美称。

〔13〕奈:不奈,无奈。五更愁抱:彻夜忧愁。更,古代夜间计时单位,一夜分五更,每更约两小时。

〔14〕玉匣:装饰精致的匣子,也是匣的美称。此指琴匣。

〔15〕相思调:陶毂《春光好》词:"琵琶拨尽相思调,知音少。"

〔16〕屏:屏风,室内挡风或掩蔽的用具。孤颦(pín 频):独自发愁。颦,皱眉。"念故人",陈注本作"见皓月"。

秋夜怀人,对月遐思,这本是诗词的传统题材,但本词在勾勒景色和抒情写意方面却有独到之处。上片所写景物凄清而萧瑟,通过露草、疏星、丹枫、云浪衬托月色的凄悄。下片转向深沉的思念,由"迢递望极关山"一句为过渡,想象对方夜闻秋声、五更抱愁以及无心弹琴、独自掩屏流泪的情景,更觉凄凉。在遣词造句方面本词亦颇见锤炼之功,如"丹枫撼晓"的"撼"字,"露迷衰草"的"迷"字等。

《草堂诗余正集》:看"凉蟾低下"句,不须"见皓月"三句,多。下片后半,曼声冶容。

《云韶集》:写秋夜景色,字字凄断。"撼"字下得精神。"晓"何可"撼"?"撼晓"何可解?惟其不可撼,所以为奇妙;惟其不可解,所以为神化也。

《海绡说词》:只是"美人迈兮音尘绝,隔千里兮共明月"二句耳。以换头三句结上阕,"凤楼"以下则为其人设想。一边写景,即景见情;一边写情,即情见景。双烟一气,善学者自能于意境中求之。(《词话丛编》增订本)

乔批《片玉集》:凉蟾、素娥、清辉、皓月,似太多,不可为法。一本"似故人"句与"见皓月"句前后倒置,不可从。

法曲献仙音[1]

蝉咽凉柯[2],燕飞尘幕,漏阁签声时度[3]。倦脱纶巾[4],困便湘竹[5],桐阴半侵庭户[6]。向抱影、凝情处,时闻打窗雨[7]。　耿无语[8]。叹文园[9]、近来多病,情绪懒,尊酒易成间阻[10]。缥缈玉京人[11],想依然、京兆眉妩[12]。翠幕深中,对徽容、空在纨素[13]。待花前月下,见了不教归去。

〔1〕《法曲献仙音》:此调陈本注"大石"调。《草堂诗余》《花草粹编》题作"初夏"。

〔2〕蝉咽:蝉声凄切,时断时续。王安石《墙西树》诗:"渺渺凉蝉咽欲休。"柯:树枝。

〔3〕漏阁:搁置漏壶的几架。签:筹箭,漏签,乃漏壶(古代计时器)

用来计时的浮标。

〔4〕纶(guān官)巾:丝带做的头巾。

〔5〕困便湘竹:疲乏了就便躺在竹席上。湘竹,指湘簟。湘地产斑竹,可编席,称湘簟。李端《古别离》诗:"空令猿啸时,泣对湘簟竹。"

〔6〕桐阴半侵庭户:梧桐树的阴影遮蔽了半个庭院。

〔7〕抱影凝情:对着自己的身影发怔。凝情,心有所思而发怔、出神。孙光宪《浣溪沙》词:"凝情半日懒梳头。"打窗雨:韩偓《效崔国辅体四首》:"欲明天更寒,东风打窗雨。"

〔8〕耿:心中不宁帖。《诗·邶风·柏舟》:"耿耿不寐,如有隐忧。"

〔9〕文园:汉司马相如曾任孝文园令,后世称文园。此作者自指。

〔10〕"情绪懒"二句:谓情绪不好,近来连酒杯都疏远了。

〔11〕缥缈:隐隐约约,若有若无。玉京人:指作者在汴京时相好的妓女。玉京,道家所谓仙都。《魏书·释老志》:"上处玉京,为神王之宗;下在紫微,为飞仙之主。"此谓女子貌美如仙女。

〔12〕京兆眉妩:《汉书·张敞传》:"敞为京兆……又为妇画眉,长安中传张京兆眉妩。"此谓女子应和当年在京城时一样妩媚可爱。

〔13〕徽容:美容。此用崔徽的典故,指画中女子的容貌。元稹《崔徽歌》题注:"崔徽,河中府倡也。裴敬中以兴元幕使蒲州,与徽相从累月。敬中使还,崔以不得从为恨,因而成疾。有丘夏善写人形,徽托写真寄敬中曰:'崔徽一日不及画中人,且为郎死。'发狂卒。"纨素:细致洁白的绢。班婕妤《怨歌行》:"新裂齐纨素,皎洁如霜雪。"此指画有美人容貌的细绢。

词人客居他乡,倦困多病,心情愁苦,又兼夏景寂寥,夜雨打窗,不由得想起昔日在京都时钟爱的女子,渴望能邂逅相逢,词人的情绪也逐渐由孤独凄凉转入重逢的欢愉。但前者实写,后者虚拟,最终并不能摆脱眼前的孤寂境地。全词由景入情,几经转折,最后戛然而止,痴情傻语,迂妄直白。

《草堂诗余正集》:"向抱影"几句,钻心。"不教归去",痴心语,实快心语。

《填词杂说》:"天便教人,霎时厮见何妨?""花前月下,见了不教归去。"卞急迂妄,各极其妙,美成真深于情者。

《宋四家词选》:结是本色俊语。

《海绡说词》:着眼两"时"字,曰"倦"、曰"困",皆由此生。又着眼"向""处"字,窗外窗内,一齐收拾。以换头三字结足上阕。"文园"以下,全写"抱影凝情"。虚提实证,是清真度人处。(《词话丛编》增订本)

渡江云[1]

晴岚低楚甸[2],暖回雁翼,阵势起平沙[3]。骤惊春在眼,借问何时,委曲到山家[4]。涂香晕色[5],盛粉饰、争作妍华。千万丝、陌头杨柳,渐渐可藏鸦[6]。　　堪嗟。清江东注,画舸西流[7],指长安日下[8]。愁宴阑、风翻旗尾,潮溅乌纱[9]。今宵正对初弦月[10],傍水驿、深舣蒹葭[11]。沉恨处[12],时时自剔灯花[13]。

[1]《渡江云》:此调由周邦彦始创。陈本注"小石"调。《花庵词选》题作"春词",《古今诗余醉》题作"春景",《草堂诗余》题作"春情"。本词作年说法不一,王国维《清真先生遗事·尚论》云:"其时当在庐州

教授之后,知溧水之前,途经荆南时语。"另有陈洵《海绡说词》和罗忼烈《清真集笺注》持"由荆南入京"说,唯"岁月无考"。叶嘉莹《论周邦彦词》(见《灵谿词说》)同此说,并认为是绍圣四年周邦彦知溧水期满后,"蒙召还京",途经荆南之作,可作参考。

〔2〕晴岚:晴天山中的雾气。郑谷《华山》诗:"晴岚染近畿。"甸:郊野。

〔3〕"暖回"二句:谓春回大地,气温转暖,大雁在岸边沙地列队起飞。

〔4〕"骤惊"三句:谓骤然间发现春天已来到眼前,又惊又喜地问:是什么时候拐弯抹角地来到这偏僻的山村啦？委曲:逶迤曲折。陈注本引连不器《春风》诗:"可怜委曲来山舍。"

〔5〕涂香晕色:涂抹上脂粉香泽。晕色,光影色泽模糊浑融。争作妍华:争妍竞美。妍华,美艳如花。

〔6〕陌头杨柳:路边的柳树。王昌龄《闺怨》诗:"忽见陌头杨柳色,悔教夫婿觅封侯。"藏鸦:梁简文帝《金乐歌》:"槐香欲覆井,杨柳正藏鸦。"

〔7〕画舸(gě葛):船的美称。舸,大船,《方言》第九:"南楚江湘,凡船大者谓之舸。"

〔8〕指长安日下:典出《世说新语·夙慧》:"晋明帝年数岁,坐元帝膝上。有人从长安来,元帝问洛下消息,潸然流泪。明帝问何以泣？具以东渡意告之。因问明帝:'汝意谓长安何如日远？'答曰:'日远,不闻人从日边来,居然可知。'元帝异之。明日,集群臣宴会,告以此意,更重问之,乃答曰:'日近。'元帝失色,曰:'尔何故异昨日之言耶？'答曰:'举目见日,不见长安。'"王勃《滕王阁序》:"望长安于日下,目吴会于云间。"长安,今陕西西安,此借指汴京。

〔9〕宴阑:宴会结束。阑,尽。乌纱:指官帽。杜甫《双枫浦》诗:"浪足浮纱帽。"

〔10〕初弦月:农历初七、初八晚上月亮缺上半称上弦月,又称初弦月。

〔11〕水驿:水边渡口的驿站、旅舍。舣(yǐ倚):整船靠岸。蒹葭(jiān jiā兼加):没有抽穗的芦苇。《诗·秦风·蒹葭》:"蒹葭苍苍,白露为霜。"

〔12〕沉恨处:愁恨深沉的时候。处,时也。

〔13〕自剔灯花:古时油灯的灯芯燃烧成花结状,需用针簪一类作工具将其剔除。唐彦谦《无题》诗:"满园芳草年年恨,剔尽灯花夜夜心。"

这是一首羁旅行役词。作者的心情是复杂的:一面因眼前美丽的春色(或久放外任,一旦奉诏回京)感到欣喜,而另一面又因亲历宦途风波,内心仍深藏忧虑和幽恨。上片充分描绘初春景色的涂香争妍,下片换头以"堪嗟"陡转,抒发其孤宿水驿的凄清愁苦。在艺术表现手法上,采用乐景与愁情互衬的笔法,上下片喜悦与沉恨相交,美景与凄景相济,倍增其内心之哀乐。

《渚山堂词话》:周清真《渡江云》首云:"晴岚低楚甸,暖回雁翼,阵势起平沙",继云:"千万丝、陌头杨柳,渐渐可藏鸦",今以景物而观,暖初回雁,柳渐藏鸦,则仲春气候也。后乃云"今宵正对初弦月,傍水驿、深舣蒹葭",又似夏秋之际,容非语病乎?谓若稍更句中,云"今宵正对江心月,忆年时、水宿蒹葭",遮映带过无碍也。

《草堂诗余隽》:上是寻春佳际,下是对景伤怀。春到山家,花香鸟语。拜月燃灯,喜愁万状,亦描写得活泼有趣。艳丽轻巧,堪称绕梁遏云之调。(李攀龙语)

《草堂诗余正集》:首几句,做。"委曲""渐渐"四字内意、景只管生出来。"风翻"几句,昌甚。

《蓼园词选》：想是由待制出守时水程舣舟时作也。"雁起平沙"，是舟中所见。"借问"句，是因目中而想到家中之春耳。"涂香"句至"藏鸦"，是心中摹想春到家园光景如此。次阕起处，写身在舟中，心怀魏阙之意。"宴阑"句，是写被黜之故。"今朝"二句，点明其时其地。收处含蓄不露。

《云韶集》：写秋去春来，意亦犹人，而笔法自别。雅韵欲流，视《花间》、秦、柳如皂隶矣。笔力劲绝，是美成独步处，所谓"清真"。结句情真语切。

《襄碧斋词话》：词中四声句最为著眼，如《扫花游》之起句，《渡江云》之第二句，《解连环》《暗香》之收句是也。

《海绡说词》："暖回"二句，"人归落雁后"也。"骤惊春在眼"，"偏惊物候新"也。皆从前人诗句化出，又皆宦途之感，于是不禁有羡于"山家"矣。"何时"妙，"委曲"又妙。下四句极写春色，乃极写"山家"。换头"堪嗟"二字，突出，甚奇；"东""西"又奇；"指长安"又奇。如此则还山无日矣。春到而人不到，谓之何哉！此行当是由荆南入都，"风翻""潮溅"，视山家安稳何如？"水驿""蒹葭"，视山家偃息何如？"处"字如"此心安处"之"处"，是全篇结穴。(《词话丛编》增订本。标点略有增改)

乔批《片玉集》："重""大"。过变非周不办。"清江"八字，作对。"下"字押上声韵。

应天长[1]

寒食[2]

条风布暖[3]，霏雾弄晴[4]，池台遍满春色。正是夜堂无月[5],沉沉暗寒食。梁间燕,前社客[6]。似笑我、闭门愁寂。乱花过,隔院芸香[7],满地狼藉[8]。　　长记那回时,邂逅相逢[9],郊外驻油壁[10]。又见汉宫传烛,飞烟五侯宅[11]。青青草,迷路陌。强载酒[12]、细寻前迹。市桥远,柳下人家,犹自相识[13]。

[1]《应天长》:陈本注"商调",无题。这首词约作于周邦彦自州县返京之后。

[2] 寒食:冬至后一百零五天,旧时为寒食节。《荆楚岁时记》:"去冬节一百五日,即有疾风甚雨,谓之寒食,禁火三日。"

[3] 条风:古人分风为八种,立春始吹之风叫条风。《淮南子·天文》:"距日冬至四十五日,条风至。"《太平御览》卷九引《易纬》:"立春条风至。"布暖:播送暖意。

[4] 霏雾弄晴:谓细雾时聚时散,似在逗弄晴色。

[5] "夜堂"二句:白居易《寒食夜》诗:"无月无灯寒食夜,夜深犹立暗花前。"夜堂:《钦定词谱》作"夜台"。

[6] 前社客:指燕子。社,社日,古代有春社、秋社之分。春社祭祀土神,秋社祭祀谷神。旧云燕于春社来,秋社去,故谓"前社客"。

[7] 芸:香草名。明王象晋《群芳谱》:"此草香闻数百步外,栽亭园间,自春至秋,清香不歇。"此泛指花香。

[8] 狼藉:杂乱堆积的样子。

[9] 邂逅:不期而遇。

[10] 油壁:车名,车壁用油涂饰。乐府古辞《苏小小歌》:"妾乘油壁车,郎乘青骢马。何处结同心?西陵松柏下。"以上三句追忆昔日在京郊与女子偶尔相识于寒食节的情事。

[11] "又见"二句:化用韩翃《寒食》诗:"春城无处不飞花,寒食东

风御柳斜。日暮汉宫传蜡烛,轻烟散入五侯家。"汉宫传烛:谓宫中赐火燃烛。吴自牧《梦粱录》:"寒食第三日,即清明节,每岁禁中命小内侍于阁门用榆木钻火……宣赐臣僚巨烛。"五侯宅:指贵族近臣。《汉书·单超传》:汉桓帝封单超新丰侯、徐璜武原侯、具瑗东武阳侯、左悺上蔡侯、唐衡汝阳侯,因五人同日封,世称"五侯"。

〔12〕载酒:备带酒菜。载,陈注本作"带"。

〔13〕"市桥远"三句:谓就在远远的市桥边、柳树下,那人家我至今还能认识。人家:宋代称倡家为"门户人家"。

这首词是寒食怀人(一说悼亡)之作。上片从妍美的春景落笔,以衬托闭门独处的愁寂,又为下片追寻前事伏笔。下片转入回忆,全从"闭门"引出。先记昔日郊游时的情事,再叙如今追寻前迹的怅惘失望,最后以"市桥远,柳下人家,犹自相识"三句增强真实感,使前尘往事历历再现于目前。这种抚今追昔,以昔衬今,抒情中夹带叙事,用叙事来加深抒情的手法,是周词常用的技巧。清人先著《词洁》评以"空、淡、深、远"四字,抓住了本词虚中有实、淡中见深的特点。

《古今词论》引毛稚黄曰:前半泛写,后半专叙,盖宋词人多此法。周清真寒食词后段只说邂逅,乃更觉意长。

《草堂诗余隽》:上半叙景色寥寂,下半与人世睽绝。燕语梁间,客到社前,生意活泼。不用介子推典实,但意俱是不求名,不徼功,似有埋光铲采之卓识。(李攀龙语)

《词洁》:空、淡、深、远,较之石帚作宁复有异?石帚专得此种笔意,遂于词家另开宗派。如"条风布暖"句,至石帚皆淘洗尽矣。然渊源相沿,是一祖一祢也。

《宋四家词选》:"池台"二句,生辣。"青青草"以下,反别所寻不见。

《海绡说词》:"布暖""弄晴",已将后阕游兴之神提起。"夜堂无月",从"闭门"中见。梁燕笑人,乱花过院,一有情,一无情,全为"愁寂"二字出力。后阕全是闭门中设想。"强载酒、细寻前迹",言意欲如此也。"人家""相识",反应"邂逅相逢"。又:"青青草"以下,真似一梦,是日间事,逆出。(罗校本)

乔批《片玉集》:此篇写景处明示北宋法度,且多情景交融之处,尤宜三复。

玉楼春[1]

大堤花艳惊郎目[2]。秀色秾华看不足[3]。休将宝瑟写幽怀[4],座上有人能顾曲[5]。　　平波落照涵赪玉[6]。画舸亭亭浮澹渌[7]。临分何以祝深情?只有别愁三万斛[8]。

[1]《玉楼春》:陈本注"大石"调。周邦彦赴溧水任前后,途经襄阳、宜城等地。这首词当作于其间。

[2]"大堤"句:谓襄阳城外的大堤上,游女艳丽如花,使小伙子看得心乱眼花。此句化用南朝梁《清商曲·襄阳乐》:"朝发襄阳城,暮至大堤宿。大堤诸女儿,花艳惊郎目。"大堤:指襄阳府城外大堤。《湖广志》云:"大堤东临汉江,西自万山,经澶溪、土门、白龙池、东津渡,绕城外老龙堤,复至万山之麓,周围四十余里。"

[3]"秀色"句:化用白居易《和梦游春》诗:"秀色似堪餐,秾华如可掬。"秾华:繁盛浓丽貌。

[4]宝瑟:瑟的美称。瑟,古代一种拨弦乐器,似琴,一般为二十五弦,一弦一柱,由低音到高音。写幽怀:倾吐深藏心中的感情。

〔5〕顾曲:三国时吴国名将周瑜,通音律,能顾曲。《三国志·吴书·周瑜传》载:"瑜少精意于音乐,虽三爵之后,其有阙误,瑜必知之,知之必顾。故时人谣曰:'曲有误,周郎顾。'"这里指精通音律的作者自己。

〔6〕"平波"句:谓夕阳倒映平静的水面,犹如红玉沉浸江中。涵:含蕴,沉浸。赪(chēng 撑)玉:红色的玉。此喻落日。陈注本云:"宋迪八景有《渔村落照》:'水中落日如赤玉。'"又,李贺《春归昌谷》诗:"谁揭赪玉盘,东方发红照。"

〔7〕舸(gě 葛):大船。《方言》第九:"南楚江湘,凡船大者谓之舸。"亭亭:耸立貌,高貌。渌(lù 录):清澈的水流。

〔8〕斛:古代容量单位,十斗为一斛。古诗:"谁知一寸心,能容万斛愁。"

词的上片写堤上游乐时士女相慕相欢的情景,虽未细致刻画,而楚女姿容、体态之艳丽,欢宴场面之热烈已呈眼前;下片写分手时难舍难分的炽热深情,坦率直露,夸张而不失实。

乔批《片玉集》:结笔大处,非周不能。
罗笺《清真集》:此别荆州时作,大堤祖帐,平波落日,绿水维舟,词意分明。

玉楼春[1]

桃溪不作从容住[2]。秋藕绝来无续处[3]。当时相候赤阑桥[4],今日独寻黄叶路[5]。　　烟中列岫青无数[6]。雁背夕阳红欲暮[7]。人如风后入江云[8],情似雨余黏地絮[9]。

〔1〕这首词约作于庐州任内。

〔2〕"桃溪"句:《一统志》卷十四"庐州郡":"桃溪在庐州府舒城县北二十五里,发源自六安州界河,流入巢湖。"桃溪、巢湖俱在合肥之南,地名同。又,刘晨、阮肇入天台采药,于桃花溪上遇仙女的故事,见《幽明录》:东汉时,剡县刘晨、阮肇共入天台山取谷皮,迷不得路,旬余粮绝。遥望山上有一桃树,大有子实,攀援得上,各啖数枚。后度山出一大溪,遇二女子,姿质妙绝,相邀还家,设膳款待。食毕饮酒,有群女子来,各持三五桃子,笑而言:"贺汝婿来。"居十日求去。既出,亲旧零落,邑屋改异,问讯,得七世孙。至晋太元八年(383年),忽复去,不知何所。本词此句有追悔与情人轻易离别之意。从容:悠闲不迫。住:停留。

〔3〕"秋藕"句:以秋藕折断,再不能续接,比喻情断恩绝。谢朓《在郡卧病呈沈尚书》诗:"秋藕折轻丝。"

〔4〕赤阑桥:温庭筠《杨柳枝》词:"正是玉人肠断处,一渠春水赤栏桥。"又,姜夔《淡黄柳》词序云:"客居合肥城南,赤栏桥之西,巷陌凄凉,与江左异,惟柳色夹道,依依可怜。"此句追忆春日与情人在桥边相会时的幸福情境。

〔5〕黄叶路:范仲淹《苏幕遮》词:"碧云天,黄叶地。"此句写秋日与情人断绝后追悔莫及的心情。

〔6〕列岫(xiù 袖):一座座峰峦。谢朓《郡内高斋闲望答吕法曹》诗:"窗中列远岫。"

〔7〕"雁背"句:夕阳将红艳艳的余辉洒向列队高飞的雁背上。此句化用温庭筠《春日野行》诗"蝶翎胡粉重,鸦背夕阳多"的句子。又,李商隐《与赵氏昆季燕集》诗:"虹收青障雨,鸟没夕阳天。"意境相近。

〔8〕"人如"句:情人离散犹如被骤风吹散的浮云飘入江天,再难

聚合。

〔9〕"情似"句:对情人难以割舍的情思就像被雨水打湿后自黏在泥土上的柳絮。晏几道《玉楼春》词:"尽教春思乱如云,莫管世情轻似絮。"

这首词是抒写对失去的爱情的追恋。通篇采用对照的手法表达人不能留、情不能已的痛苦和幽恨。共八句作四对仗,其中"桃"与"藕","赤栏桥"与"黄叶路"都是"春"对"秋",加上过片"烟中列岫青无数。雁背夕阳红欲暮"两句此映彼衬,一起构成色彩瑰丽的风景画。末二句,"呆作两譬,别饶姿态"(陈廷焯语)。俞平伯评说本词"于流散中寓排偶,亦于排偶中见飞动,又于其中见拗怒,复于拗怒中见温厚。春华秋实,文质分雅,其辞丽以质,其声和而悲"(《清真词释》),可供参考。

《草堂诗余正集》:"当时"二语固用刘、阮事,转有醒悟。风云入江散难聚,雨絮沾地牢不解,即"秋藕"句意,而味之有无迥别。

《古今诗余醉》:"当时"二语用刘、阮事,转有醒悟。惜"秋藕"句甚俗,至"人如风后"二语又妙如神矣。

《宋四家词选》:只赋天台事,态浓意远。

《白雨斋词话》:美成词有似拙实工者,如《玉楼春》结句云"人如风后入江云,情似雨余黏地絮",上言人不能留,下言情不能已,呆作两譬,别饶姿态,却不病其板,不病其纤,此中消息难言。

《云韶集》:只纵笔直写,情味愈出。

《海绡说词》:上阕大意已足,下阕加以渲染,愈见精采。(《词话丛编》增订本)

品令[1]

梅花

夜阑人静。月痕寄、梅梢疏影[2]。帘外曲角栏干近[3]。旧携手处[4],花雾寒成阵。　　应是不禁愁与恨[5]。纵相逢难问。黛眉曾把春衫印。后期无定,肠断香销尽[6]。

〔1〕《品令》:陈本注"商调"。《乐府雅词》无题。

〔2〕"月痕"句:谓淡淡的一痕新月挂在梅梢上,映出梅枝稀疏横斜的影子。

〔3〕"帘外"句:谓梅枝的影子就落在室外弯弯曲曲的栏干转角处。

〔4〕旧携手处:指以往曾与心爱者携手一同赏梅。姜夔《暗香》"长记曾携手处,千树压、西湖寒碧"句本此。

〔5〕不禁:经受不住。

〔6〕"后期"二句:谓此次别后,何时重逢,难以预约,令人伤心肠断,春衫上的余香亦将随时间的流逝而消失殆尽。钱翊《春恨三首》之二:"箧香销尽别时衣。"

这首词写法与《花犯》相似,从眼前的梅影写到"旧携手处"的情事,又设想后期无定,肠断香销。但由于体式不同,一为短调,一为慢词,故前者点到即止,后者重在铺叙;前者含蓄不露,后者纡徐宛转,各尽其长。从艺术形象的鲜明和韵味风致而言,当推《花犯》为首。

《海绡说词》:如此美景,只于帘内依稀。"曲角阑干",却不敢凭,以其为"旧携手处"也。如此,则应是"不禁愁与恨"矣。以换头结上阕。"纵相逢难问",加一倍写。"黛痕"七字,即恨即愁。"后期无定",未有相逢,"肠断香消",收足起句。(《词话丛编》增订本)

乔批《片玉集》:此篇"梗""敬"与"轸""震"二韵合押,与片玉他作不类,乃似南宋之法,可疑者也。

夏闰庵评云:此中有人,呼之欲出。(《唐五代两宋词选释》引)

木兰花令[1]

暮秋饯别

郊原雨过金英秀[2]。风扫霜威寒入袖[3]。感君一曲断肠歌,送我十分和泪酒[4]。　　古道尘清榆柳瘦[5]。系马邮亭人散后[6]。今宵灯尽酒醒时[7],可惜朱颜成皓首[8]。

〔1〕《木兰花令》:陈本无"令"字,注"高平"调,无题。《花草粹编》无题。

〔2〕金英:指黄菊花。唐陈叔达《咏菊》诗:"霜间带紫蒂,露下发金英。"

〔3〕霜威:霜重,寒气逼人。

〔4〕"感君"二句:"感君"与"送我"为互文。意谓十分感激您为我饯行和唱曲的深情,激动和悲伤的泪水和着美酒一起下咽。此句化用白居易《晓别》诗:"请君断肠歌,送我和泪酒。"

〔5〕榆柳瘦:深秋榆树和柳树脱尽叶子,显得萧条瘦损。

〔6〕邮亭:古时设在沿途供送文书的人或旅客歇宿的馆舍。

〔7〕"今宵"句:化用柳永《雨霖铃》词:"今宵酒醒何处?"

〔8〕朱颜:红润的容颜。皓首:白发满头。

这首词以粗笔浓墨抒写挚友惜别的深情,与周词中许多红粉惜别的篇章风格迥异。词中所写秋景清秀硬朗,感情深沉浑厚。在声韵方面,上声和去声字交叉相押,使音节显得厚重而有力,表现出周词"老辣"的特点。

秋蕊香[1]

乳鸭池塘水暖[2]。风紧柳花迎面。午妆粉指印窗眼[3]。曲里长眉翠浅[4]。　　闻知社日停针线[5]。探新燕[6]。宝钗落枕梦春远[7]。帘影参差满院。

〔1〕《秋蕊香》:陈本注"双调"。

〔2〕乳鸭:雏鸭,小鸭。李贺《恼公》诗:"曲池眠乳鸭,小阁睡娃僮。"水暖:化用苏轼《惠崇春江晚景》诗"春江水暖鸭先知"句意。

〔3〕"午妆"句:中午梳妆完毕,将手指上的残粉一点一点地印在窗眼纸上。窗眼:窗格间的孔眼。

〔4〕曲里:坊曲,妓女所居之处。李贺《许公子郑姬歌》:"自从小蘦来东道,曲里长眉少见人。"此亦可解作长眉弯曲状。

〔5〕社日停针线:社日,古时春秋两次祭祀土神的日子,一般在立

春、立秋后第五个戊日。《荆楚岁时记》:"社日,四邻并结宗会社牲醪,为屋于树下,先祭神,然后飨其胙。"本词指春社。旧俗女子在这天可以停止针线活,外出观看祭祀活动。张籍《吴楚歌词》:"庭前春鸟啄林声,红夹罗襦缝未成。今朝社日停针线,起向朱樱树下行。"

〔6〕探新燕:燕子为候鸟,相传春社来,秋社去,故云。

〔7〕宝钗:钗的美称。钗,古代女子头上插在发髻上的针叉。

这首词以婉转含蓄的笔法描写思妇的心态。头两句写明媚春色触发起少妇的情思,接着以午妆描眉、放下针线、探看新燕等动作,透露其情思撩乱、百无聊赖的情绪,最后以"宝钗落枕春梦远"一句点出其若有所待的真实感情。

《野客丛书》卷十:周词"午妆粉指印窗眼……"非工于词,讵至是?或谓眉间为窗眼,谓以粉指印眉心耳。此说非无据,然直作窗牖之眼,亦似意远。盖妇人妆罢,以余粉指印于窗牖之眼,自有闲雅之态。仆尝至一庵舍,见窗壁间粉指无限,诘其所以,乃其主人尝携诸妓抵此。因思周词,意恐或然。

《海绡说词》:春闺无事,妆罢惟有睡耳。作想象之词看最佳,不必有本事也。"梦春远",妙;此时风景,皆消归梦中,正不止一帘内外。(《词话丛编》增订本)

乔批《片玉集》:闺秀词宜倚此调,尤宜造此境界。

菩萨蛮[1]

银河宛转三千曲[2]。浴凫飞鹭澄波绿[3]。何处望归舟[4]。

夕阳江上楼。　　天憎梅浪发[5]。故下封枝雪[6]。深院卷帘看[7]。应怜江上寒。

[1]《菩萨蛮》：陈本注"正平"调，题作"梅雪"。
[2] 银河：银汉，天河。此亦喻江河。
[3] "浴凫（fú弗）"句：野鸭在江中泅游，白鹭在江岸翱翔，江波荡漾，江水澄澈。凫，野鸭。杜甫《涪城县香积寺官阁》诗："小院回廊春寂寂，浴凫飞鹭晚悠悠。"
[4] "何处"二句：谢朓《之宣城郡出新林浦向板桥》诗："天际识归舟，云中辨江树。"温庭筠《望江南》词："梳洗罢，独倚望江楼。过尽千帆皆不是，斜晖脉脉水悠悠。肠断白蘋洲。"
[5] 浪发：狂放，无拘无束地开放。
[6] 封枝雪：白雪覆盖梅枝，不使花开。《西京杂记》云："太平之世……雪不封条。"
[7] 深院卷帘看：韩偓《懒起》诗："侧卧卷帘看。"

思念远行的亲人，江楼眺望，直至江面上只剩下最后一片残照，还不见归船到来，内心忧伤万分。又见帘外大雪封枝，因而触景生情，怜惜江上归人风雪之寒，真是体贴入微，更见思念之深挚真切。

《宋四家词选》：造语奇险。（"天憎"句）
《白雨斋词话》：美成《菩萨蛮》上半阕云："何处看归舟。夕阳江上楼。"思慕之极，故哀怨之深。下半阕云："深院卷帘看。应怜江上寒。"哀怨之深，亦忠爱之至。似此不必学温、韦，已与温、韦一鼻孔出气。
《词则·大雅》：美成小令于温、韦、晏、欧外别开境界，遂为南宋诸名家所祖。

丑奴儿[1]

咏梅

肌肤绰约真仙子[2],来伴冰霜。洗尽铅黄[3]。素面初无一点妆[4]。　寻花不用持银烛,暗里闻香[5]。零落池塘。分付余妍与寿阳[6]。

〔1〕《丑奴儿》:陈本注"大石"调,题作"梅花"。

〔2〕肌肤绰约:典出《庄子·逍遥游》:"藐姑射之山,有神人居焉。肌肤若冰雪,淖约若处子。"绰约,姿态柔弱貌。此喻梅花。

〔3〕铅黄:古代女子用的化妆品铅粉和宫黄(涂于额上的黄色脂粉)。详见《瑞龙吟》"侵晨"注。

〔4〕素面:面部不敷脂粉。乐史《杨太真外传》:"封大姨为韩国夫人,三姨为虢国夫人,八姨为秦国夫人,同日拜命,皆月给钱十万,为脂粉之资。然虢国不施妆粉,自炫美艳,常素面朝天。"此比喻梅花洁白天然之色。

〔5〕"暗里闻香"二句:林逋《山园小梅》诗:"疏影横斜水清浅,暗香浮动月黄昏。"

〔6〕寿阳:寿阳公主。《太平御览》卷九七引《杂五行书》云:"宋武帝女寿阳公主人日卧于含章殿檐下,梅花落公主额上,成五出之华,拂之不去;皇后留之……经三日洗之乃落。宫女奇其异,竟效为之,今梅花妆是也。"

这又是一首咏梅词,写法与《花犯》《品令》不同。上阕赞梅。盛开的梅花,素淡高洁,犹如藐姑射山上的仙子,肌肤绰约,而纯为本色。下阕寻梅。零落的梅花,以其幽香,暗里可寻。又用寿阳公主典故让人感受到她的余妍芬馨。

乔批《片玉集》:即《采桑子》《罗敷媚》也。"来伴""暗里",先后承上;"洗尽""零落",先后启下,此北宋词法。

蝶恋花[1]

咏柳

爱日轻明新雪后[2]。柳眼星星[3],渐欲穿窗牖[4]。不待长亭倾别酒[5]。一枝已入离人手[6]。　　浅浅柔黄轻蜡透[7]。过尽冰霜,便与春争秀[8]。强对青铜簪白首[9]。老来风味难依旧[10]。

[1]《蝶恋花》:陈本注"商调",题作"柳"。

[2]"爱日"句:谓雪后放晴,阳光明和,惹人喜爱。《左传·文公七年》:"酆舒问于贾季曰:'赵衰、赵盾孰贤?'对曰:'赵衰,冬日之日也;赵盾,夏日之日也。'"杜预注:"冬日可爱,夏日可畏。"

[3]柳眼:早春柳枝抽芽,犹如人的睡眼初展,故云。李商隐《二月二日》诗:"花须柳眼各无赖,紫蝶黄蜂俱有情。"星星:极言其小。

[4]牖(yǒu 有):窗。

〔5〕长亭:古代交通要道边供行人休息或送行饯别的亭子。每十里置一长亭,五里置一短亭。

〔6〕"一枝"句:谓折柳枝送别,唐宋人有此习俗。韩翃《章台柳》诗:"纵使长条似旧垂,也应攀折他人手。"

〔7〕浅浅柔黄:嫩柳所呈淡黄色。轻蜡透:谓嫩柳犹如薄蜡透明。

〔8〕过尽冰霜:谓经过秋冬的严寒和霜雪之后。争秀:比美。《世说新语·言语》:"千岩竞秀。"

〔9〕青铜:指镜子。古代以青铜铸镜,故以代称。罗隐《伤华发》诗:"青铜不自见,只拟老他人。"簪:古人用以插发的头饰。白首:白发。

〔10〕"老来"句:与上文柳条跟春光争秀句对照,感叹年龄老大,再难产生少年时的风流情怀。

这是一首咏物词,描写雪后放晴,柳枝抽芽的柔美可爱,同时用反衬法寄寓作者的迟暮之叹。

蝶恋花

蠢蠢黄金初脱后〔1〕。暖日飞绵,取次黏窗牖〔2〕。不见长条低拂酒〔3〕。赠行应已输纤手〔4〕。　　莺掷金梭飞不透〔5〕。小榭危楼〔6〕,处处添奇秀。何日隋堤萦马首〔7〕。路长人倦空思旧。

〔1〕蠢蠢:蠕动貌,此状柳芽萌生之态。黄金初脱:指柳色由黄变青。李白《宫中行乐词》:"柳色黄金嫩,梨花白雪香。"

〔2〕飞绵:即飞絮,柳飞如绵似絮。取次:任意,随便。

〔3〕"不见"二句:谓在饯行的酒宴上,为什么看不见长长的柳条低拂?原来它早已被送行的女子折走了。

〔4〕纤手:肌肤细嫩的手。古诗《迢迢牵牛星》:"纤纤擢素手。"

〔5〕梭(suō缩):梭子,织布机上引线穿织的工具。这句形容柳条稠密,黄莺如织布机上金色的梭子,然而不能穿飞柳条。

〔6〕榭(xiè谢):有屋顶的台,供人游赏。危楼:高楼。

〔7〕隋堤:汴水西边的堤岸,因修筑于隋代,故称。详见《兰陵王》"隋堤"注。萦:缠绕。此谓岸柳长垂,拂绕马首。

这也是一首咏柳词。前一首描写柳芽初发的情景,这一首写脱尽柔黄后枝叶成荫和飞絮飘坠的景象,同样生动逼真。本词还寄寓了作者羁旅怀旧的感情。

蝶恋花

早行[1]

月皎惊乌栖不定[2]。更漏将阑[3],辘轳牵金井[4]。唤起两眸清炯炯[5]。泪花落枕红绵冷[6]。　　执手霜风吹鬓影[7]。去意徘徊[8],别语愁难听。楼上阑干横斗柄[9]。露寒人远鸡相应[10]。

〔1〕早行:陈本注"商调",题作"秋思"。《草堂诗余》《花草粹编》

93

作"晓行"。

〔2〕"月皎"句:陈注引毕公叔《早行》诗:"水远天俱白,烟深月欲黄。惊乌栖不定,拂下一林霜。"曹操《短歌行》:"月明星稀,乌鹊南飞。绕树三匝,何枝可依!"

〔3〕将阑:将尽。陈注本作"将残"。

〔4〕辘轳(lù lù 历鹿):即辘轳,架于井上用以引水的工具。金井:井的美称。张籍《楚妃怨》诗:"梧桐叶下黄金井,横架辘轳牵素绠。"欧阳修《鹧鸪词》:"一声两声人渐起,金井辘轳闻汲水。"

〔5〕"唤起"句:谓屋外乌啼声、井上汲水声和室内滴漏声把人催起。炯炯:明亮。潘岳《寡妇赋》:"目炯炯而不寐。"

〔6〕"泪花"句:红色的枕芯被泪水浸湿了,摸上去冷冰冰的。

〔7〕执手:谓临别握手依依不舍。鬓影:鬓发在风中拂动的影子。李贺《咏怀二首》诗:"春风吹鬓影。"

〔8〕徘徊:陈注本作"徊徨",彷徨无主貌。

〔9〕阑干:横斜的样子。古乐府《善哉行》:"月落参横,北斗阑干。"斗柄:北斗七星呈枓形,其中第五至第七颗星似枓柄,故云。刘禹锡《和河南裴尹宿斋天平寺》诗:"咿喔晨鸡鸣,阑干斗柄垂。"

〔10〕鸡相应:陈注本引《金楼子》谓桃都山大树上"有天鸡,日出即鸣,则天下鸡皆鸣。"以此云"相应"。温庭筠《商山早行》诗:"鸡声茅店月,人迹板桥霜。"

这首词描述情人辞家早行的全过程。上片写别前,下片写别时和别后,离别的痛苦和忧伤浸透全篇。篇幅虽短,情节却很完整,有环境,有人物,有动作,某些细节还写得十分生动传神,如"唤起两眸清炯炯。泪花落枕红绵冷"二句。结句七字,俞陛云赞曰:"神韵无穷,吟讽不已,在五代词中,亦上乘也。"(《唐五代两宋词选释》)

《弇州山人词评》:美成能作景语,不能作情语;能入丽字,不能入雅字,以故价微劣于柳。然至"枕痕一线红生玉",又"唤起两眸清炯炯,泪花落枕红绵冷",其形容睡起之妙,真能动人。

《草堂诗余正集》:末句"鸡相应",妙在想不到,又晓行时所必到。闽刻谓"鸳鸯冷"三字妙,真不可与谈词。

《古今词统》引徐士俊评:夜色晨光将断续断之际,写得黯然欲绝。

《填词杂说》:"唤起两眸清炯炯""闲里觑人毒""眼波才动被人猜""更无言语空相觑",传神阿堵,已无剩美。

《蓼园词选》:首一阕言未行前闻乌惊、漏残、辘轳响而惊醒泪落。次阕言别时情况凄楚,玉人远而唯鸡相应,更觉凄婉矣。

乔批《片玉集》:秀语。

少年游[1]

感旧

并刀如水[2],吴盐胜雪[3],纤指破新橙[4]。锦幄初温[5],兽香不断[6],相对坐吹笙[7]。　　低声问,向谁行宿[8]?城上已三更[9]。马滑霜浓[10],不如休去,直是少人行[11]。

〔1〕《少年游》:陈本注"商调",无题。《草堂诗余》题作"冬景"。这首词约作于元丰年间周邦彦游学京都之时。

〔2〕"并刀"句:并(bīng 冰)州(今山西太原)出产的刀剪,以锋利

著称。此谓灯光下,刀刃闪亮,犹如流水般明快。杜甫《戏题王宰画山水图歌》:"焉得并州快剪刀,剪取吴松半江水。"

〔3〕"吴盐"句:吴地产的盐,盐质细匀,晶莹如雪,因橙味带酸,古人常点盐佐食。李白《梁园吟》:"玉盘杨梅为君设,吴盐如花皎白雪。"

〔4〕纤指:指女子纤巧的手指。指,陈注本作"手"。古诗《迢迢牵牛星》:"纤纤擢素手。"新橙:时鲜的橙子。

〔5〕锦幄:华丽的帷帐。

〔6〕兽香:兽形的炉香。陈注本作"兽烟"。

〔7〕吹笙:陈注本作"调笙"。笙,我国民间簧管乐器之一种。王建《宫词》:"沉香火底坐吹笙。"

〔8〕谁行(háng杭):哪边,何处? 行,北宋口语,犹言这里、那里,这边、那边。

〔9〕三更:古代夜间以更鼓报时,一夜分五更,三更为中夜。

〔10〕马滑霜浓:路上有很重的霜,马蹄易打滑。

〔11〕直是:正是。

这首词旧说附会宋徽宗私幸东京名妓李师师,周邦彦先在,匆忙躲匿,写成此作。对此,学者多有辩驳。从内容看,当是一首狎妓词。由于在人物描写、细节刻画和语言运用方面颇具特色,所以历来受到词家的好评。上片写美人殷勤待客,闺室温馨,相对吹笙,以示二人情投意合,都是从男子眼中见出;下片改用女子口吻,温柔体贴,含情不露而神态可见。以叙事和人物对话的方式写小令,实属词中首创。

《草堂诗余正集》:冬景大不寂寞。"低声"数语,娓娓婉娈,足以移情而夺嗜。

《古今诗余醉》:说尽冬景行路意思,展转有味。

《古今词论》引毛稚黄曰:周清真《少年游》题云"冬景",却似饮妓馆之作。只起句"并刀似水"四字,若掩却下文,不知何为陡着此语。"吴盐""新橙",写境清晰;"锦幄"数语,似为上下太淡宕,故着浓耳。后阕绝不作了语,只以"低声问"三字贯彻到底,蕴藉袅娜,无限情景,都自纤手破橙人口中说出,更不必别着一语。意思幽微,篇章奇妙,真神品也。

又云:周清真词家神品,如《少年游》:"马滑霜浓,不如休去,直是少人行。"何等境味!若柳七郎此处如何煞得住!

《填词杂说》:"马滑霜浓,不如休去,直是少人行"言马、言他人,而缠绵偎倚之情自见,若稍涉牵裾,鄙矣。

《皱水轩词筌》:周清真避道君,匿李师师榻下,作《少年游》以咏其事。吾极喜其"锦幄初温,兽烟不断,相对坐调笙",情事如见;至"低声问,向谁行宿?城上已三更。马滑霜浓,不如休去"等语,几于魂摇目荡矣。

《宋四家词选》:此亦本色佳制也。本色至此便足,再过一分,便入山谷恶道矣。

《词径》:恐其平直,以曲折出之,谓之婉。如清真"低声问"数句,深得婉字之妙。

《白雨斋词话》:美成艳词,如《少年游》《点绛唇》《意难忘》《望江南》等篇,别有一种姿态,句句洒脱,香奁泛语,吐弃殆尽。

《词则·别调》:曰"向谁行宿",曰"城上三更",曰"马滑霜浓",曰"不如休去",曰"少人行",颠倒重复,层折入妙。

《云韶集》:秀艳。情急而语甚婉约,妙绝古今。

《谭评词辨》:丽极而清,清极而婉。然不可忽过"马滑霜浓"四字。

乔批《片玉集》:起句作对。"锦幄"二句亦然。

《贵耳集》下卷云:道君幸李师师家,偶周邦彦先在焉。知道君至,遂匿于床下。道君自携新橙一颗，云江南初进来，遂与师师谑语。邦彦悉闻之，檃括成《少年游》云："并刀如水，吴盐胜雪，纤手破新橙。"后云："城上已三更。马滑霜浓，不如休去，直是少人行。"李师师因歌此词，道君问谁作，师师云周邦彦词，道君大怒。

《浩然斋雅谈》下卷：宣和中，李师师以能歌舞称，时周邦彦为太学生，每游其家。一夕，值祐陵临幸，仓猝引去。既而赋小词所谓"并刀如水，吴盐胜雪"者，盖纪此夕之事也。未几，李被宣唤，遂歌于上前，问谁所为，则以邦彦对，于是遂与解褐，自此通显。

少年游[1]

荆州作

南都石黛扫晴山[2]。衣薄奈朝寒[3]。一夕东风，海棠花谢，楼上卷帘看[4]。　　而今丽日明如洗，南陌暖雕鞍[5]。旧赏园林，喜无风雨，春鸟报平安。

〔1〕《少年游》：陈本注"黄钟"宫，无题。这首词作于荆州，已见题目，然从"旧赏园林"句，前阕当为追忆之词，则本词当作于再游荆楚之时。

〔2〕南都：汉南阳郡治在宛（今河南南阳），因其地处东汉首都洛阳之南，故称南都。唐时兼荆州地，称江陵府。词人时在南都，石黛为当地名产。石黛：古代女子画眉所用的青黑色颜料。徐陵《玉台新咏序》："南都石黛，最发双蛾；北地燕脂，偏开两靥。"又据《赵飞燕外传》载："赵

合德薄眉,号远山黛,乃清明远山之色,故有远山眉之妆。"

〔3〕"衣薄"句:韩偓《浣溪沙》词:"六铢衣薄惹轻寒。"奈:耐,即不耐,忍不住。

〔4〕"海棠"二句:化用韩偓《懒起》诗:"海棠花在否,侧卧卷帘看。"

〔5〕南陌:城南的道路。雕鞍:绣花的马鞍,马鞍的美称。此句用王安石《送丁廓秀才归汝阴》诗:"殷勤陌上日,为客暖雕鞍。"

这首词是作者再游荆楚时作。上片回忆少年时代的生活片断,从海棠花谢的细节,表现其爱花惜春的美好情怀,笔淡而情浓;下片则着眼当下,春暖花开,景物分外明丽,今昔对照,越发珍惜自然的美景和大好的春光。

乔批《片玉集》:境界不易。起好。婉约。过变用"而今"二字,明点境界,谓上半阕乃前时事。结平稳。

少年游

雨后

朝云漠漠散轻丝[1]。楼阁澹春姿[2]。柳泣花啼[3],九街泥重[4],门外燕飞迟。　而今丽日明金屋[5],春色在桃枝[6]。不似当时,小桥冲雨,幽恨两人知[7]。

〔1〕漠漠:轻淡而迷茫貌。秦观《浣溪纱》词:"漠漠轻寒上小楼。晓阴无赖是穷秋。"散轻丝:比喻细雨的飘散轻柔如丝。

〔2〕"楼阁"句:谓从楼阁望去,春色已大为减退。春姿:春色,春光。将春天的美景形象化。

〔3〕柳泣花啼:谓柳条和花朵上都沾上了雨珠。

〔4〕九街:京城街道的通称。此泛指大街小道。

〔5〕金屋:华丽的屋子。详见《风流子》(新绿小池塘)"金屋"注。

〔6〕"春色"句:化用林逋《梅花三首》中"只知春色在桃溪"的句子。

〔7〕冲雨:冒着大雨。幽恨:深藏心底的忧伤。

前后这两首《少年游》都写重回荆州时对往昔生活的追忆,欢愉和伤感交织在一起,互相映衬,互相发明。在表现手法上先以逆笔追叙往事,然后对照今天,洋溢出对青春年少时的无限眷恋。周词不仅长调慢词常突破时空界限,多用逆叙倒插手法,即使短歌小令也层转迭出,变幻莫测,本词篇幅虽短,却经历了"昔—今—昔"的几层转折,既描写了今日明媚的春光和安乐的生活,又追述了少年时期的波折和浪漫激情。

乔批《片玉集》:起轻倩,亦一法。结意翻新。此"不似"二字之用,非泛然也。"而今""当时",如何拉拢。"支""脂"韵字多,尤易触,不必效之。

还京乐[1]

禁烟近[2],触处、浮香秀色相料理[3]。正泥花时候[4],奈何客里,光阴虚费。望箭波无际[5]。迎风漾日黄云委[6]。任去远,中有万点,相思清泪[7]。　　到长淮底[8]。过当时楼下,殷勤为说,春来羁旅况味[9]。堪嗟误约乖期[10],向天涯、自看桃李[11]。想如今、应恨墨盈笺[12],愁妆照水。怎得青鸾翼[13],飞归教见憔悴。

〔1〕《还京乐》:此调由周邦彦始创。陈本注"大石"调。这首词约作于离任庐州之后。

〔2〕禁烟:也叫禁火,指寒食节。《荆楚岁时记》:"去冬至一百五日……谓之寒食,禁火三日。"

〔3〕触处:到处,处处。黄庭坚《寄杜家父》诗:"红紫争春触处开。"料理:犹逗引。韩愈《饮城南道边古墓上逢中丞过赠礼部卫员外少室张道士》诗:"为逢桃树相料理,不觉中丞喝道来。"

〔4〕泥花时候:鲜花盛开季节。泥,沉迷、依恋。

〔5〕箭波:喻水波泛流如箭矢速逝。卢照邻《江中望月》诗:"镜圆珠溜彻,弦满箭波长。"

〔6〕漾日:日光随水波摇荡。黄云:《骈字类编》卷一三五:"白云起定雨,黄云起则风。"委:堆积。

〔7〕"中有"句:化用苏轼《永遇乐》词:"凭仗清淮,分明到海,中有相思泪。"

〔8〕长淮:指淮河。

〔9〕当时楼下:指经过昔日楼前。杜牧《题安州浮云寺楼寄湖州张郎中》诗:"当时楼下水,今日知何处。"殷勤:情意恳切。羁旅况味:离乡背井漂泊旅途的滋味和境况。

〔10〕乖期:违约误期。

〔11〕自看桃李:独自赏春之意。

〔12〕应:揣度之词,当也。恨墨盈笺:满纸都写着诉说愁恨的话。笺,写信或题诗的纸。

〔13〕青鸾翼:传说中凤凰一类的神鸟,为西王母的信使。朱昼《喜陈懿老示新制》诗:"将攀下风手,愿假青鸾翼。"注云:"予欲见诗人孟郊,故寄诚于此。"

寒食将近,春色迷人,本该尽情游赏,但面对自己长期羁旅漂泊的境况,不禁忧从中来,惆怅不已。于是他痴情地请托流水捎去对情人的思念,诉说自己的苦衷,又设想对方忧愁凄苦的情景,继而生出奇妙的幻想,恨不得插上青鸾的双翼,立即飞去与情人会面。全词感情炽热,浮想联翩。

乔批《片玉集》:陈匪石先生说此篇乃用古文笔法。

解连环〔1〕

怨怀无托。嗟情人断绝,信音辽邈〔2〕。纵妙手、能解连环〔3〕,似风散雨收,雾轻云薄。燕子楼空〔4〕,暗尘锁、一床弦索〔5〕。想移根换叶,尽是旧时,手种红药〔6〕。　汀洲渐生杜若〔7〕。料舟依岸曲〔8〕,人在天角。漫记得、当日音书,把闲语闲言,待总烧却〔9〕。水驿春回,望寄我、江南梅萼〔10〕。拚今生,对花对酒,为伊泪落〔11〕。

〔1〕《解连环》:此调由周邦彦始创。陈本注"商调"。《花庵词选》

题作"怨别"。《草堂诗余》《花草粹编》题作"闺情"。

〔2〕辽邈(miǎo 秒)：辽远、渺茫。

〔3〕纵：一作"信"，纵然，即使。妙手：高手。解连环：《战国策·齐策》："秦昭王尝遣使者遗君王后以玉连环，曰：'齐多智，而能解此环不？'君王后以示群臣，群臣不知解。君王后引锥破之，谢秦使曰：'谨以解矣。'"本词连环比喻感情纽结难以排解。

〔4〕燕子楼空：谓佳人已去，空余楼阁。此用唐张建封与关盼盼故事，事见白居易《燕子楼三首》序文："徐州故张尚书有爱妾关盼盼，善歌舞，雅多风态。予为校书郎时，游徐、泗间，张尚书宴予，酒酣，出盼盼以佐欢，予因赠诗：'醉娇胜不得，风袅牡丹枝。'一欢而去，尔后绝不相闻，迨兹一纪矣……尚书既殁，归葬东洛，而彭城有张氏旧第，第中有小楼名燕子，盼盼因念旧爱而不嫁，居是楼十余年，幽独块然，于今尚在。"（一说张尚书为张建封子张愔）苏轼《永遇乐》词："燕子楼空，佳人何在，空锁楼中燕。"

〔5〕"暗尘"句：谓一床的乐器都蒙上了重重的灰尘。弦索：琴弦，此代乐器。元稹《连昌宫词》："夜半月高弦索鸣。"

〔6〕移根换叶：指植物的新陈代谢，枯后复荣。红药：红色的芍药花。谢朓《直中书省》诗："红药当阶翻，苍苔依砌上。"此三句抒发人既久离，物亦非故的感慨。

〔7〕汀洲：水中平地。杜若：香草名。《九歌·湘夫人》："搴汀洲兮杜若，将以遗兮远者。"

〔8〕岸曲：河湾岸边。

〔9〕漫：空，徒然。此三句谓：空记得往昔情意绵绵的书信，到如今都成了闲言碎语，还不如一把火统统烧掉它。

〔10〕水驿：水岸码头供旅客或传送公文的人歇宿的旅店。江南梅萼：寄自江南的梅花。此用陆凯与范晔的故事。《荆州记》：陆凯与范晔

103

交善,自江南寄梅花一枝,诣长安与晔,兼赠诗云:"折梅逢驿使,寄与陇头人。江南无所有,聊赠一枝春。"

〔11〕拚:甘愿。伊:他,她,那人,第三人称指示代词。

被心爱的人抛弃,而自己又不能释怀,内心是多么痛苦!"怨怀无托"是这首词的主题。作者采用浓笔抒情,层转层深的手法,一面诉说心灵所受的创痛,一面痴心地企盼对方的音信,显得感情执著,哀怨深切。词中所用典故贴切自然,"漫记得"和"拚今生"几句纯用口语,更见真率动人。

《草堂诗余隽》:李攀龙曰:形容闺妇哀情,有无限怀古伤今处,至末尤见词语壮丽,体度艳冶。

《草堂诗余正集》:新响。近日街市歌头所云闲话儿"丢开也,照旧来走走"。无言语到没味。不烧却,又非情矣。末句惨痛。

《蕙风词话》:元人沈伯时作《乐府指迷》,于清真词推许甚至,唯以"天便教人,霎时厮见何妨""梦魂凝想鸳侣"等句为不可学,则非真能知词者也。清真又有句云:"多少暗愁密意,唯有天知。""最苦梦魂,今宵不到伊行。""拚今生,对花对酒,为伊泪落。"此等语愈朴愈厚,愈厚愈雅,至真之情,由性灵肺腑中流出,不妨说尽而愈无尽。

《海绡说词》:全是空际盘旋,"无托"起,"泪落"结。中间"红药"一情,"杜若"一情,"梅萼"一情,随手拈来,都成妙谛。梦窗"思和云结",从此脱胎。(《词话丛编》增订本)

又:咏"纵妙手、能解连环"句,当有事实在,疑亦谓李师师也。今谓"信音辽邈",昔之"闲语闲言",又不足凭,篇中设景设情,纯是空中结想。此周词之极幻者。(《词话丛编》增订本)

乔批《片玉集》:此大词,难在开阖,必须记诵。"怨怀无托",以情入。"似"字领下,可惊。"水驿"句是内转。此调无触韵处。

绮寮怨[1]

上马人扶残醉[2],晓风吹未醒。映水曲[3]、翠瓦朱帘,垂杨里、乍见津亭[4]。当时曾题败壁,蛛丝罩、淡墨苔晕青[5]。念去来、岁月如流,徘徊久、叹息愁思盈[6]。　　去去倦寻路程。江陵旧事,何曾再问杨琼[7]。旧曲凄清。敛愁黛[8]、与谁听？尊前故人如在,想念我、最关情[9]。何须《渭城》[10]。歌声未尽处,先泪零。

〔1〕《绮寮怨》:此调由周邦彦始创。陈本注"中吕"宫,题作"思情"。这首词约作于周邦彦重经荆楚之时。

〔2〕上马人扶残醉:谓宿酒未醒就被人强扶上马。李白《鲁中都东楼醉起作》诗:"昨日东楼醉,还应倒接䍦。阿谁扶上马,不省下楼时。"又晏几道《玉楼春》词:"来时醉倒旗亭下,知是阿谁扶上马。"

〔3〕水曲:水岸曲折之处。

〔4〕乍:骤然。津亭:渡口的亭子。张九龄《春江晚景》诗:"薄暮津亭下,余花满客船。"

〔5〕败壁:残损的墙垣。晕:色泽光影模糊的部分。此二句谓:当年我在墙壁上题的诗句,现已墙颓壁坏,被蛛网粘罩,墨迹模糊而苔痕青浓。

〔6〕盈:满。

〔7〕"江陵旧事"二句:谓旧时宦游荆楚的往事不堪回首。　江

陵:古荆州,今湖北江陵。杨琼:本名播,唐代江陵歌伎。白居易《问杨琼》诗:"古人唱歌兼唱情,今人唱歌惟唱声。欲说问君君不会,试将此语问杨琼。"这里杨琼指代作者往昔熟识的江陵歌伎。

〔8〕敛愁黛:紧锁愁眉。黛,古代女子画眉用的青黑色的化妆品。此代眉毛。

〔9〕尊前:酒席上。尊,酒杯。关情:动情。陆龟蒙《又酬次韵》诗:"酒香偏入梦,花落又关情。"

〔10〕渭城:指《渭城曲》。王维《送元二使安西》诗:"渭城朝雨浥轻尘,客舍青青柳色新。劝君更尽一杯酒,西出阳关无故人。"后被谱曲传唱,即《渭城曲》,又称《阳关三叠》。

这首词是作者重经荆楚时途中所作。词人拂晓带醉上马,途经旧日曾停歇过的津亭,只见当年题诗的墙壁已经残损,蛛丝粘罩,墨迹模糊,不免触景伤怀,感慨不已。又回想起以往熟悉的江陵歌女,更觉凄凉难忍。上片叙事,记征途怀旧,曲折详尽;下片抒情,情词幽咽,沉郁顿挫,体现出周词叙事和抒情结合的特点。

《海绡说词》:此重过荆南途中作。杨琼,苏州歌者(按:当为江陵歌者),见白香山诗。"徘徊""叹息",盖有在矣。"敛愁黛,与谁听",知音之感。"何曾再问",正急于欲问也。"旧曲""谁听","念我""关情",问之不已,特不知故人在否耳。拙重之至,弥见沉浑。"江陵"以下,言知音难遇也。"故人"二字倒钩。未歌先泪,又不止"敛愁黛"矣。顾曲周郎,其亦有身世之感乎?(《词话丛编》增订本)

乔批《片玉集》:转折之法,必须潜心究之。杨琼,见香山诗。

丹凤吟[1]

春恨

迤逦春光无赖[2],翠藻翻池[3],黄蜂游阁。朝来风暴,飞絮乱投帘幕[4]。生憎暮景[5],倚墙临岸,杏靥夭斜[6],榆钱轻薄[7]。昼永惟思傍枕[8],睡起无憀[9],残照犹在庭角。

况是别离气味[10],坐来但觉心绪恶[11]。痛饮浇愁酒,奈愁浓如酒,无计销铄[12]。那堪昏暝,簌簌半檐花落[13]。弄粉调朱柔素手[14],问何时重握。此时此意,长怕人道着。

〔1〕《丹凤吟》:此调由周邦彦始创。陈本注"越调",无题。《草堂诗余》作"春情"。

〔2〕迤逦(yǐ lǐ 以里):曲折连延。春光无赖:犹言春色恼人。无赖,爱极而憎骂之词,段成式《杨柳词》:"长恨早梅无赖极,先将春色出前林。"杜甫《绝句漫兴九首》:"眼见客愁愁不醒,无赖春色到江亭。"

〔3〕翠藻:青绿色的水草。藻,一种水生植物。王俭《春诗》:"青荑结翠藻,黄鸟弄春飞。"

〔4〕"飞絮"句:以飞絮投幕谓春将暮。秦观《次韵裴仲谟和何先辈》诗:"入帘风絮报春深。"

〔5〕生憎:偏恨,最恨。生,唐宋人口语,偏、最。杜甫《送路六侍御入朝》诗:"不分桃花红胜锦,生憎柳絮白于绵。"又,晏几道《木兰花》词:"生憎繁杏绿阴时,正碍粉墙偷眼觑。"

107

〔6〕杏靥(yè业)夭(wāi歪)斜:杏花娇艳多姿。靥,面颊上的酒窝。此状杏花瓣之形。夭斜,歪斜,婀娜多姿的样子。白居易《和春深》诗:"杭州苏小小,人道最夭斜。"

〔7〕榆钱:榆荚。《本草纲目·木部二》:"榆未生叶时,枝条间先生榆荚,形状似钱而小,色白成串,俗呼榆钱。"欧阳修《和较艺书事》诗:"杯盘饧粥春风冷,池馆榆钱夜雨新。"

〔8〕昼永:白天漫长。

〔9〕无憀(liáo聊):无聊,无情无绪的样子。

〔10〕气味:此指情调和境况。

〔11〕坐来:本来。心绪恶:情绪很坏。《世说新语·言语》:"谢太傅语王右军曰:'中年伤于哀乐,与亲友别,辄作数日恶。'"

〔12〕销铄(shuò朔):销熔,消解。

〔13〕簌(sù素)簌:象声词。苏轼《浣溪沙》词"簌簌衣巾落枣花",状花落之声也。半檐花落:谓屋檐前花在凋落。杜甫《醉时歌》:"深夜沉沉动春酌,灯前细雨檐花落。"

〔14〕弄粉调朱:将香粉、胭脂一类化妆品调和涂匀。柔素手:女子柔软洁白的手。《古诗十九首·迢迢牵牛星》:"纤纤擢素手。"

这首词写春日怀人的无聊心情,通过对妍丽景物的铺染、人物心理的展示以及行为动作的描述,刻画出一个为离别相思所苦恼的抒情者的形象。上片用反衬手法,以春光衬愁情,越旖旎,越无聊;下片直抒胸臆,用"况是""坐来""奈""那堪""问"等词语,一层深进一层,回旋顿挫,笔势如环,充分显示出词人在心态意绪描绘方面的高度技巧。

《草堂诗余正集》:"夭",音歪。奈酒至愁还,又酒与愁尚分二候,愁浓如酒,知酒之为愁,愁之为酒乎!"重握"句,可住。转云"怕人道着",

直出数丈。

《蓼园词选》：此亦犹前词（指《风流子》二首）之意也。"翠藻翻池"，喻自己之颠覆也。"黄蜂游阁"，喻别人之得意也。"杏靥""榆钱"，俱刺谤之意耳。次阕是别京中好友而作。"素手""重握"，指素心之友也。细玩得其用意处。

《海绡说词》：本是"睡起无憀"，却说"春光无赖"；已"残照"矣，始念"朝来"；已"暮景"矣，因思"昼永"；笔笔断，笔笔逆，为"迤逦"二字曲曲传神，以垫起换头"况是"二字。不为别离，已是"无憀"，缩入上阕。小歇，然后转出下句，二句不可连读。"心绪恶"，则比"无憀"难遣，故曰"无计"，到此一步，已是尽头，复作何语？却以"那堪"二句钩转，"弄粉"二句放开，至"怕人道着"，则"无憀""无计"一齐收起，唯有"无赖"之"春光"耳。三"无"字极幻化。（罗校本）

乔批《片玉集》："翠藻"二句，对句。"痛饮"三句，勾勒可思。

忆旧游[1]

记愁横浅黛[2]，泪洗红铅[3]，门掩秋宵[4]。坠叶惊离思[5]，听寒螀夜泣[6]，乱雨萧萧[7]。凤钗半脱云鬓[8]，窗影烛花摇。渐暗竹敲凉[9]，疏萤照晓[10]，两地魂销[11]。

迢迢[12]。问音信，道径底花阴，时认鸣镳[13]。也拟临朱户[14]，叹因郎憔悴，羞见郎招[15]。旧巢更有新燕，杨柳拂河桥[16]。但满目京尘[17]，东风竟日吹露桃[18]。

[1]《忆旧游》：此调由周邦彦始创。陈本注"越调"，《草堂诗余》

题作"春恨"。

〔2〕愁横浅黛：谓双眉间充满忧愁。黛，青黑色的化妆颜料，用以画眉，此代眉。

〔3〕泪洗红铅：谓泪流满面，洗去了脸上涂的胭脂和香粉。铅，铅粉，古代的化妆粉。

〔4〕门掩秋宵："秋宵掩门"之倒文。欧阳修《蝶恋花》词："门掩黄昏，无计留春住。"

〔5〕坠叶：落叶。

〔6〕寒螿(jiāng江)：即寒蝉。螿，似蝉而小，赤青色，鸣声凄切。

〔7〕萧萧：同潇潇，风雨声。皇甫松《梦江南》词："夜船吹笛雨萧萧。"

〔8〕凤钗：凤形的头钗。云鬟：如云的鬟发，鬟发的美称。

〔9〕暗竹敲凉：谓秋夜竹子在冷风中摇摆相撞。郑谷《池上》诗："露荷香自在，风竹冷相敲。"

〔10〕疏萤照晓：谓几只稀疏的萤火虫拂晓时还发着微弱的光。杜甫《倦夜》诗："暗飞萤自照。"

〔11〕魂销：心情沮丧的样子。江淹《别赋》："黯然销魂者，唯别而已矣。"

〔12〕迢迢：遥远貌。《古诗十九首》："迢迢牵牛星。"

〔13〕"道径底"二句：谓听说（她）常在花间小路的树荫下，仔细地辨听路过的马铃声。鸣镳(biāo标)：马勒外端的响铃。镳，马勒，俗称马嚼铁。

〔14〕拟：打算。朱户：红漆的门窗，户的美称。

〔15〕"叹因"二句：可怜她因为思念情郎而瘦损，又因面容憔悴，而怕见情郎的到来。此化用元稹《会真记》中莺莺与张生诗："自从消瘦减容光，万转千回懒下床。不为旁人羞不起，为郎憔悴却羞郎。"

〔16〕河桥:指开封城里汴河上的市桥。

〔17〕京尘:京都街市多车马行人,尘土飞扬,故云。陆机《为顾彦先赠妇》诗:"京洛多风尘,素衣化为缁。"

〔18〕竟日:整天,全天。露桃:沾有露珠的桃花。杜牧《题桃花夫人庙》诗:"细腰宫里露桃新,脉脉无言几度春。"又,顾况《瑶草新歌》:"露桃秾李自成蹊。"

  这首词抒写离愁别恨。上片以"记"字领起,追叙临别前夕的情景,从女子的愁容、愁态和秋宵之秋声,写到拂晓分手的痛苦情状,极力渲染环境气氛。下片想象别后之情景,仍从对方写来,把女子探问消息、闻声待户和相思憔悴的形态写得活灵活现。全词实写与虚写结合,情语和景语交错,形成多层次、多方位的抒情结构,体现出周词章法多变的特色。词中多用三句对,寓整于散,通体灵动。

  《草堂诗余正集》:一起下个"记"字,后来下个"听"字。"新燕""东风"是题旨。又以"门掩秋宵"明说是秋。寒螀疏萤,秋宵物类,疑是错简,则虚字何往。"因郎"二句,散活尖酸过崔氏语。

  《词洁》:"旧巢"下如琴曲泛音,尽而不尽。美成词是此等笔意处最难到。玉田亦似十分模拟者。

  《云韶集》:无限凄凉,炼字炼句,精劲绝伦。

  乔批《片玉集》:"迢"是句中韵。"但满目京尘,东风竟日吹露桃。"此二句音律最要。

  夏闰庵云:上阕之结句,不可无此顿挫;下半阕一气带出,其得势在此。(《唐五代两宋词选释》引)

拜星月慢[1]

夜色催更[2],清尘收露,小曲幽坊月暗[3]。竹槛灯窗,识秋娘庭院[4]。笑相遇,似觉琼枝玉树[5]相倚,暖日明霞光烂。水眄兰情[6],总平生稀见。　　画图中、旧识春风面[7]。谁知道、自到瑶台畔[8]。眷恋雨润云温[9],苦惊风吹散[10]。念荒寒、寄宿无人馆[11]。重门闭、败壁秋虫叹[12]。怎奈向[13]、一缕相思,隔溪山不断[14]。

〔1〕《拜星月慢》:此调由周邦彦始创。陈本无"慢"字,注"高平"调,题作"秋思"。《草堂诗余》题作"秋怨"。

〔2〕催更:古代夜间以更计时,一夜分五更,有鼓报更。催更谓更鼓之声一声接着一声。

〔3〕小曲幽坊:指妓女所住之处。详见《瑞龙吟》"坊陌"注。

〔4〕秋娘:唐代名妓女,此指作者所寻访的妓女。竹槛:指小院竹栏。

〔5〕琼枝玉树:此喻佳人才子。柳永《尉迟杯》:"深深处,琼枝玉树相依。"

〔6〕水眄(miǎn 免):指眼神流动如水波。眄,斜视。底本作"盼",据陈注本改。兰情:比喻素雅温柔的性情。此化用韩琮《春愁》诗:"吴鱼岭雁无消息,水眄兰情别来久。"

〔7〕春风面:比喻女子美丽的容貌。"画图"句化用杜甫《咏怀古迹五首》之一"画图省识春风面"句。

〔8〕瑶台:神话传说中神仙所居之处。王嘉《拾遗记》说:昆仑山有瑶台十二,广各千步,皆五色石为台基。屈原《离骚》:"望瑶台之偃蹇兮。"本词中瑶台指"秋娘"所居之处。

〔9〕雨润云温:比喻男女间的幽合。宋玉《高唐赋》:"昔者先王尝游高唐,怠而昼寝,梦见一妇人,曰:'妾巫山之女也,为高唐之客。闻君游高唐,愿荐枕席。'王因幸之。妇人去而辞曰:'妾在巫山之阳,高丘之阻。且为朝云,暮为行雨。朝朝暮暮,阳台之下。'"后因以云雨喻男女幽合。

〔10〕惊风:骤风、疾风。

〔11〕无人馆:谓孤居客舍。

〔12〕败壁:破旧的墙壁。

〔13〕怎奈向:无奈。向,语助词,有加强语气的作用。缕:线或线状物。

〔14〕隔溪山不断:谓相思之情不为山河阻隔,永久相连。

这首词抒写对爱妓的追忆和怀恋。上片纯用倒叙手法,生动地记叙了星夜初访的每一个细节,流露出无限欣喜和爱怜的感情;换头追进一层,回忆中又有回忆,并继续追写被迫离散的经过;结尾回到眼前,诉说孤馆独宿的凄苦,前后对比,哀怨尤深。全词文辞精艳,叙述宛转,犹如唐人传奇小说,形象鲜明,情节曲折,感情波澜起伏,充分体现出周词铺叙展衍的高超技艺。

《古今词统》:卓人月云:虫曰"叹",奇。实甫草桥店许多铺写,当为此一字屈首。

《草堂诗余隽》:李攀龙云:上,相遇间如琼玉生光;下,相思处浑如溪山隔断。

《古今诗余醉》：前(指《庆春宫》)"一晌留情"，此"一缕相思"，无限伤怀。

《宋四家词选》：全是追思，却纯用实写。但读前阕，几疑是赋也。换头再为加倍跌宕之，他人万万无此力量。

《词则·别调》：曲折恣肆，笔情酣畅。

《云韶集》：迤逦写来，入微尽致。当年画中曾见，今见重逢，其情愈深。旅馆凄凉、相思情况，一一如见。

《蓼园词选》："惊风吹散"句，怨自有所归也，可以怨矣。"隔溪山不断"，饶有敦厚之致。

《海绡说词》：荒寒寄宿，追忆旧欢，只消秋虫一叹。"伊威在室，蟏蛸在户"，"不可畏也，伊可怀也"。画图昭君，瑶台玉环，以比师师，在美成为相思，在道君为长恨矣。当悟此微旨。(《词话丛编》增订本)

乔批《片玉集》：起句作对。"暗"字又混入闭口韵。"琼枝"两六字句作对。此篇转折酣美，学此法者不可不知。自"念荒寒"以后始知"夜色"至"稀见"全是追摹之笔，而"画图"至"吹散"横出今昔之思，可谓回肠荡气者矣。

倒犯[1]

咏月

霁景[2]、对霜蟾乍升[3]，素烟如扫[4]。千林夜缟[5]。徘徊处、渐移深窈[6]。何人正弄、孤影蹁跹[7]，西窗悄[8]。冒露冷貂裘，玉斝邀云表[9]。共寒光、饮清醥[10]。　　淮左旧游[11],记送行人,归来山路弯[12]。驻马望素魄[13],印遥碧,金枢小[14]。爱秀色、初娟好[15]。念漂浮、绵绵思远道[16]。料异日宵征[17],必定还相照。奈何人自老。

〔1〕《倒犯》:此调由周邦彦始创。陈本注"仙吕"宫,题作"新月"。从"淮左旧游"句推测,这首词约作于周邦彦离开庐州之后。

〔2〕霁(jì记)景:雨后的景色。霁,雨止。《词律》首句作三字逗。

〔3〕霜蟾:冷月。古代神话传说,嫦娥奔月后化为蟾蜍,栖于月中,故以蟾代月。僧贯休《诗》云:"吟向霜蟾下,终须鬼神哀。"

〔4〕素烟如扫:谓月光下,空中布满轻烟薄雾。

〔5〕千林夜缟(gǎo 稿):月光下的树林像披上一层白色的绢。缟,一种白色的丝织品。

〔6〕"徘徊"句:谓月亮在中天徘徊,渐渐地照向幽远深邃之处。深窈(yǎo 咬):幽远深邃。自本句起至"邀云表",化用李白《月下独酌》"我歌月徘徊,我舞影零乱"。

〔7〕蹁跹:指舞者翩翩旋转的姿态。此句谓是谁独自在这月夜翩翩起舞,摆弄自己孤独的身影?

〔8〕"西窗"句:化用李商隐《夜雨寄北》诗:"何当共剪西窗烛,却话巴山夜雨时。"

〔9〕貂裘:貂鼠皮制的衣袍。玉斝(jiǎ 假):玉制的酒器。斝,古代一种酒器,有鋬(pàn 盼,把手)和三足。云表:云霄之外。西汉武帝作铜柱仙人掌,擎玉杯以承云表之露,玉杯即玉斝。本词此句谓穿着貂裘高举玉杯邀请云外的明月。

〔10〕清醥(piāo 飘):清酒。左思《蜀都赋》:"觞以清醥,鲜以紫鳞。"

〔11〕淮左:淮南。周邦彦于元祐四年(1089)离京教授庐州(今安

徽合肥),庐州宋时属淮南西路。

〔12〕窎(diào钓):幽深。以上三句谓回想在淮南与友人宴游,也是在一个月夜,送别友人后,独自穿过深曲的山间小路归家。

〔13〕素魄:淡淡的月光。魄,月初生或将灭时的微光。

〔14〕"印遥碧"二句:遥远的青天印着一颗即将西下的月亮。金枢:西方月没之处。晋木华《海赋》云:"大明(指月)摙辔于金枢之穴。"这里以金枢代月。

〔15〕娟:姿态美好。

〔16〕"绵绵"句:古乐府《饮马长城窟行》:"青青河畔草,绵绵思远道。"绵绵,形容思念之情缠绵不解。

〔17〕料:料想,预测之词。宵征:夜行。

周邦彦咏物词不但不滞泥于物,而且能寓情于物,托物寄情,以情胜物。这首词题为咏月,句句写月,又句句抒怀,透过凄清的月色,读者所感受到的是词人孤独、伤感、笃于友情而又苦于漂泊的一颗寂寞的心。结构上采用"今—昔—今—未来"的时空交错转换法。

乔批《片玉集》:"霜蟾"八字作对。冠以"霁景",乃柳、周之法。"念漂浮、绵绵思远道"五平。结跌,极有力。

木兰花令

歌时宛转饶风措[1]。莺语清圆啼玉树[2]。断肠归去月三更,薄酒醒来愁万绪。　　孤灯煜煜昏如雾[3]。枕上依稀闻笑语[4]。恶嫌春梦不分明[5],忘了与伊相见处。

〔1〕饶风措:多姿多采。风措,风情姿态。

〔2〕"莺语"句:形容歌喉宛转,清脆圆润,犹如黄莺在玉树上恰恰娇啼。玉树:神话传说中的仙树,见《淮南子·墬形》。

〔3〕翳翳(yì意):暗淡不亮。陶渊明《归去来辞》:"景翳翳以将入,抚孤松而盘桓。"

〔4〕"枕上"句:韦庄《女冠子》:"昨夜夜半,枕上分明梦见。语多时,依旧桃花面。"依稀:仿佛,不清晰。

〔5〕恶(wù务):憎恨、讨厌。春梦:美梦。温庭筠《菩萨蛮》词:"春梦正关情,镜中蝉鬓轻。"

这是一首怀人之作,感情真挚,写法尤具特色。上片追忆女子的风姿歌态及自己的相思之情,用的本是倒叙法。如不读"薄酒"句,还疑为顺叙实写。下片回到眼前,却又改用枕上依稀和春梦难觅的虚笔,扑朔迷离之中更显得情挚意切。"忘了"句,尤真切。

《海绡说词》:"薄酒"七字,是全阕点睛。"歌时"三句,从醒后逆溯。下阕句句是愁。(《词话丛编》增订本)

蓦山溪[1]

楼前疏柳,柳外无穷路。翠色四天垂,数峰青[2]、高城阔处。江湖病眼[3],偏向此山明,愁无语。空凝伫。两两昏鸦去。

平康巷陌[4],往事如花雨。十载却归来[5],倦追寻、酒旗戏鼓[6]。今宵幸有,人似月婵娟[7],霞袖举[8]。杯深注。一曲黄金缕[9]。

〔1〕这首词约作于周邦彦浮沉州县数年重回京师任职后。

〔2〕数峰青:钱起《省试湘灵鼓瑟》诗:"曲终人不见,江上数峰青。"

〔3〕病眼:周邦彦《游定夫见过晡饭既去烛下目昏不能阅书感而赋之》诗云:"浊镜在两眸,看朱忽成碧。当时方瞳叟,变灭云雾隔。"作者有目疾,故云。

〔4〕平康巷陌:唐代长安有平康坊,又称平康里,因地近北门,又称北里,为妓女所居之地。后以泛指妓女居处。

〔5〕十载却归来:周邦彦于哲宗元祐四年(1089)离京师外任,至绍圣四年(1097)回京任职后,前后约十年,故云。

〔6〕酒旗戏鼓:指游乐之事。酒旗,酒店的标志,又叫酒帘、望子。戏鼓,泛指古代的游艺杂耍。周邦彦《西河》词:"酒旗戏鼓甚处市?想依稀、王谢邻里。"

〔7〕婵娟:颜色美好貌。孟郊《婵娟篇》:"月婵娟,真可怜。"苏轼《水调歌头》词:"但愿人长久,千里共婵娟。"

〔8〕霞袖:如云霞般飘逸的袖子,袖的美称。钱惟演《夜宴》诗:"蹁跹霞袖舞,潋滟羽觞飞。"

〔9〕黄金缕:指《金缕曲》,唐李锜妾杜秋娘善唱此词,其词云:"劝君莫惜金缕衣,劝君须惜少年时。有花堪折直须折,莫待无花空折枝。"

这首词作于周邦彦中年回京任职之后,上阕写景,下阕叙事。"江湖病眼"几句,寓几多人事沧桑之慨,所谓"江山城阙,极目飞鸦,托思在云天苍莽处"(俞陛云《唐五代两宋词选释》)。

《海绡说词》:"无穷路",从归来后追忆此柳,真是黯然销魂。"偏向此山明",有多少往事在。"倦追寻、酒旗戏鼓",所以见此山而无语凝伫也。前虚后实,钩勒无迹。"今宵"以下,聊复尔尔,正见往事都非,"幸有"云者,聊胜于无耳。(《词话丛编》增订本)

南柯子

宝合分时果[1],金盘弄赐冰[2]。晓来阶下按新声[3]。恰有一方明月、可中庭[4]。　　露下天如水[5],风来夜气清。娇羞不肯傍人行。飐下扇儿拍手、引流萤[6]。

〔1〕时果:时令鲜果。

〔2〕赐冰:《周礼·天官》"凌人"条:"夏,颁冰掌事。"郑玄注:"暑气盛,王以冰颁赐,则主为之。"刘禹锡《刘驸马水亭避暑》诗:"赐冰满碗沉朱实,法馔盈盘覆碧笼。"

〔3〕按新声:弹奏当时流行的乐曲。按,用手抚捺。

〔4〕"恰有"句:谓明月正当中庭,满院月色宜人。方:谓方形的庭院。可:正、当。刘禹锡《金陵五题·生公讲堂》诗:"一方明月可中庭。"

〔5〕露下天如水:谓夜露始生时,天凉如水。杜牧《秋夕》诗:"天街夜色凉如水。"

〔6〕飐下:丢下,撒开。流萤:飞萤。杜牧《秋夕》诗:"轻罗小扇扑流萤。"

这首词描写夏夜纳凉的情景,爽气可感,取景(如月色、露水)和人物的活动(如赐冰、分果以及扇扑流萤),都安置在一方庭院之中,画面集中,且具有浓厚的生活气息。参阅杜牧《七夕》诗,可悟诗词作法之异。

关河令[1]

秋阴时晴渐向暝[2],变一庭凄冷。伫听寒声[3],云深无雁影。更深人去寂静,但照壁、孤灯相映。酒已都醒,如何消夜永[4]?

〔1〕《关河令》:此阕陈注本无。毛本注云:"《清真集》不载,时刻作《清商怨》。"

〔2〕暝:日暮,天色昏暗。

〔3〕伫:久立不动貌。寒声:寒雁的鸣叫声。李白《秋夕书怀》诗:"北风吹海雁,南渡落寒声。"

〔4〕夜永:夜长。

这首词思绪深幽而神韵拙厚。秋阴渐暝,一庭凄冷,但闻雁声,不见雁影,勾勒出怀念远人的旅中况味;孤灯长夜,形影相吊,更加深其凄苦寂寞的情怀,从而体现出周词小令以"警动胜"的特点。音韵方面,通篇押仄声韵,而句中如"晴""庭""声""灯"等平声字,均与各句所押仄声字同属一个韵部,平仄相谐,构成极美的音响效果。

《宋四家词选》:淡永。

《词则·别调》:进一层说,愈劲直,愈缠绵。

《云韶集》:"云深无雁影",五字千古。不必说借酒消愁,偏说"酒已都醒",笔力劲直,情味愈见。

《海绡说词》:由"更深"而追想过去之暝色,预计未尽之长夜。神味拙厚,总是笔力有余。(《词话丛编》增订本)

鹤冲天[1]

溧水长寿乡作[2]

梅雨霁[3],暑风和。高柳乱蝉多[4]。小园台榭远池波[5]。鱼戏动新荷[6]。　　薄纱厨[7],轻羽扇。枕冷簟凉深院[8]。此时情绪此时天。无事小神仙[9]。

〔1〕《鹤冲天》:这首词作于周邦彦知溧水任上。

〔2〕长寿乡:在溧水县北。见《景定建康志》卷一六。

〔3〕梅雨:江南五月梅子黄熟时节,常阴雨连绵,称"梅雨"或"黄梅雨"。

〔4〕"高柳"句:化用刘长卿《送元八游江南》诗"繁蝉动高柳"句。乱蝉:蝉鸣声嘈杂。

〔5〕台榭:积土筑台,台上盖屋的叫榭。台榭泛指供游乐的亭台水榭。李白《江上吟》:"屈平词赋悬日月,楚王台榭空山丘。"

〔6〕"鱼戏"句:化用谢朓《游东田》诗"鱼戏新荷动,鸟散余花落"的前句,谓新荷摇动因游鱼嬉戏。

121

〔7〕纱厨:纱帐。厨,同"幮",帐也。李清照《醉花阴》词:"玉枕纱厨,半夜凉初透。"

〔8〕簟(diàn 店):竹席。顾夐《浣溪沙》:"簟凉枕冷不胜情。"

〔9〕无事小神仙:强焕《题周美成词》谓周邦彦在溧水任上,"所治后圃……有亭曰'姑射',有堂曰'萧闲',皆取神仙中事揭而名之,可以想像其襟抱之不凡"。本词则自称"无事小神仙"。魏野《述怀》诗:"有名闲富贵,无事小神仙。"

这首词作于知溧水时期,写景富有地方和季节特征。"鱼戏动新荷"句逼真生动。溧水地近茅山,求仙学道的风气很盛。周邦彦政治上很苦闷,正需寻求解脱,"无事小神仙"的情趣,就是这种精神状态的反映。

解语花[1]

上元[2]

风销绛蜡[3],露浥红莲[4],灯市光相射[5]。桂华流瓦[6]。纤云散、耿耿素娥欲下[7]。衣裳淡雅。看楚女、纤腰一把[8]。箫鼓喧,人影参差[9],满路飘香麝[10]。　　因念都城放夜[11]。望千门如昼[12],嬉笑游冶[13]。钿车罗帕[14]。相逢处、自有暗尘随马[15]。年光是也。唯只见、旧情衰谢[16]。清漏移[17],飞盖归来[18],从舞休歌罢[19]。

〔1〕《解语花》:此调由周邦彦始创。陈本注"高平"调,题作"元宵"。这首词约作于荆州,教授庐州之后,知溧水之前。

〔2〕上元:农历正月十五日,其夜为上元夜,也叫元宵节。

〔3〕风销绛蜡:红烛在夜风中销熔。绛蜡,红色的蜡烛。绛,陈注本作"焰"。

〔4〕露浥(yì义)红莲:夜露沾湿了莲花灯。浥,沾湿。红莲,指荷花灯。陈注本作"烘炉"。

〔5〕灯市:陈注本作"花市"。元宵节放灯,街市店铺出售各式花灯,叫灯市。此指街市放灯。

〔6〕桂华流瓦:月光如水,流泻在屋顶瓦楞上。桂华,代月。华,同"花"。段成式《酉阳杂俎》云:"月中有桂,高五百丈。"

〔7〕纤云:微云。耿耿:明亮貌。素娥:嫦娥,神话传说中的月中仙子。

〔8〕楚女:此指荆南女子。纤腰一把:形容女子身材苗条,腰围极细。《韩非子·二柄》:"楚灵王好细腰,而国中多饿人。"欧阳修《减字木兰花》词:"楚女腰肢天与细。"

〔9〕箫鼓:泛指各种乐器。人影参差:谓游人往来频繁,灯光下身影错杂不齐。

〔10〕香麝(shè射):麝香的芬芳。麝香是一种名贵的香料,古人将它羼和在香烛中,点燃时香气四溢。刘遵《繁华应令诗》:"腕动飘香麝,衣轻任好风。"

〔11〕都城:指北宋京城汴京。放夜:唐宋时正月十四至十六日京城街道夜禁开放,准许整夜自由通行。陈注本引《新记》:"京城街衢有金吾(掌管京城警卫),晓暝传呼,以禁夜行。唯正月十五夜敕许金吾弛禁,前后各一日,谓之放夜。"

〔12〕"望千门"句:指皇宫里重重殿门灯烛辉煌,如同白昼。

123

〔13〕游冶:寻欢作乐。

〔14〕钿车:用金银贝壳装饰的豪华车辆,多为贵族女子乘坐。罗帕:丝织的巾帕。

〔15〕暗尘随马:车马过处扬起灰尘。苏味道《正月十五夜》诗:"暗尘随马去,明月逐人来。"

〔16〕"年光"二句:时序节令还和往常一样,然而游乐赏灯的兴味已减退。

〔17〕清漏移:谓夜渐深。漏,此指漏箭,漏壶中的计时木签。

〔18〕飞盖:飞驰的车辆。盖,车盖。此代车。

〔19〕从舞休歌罢:任凭歌舞何时休歇,自己已无心游赏。从,任凭。

这首词是作者中年宦游荆楚时作。用铺张的手法描写荆南和汴京元宵赏灯游乐的情景而各有地方特色。张炎《词源》卷下赞美这首词说:"不独措辞精粹,又且见时序风物之盛,人家宴乐之同。"然而作者用意并不止此:灯市愈热闹,内心愈清冷。"年光是也"以陡转,透露其身心疲惫,颓唐郁闷的情绪,与前面的乐景形成巨大反差。

《词源》:昔人咏节序,不唯不多,附之歌喉者,类是率俗,不过为应时纳祜之声耳……岂如美成《解语花》赋元夕……不独措辞精粹,又且见时序风物之盛,人家宴乐之同。

《草堂诗余隽》:上是佳人游玩,下是灯下相逢,一气呵成。(李攀龙语)

《草堂诗余别录》:"桂华流瓦。纤云散,耿耿素娥欲下",语甚奇;"衣裳淡雅。看楚女、纤腰一把",亦俊逸;"年光是也。唯只见、旧情衰谢",又感慨沉着。"瓦"字、"雅"字、"怕"字、"也"字,皆不觉用韵,诚佳作也。

《七颂堂词绎》：词起结最难，而结尤难于起，盖不欲转入别调也。"呼翠袖，为君舞""倩盈盈翠袖，揾英雄泪"，正是一法。然又须结得有"不愁明月尽，自有夜珠来"之妙乃得。美成《元宵》云："任舞休歌罢"则何以称焉？

《宋四家词选》：此美成在荆南作，当与《齐天乐》同时。到处歌舞太平，京师尤为绝盛。

《白雨斋词话》：美成《解语花》（元宵）后半阕（引词略）纵笔挥洒，有水逝云卷、风驰电掣之感。

《云韶集》：因元宵而念禁城放夜时，屈指年光，已成往事。此种着笔，何等姿态，何等情味。若泛写元宵衣香灯影如何艳冶，便写得工丽百二十分，终觉看来不俊。

《人间词话》：词忌用替代字，美成《解语花》之"桂华流瓦"，境界极妙，惜用"桂华"二字代月耳。

乔批《片玉集》：古今传唱名作也。此从楚女而念都城，以异地而生情景，足见北宋词家境界。"年光"一转，见"重""大"之笔。"马"韵巧而"重""大"。

锁阳台[1]

怀钱塘

山崦笼春[2]，江城吹雨[3]，暮天烟淡云昏。酒旗渔市，冷落杏花村[4]。苏小当年秀骨，萦蔓草、空想罗裙[5]。潮声起，高楼喷笛，五两了无闻[6]。　　凄凉怀故国[7]，朝钟暮

125

鼓[8],十载红尘[9]。但梦魂迢递,长到吴门[10]。闻道花开陌上,歌旧曲、愁杀王孙[11]。何时见,名娃唤酒,同倒瓮头春[12]。

〔1〕万树《词律》:"锁阳台"即"满庭芳"。这首词约写于周邦彦赴庐州任上时。从"十载红尘"句推算,作者从元丰二年(1079)秋离开故乡钱塘,至京师入太学,元祐四年(1089)春在京前后十年。

〔2〕山崦(yān 淹):山坳、山曲。姚合《题山寺》诗:"千重山崦里,楼阁影参差。"笼春:被春光所笼罩。

〔3〕江城:此指钱塘(今浙江杭州),作者的故乡。

〔4〕"酒旗"二句:村边的酒店和渔民集市渐渐人散,村子冷落下来。酒旗:酒店的标志,亦称酒帘、望子。杏花村:泛指江南村庄。

〔5〕苏小:南齐钱塘名妓苏小小的简称,杭州西湖西泠桥畔有其墓。秀骨:骨的美称。萦(yíng 营):缠绕。蔓草:指野生的爬藤植物。罗裙:丝织品制的裙子,此代苏小小。牛希济《生查子》:"记得绿罗裙,处处怜芳草。"

〔6〕喷笛:吹笛。五两:古代测风器,用鸡毛五两结在高竿顶上,测风的方向。了无闻:一点也听不到。鲍照《吴歌三首》之三:"五两了无闻,风声那得达。"以上三句谓夜晚风停,惟闻潮声和高楼传来的笛声。

〔7〕故国:此指故乡。

〔8〕朝钟暮鼓:古时以钟鼓报时,此示日夜轮替,岁月流逝。李咸用《山中》诗:"朝钟暮鼓不到耳,明月孤云长挂情。"

〔9〕红尘:车马扬起的飞尘。杜牧《华清宫》诗:"一骑红尘妃子笑,无人知是荔枝来。"

〔10〕迢递:遥远貌。吴门:古吴县的别称,这里借指作者的故乡钱塘。

〔11〕王孙:指游子。淮南小山《招隐士》云:"王孙游兮不归,春草生兮萋萋。"

〔12〕名娃唤酒:漂亮姑娘招呼喝酒。瓮(wèng 翁去声)头春:刚酿熟的新酒。

这是一首乡愁曲。作者怀念他阔别十年的家乡以及当年的欢娱生活。在写作手法上,词人利用回忆、写实和想象,把过去、现在和未来不同时地发生的情事揑合在一起,加以抒写,其中大部分是回忆和对未来的憧憬,至于眼前的境况只用"凄凉怀故国"一句带过。全词紧扣一个"怀"字,写景冷落凄寂,叙笔明快酣畅。哀乐无端,而姿态横生。

锁阳台

白玉楼高〔1〕,广寒宫阙〔2〕,暮云如幛寨开〔3〕。银河一派,流出碧天来〔4〕。无数星躔玉李〔5〕,冰轮动、光满楼台〔6〕。登临处、全胜瀛海〔7〕,弱水浸蓬莱〔8〕。 云鬟香雾湿〔9〕,月娥韵压,云冻江梅〔10〕。况餐花饮露〔11〕,莫惜徘徊。坐看人间如掌,山河影、倒入琼杯〔12〕。归来晚,笛声吹彻,九万里尘埃〔13〕。

〔1〕白玉楼:传说中天上的宫楼。李商隐《李长吉小传》:"(天)帝成白玉楼,立召君(李贺)作记。"

〔2〕广寒宫:传说中的月宫殿府。《龙城录》:"唐玄宗于八月十五日游月中,见一大宫府,榜曰'广寒清虚之府'。"后人便称月宫为广寒

宫。阙:宫殿前的楼观。

〔3〕幛(zhàng帐):俗以布帛题字为庆吊之礼,称幛子。褰(qiān牵):同"搴",揭开、掀起。这里指暮云如悬挂空中的幛幕,刚被揭开。

〔4〕一派:一脉、一道。此二句谓银河一道从青天流泻出来。

〔5〕躔(chán缠):星辰运行的位次。李:星座名,见《史记·天官书》。玉李,对李星的美称。

〔6〕冰轮:喻指圆月。苏轼《江月》诗:"冰轮横海阔,香雾入楼寒。"

〔7〕瀛海:大海。此疑指瀛洲,传说中的海上仙山名。详见下引《史记·封禅书》。

〔8〕弱水:相传浮力很弱,连芥子或鸿毛都不胜浮载的水。古籍所载多处,这里指传说中蓬莱仙山周围的弱水。蓬莱:仙山名。《史记·封禅书》云:"自威、宣、燕昭使人入海,求蓬莱、方丈、瀛洲,此三神山者,其传在渤海中。"

〔9〕云鬟:女子发髻呈环状者为鬟。云鬟为发髻之美称。杜甫《月夜》诗:"香雾云鬟湿,清辉玉臂寒。"此谓嫦娥的云发被雾水沾湿了。

〔10〕"月娥"句:谓嫦娥美丽的风韵胜过冬天的梅花。压:胜过、压倒。

〔11〕餐花饮露:谓内美修洁。屈原《离骚》:"朝饮木兰之坠露兮,夕餐秋菊之落英。"此亦谓月娥不食人间烟火。

〔12〕山河影:《春渚纪闻》:"王荆公言月中仿佛有物,乃山河影也。至东坡先生亦有'正如大圆镜,写此山河影'。"琼杯:玉制的酒杯。

〔13〕九万里:极言其高远。《庄子·逍遥游》:"鹏之徙于南冥也,水击三千里,抟扶摇而上者九万里。"此谓自高空下望人世亦九万里。

这首词是登高赏月之作。上片设想自己登临白玉楼,置身广寒宫,周围星辰运转,银河泻波,已入奇幻仙境。下片幻想与月中嫦娥交游,餐花饮露,坐看人间,想象更为奇特。结句境界尤其壮阔。

过秦楼[1]

水浴清蟾[2],叶喧凉吹[3],巷陌马声初断。闲依露井[4],笑扑流萤,惹破画罗轻扇[5]。人静夜久凭阑,愁不归眠,立残更箭[6]。叹年华一瞬,人今千里,梦沉书远[7]。　　空见说、鬓怯琼梳[8],容销金镜[9],渐懒趁时匀染[10]。梅风地溽[11],虹雨苔滋[12],一架舞红都变[13]。谁信无聊,为伊才减江淹[14],情伤荀倩[15]。但明河影下,还看稀星数点[16]。

〔1〕《过秦楼》:又名《惜余春慢》《苏武慢》《选冠子》。陈本注"大石"调。《花庵词选》题作"夜景"。

〔2〕水浴清蟾:谓月色如洗。蟾,蟾蜍。传说嫦娥奔入月中化为蟾蜍,故以蟾代月。

〔3〕叶喧凉吹:谓夜风吹得树叶沙沙作响。李商隐《雨》诗:"秋池不自冷,风叶共成喧。"喧,声响而杂。凉吹,凉风吹来。吹,读去声。

〔4〕闲依露井:化用李商隐《临发崇让宅紫薇》诗:"桃绶含情依露井。"露井,露水沾湿井栏。

〔5〕"笑扑"二句:化用杜牧《秋夕》诗句:"轻罗小扇扑流萤。"流萤:飞萤。

〔6〕更箭:即漏签、漏箭。漏壶中刻有时辰的浮签,用以计时。

〔7〕梦沉书远:谓往事如梦,书信杳远。

〔8〕鬓怯琼梳：谓鬓发稀疏，不胜疏理。琼梳，梳的美称。

〔9〕容销金镜：谓镜中容颜，日见清瘦。金镜，镜的美称。

〔10〕趁时匀染：按时下流行的妆饰打扮。

〔11〕梅风地溽：夏五月，江南梅子黄熟季节，雨多风湿，暑气溽热。

〔12〕虹雨苔滋：黄梅季节雨水多，空中常见彩虹，地面多生苔藓。杜甫《雨四首》之四："楚雨石苔滋。"

〔13〕一架舞红都变：谓风雨之后花儿飞落殆尽。舞红，喻落花。孙光宪《浣溪沙》词："堕阶萦蘚舞愁红。"

〔14〕才减江淹：用江郎才尽的典故。江淹，南朝著名文学家。《南史·江淹列传》："淹少以文章显，晚节才思微退，云为宣城太守时，罢归，始泊禅灵寺渚，夜梦一人，自称张景阳，谓曰：'前以一匹锦相寄，今可见还。'淹探怀中，得数尺与之，此人大恚曰：'那得割截都尽！'顾见丘迟，谓曰：'余此数尺既无所用，以遗君。'自尔淹文章踬矣。又，尝宿于冶亭，梦一丈夫自称郭璞，谓淹曰：'吾有笔在卿处多年，可以见还。'淹乃探怀中，得五色笔一，以授之，尔后为诗绝无美句，时人谓之才尽。"

〔15〕情伤荀倩：荀倩，即荀粲，字奉倩。《世说新语·惑溺》："荀奉倩与妇至笃，冬月妇病热，乃出中庭自取冷，还以身熨之。妇亡，奉倩后少时亦卒。"

〔16〕明河：指银河。稀星数点：杜甫《倦夜》诗："重露成涓滴，稀星乍有无。"

周邦彦写相思之情往往从一点感触出发，思前想后，反复吟叹，直至情伤怀抱，痛苦不已。这首词在结构上利用倒叙、插叙、想象等手法，将过去欢乐相聚和别后两地相思的情景细加刻画，时而沉浸于甜蜜的回忆之中，时而陷入痛苦的思念里，顺逆离合、虚实相生，以真情动人。

《草堂诗余隽》：出口成词，平平铺叙，自有一种闲情，不当以凡品目之。（李攀龙语）

《宋四家词选》："梅风地溽，虹雨苔滋，一架舞红都变"，入此三句，意味深厚。

《云韶集》：婉约芊绵，凄艳绝世，满纸是泪，而笔墨极尽飞舞之致。

《海绡说词》：换头三句，承"人今千里"，虚。"梅风"三句，承"年华一瞬"，然后以"无聊为伊"三句结情，以"明河影下"两句结景。篇法之妙，不可思议。

又，通篇只做前结三句，自起句至"更箭"，是去秋情事。"梅风"三句，又历春夏，所谓"年华一瞬"。"见说"三句，"人今千里"。"谁信"三句，"梦沉书远"也。"明河""疏星"，又到秋景。前起逆入，后结仍用逆挽，构局精奇，金针度尽。（《词话丛编》增订本）

乔批《片玉集》："水浴"二句、"闲依"二句皆须作对。"羁怯"二句、"梅风"二句、"才减"二句并同。人名作对，前人已议之。片玉每以闭口韵增押，如"染""点"二字是也，不可为法。

解蹀躞[1]

秋思

候馆丹枫吹尽[2]，面旋随风舞[3]。夜寒霜月、飞来伴孤旅[4]。还是独拥秋衾[5]，梦余酒困都醒，满怀离苦。甚情绪。深念凌波微步[6]。幽房暗相遇[7]。泪珠都作、秋宵枕前雨。此恨音驿难通[8]，待凭征雁归时，带将愁去[9]。

131

〔1〕《解蹀躞》:此调由周邦彦始创。陈本注"商调",无题。《花庵词选》题作"秋词",《草堂诗余》题作"秋怨"。

〔2〕候馆:古代供旅客食宿的馆舍。欧阳修《踏莎行》词:"候馆梅残,溪桥柳细。"丹枫:枫树经秋,叶色变红,故云。

〔3〕面旋:飞舞貌。欧阳修《蝶恋花》词:"面旋落花风荡漾,柳重烟深,雪絮飞来往。"

〔4〕霜月:冷月。

〔5〕衾(qīn侵):被子。

〔6〕凌波微步:形容女子走路时步履轻盈的美好姿态。曹植《洛神赋》:"凌波微步,罗袜生尘。"

〔7〕幽房:深邃的内室。张华《情诗》:"清风动帷帘,晨月照幽房。"

〔8〕音驿:指音信、消息。

〔9〕征雁:远飞的大雁。带将愁去:传说大雁能为人传信(见《汉书·苏武传》),故云。将,语助词。

秋风飒飒,月色凄凉,孤馆独卧,酒梦都醒,不禁想起久别的情人,回忆起当年幽会密约以及临别洒泪的情景,深恨如今相隔遥远,音书难通,因而有"待凭征雁归时,带将愁去"的痴想。近人夏闰庵说:"音驿难通,而征雁翻能带去,似不可解,而中有至情,词中措语之妙也。"

《草堂诗余正集》:首句新谱作七字,非。有"还是"二字遂委折。春江都是泪,秋雨都是泪,泪何多也!文人之舌,地老天荒。

乔批《片玉集》:梦窗有此作。"夜寒""泪珠"皆九字对。

夏闰庵云:音驿难通,而征雁翻能带去,似不可解,而中有至情,词中措语之妙也。(《唐五代两宋词选释》引)

蕙兰芳引[1]

秋怀

寒莹晚空,点青镜、断霞孤鹜[2]。对客馆深扃[3],霜草未衰更绿[4]。倦游厌旅,但梦绕、阿娇金屋[5]。想故人别后,尽日空疑风竹[6]。　　塞北氍毹[7],江南图障[8],是处温燠[9]。更花管云笺[10],犹写寄情旧曲。音尘迢递[11],但劳远目。今夜长,争奈枕单人独[12]。

〔1〕《蕙兰芳引》:此调由周邦彦始创。陈本注"仙吕"宫,无题。《草堂诗余》题作"秋怨"。

〔2〕"寒莹"三句:谓傍晚的秋空高寒透明,断霞和孤鹜犹如点缀在清镜上的图案。莹:晶明闪亮。青镜:比喻天空明彻如镜。断霞孤鹜:王勃《秋日登洪府滕王阁饯别序》:"落霞与孤鹜齐飞,秋水共长天一色。"鹜,野鸭。

〔3〕扃(jiōng 迥阳平):门窗开关用的插闩。此为关锁。陈注本引吴融《咏晓赋》:"旅馆犹扃。"

〔4〕"霜草"句:化用谢朓《酬晋王安》诗:"春草秋更绿,公子未西归。"霜草:秋草,经霜之草也。

〔5〕阿娇金屋:此指心爱女子之屋。典出《汉武故事》,详见《风流子》(新绿小池塘)"金屋"注。

〔6〕空疑风竹:陈注本引李益诗:"开帘风动竹,疑是故人来。"

〔7〕氍毹(qú shū 渠书,毹又读 yú 于):毛织的地毯。《三辅黄图·未央宫》:"规地以罽宾氍毹。"古乐府《陇西行》:"请客北堂上,坐客毡氍毹。"

〔8〕图障:画有山水或人物的屏障。李肇《国史补》:"李益诗名早著,有《征人歌且行》一篇,好事者画为图障。"

〔9〕温燠(yù 郁):温暖。燠,暖也。《诗·唐风·无衣》:"不如子之衣,安且燠兮。"

〔10〕花管云笺:笔和纸的美称。

〔11〕音尘:音信、信息。李白《忆秦娥》词:"咸阳古道音尘绝。"

〔12〕争奈:怎奈、无奈。争,同"怎"。

此词题为"秋怀",即秋日易感之情怀。"倦游厌旅"为一篇之主,断霞孤鹜、夜空衰草、秋景如画,全为"客馆深扃""枕单人独"而设。又,想金屋之人空疑风竹,与客游之士遥相远目,所谓"一种相思,两处闲愁"是也。

《草堂诗余正集》:"想故人"句,一部《西厢》只此句。"今夜长"句,直吐真情,亦老。

乔批《片玉集》:换头"重""大",且是对句。结句,夜长则不能梦绕,情景可思。

六幺令[1]

重阳

快风收雨[2],亭馆清残燠[3]。池光静横秋影[4],岸柳如新沐。闻道宜城酒美[5],昨日新醅熟[6]。轻镳相逐[7]。冲泥策马[8],来折东篱半开菊[9]。　　华堂花艳对列,一一惊郎目[10]。歌韵巧共泉声,间杂琮琤玉[11]。惆怅周郎已老,莫唱当时曲。幽欢难卜[12]。明年谁健,更把茱萸再三嘱[13]。

〔1〕《六幺令》:陈本注"仙吕"宫,题作"重九"。重阳:夏历九月初九,为重阳节。这首词约作于溧水任满回京再过宜城等地时。

〔2〕快风:宋玉《风赋》:"快哉此风!寡人所与庶人共者邪?"

〔3〕残燠(yù郁):残热。燠,暖也。

〔4〕池光静横秋影:杜牧《九日齐山登高》诗:"江涵秋影雁初飞。"

〔5〕宜城酒美:宜城,县名,古属襄阳郡,今属湖北。《太平寰宇记·襄州》:"襄阳郡宜城县……其地出美酒。"

〔6〕醅(pēi 培阴平):未滤的酒。

〔7〕轻镳(biāo 标):快马。镳,马勒,俗称马嚼铁。

〔8〕冲泥策马:谓鞭马急行于泥途。杜甫《崔评事弟许相迎不到应虑老夫见泥雨怯出必愆佳期走笔戏简》诗:"虚疑皓首冲泥怯,实少银鞍傍险行。"

〔9〕"来折"句:陶渊明《饮酒》诗:"采菊东篱下,悠然见南山。"

〔10〕"华堂"二句:谓豪华的厅堂上,娇艳的女子两两相对而列,一个个都美丽惊人。此化用梁乐府《襄阳乐》:"大堤诸儿女,花艳惊郎目。"

〔11〕"歌韵"二句:谓歌声和韵律巧与泉水之声相仿,时尔能听到佩玉的琮琤之声。此化用韩愈、孟郊《城南联句》韩愈句:"泉音玉淙琤。"又,晏殊《木兰花》词:"重头歌韵响琤琮。"琮琤(cóng chēng 丛撑):

135

玉的撞击声。琮,古玉器,方形或圆形而中有孔。琤,玉相击声。

〔12〕幽欢:暗期密约幽会的欢爱。难卜:难以预定。卜,预测,占卜。

〔13〕"明年"二句:化用杜甫《九日蓝田崔氏庄》诗中"明年此会知谁健,醉把茱萸仔细看"二句。茱萸(zhū yú 朱臾):旧俗九月九日重阳节,佩茱萸囊以去邪。《续齐谐记》费长房谓桓景曰:"九月九日汝家中当有灾,宜急去,令家人各作绛囊,盛茱萸以系臂,登高,饮菊花酒。"

这是一首咏重阳节的词。上阕以轻快之笔写雨后秋景,墨爽语健,无拖泥带水之弊。下阕叙华堂宴欢,略事铺染,即转入迟暮嗟老之叹,末句化用杜诗如己出,其中"再三嘱"与杜甫"仔细看"三字各极其妙,异曲而同工。

乔批《片玉集》:"周郎"自用家典,两"郎"字不易复,可资玩索。此篇内转处可见。

红林檎近[1]

咏雪

高柳春才软[2],冻梅寒更香。暮雪助清峭[3],玉尘散林塘[4]。那堪飘风递冷[5],故遣度幕穿窗[6]。似欲料理新妆。呵手弄丝簧[7]。　　冷落词赋客[8],萧索水云乡[9]。援毫授简[10],风流犹忆东梁[11]。望虚檐徐转[12],回廊未扫,夜长莫惜空酒觞〔13〕。

〔1〕《红林檎近》:此调由周邦彦始创。陈本注"双调",无题。《花草粹编》作"冬雪"。这首词约作于作者知溧水时期。

〔2〕"高柳"句:谓春天柳树枝条始变柔。

〔3〕清峭:清冷峭厉。

〔4〕玉尘:喻雪。白居易《酬皇甫十早春对雪见赠》诗:"漠漠复雰雰,东风散玉尘。"林塘:树林和池塘。

〔5〕飘风:回旋的风。递冷:传送寒气。

〔6〕度幕穿窗:越过帘帷,穿透窗缝。

〔7〕"似欲"二句:化用欧阳修《诉衷情》词:"清晨帘幕卷轻霜。呵手试梅妆。"料理:安排。杜甫《江畔独步寻花》诗:"诗酒尚堪驱使在,未须料理白头人。"丝簧:指乐器。

〔8〕词赋客:指司马相如,亦作者自指,作者曾献《汴都赋》,故云。

〔9〕萧索:此谓雪花飘落状。谢惠连《雪赋》:"其为状也,散漫交错,氛氲萧索。"水云乡:水云弥漫处,多指隐者所居之处。此指作者所在的江南水乡溧水。

〔10〕援毫授简:谢惠连《雪赋》谓梁孝王游于兔园,召邹阳、枚乘、司马相如等随侍,俄而密雪下,王乃歌《北风》于卫《诗》,咏《南山》于周《雅》,授简于司马(相如)大夫曰:"抽子秘思,骋子妍辞,侔色揣称,为寡人赋之。"毫,指毛笔。简,古人书写用的狭长竹片。

〔11〕"风流"句:此喻作者于元丰年间献《汴京赋》,神宗擢为太学正,声名一日震耀海内。东梁:今河南开封,此指北宋都城汴京。据《史记·司马相如列传》载:"客于梁,梁孝王令与诸生同舍……居数岁,乃著《子虚赋》。"

〔12〕虚檐徐转:形容雪花缓慢地回旋飘于屋前檐下。

〔13〕"回廊"二句:谓积雪尚在,别错过夜间饮酒赏雪的机会。觞:古代盛酒器。

本词题为咏雪,但对雪花的形状不作细致刻画,而是着力渲染一种寒冷清峭的环境,从而衬托作者失意沦落的心理状态,做到不即不离,耐人寻味。

《草堂诗余正集》:"高"字有力,"才"字有思,言雪时柳高而未软也,诗之兴体。

《古今词话·词辨》引《古今词谱》曰:调始于周美成,"风雪"四句起,似古风。

乔批《片玉集》:此是古乐府作法,高浑难及。

氐州第一〔1〕

波落寒汀〔2〕,村渡向晚,遥看数点帆小。乱叶翻鸦〔3〕,惊风破雁〔4〕,天角孤云缥缈〔5〕。官柳萧疏,甚尚挂、微微残照〔6〕。景物关情〔7〕,川途换目〔8〕,顿来催老〔9〕。 渐解狂朋欢意少,奈犹被、思牵情绕。座上琴心〔10〕,机中锦字〔11〕,觉最萦怀抱。也知人、悬望久,蔷薇谢、归来一笑〔12〕。欲梦高唐〔13〕,未成眠、霜空已晓。

〔1〕《氐州第一》:毛晋《宋六十名家词》本注云:"《清真集》作'熙州摘遍',字句稍异。"此调由周邦彦始创。陈本注"商调"。《草堂诗余》

题作"秋怨",《花草粹编》作"秋思"。

〔2〕汀:水中或水边平地。

〔3〕乱叶翻鸦:落叶伴归鸦在林中翻飞。翻,飞也。张衡《西京赋》:"众鸟翩翩。"

〔4〕惊风破雁:疾风惊乱了整齐的雁行。杜甫《冬晚送长孙渐舍人归州》诗:"云晴鸥更舞,风逆雁无行。"

〔5〕缥缈(piāo miǎo 漂秒):若隐若现,若有若无。

〔6〕官柳:原为官府种植的柳树,后泛指交通大道旁的柳树。详见《瑞龙吟》"官柳"注。萧疏:萧条稀疏。甚:正。

〔7〕景物关情:谓景物触动感情。

〔8〕川途换目:陶渊明《始作镇军参军经曲阿》诗:"目倦川途异,心念山泽居。"川途,水路。

〔9〕顿来催老:谓触景生情,旅途中见景物萧瑟,顿时觉得自己也被时光催老了。来,语助词。

〔10〕座上琴心:用司马相如与卓文君的故事。《史记·司马相如列传》:"酒酣,临邛令前奏琴曰:'窃闻长卿好之,愿以自娱。'相如辞谢,为鼓一再行。是时卓王孙有女文君新寡,好音,故相如缪与令相重,而以琴心挑之。"琴心,寄情于琴声。

〔11〕机中锦字:用窦滔妻苏蕙的典故。《晋书·列女传》:"窦滔妻苏氏,始平人也,名蕙,字若兰,善属文。滔苻坚时为秦州刺史,被徙流沙,苏氏思之,织锦为回文旋图诗以赠滔,宛转循环以读之。词甚凄婉,凡八百四十字。"

〔12〕"蔷薇谢"二句:化用杜牧《留赠》诗:"不用镜前空有泪,蔷薇花谢即归来。"

〔13〕梦高唐:指梦中与所爱人的幽会。高唐,原为战国时楚国台名,楚襄王曾游于此。见《拜星月慢》注〔9〕。

这是一首羁旅怀归词。上片描写旅途萧瑟秋景,引起日暮乡思;下片抒发羁旅漂泊之感以及对亲人的思念之情。时间由傍晚直至拂晓。艺术上以情景真切,层次分明和炼字琢句见长,如"乱叶翻鸦"三句由近及远,逐层推移,其中的"乱""翻""惊""破"等字都用得十分准确、贴切、生动、形象。

《草堂诗余正集》:"翻鸦""破雁"句再见,下色色描就。

《宋四家词选》:竭力追逼得换头一句出,钩转"思牵情绕",力挽千钧。此与《瑞鹤》一阕皆绝新机杼,而结体各别,此轻利,彼沉郁。

《云韶集》:"翻"字、"破"字炼得妙。写秋景凄凉,如闻商音羽奏。语极悲婉,一波三折,曲尽其妙。美成词大半皆以纤徐曲折制胜,妙于纤徐曲折中有笔力,有品骨,故能独步千古。

《蓼园词选》:词旨凄清,情怀暗淡,其境地可于笔墨外思之。

乔批《片玉集》:"乱叶"二句作对,写难状之景。"关情"以后入情。"座上"二句作对,当是思家之作。"蔷薇"三字,是未来之景。

自转头结句,如明珠走盘,一丝萦曳。夏闰庵云:以"曲而婉"三字评之,殊当。(《唐五代两宋词选释》引)

尉迟杯[1]

离恨

隋堤路[2]。渐日晚、密霭生深树[3]。阴阴淡月笼沙[4],还宿河桥深处[5]。无情画舸,都不管、烟波隔前浦。等行人、醉拥重衾,载将离恨归去[6]。　　因思旧客京华[7],长偎傍、疏林小槛欢聚[8]。冶叶倡条俱相识[9],仍惯见、珠歌翠舞[10]。如今向、渔村水驿[11],夜如岁、焚香独自语。有何人、念我无聊,梦魂凝想鸳侣[12]。

〔1〕《尉迟杯》:此调陈本注"大石"调,题同。《草堂诗余》题作"离别",《花草粹编》题"离情"。这首词约为周邦彦再次离开汴京时留别之作。

〔2〕隋堤:即汴堤。详见《兰陵王》"隋堤"注。

〔3〕"密霭"句:浓密的雾气从树林深处散出。

〔4〕阴阴:形容月色黯淡。月笼沙:月光弥漫于水边沙地上。杜牧《泊秦淮》诗:"烟笼寒水月笼沙,夜泊秦淮近酒家。"

〔5〕河桥:指汴河上的桥。

〔6〕画舸(gě 葛):绘有彩饰的大船,船的美称。浦:水边。自"无情"句至"归去"四句:化用宋郑仲贤《柳枝词》:"亭亭画舸系寒潭,直到行人酒半酣。不管烟波与风雨,载将离恨过江南。"

〔7〕京华:京城。杜甫《奉赠韦左丞丈二十二韵》:"骑驴十三载,旅食京华春。"

〔8〕小槛:窗下或长廊上的栏杆。

〔9〕冶叶倡条:指歌伎舞女们。李商隐《燕台》诗:"蜜房羽客类芳心,冶叶倡条遍相识。"

〔10〕惯见:常见。珠歌翠舞:珠、翠指代歌女、舞女。白居易《夜闻贾常州崔湖州茶山境会想羡欢宴因寄此诗》:"珠翠歌钟俱绕身……青娥递舞应争妙。"

〔11〕水驿:水边的驿站,供旅客和送公文的人住宿的客舍。
〔12〕"梦魂"句:司马相如《长门赋》:"忽寝寐而梦想兮,魄若君之在傍。"

一个秋天的傍晚,词人又将离开京城出任州府。目睹两岸凄清的月色,想到今晚船将夜行,人将离去,不禁埋怨起画舸的无情和烟波的阻隔,进而追想在京都时欢歌逐舞的冶游生活,更觉渔村水驿凄苦独宿的悲凉,内心掀起无穷的感情波澜。词中将今与昔,悲与乐进行对照,以突出离恨之苦。结句"梦魂凝想鸳侣"以虚想填补现实的缺憾,拙实中见真情。

《草堂诗余正集》:等到醉时,画舸煞有情,而犹谓无情,情真哉。苏词"只载一船离恨向西州",秦词"载取暮愁归去",又是一触发。

《古今词统》引徐士俊评:无情四句,等到醉时放船,煞有情矣,犹谓"无情",情真哉!

《宋四家词选》:南宋诸公所断不能到者,出之平实,故胜。又云:一结拙甚。

《谭评词辨》:"无情"二句,沉着。"因思"句,章法。"渔村水驿"句,挽。收处颇率意。

《蓼园词选》:此词应是美成由待制出知顺昌,初出汴京时作。自汴水买船东下,因念京中旧友,故曰"想鸳侣"也。情辞自尔凄切。

《词则·大雅》:窈曲幽深,挚情隽上。

《蕙风词话》:元人沈伯时作《乐府指迷》,于清真词推许甚至,唯以"天便教人,霎时厮见何妨""梦魂凝想鸳侣"等句为不可学,则非真能知词者也。清真又有句云:"多少暗愁密意,唯有天知。""最苦梦魂,今宵不到伊行。""拼今生,对花对酒,为伊泪落。"此等语愈朴愈厚,愈厚愈雅,至真之情,由性灵肺腑中流出,不妨说尽而愈无尽。

《海绡说词》:"隋堤"一境,"京华"一境,"渔村水驿"一境,总入"焚香独自语"一句中。"鸳侣"则不独自矣。只用实说,朴拙浑厚,尤清真之不可及处。"长偎傍"九字,红友谓于"傍"字豆,正可不必。"偎傍疏林"与"小槛欢聚"是搓挪对。"冶叶倡条""珠歌翠舞""俱相识""仍惯见",皆如此法。(罗校本)

又:"淡月""河桥",始念隋堤日晚。"画舸""烟波""重衾""离恨",节节逆溯,还他隋堤。"旧客京华",仍用逆溯。"渔村水驿",收合河桥。"梦魂"是"重衾"里事,"无聊""自语",则酒梦都醒也。"小槛"对"疏林","欢聚"对"偎傍","珠歌翠舞"对"冶叶倡条","仍惯见"对"俱相识",是搓挪对法。红友谓于"傍"字读,非。(《词话丛编》增订本)

乔批《片玉集》:此是汴京留别之作,笔力可思。

塞翁吟[1]

暗叶啼风雨[2],窗外晓色珑璁[3]。散水麝[4],小池东。乱一岸芙蓉[5]。蕲州簟展双纹浪[6],轻帐翠缕如空[7]。梦远别,泪痕重。淡铅脸斜红。　　忡忡[8]。嗟憔悴、新宽带结[9],羞艳冶、都销镜中。有蜀纸[10]、堪凭寄恨,等今夜、洒血书词,剪烛亲封[11]。菖蒲渐老,早晚成花,教见薰风[12]。

[1]《塞翁吟》:此调由周邦彦始创。陈本注"大石"调。毛本题作"夏景"。万树《词律》按:此调应分三叠,则上阕自"蕲州"至"斜红"当

为第二段,下阕不变,此为"双拽头"。

〔2〕"暗叶"句:谓天未明,听得树叶间有风雨之声。李贺《伤心行》:"秋姿白发生,木叶啼风雨。"

〔3〕珑璁(cōng匆):玉色明彻貌,此喻天色。李贺《河南府试十二月乐词》:"鸡人罢唱晓珑璁,鸦啼金井下疏桐。"

〔4〕水麝(shè射):香名。水麝原是一种动物,脐中之液有异香,见《本草纲目》。此喻水中荷花香。

〔5〕芙蓉:此即荷花。

〔6〕蕲(qí其)州:蕲州(今湖北蕲春)产竹,竹色泽润,宜做竹席。欧阳修《有赠余以端溪绿石枕与蕲州竹簟……》诗:"端溪琢出缺月样,蕲州织成双水纹。"簟(diàn店):竹席。

〔7〕轻帐翠缕:青绿色的丝线织成的轻而薄的帐子。

〔8〕忡忡:忧愁不安貌。《诗·召南·草虫》:"忧心忡忡。"

〔9〕新宽带结:近来衣带又宽,谓瘦损。带结,衣带所打的结。

〔10〕蜀纸:蜀地产的纸。精美者,多作信笺。

〔11〕洒血书词:极言书写时的伤心。韩愈《归彭城》诗:"刳肝以为纸,沥血以书词。"剪烛:剪除烛花,使之更为明亮。

〔12〕菖蒲:水生植物名,夏季开花。教见:使见、能见。薰风:南风、暖风。李贺《河南府试十二月乐词》:"早晚菖蒲胜绾结。"此三句谓等暖风吹,夏季到,菖蒲定能开花。

这首词抒写离别相思之情,为词中常见之题材。章法上片写景由窗外写到室内,抒情由梦别泪重转到下片带宽容销,信笔写来,无雕琢之痕。然而仔细品味,用字运意下了不少功夫,如"暗叶啼风雨"中的"暗"字、"啼"字,"乱一岸芙蓉"的"乱"字,"簟展双纹浪"的"展"字,"淡铅脸斜红"的"斜"字,等等;过片"忡忡"二字,尤其着力,他人道不得。结句"菖蒲"以下纯用口语,亦为清真常用之法。

《草堂诗余正集》:后段累累谆谆,真字字更长漏永,声声衣宽带松。

《褒碧斋词话》:美成之《塞翁吟》,换头"忡忡"二字,赋此者亦只能叠韵,以和琴声。

乔批《片玉集》:"淡"字是领字,内转法。上半阕写夏闺如画,"梦远别"乃始入情。

夏闰庵云:通首任笔直写,结句用宕笔,神味无穷。(《唐五代两宋词选释》引)

绕佛阁[1]

旅况

暗尘四敛[2]。楼观迥出,高映孤馆[3]。清漏将短[4]。厌闻夜久,签声动书幔[5]。桂华又满。闲步露草[6],偏爱幽远。花气清婉。望中迤逦,城阴度河岸[7]。　　倦客最萧索[8],醉倚斜桥穿柳线。还似汴堤虹梁横水面[9]。看浪飐春灯[10],舟下如箭。此行重见。叹故友难逢,羁思空乱[11]。两眉愁、向谁行展[12]。

[1]《绕佛阁》:此调由周邦彦始创。陈本注"大石"调,题作"旅情"。清戈载《宋七家词选》此调作三叠,第二段自"桂华又满"至"河岸"。

〔2〕暗尘:车马行人扬起的灰尘。苏味道《正月十五夜》诗:"暗尘随马去,明月逐人来。"敛:收也。

〔3〕"楼观"二句:谓城内高楼矗立,与城外的孤馆客舍遥遥相映。楼观:高楼。迥:远也。

〔4〕清漏将短:夜深人静,漏壶滴水的声音听得格外分明,一声紧接一声。

〔5〕签声:指漏签移动的声音。漏签,即漏箭,漏壶中刻度计时的浮签。书幔:指书房。幔,帐帷。此句谓在书房里只听到漏签的移动声,夜长使人厌倦。

〔6〕露草:《诗·小雅·湛露》:"湛湛露斯,在彼丰草。"

〔7〕迤逦:曲折延绵。指城墙凹凹凸凸的影子落到河对岸。

〔8〕萧索:冷落寂寞。

〔9〕汴堤虹梁:汴河上的桥梁。《东京梦华录》"河道":"自东水门外七里至西水门外,河上有桥十三。从东水门外七里,曰虹桥,其桥无柱,皆以巨木虚架,饰以丹艧,宛如飞虹。"

〔10〕浪飐春灯:汴河的水浪摇荡着倒映水中的灯火。飐,风吹物动。

〔11〕羁思:客思,旅客漂泊在外的愁思。

〔12〕谁行:哪边,谁那里。宋人口语。行:一作"舒"。

这首词是作者羁旅途中所作。物是人非、世事沧桑的感慨,全从叙事中出。上片实写,孤馆夜读无绪,乘月闲步,望中城影河岸,引起下片对京都生活的追忆;下片用虚笔,以汴堤虹桥舟灯如旧而故人难遇的虚想,抒发其离京凄苦、羁旅更愁的"二难"心态。

《草堂诗余正集》:"还似"句,布虚景,拈实景。

乔批《片玉集》:此是梵音。一说"桂华"以下是双拽头。"敛"字又以闭口韵混入。此篇组织甚密,不可轻之。此行四字(指"羁思空乱"),提笔可思。《草堂》本"舒"字作"行"字,与此有上四下三之异。

庆春宫[1]

云接平冈[2],山围寒野,路回渐转孤城。衰柳啼鸦,惊风驱雁[3],动人一片秋声[4]。倦途休驾,澹烟里、微茫见星[5]。尘埃憔悴[6],生怕黄昏,离思牵萦[7]。　　华堂旧日逢迎,花艳参差[8],香雾飘零。弦管当头,偏怜娇凤[9],夜深簧暖笙清[10]。眼波传意[11],恨密约、匆匆未成。许多烦恼,只为当时,一晌留情[12]。

〔1〕《庆春宫》:此调由周邦彦始创。陈本注"越调"。毛本题作"悲秋",注"或刻柳耆卿作"。《花草粹编》题作"秋怨"。

〔2〕平冈:平坦的山头。苏轼《江城子》词:"锦帽貂裘,千骑卷平冈。"

〔3〕惊风驱雁:疾风驱赶着大雁更快地飞行。鲍照《代白纻曲二首》诗之一:"穷秋九月荷叶黄,北风驱雁天雨霜。"

〔4〕秋声:秋天的风声、落叶声、虫鸟鸣声。见欧阳修《秋声赋》。

〔5〕休驾:停下车马。微茫:隐约模糊。此二句谓旅途疲劳,解马歇息,仰望天空,只见轻烟横空,星光隐隐闪烁。

〔6〕尘埃憔悴:旅途奔波,风尘仆仆,令人消瘦疲惫。

〔7〕生怕:真怕、最怕。牵萦:牵引缠绕。

〔8〕华堂:华丽的厅堂。花艳:如花般艳丽的女子。

〔9〕怜:爱。娇凤:指娇美的女子。

〔10〕簧暖笙清:周密《齐东野语》卷一七载:"盖笙簧必用高丽铜为之,靧以绿蜡,簧暖则字正而声清越,故必用焙而后可。"俞平伯《清真词释》云:"簧暖则笙清,庾信《春赋》'更炙笙簧',此'暖'字不仅写实,妙在含情。"

〔11〕眼波传意:韩偓《偶见背面是夕兼梦》诗:"眼波向我无端艳。"

〔12〕一晌:片刻,一会儿,一顿饭的功夫。此三句谓此后无穷的烦恼,都只因那秋波一转而引起的。

这是一首羁旅怀人词。上片描写旅途所见的萧瑟秋景,多侧面地加以渲染烘托;下片回忆华堂夜宴与所爱女子密约未成的遗恨,香艳软媚,与上片景象截然不同。冷色与暖色的强烈对比,正是作者情绪逆差的反映。全词手法严密,结句以拙实坦率见真。

《草堂诗余隽》:上是秋声入耳忆别离之情;下是秋色凝思期约之语。用一片秋声应上啼鸦驱雁。密约在耳,而佳期莫赴,宁能自已?(李攀龙语)

《人间词话》:词家多以景寓情,其专作情语而绝妙者,如牛峤之"甘作一生拚,尽君今日欢",顾夐之"换我心为你心,始知相忆深",欧阳修(当为柳永)之"衣带渐宽终不悔,为伊消得人憔悴",美成之"许多烦恼,只为当时,一晌留情"。此等词,求之古今人词中,曾不多见。

《海绡说词》:前阕离思,满纸秋气;后阕留情,一片春声;而以"许多烦恼"一句,作两边绾合。词境极浑化。(《词话丛编》增订本)

乔批《片玉词》:起作对。"衰柳"二句同。"花艳"二句同。结意甚窘。

满江红[1]

昼日移阴,揽衣起、春帷睡足[2]。临宝鉴、绿云撩乱[3],未忺妆束[4]。蝶粉蜂黄都褪了[5],枕痕一线红生肉。背画栏、脉脉尽无言,寻棋局[6]。　　重会面,犹未卜[7]。无限事,萦心曲[8]。想秦筝依旧,尚鸣金屋[9]。芳草连天迷远望,宝香薰被成孤宿[10]。最苦是、蝴蝶满园飞,无心扑[11]。

〔1〕《满江红》:陈本注"仙吕"宫,《草堂诗余》题作"春闺"。

〔2〕"揽衣"句:春闺睡醒,抱衣而起。白居易《长恨歌》:"揽衣推枕起徘徊,珠箔银屏迤逦开。"春帷:指女子的闺房。帷,帐帘。

〔3〕宝鉴:精美的镜子,镜的美称。绿云撩乱:发鬓散乱。绿云,喻女子发鬓。杜牧《阿房宫赋》:"绿云扰扰,梳晓鬟也。"

〔4〕未忺(xiān 仙):不想,不喜欢。扬雄《方言》:"青齐呼意所好为忺。"

〔5〕蝶粉蜂黄:古代宫中时妆。李商隐《酬崔八早梅有赠兼示之作》:"何处拂胸资蝶粉,几时涂额藉蜂黄。""蝶粉"二句谓:醒来脸上的脂粉都褪淡了,只留着睡枕嵌印的红色腮纹。

〔6〕画栏:雕有花纹的栏杆,栏的美称。棋局:棋盘、棋枰。杜甫《江村》诗:"老妻画纸为棋局。"

〔7〕卜:占卜,预测未来。古代用火烧龟甲或蓍草取兆占卜,预测凶吉。

〔8〕萦心曲:缠饶心头。北魏高孝纬《空城雀》诗:"日暮萦心曲,横

149

琴聊自奖。"

〔9〕秦筝:《初学记》卷一六引《风俗通义》云:"筝:秦声也。或曰蒙恬所造。"金屋:华丽的屋子。详见《风流子》(新绿小池塘)"金屋"注。

〔10〕"芳草"句:谓春已深而游子尚未归来。宝香:香的美称,古人以香笼薰烘衣被,取其香暖。

〔11〕"最苦"句:以蝴蝶满园双双而飞与人的孤栖独宿相对照。

这首词描写春闺怀人的心曲十分细腻。首句以一"移"字显示春日迟迟,时光过得缓慢;接着描写女子春睡醒来揽衣起身和临镜自怜、懒散无聊的神态。下片紧承"脉脉尽无言"加以生发,刻画她满腹心事和孤栖独宿的幽怨。明人沈际飞《草堂诗余正集》评本词说:"无言寻棋局,无心扑蝴蝶,思路绝灵。"

《弇州山人词评》:美成能作景语,不能作情语;能入丽字,不能入雅字,以故价微劣于柳。然至"枕痕一线红生玉""唤起两眸清炯炯,泪花落枕红棉冷",其形容睡起之妙,真能动人。

《草堂诗余正集》:苕溪云:"蝶粉蜂黄都过","过"字乃"褪"字。蝶粉蜂黄,宫中时妆。宋子京《蝶恋花》词"泪落胭脂、界破蜂黄浅",则知方睡起时,宫妆褪尽,所见唯一线枕痕。如以蜂蝶时节都过,与下句不属,兼卒章蝶飞相反。此说可据矣。罗鹤林援《道藏经》"粉退""黄退",谓美成词乃"退"字,非"褪"字,其说更确。无言寻棋局,无心扑蝴蝶,思路绝灵。

丁香结[1]

苍藓沿阶[2],冷萤黏屋[3],庭树望秋先陨[4]。渐雨凄风迅。

澹暮色[5]、倍觉园林清润。汉姬纨扇在[6],重吟玩、弃掷未忍。登山临水[7],此恨自古,销磨不尽。　　牵引[8]。记试酒归时,映月同看雁阵[9]。宝幄香缨[10],熏炉象尺[11],夜寒灯晕[12]。谁念留滞故国[13],旧事劳方寸[14]。唯丹青相伴[15],那更尘昏蠹损[16]。

〔1〕《丁香结》:此调由周邦彦始创。陈本注"商调"。

〔2〕苍藓:深绿色的苔藓。藓,生长在阴湿地上的一种隐性植物。

〔3〕"冷萤"句:入秋的萤火虫无力流飞,只能黏附在屋角里。

〔4〕望秋先陨:《晋书·顾悦之传》:顾悦之"与简文(帝)同年,而发早白。帝问其故,对曰:'松柏之姿,经霜犹茂;蒲柳常质,望秋先零。'"陨,坠落,凋零。

〔5〕澹暮色:谓傍晚时分天色渐暗。澹,同"淡"。

〔6〕汉姬:指汉成帝时的宫女班婕妤。纨扇:丝绢制成的扇子。班婕妤有《怨歌行》云:"新裂齐纨素,皎洁如霜雪。裁为合欢扇,团团似明月。出入君怀袖,动摇微风发。常恐秋节至,凉飚夺炎热。弃捐箧笥中,恩情中道绝。"此句为下片怀人伏笔。

〔7〕"登山临水"句:宋玉《九辩》:"登山临水兮送将归。"

〔8〕牵引:谓牵动和引起对往事的追忆。

〔9〕"试酒"二句:还记得初夏时一起品尝新酒,归来时在月下同看南飞的大雁。试酒:品尝新酒。试酒时候在夏初四月。详见《六丑》"单衣试酒"注。雁阵:大雁春去秋来,飞行成列。按词意为大雁南归之时。

〔10〕宝幄:华丽的帷帐。幄,帐帷。香缨:妇女的装饰品,用五彩丝做成。一说即香囊。李白《捣衣篇》:"横垂宝幄同心结,半拂琼筵苏合香。"

〔11〕熏炉:古人用以熏衣的香炉。象尺:尺之美称。谓象牙制的尺。温庭筠《织绵词》:"象尺熏炉未觉秋,碧池已有新莲子。"又,寇准

151

《点绛唇》词:"象尺熏炉,拂晓停针线。"

〔12〕晕:光影四周呈模糊不清状。以上三句写闺中温馨情景。

〔13〕留滞故国:久留京师。故国,此指京师。

〔14〕劳方寸:劳心、劳神。方寸,指心。《三国志·蜀书·徐庶传》:"徐庶云:'今母老,方寸之地乱矣。'"

〔15〕丹青:原是画画用的两种颜料,后引申为图画。此指心爱女子的画像。

〔16〕尘昏蠹(dù 杜)损:为尘灰所蒙显得模糊,被虫蛀而损坏。蠹,蛀虫。

这也是一首羁旅怀人之词。上片从眼前凄凉之景物苍藓、冷萤、庭树等写出秋意渐深的感受,又由纨扇的不忍捐弃引发怀人之情;下片追忆往昔生活,情态依依,以衬托羁旅的凄苦。结句一"伴"一"损",似进又退,可见跌宕顿挫之妙。

《海绡说词》:起五句全写秋气,极力逼起"汉姬"五字,愈觉下句笔力千钧。"登山临水"却又推开,从宽处展步,然后跌落换头"牵引"二字。以下一转,一步一留,极顿挫之能事。(《词话丛编》增订本)

乔批《片玉集》:起八字作对。"宝幄"二句作对。雅饬绝伦。

三部乐[1]

梅雪

浮玉飞琼[2],向邃馆静轩[3],倍增清绝。夜窗垂练[4],何用交光明月[5]。近闻道、宫阁多梅[6],趁暗香未远[7],冻蕊初发[8]。倩谁折取,持赠情人桃叶[9]。　　回文近传锦字[10],道为君瘦损,是人都说。袄知染红着手,胶梳黏发[11]。转思量、镇长堕睫[12]。都只为、情深意切。欲报信息,无一句、堪喻愁结[13]。

〔1〕《三部乐》:陈本注"商调",题同。《花草粹编》无题。

〔2〕浮玉飞琼:喻雪。《艺文类聚》卷二引任昉《同谢朓花雪》诗:"散葩似浮玉,飞英若总素。"

〔3〕邃(suì岁)馆静轩:幽深的馆阁、幽静的长廊。邃,深远。轩,有窗槛的长廊。

〔4〕夜窗垂练:化用杜甫《湖城东遇孟云卿……因为醉歌》诗句:"紫窗素月垂文练。"练,白色的丝带,此喻雪月之光。

〔5〕交光明月:谓雪光与月光交相辉映。李商隐《无题》:"如何雪月交光夜,更在瑶台十二层。"

〔6〕宫阁多梅:宫阁,指官署。杜甫《和裴迪登蜀州东亭送客逢早梅见寄》诗:"东阁官梅动诗兴,还如何逊在扬州。"

〔7〕暗香:梅花的幽香。林逋《山园小梅》诗:"疏影横斜水清浅,暗香浮动月黄昏。"

〔8〕冻蕊:指寒梅的花苞。蕊,花苞。

〔9〕"倩谁摘取"二句:暗用南朝宋陆凯《赠范晔》诗的典故,诗云:"折梅逢驿使,寄与陇头人。江南无所有,聊赠一枝春。"桃叶:晋王献之的妾名桃叶。相传王献之作有《桃叶歌》:"桃叶复桃叶,渡江不用楫。但渡无所苦,我自迎接汝。"此指作者心爱的人。

〔10〕"回文"句:用晋窦滔妻苏蕙所用《回文旋图》诗事。详见《氐州第一》"机中锦字"注。

〔11〕袄(yāo妖)知:情知。宋人俗语。原本作"祇如",据《百家词》本改。张相《诗词曲语辞汇释》:"袄知,犹云情知也。"染红着手,胶梳粘发:喻沾染粘附而无法解脱。

〔12〕"镇长"句:谓整日愁眉不展。镇,整日,长久。柳永《定风波》词:"镇相随,莫抛躲。"

〔13〕堪:犹不堪。愁结:谓忧不可遣,犹结不可解。

此词题为梅雪,上阕写雪月交映下"冻蕊初发""暗香未远"的梅花,遂发折梅转赠情人的遐想。下阕则全从对方落笔生发开去,与"梅雪"似不相涉,直至结拍方回至"欲报信息",与上阕"寄赠情人"呼应,实相干也。罗忼烈云:"下阕愈说愈开,令人莫测,此中定有寄托,可与《玉烛新》'问塞外风光,故人知否'同参。"(《清真集笺注》)

乔批《片玉集》:东坡有此调。"消息",一本作"资讯",苏词亦是去声。

西河[1]

金陵怀古

佳丽地[2]。南朝盛事谁记[3]。山围故国绕清江[4],髻鬟对起[5]。怒涛寂寞打孤城,风樯遥度天际[6]。　　断崖树,犹倒倚。莫愁艇子曾系[7]。空余旧迹郁苍苍,雾沉半垒[8]。夜深月过女墙来,伤心东望淮水[9]。　　酒旗戏鼓甚处市? 想依稀、王谢邻里〔10〕。燕子不知何世。向寻常、巷陌人家,相对如说兴亡,斜阳里〔11〕。

〔1〕《西河》:此调由周邦彦始创。陈本注"大吕"宫,题作"金陵"。这首词约作于周邦彦知溧水期间,溧水与江宁、句容等地相接,作者赴任、离任都可能途经金陵(今江苏南京市),或在任时游踪所至而作。

〔2〕佳丽地:谢朓《入朝曲》:"江南佳丽地,金陵帝王州。"

〔3〕南朝:自东晋灭亡到隋朝统一为止,我国历史上出现南北对峙的局面,南方有宋、齐、梁、陈四个朝代,合称南朝,皆建都于金陵。

〔4〕故国:故都,这里指金陵。金陵城面临长江,四周群山环抱,故云"山围故国"。此二句与下"怒涛"句化用刘禹锡《石头城》诗"山围故国周遭在,潮打空城寂寞回"的句子。

〔5〕髻鬟(jì huán 记环):女子头上的二种发形。髻如螺结,鬟呈环形。这里比喻此起彼伏的峰峦。

〔6〕风樯(qiáng 墙):指代顺风扬帆的船只。樯,船上张帆用的桅杆。以上寄寓江山依旧而六朝繁华早已消歇的兴亡之感。

〔7〕断崖:临江陡峭的崖壁。莫愁:南朝时的民间女子。乐府《莫愁乐》云:"莫愁在何处,莫愁石城西。艇子打两桨,催送莫愁来。"系:拴缚。此三句谓临江陡壁上有棵老树,曾经拴缚过莫愁女乘坐的小艇,距今年代虽很久远,但树枝还倒挂在那里。

〔8〕"空余"二句:谓浓雾中郁郁苍苍的半壁战垒,便是当年隋军大将韩擒虎和贺若弼率军进攻金陵的遗迹。据载韩擒虎垒在上元县西四里,贺若弼垒在上元县北二十里。上元县属江宁府(见《大清一统志·江苏江宁府》)。

〔9〕"夜深"二句:化用刘禹锡《石头城》诗的后二句:"淮水东边旧时月,夜深还过女墙来。"女墙:城上的矮墙。淮水:指秦淮河,河水流经

金陵城内,南朝时秦淮河两岸是金陵的闹市区,商人妓女聚居于此。这二句说:深夜月光越过城垣上的女墙,照见东边的秦淮河,冷冷清清的,令人伤心。

〔10〕酒旗:酒店门前悬挂的布旗,用以招徕顾客。此代酒店。戏鼓:古代歌舞杂技演出时要击鼓助乐。依稀:仿佛。王谢邻里:东晋时最大的两姓豪门贵族,居住在乌衣巷,宅第如邻里相连。此二句谓:当年王、谢二家豪华的宅第,如今已成为市井饮酒和娱乐的闹市区。

〔11〕"燕子"直至篇末:化用刘禹锡《乌衣巷》诗:"朱雀桥边野草花,乌衣巷口夕阳斜。旧时王谢堂前燕,飞入寻常百姓家。"此数句说:燕子并不知道人间朝代的更替,傍晚时分飞进普通老百姓的家里,两两相对,呢喃而语,好像在议论着王、谢豪门的盛衰和人世间的兴亡呢!

这首词从金陵的山水形胜写起,重点转入咏怀古迹,最后引出六朝兴亡的感慨。词中大量檃括前人诗句,略加铺染,即成绝唱。首句以谢朓《入朝曲》定调,接着化用刘禹锡的两首绝句为之张本。写江山的寂寥,用丽语"髻鬟对起"点染;写断崖残壁,用《莫愁曲》增添韵味;写王谢兴衰,以"酒旗戏鼓"之闹市反衬,做到信手拈来,即为所用。全篇沉雄悲壮,词意浑成,故有"压遍古今"之赞。

《草堂诗余正集》:如此江山,还有王者气否?介甫《桂枝香》独步不得。"王谢",金陵事。吴彦高:"旧时王谢,堂前燕子,飞向谁家?"逊婉切。

《词综偶评》:檃括唐句,浑然天成。"山围故国绕清江"四句,形胜。"莫愁艇子曾系"三句,古迹。"酒旗戏鼓甚处市"至末,目前景物。

《词则·放歌》:此词以山围故国、朱雀桥边二诗作蓝本,融化入律,气韵沉雄,音节悲壮。

《云韶集》:此词纯用唐人成句融化入律,气韵沉雄,苍凉悲壮,直是压遍古今。金陵怀古词古今不可胜数,要当以美成此词为绝唱。

《艺蘅馆词选》:梁启超云:张玉田谓:"清真最长处,在善融化古人诗句,如自己出。"读此词可见此中三昧。

乔批《片玉集》:别刻《片玉》又有此调,题是"长安",可参看之。此调必须记诵。"丽""事""髻""子""戏""子",皆绳大韵。

夏闰庵评此词前二段云:佳处在境界之高。若仅以点化唐人诗意论之,尚浅。(《唐五代两宋词选释》引)

一寸金[1]

新定作

州夹苍崖[2],下枕江山是城郭[3]。望海霞接日,红翻水面,晴风吹草,青摇山脚[4]。波暖凫鹥作[5]。沙痕退、夜潮正落。疏林外、一点炊烟,渡口参差正寥廓[6]。　　自叹劳生[7],经年何事,京华信漂泊。念渚蒲汀柳[8],空归闲梦,风轮雨楫,终孤前约[9]。情景牵心眼,流连处、利名易薄[10]。回头谢、冶叶倡条,更入渔钓乐[11]。

[1] 此词陈本注"小石"调,题作"江路"。毛本题作"新定词"。词当作于徽宗宣和二年(1120),作者晚年居新定。新定,即睦州(今浙江建德),后改为严州。

[2] 州夹苍崖:睦州之地夹处于两崖苍翠的山崖之间。州,即新定,

睦州。陈公亮《严州图经》："仁安山在城北一里,高六百丈……平壁山在城西十里,千仞壁立。"则所谓苍崖,当指仁安与平壁两座山的山崖。

〔3〕城郭:古时内城曰"城",外城曰"郭"。这里指新定城。此句谓新定城就像枕卧在江山之上。

〔4〕海霞:水天相接处的彩霞。杜审言《和晋陵陆丞早春游望》诗:"云霞出海曙,梅柳渡江春。"这四句说:红日与彩霞相映,江面泛起一派红光,和风吹拂青草,山脚似在青绿色中摇摆。

〔5〕凫鹥(fú yī扶医):泛指水鸟。凫为野鸭,鹥为鸥鸟。作:起飞。

〔6〕"渡口"句:渡口岸石参差不齐,江天分外宽阔。寥廓:旷远,广阔。

〔7〕劳生:辛劳的人生。《庄子·大宗师》:"夫大块载我以形,劳我以生,佚我以老,息我以死。"骆宾王《海曲书情》诗:"薄游倦千里,劳生负百年。"经年:年复一年。何事:为何。信:任凭。此三句谓自叹半生辛劳,为何在京华等地流落多年。

〔8〕渚(zhǔ主)蒲汀柳:谓舟泊蒲渚或岸边。渚,水中的小块陆地。蒲,水草名。汀,水边平地。

〔9〕风轮雨楫:谓旅途奔波。轮,指车轮,代旱路。楫,船桨,代水路。孤:同辜,辜负。以上四句说:回想常年漂泊、旅途劳顿的情景,空做着归家团聚的梦,终于辜负原定的归期。

〔10〕"情景"三句:眼前的景物触动了我,以致留连忘返,深深感到功名利禄的虚薄。

〔11〕"回头"二句:回过头来想想,应当杜绝青年时代与歌儿舞女游乐的放荡行径,去过垂钓隐居的闲适生活。谢:拒绝。冶叶倡条:指歌伎舞女们。详见《尉迟杯》注。渔钓乐:寄情于山水、渔钓的隐居生活。按:新安地近富阳,汉隐士严光(字子陵)即隐居富阳,渔钓以自乐。

这首词上片以写景高远壮阔见长;下片回顾和总结自己的前半生,词人似已领悟到"利名"的虚薄,否定了年轻时冶游狂荡的行为,转而向往于渔钓自乐的隐逸生活,标志着作者人生态度的变化。

乔批《片玉集》:"重""大"之作,必须记诵。"海霞"四句,作对。"渚蒲"四句,作对。

瑞鹤仙[1]

悄郊原带郭[2]。行路永,客去车尘漠漠[3]。斜阳映山落。敛余红、犹恋孤城阑角[4]。凌波步弱[5]。过短亭[6]、何用素约[7]。有流莺劝我,重解绣鞍,缓引春酌[8]。　　不记归时早暮,上马谁扶[9],醒眠朱阁[10]。惊飙动幕。扶残醉,绕红药[11]。叹西园、已是花深无地,东风何事又恶[12]。任流光过却,犹喜洞天自乐[13]。

[1] 此词陈本注"高平"调。《草堂》《粹编》题作"春游"。关于这首词的故事和背景,见王明清《挥麈余话》及《玉照新志》其父王铚手记。据以推定作于徽宗宣和二年(1120)。王国维以为二条中当以《玉照新志》为正,然古人笔记只能供参考,不足为据。

[2] 悄:静寂。郭:古代城墙有内外两重,内城称"城",外城称"郭"。

[3] 永:远,长。漠漠:形容尘土飞扬,看不真切。

[4] "敛余红"二句:谓落日渐渐收起余辉,但仍依恋地照着城墙的

一角。

〔5〕凌波：形容女子轻盈的步态。曹植《洛神赋》："凌波微步，罗袜生尘。"步弱：脚力不济。韩愈《南溪始泛三首》："足弱不能步，自宜收朝迹。"

〔6〕短亭：古代交通线上设有供行人歇息的凉亭，五里一短亭，十里一长亭。李白《菩萨蛮》词："何处是归程，长亭更短亭。"

〔7〕素约：预先约定。以上二句谓女子脚力不济，经过路边凉亭，便坐下歇息，无须事先有约。

〔8〕流莺：此指歌妓。重解绣鞍：下马稍息。绣鞍，马鞍的美称。缓引春酌：慢慢地饮上几杯春酒。引，举也。春酌，酒杯。这三句说：有位歌女劝我下马解鞍，在短亭稍事休息，饮上几杯。

〔9〕上马谁扶：形容醉后朦胧被人搀扶上马的神态。详见《绮寮怨》注〔2〕。

〔10〕朱阁：红色的楼阁，楼阁的美称。

〔11〕惊飙（biāo 标）：狂风、旋风。红药：红芍药花。这三句说：一阵狂风掀动帘幕，猛然想起花园里的芍药花要遭殃，于是拖着半醉的身子，绕着花丛察看。

〔12〕西园：此指花园。花深无地：满地都堆积着落花。何事：为什么。

〔13〕任：听凭。流光：流逝的光阴。洞天：道家称仙人居住的地方为洞天，有三十六洞天、七十二洞天之说。李白《梦游天姥吟留别》："洞天石扉，訇然中开。"

据词意，这首词乃记叙郊外送客之后，词人返城途中被歌妓留在凉亭饮酒及醉归的过程，又通过西园落红表达其惜春恋花和无可奈何的心情，大约是作者晚年之作。词中叙事委婉，娓娓动人而感情自现。

《草堂诗余隽》：自斟自酌，独往独来，其庄漆园乎？其邵尧叟乎？其葛天、无怀氏乎？（李攀龙语）

《草堂诗余正集》："流莺相劝"目空海内人物，真醉人情事。末句周郎才尽。

《宋四家词选》：只闲闲说起。不扶残醉，不见红药之系情，东风之作恶，因而追溯昨日送客后，薄暮入城，因所携之妓倦游，访伴小憩，复成酣饮。换头三句，反透出一"醒"字。"惊飙"句倒插"东风"，然后以"扶醉"三字点睛，结构精奇，金针度尽。

《词综偶评》："任流光过却"，紧接上文。"犹喜洞天自乐"，收拾中间。

《蓼园词选》：此词美成或在出守顺昌后作乎？似有郁郁不得意，而托于游，托于酒，以自排遣。醉中语，犹自绕药栏而怨东风。所云"洞天自乐"，亦无聊之意也。细玩应自得其用意所在。

乔批《片玉集》：入手字峭拔。"任"字一转，他人不能。

夏闰庵云：此阕与《兰陵王》《浪淘沙》《大酺》《六丑》诸作，人巧至天机随，词中之圣。与史迁文、杜陵诗，同为古今绝作，无与抗手者。（《唐五代两宋词选释》引）

王明清《玉照新志》卷二：明清《挥麈余话》记周美成《瑞鹤仙》事，近于故箧中得先人所叙，特为详备，今具载之。美成以待制提举南京鸿庆宫，自杭徙居睦州，梦中作长短句《瑞鹤仙》一阕，既觉，犹能全记，了不详其所谓也。未几，青溪贼方腊起，逮其鸱张，方还杭州旧居，而道路兵戈已满，仅得脱死。始得入钱塘门，但见杭人苍黄奔避，如蜂屯蚁沸，视落日半在鼓角楼檐间，即词中所谓"斜阳映山落。敛余晖、犹恋孤城栏角"者，应矣。当是时，天下承平日久，吴越享安闲之乐，而狂寇啸聚，径自睦州直捣苏杭,声言遂踞二浙。浙人传闻,内外响应,求死不暇。美成旧居既不可住,是日无处得食,饥甚,忽于稠人中有呼"待制何往"者,视之,乡人之侍儿素所识者也,且曰:"日晏必未食,能舍车过酒家乎?"美成从之,惊遽间,连引数杯散去,腹枵顿解,乃词中所谓"凌波步弱。过短亭、何用素约。有流莺劝我,重解绣鞍,缓引春酌"之句验矣。饮罢,觉微醉,便耳目惶惑,不敢少留,径出城北。江涨桥诸寺士女已盈满,不能驻足,独一小寺经阁偶无人,遂宿其上,即词中所谓"上马谁扶,醉眠朱阁"是应矣。既见两浙处处奔避,遂绝江,居扬州,未及息肩,而传闻方贼已尽据二浙,将涉江之淮、泗,因自计方领南京鸿庆宫,有斋厅可居,乃挈家往焉,则词中所谓"念西园,已是花深无路,东风又恶"之言应矣。至鸿庆未几,以疾卒,则"任流光过了,归来洞天自乐"又应于身后矣。美成生平好作乐府,将死之际,梦中得句,而字字俱验,卒章又应于身后,岂偶然哉?美成之守颍上,与仆相知,其至南京,又以此词见寄,尚不知此词之言,待其死乃尽验如此。

浪淘沙慢[1]

晓阴重[2]、霜凋岸草,雾隐城堞[3]。南陌脂车待发[4]。东门帐饮乍阕[5]。正拂面、垂杨堪揽结[6]。掩红泪、玉手亲折[7]。念汉浦离鸿去何许[8],经时信音绝。　　情切。望中地远天阔。向露冷风清,无人处、耿耿寒漏咽[9]。嗟万事难忘,唯是轻别。翠尊未竭[10]。凭断云留取,西楼残月[11]。罗带光销纹衾叠。连环解、旧香顿歇[12]。怨歌永、琼壶敲尽缺[13]。恨春去、不与人期[14],弄夜色,空余满地梨花雪〔15〕。

〔1〕《浪淘沙慢》:陈本注"商调",无"慢"字。毛本题作"恨别",《草堂诗余》作"春别",写作年代不详。此调始于柳永。《词综》此词自"罗带"至结拍作第三叠。

〔2〕晓阴重:早晨阴云密布。晓,陈注本作"昼"。

〔3〕雾隐城堞(dié 蝶):城上的矮墙被浓雾遮蔽,模糊不清。堞,城上的小墙。杜甫《野望》诗:"远水兼天净,孤城隐雾深。"

〔4〕南陌:城南大道。脂车:车轴处涂有油脂,使之润滑便行。

〔5〕东门帐饮:在东城设帐钱行。典出《汉书·疏广传》:"上疏乞骸骨……公卿大夫故人邑子设祖道,供张东都门外。"阕:终了。

〔6〕揽结:攀折绾结。

〔7〕红泪:指女子泣别的眼泪。王嘉《拾遗记》:"文帝(曹丕)所爱美人姓薛,名灵芸……闻别父母,歔欷累日,泪下沾衣。至升车就路之时,以玉唾壶承泪,壶则红色。既发常山,及至京师,壶中泪凝如血。"玉手:指女子洁白如玉的手,手的美称。此句说:她一面用衣袖遮掩自己泣别的眼泪,一面举起雪白如玉的手,亲自折下柳条。

〔8〕汉浦离鸿:用郑交甫汉江遇仙女的典故。《太平广记》卷五九:"郑交甫常游汉江,见二女,皆丽服华装,佩两明珠,大如鸡卵,交甫见而悦之,不知其神人也……手解佩以与交甫,交甫受而怀之。即趋而去,行数十步,视怀空无珠,二女忽不见。"何许:何处。

〔9〕耿耿:心中不安宁的样子。《诗·邶风·柏舟》:"耿耿不寐,如有隐忧。"漏咽:形容漏壶滴水之声如人在抽泣。

〔10〕翠尊:精致的翠玉酒杯,酒杯的美称。翠,青绿色的玉。竭:干。此句谓酒未干,宴席未散,而离别在即。

〔11〕"凭断云"句:借助天边的片云,留住西楼的残月。意谓时不

能留,人不堪别。

〔12〕罗带:丝织的带子,古代常作为男女馈赠的信物。纹衾:饰有花纹图案的被子。连环解:比喻相爱的人硬被拆散。旧香:喻昔日的温馨情意。

〔13〕"怨歌"句:用王敦的故事。《晋书·王敦传》云:"(敦)每酒后,辄咏魏武帝乐府,歌曰:'老骥伏枥,志在千里;烈士暮年,壮心不已',以如意打唾壶为节,壶边尽缺。"

〔14〕不与人期:不与人相约、商量。

〔15〕"弄夜色"二句:谓梨花凋残,飘坠满地,为春夜平添了一幅雪景。梨花雪:杜牧《初冬夜饮》诗:"砌下梨花一堆雪。"

这是一首怀人词,"嗟万事难忘,唯是轻别"是全篇的主旨。在写法上进行了多层次的铺陈。从开头到"掩红泪,玉手亲折"是追述往日分别之事,而宛如实写眼前景色;"念汉浦"以下回到现在,铺写离别带来的无限痛苦;"翠尊"至"壶敲"数语,分六七层写来,但见其宛转凄艳,而不觉其藻饰堆叠;结处梨花如雪,以景结情,亦是清真长技。综观全词,一腔怨情,如疾风骤雨,动人肺腑。叙事、写景、抒情三者交融一起,顿挫跌宕,层转层深,前人称为"千古绝调",并非溢美之辞。

《词律》:精绽悠扬,真千秋绝调。

《草堂诗余正集》:不累藻,不掩情,读去平平,莫之能訾。又云:幽情。"凭断云"二句,若云"断云残月",致减矣。"怨歌"句,思绪冥纷。

《草堂诗余隽》:上叙别后音书断,下叙旅邸景色香。别后景,别后情,种种堪挹。写出一番清丽,令人惕然。(李攀龙评)

《宋四家词选》:空际出力,梦窗最得其诀。"翠尊未竭。凭断云留取,西楼残月。"三句一气赶下,是清真长技。又云:钩勒劲健峭举。

《谭评词辨》:"正拂面"二句,以见难忘在此。"翠尊"三句,所谓"以无厚入有间"也。"断"字、"残"字,皆不轻下。末三句,本是人去不与春期,翻说是无聊之思。

《白雨斋词语》:美成词操纵处,有出人意表者,如《浪淘沙慢》一阕,上二叠写别离之苦,如"掩红泪、玉手亲折"等句,故作琐碎之笔,至末段云:"罗带光销纹衾叠。连环解、旧香顿歇。怨歌永、琼壶敲尽缺。恨春去、不与人期,弄夜色,空余满地梨花雪。"蓄势在后,骤雨飘风,不可遏抑。歌至曲终,觉万汇哀鸣,天地变色。老杜所谓"意惬关飞动,篇终接混茫"也。

《词则·大雅》:"恨春去"七字甚深。

《人间词话》:长调自以周、柳、苏、辛为最工,美成《浪淘沙慢》二词,精壮顿挫,已开北曲之先声。若屯田之《八声甘州》、东坡之《水调歌头》,则伫兴之作,格高千古,不能以常调论也。

《海绡说词》:自"晓阴重"至"玉手亲折",全述往事。"东门",京师;"汉浦",则美成今所在也。"经时信音绝",逆挽。"念"字,益幻。"不与人期"者,不与人以佳期也。梨雪无情,固不如拂面垂杨。(罗校本)

乔批《片玉集》:内转处为梦窗之祖。"罗带"句以色彩作提笔,此下内转,俨然急管繁弦。"色",不入韵。

夏闰庵云:"翠尊"至"敲壶"数语,此七八句全是直写正面,再接再厉,急管繁弦,声声入破矣。(《唐五代两宋词选释》引)

浪淘沙慢

万叶战[1]、秋声露结[2],雁度砂碛[3]。细草和烟尚绿[4],

165

遥山向晚更碧[5]。见隐隐、云边新月白。映落照、帘幕千家[6],听数声、何处倚楼笛。装点尽秋色[7]。　　脉脉[8]。旅情暗自消释。念珠玉、临水犹悲感,何况天涯客[9]。忆少年歌酒,当时踪迹。岁华易老,衣带宽、懊恼心肠终窄[10]。飞散后、风流人阻,蓝桥约[11]、怅恨路隔[12]。马蹄过、犹嘶旧巷陌[13]。叹往事、一一堪伤,旷望极。凝思又把阑干拍[14]。

〔1〕万叶战:形容树叶在秋风中颤抖、作响。

〔2〕秋声:指秋天的风声、落叶声、虫鸣声、雁啼声等。露结:露水凝聚。

〔3〕雁度砂碛(qì气):大雁越过沙滩向南飞翔。碛,浅水中的沙石。

〔4〕"细草"句:小草在雾气中尚未枯黄。王安石《桂枝香》词:"但寒烟衰草凝绿。"

〔5〕遥山:远山。向晚:傍晚。向,近。

〔6〕"见隐隐"三句:看东方云边已升起淡淡的新月,西边落日照红了千家万户的帘幕。

〔7〕"听数声"二句:不知何处高楼传来数声悠扬的笛声,把秋景装扮得分外清丽。冯延巳《归自谣》词:"何处笛?深夜梦回情脉脉。"

〔8〕脉脉:凝视不语的样子。消释:消解,消除。

〔9〕珠玉临水:谓美丽的女子到水边送别。珠玉,喻美好的容貌。《世说新语·容止》:"骠骑王武子是卫玠之舅,俊爽有风姿。见玠辄叹曰:'珠玉在侧,觉我形秽。'"词中指代心爱的女子。天涯客:漂泊远游的人。

〔10〕衣带宽:形容消瘦。柳永《蝶恋花》词:"衣带渐宽终不悔,为

伊消得人憔悴。"懊恼:悔恨、烦恼。心肠终窄:谓心有怨愁不得舒展。

〔11〕蓝桥约:指男女约会。蓝桥,桥名,在今陕西蓝田县蓝溪上。相传那里有仙窟。唐代裴航科举下第,就在这里遇到了仙女云英并与之成婚(见《太平广记》卷五〇)。

〔12〕怅恨路隔:谓自那次分手以后,再无缘与心爱者相约重见。

〔13〕"马蹄"句:谓经过熟悉的巷陌,马儿还像以前一样嘶叫。巷陌:倡家又称巷陌人家。

〔14〕"凝思"句:谓凝神暗想,激动时不由自主地拍起了栏杆。把阑干拍:典出王辟之《渑水燕谈录》:宋刘孟节好学绝俗,经常凭栏静立,怀想世事,曾写诗说:"读书误我四十年,几回醉把栏干拍。"

这又是一首羁旅怀人词。上片描写秋景,由萧瑟渐转苍凉,时间则由白天逐渐接近傍晚,层次井然;下片抒情,一边追念情人远别,一边抒发天涯沦落和年暮岁晚之悲,感情显得厚重深沉。结句含蓄,极沉郁之致。

西平乐[1]

元丰初[2],予以布衣西上[3],过天长道中[4]。后四十余年,辛丑正月二十六日[5],避贼复游故地[6],感叹岁月,偶成此词。

稚柳苏晴[7],故溪歇雨[8],川迥未觉春赊[9]。驼褐寒侵,正怜初日,轻阴抵死须遮[10]。叹事逐孤鸿去尽[11],身与塘蒲共晚[12],争知向此征途,伫立尘沙[13]。追念朱颜翠发[14],曾到处、故地使人嗟。　　道连三楚[15],天低四野,乔木依前,临路欹斜[16]。重慕想、东陵晦迹[17],彭泽归来[18],左右琴书自乐,松菊相依,何况风流鬓未华[19]?多谢故人,亲驰郑驿[20],时倒融尊[21],劝此淹留[22],共过芳时[23],翻令倦客思家[24]。

〔1〕《西平乐》:陈本注"小石"调。《草堂诗余》题作"旅思(一作春思)"。写于宣和三年(1121),见本词小序。

〔2〕元丰:北宋神宗赵顼(xū虚)的年号,公元1078—1085年。

〔3〕布衣:指没有做官的读书人。西上:作者从故乡钱塘(今浙江杭州)西行北上,到京师游学。

〔4〕天长:地名。宋时天长军,即今安徽天长市,邻近江苏。

〔5〕辛丑:此指宋徽宋赵佶宣和三年(1121),时作者66岁。

〔6〕贼:对方腊起义的谤称。宣和三年,为躲避方腊起义的农民战争,作者从睦州回杭州,又从杭州北上,渡过长江,往天长县,赴南京(今河南商丘)鸿庆宫斋厅。

〔7〕稚柳:嫩柳。苏:复活,指经冬后万物恢复了生机。

〔8〕故溪:往日经过的小溪。歇:一作"渴"。

〔9〕迥:长。赊:迟缓。此句谓:一路上未觉春天姗姗来迟。

〔10〕驼褐(hè贺):驼毛里子的粗布短衣。初日:刚露头的太阳。抵死:分外、竭力。此三句谓驼袄挡不住寒气,正喜太阳露头,可阴云却死死地挡着。

〔11〕"叹事逐"句:叹息往事如烟,随着飞雁一起逝去。用杜牧《题安州浮云寺楼寄湖州张郎中》诗句:"恨如春草多,事与孤鸿去。"

〔12〕塘蒲:塘边的蒲草。李贺《还自会稽歌》:"吴霜点归鬓,身与塘蒲晚。"晚:指衰老。此句感叹自己衰老。

〔13〕争知:怎知。争,怎,宋人口语。伫立:久站。此句谓怎知自己晚年还独自久立于尘沙迷濛的旅途上。按:他本"征途"下有"迢递"或"区区"二字。

〔14〕"追念"三句:追想青年风华正茂时,曾到此地,(时隔四十年)旧地重游,触景伤情,使人叹息。

〔15〕道连三楚:三楚,指西楚、东楚、南楚,大致上包括今淮水以北、泗水、沂水以西,长江以南的地区。天长位处江淮,属东楚,所以说"道连三楚"。

〔16〕乔木:主干高大、分枝繁茂的树木,如松、杉、杨、榆之类。欹(qī欺):倾斜。此二句抒发树犹如此,人何以堪的感慨。

〔17〕慕想:向往和仰慕。东陵晦迹:指隐居避世。东陵,指秦时召平,封东陵侯。《史记·萧相国世家》:"召平者,故秦东陵侯。秦破,为布衣,贫,种瓜于长安城东,瓜美,故世俗谓之东陵瓜,从召平以为名也。"

〔18〕彭泽归来:亦谓隐居避世。彭泽,指陶渊明,曾为彭泽令。《宋书·陶潜传》:"郡遣督邮至县,吏白应束带见之。潜叹曰:'我不能为五斗米折腰向乡里小人。'即日解印绶去职,赋《归去来》。"归来,指《归去来辞》中所述归隐之志。

〔19〕"左右"三句:化用陶渊明《归去来辞》中"乐琴书以消忧"和"三径就荒,松菊犹存"的句子,用以描述隐居生活的悠闲自在。鬓未华:鬓白尚未花白。华,同"花"。

〔20〕亲驰郑驿:亲自驰马到郊外驿站设酒宴招待老朋友。郑,指郑当时,西汉人。《史记·汲郑列传》:"郑当时者,字庄……孝景时为太子舍人。每五日洗沐,常置驿马安诸郊,存诸故人,请谢宾客,夜以继日,至其明旦,常恐不遍。"

〔21〕时倒融尊:谓殷勤待客。融尊,款客时杯酒常满。融,指孔融,东汉人,好客。《后汉书·孔融列传》:"及退闲职,宾客日盈其门,常叹

曰:'坐上客恒满,尊中酒不空,吾无忧矣。'"尊,酒杯。

〔22〕淹留:久留。

〔23〕芳时:美好的时节。

〔24〕"翻令"句:反而触动了厌倦客游者的思乡之情。

这首词写作的时间、地点和背景已见词前小序。作者自元丰初约二十四岁时游学京师,满怀希望地踏上人生的征途,到宣和三年方腊起义的烈火燃遍南方时他逃避北上,前后凡四十余年。在这漫长的岁月中,作者政治上曾几经浮沉,思想上曾几度反复。与此同时,北宋的政治局势也由表面的繁盛转向衰败。面对如火如荼的农民起义和行将崩溃的北宋王朝,词人束手无策,只求隐遁晦迹,全身远祸。词中对"朱颜翠发"的往昔只是轻轻提上一笔,对"东陵晦迹,彭泽归来"则详加铺叙,无限向往,正是出于这种"无可奈何花落去"的失望心理。

《草堂诗余正集》:起句奇练。"事逐"二句,佳联。浮生碌碌,何人不为孤鸿塘蒲也? 故地那堪追念。"郑驿""融尊",工,恁样真。

乔批《片玉集》:"事逐"二语,对句。"楚""野"是侧韵。此乃片玉杰作,必须记诵。

玉烛新[1]

早梅

溪源新腊后[2]。见数朵江梅[3],剪裁初就。晕酥砌玉芳英嫩[4],故把春心轻漏。前村昨夜[5],想弄月、黄昏时候。孤岸峭,疏影横斜,浓香暗沾襟袖[6]。　　尊前赋与多材,问岭外风光[7],故人知否?寿阳漫斗。终不似,照水一枝清瘦,风娇雨秀[8]。好乱插、繁花盈首[9]。须信道,羌管无情,看看又奏[10]。

〔1〕《玉烛新》:陈本注"双调",题作"梅花"。

〔2〕溪源:水名,出自溧水东二十里庐山,流入秦淮河。新腊:腊祭之后,指阴历进入十二月。腊,古代阴历十二月祭名,因以十二月为腊月。

〔3〕江梅:水边的梅花。

〔4〕"晕酥砌玉"句:形容梅朵红似匀粉,白如琢玉。

〔5〕前村昨夜:僧齐己《早梅》诗:"前村深雪里,昨夜一枝开。"

〔6〕"疏影"二句:林逋《山园小梅》诗句意。

〔7〕岭外风光:指大庾岭的梅花。《白氏六帖》:"大庾岭上梅,南枝落,北枝开。"

〔8〕"寿阳"三句:谓女子饰面的梅花妆,终究比不上自然界的梅花清丽。寿阳:指寿阳公主的梅花妆。详见《丑奴儿近·咏梅》注〔6〕。漫斗:徒然与……相比,比不上或斗不过的意思。

〔9〕乱插繁花:杜甫《苏端薛复筵简薛华醉歌》:"安得健步移远梅,乱插繁花向晴昊。"

〔10〕"羌管"二句:羌管:指笛。古有《落梅花》或《梅花三弄》的笛曲,故云。

本词题作"早梅",上片"新腊后""剪裁初就""前村昨夜"等均突

171

出一个"早"字,而"晕酥"二句尤为形象;下片以寿阳梅花妆作陪衬,突出江梅照水的天然风姿,也化了一番心思,然就咏物贵"在神情离即之间"而言,似比不上作者的另一首咏梅词《花犯》。

明王世贞《艺苑卮言》:美成"晕酥砌玉",险丽。

《草堂诗余正集》:(下阕)全是一团梅花精灵,寿阳宫主犹不似,誉梅极矣,爱梅极矣。

南乡子[1]

晨色动妆楼[2]。短烛荧荧悄未收[3]。自在开帘风不定[4],飕飗[5]。池面冰澌趁水流[6]。　早起怯梳头[7]。欲绾云鬟又却休[8]。不会沉吟思底事[9],凝眸。两点春山满镜愁[10]。

〔1〕《南乡子》:陈本注"商调"。《草堂诗余》题作"晓景"。

〔2〕晨色:破晓时的天色。动,指有人起身活动。动妆楼:元稹《连昌宫词》:"寝殿相连端正楼,太真梳洗楼上头。晨光未出帘影黑,至今反挂珊瑚钩。"

〔3〕荧荧:微光闪烁貌。未收:指残烛未灭。

〔4〕"自在"句:谓任窗帘随意在晨风中飘拂不定。开帘:窗帘向两边分开。李益《竹窗闻风早发寄司空曙》诗:"开帘风动竹。"

〔5〕飕飗(sōu liū 搜溜):象声词,象风声。陈注引《风俗通》:"小风曰飕飗。"一作"飕飕"。

〔6〕"池面"句:池塘上的冰开始消溶,浮冰随着水势流动。冰澌(sī

斯):解冻时的浮冰。

〔7〕怯(qiè妾):怕。

〔8〕绾(wǎn碗):盘结。云鬟:古代女子的环形发髻。杜甫《月夜》诗:"香雾云鬟湿,清辉玉臂寒。"

〔9〕"不会"句:谓不解为何低头沉吟,究竟在想什么?会:解也。底事:何事,为什么。

〔10〕"凝眸"二句:谓对着镜子出神,两点愁眉,一脸愁容。春山:以春天山色如黛(青黑色)喻女子的眉毛。

词贵含蓄而又忌晦涩,本词在这方面做得恰到好处。冰澌逐流,表明时令已到早春;短烛荧荧,可见室内之人通宵未眠。晨色初入妆楼,这位女子已早早起身,但面对妆镜,却迟迟不加梳洗,凝眸沉思,似有满腹心事。末句"两点春山满镜愁"可谓点睛之笔。

《草堂诗余正集》:晓景确。末句工在"满镜"二字。

乔批《片玉集》:词客当行之笔。"会"者,解也。

南乡子〔1〕

户外井桐飘〔2〕。淡月疏星共寂寥〔3〕。恐怕霜寒初索被〔4〕,中宵〔5〕。已觉秋声引雁高〔6〕。　　罗带束纤腰〔7〕。自剪灯花试彩毫〔8〕。收起一封江北信,明朝。为问江头早晚潮〔9〕。

〔1〕这首词陈本无。毛本题作"咏秋夜"。

〔2〕井桐:井边的梧桐树。宋之问《秋莲赋》:"宫槐疏兮井桐变,摇寒波兮风飒然。"

〔3〕寂寥:无声无形,四周静寂无声。

〔4〕索被:寻找被子。索,寻觅。

〔5〕中宵:半夜。

〔6〕"秋声"句:谓从大雁长长的哀叫声中已感受到秋天的萧瑟和悲凉。秋声:秋天的风声、落叶声和虫鸣声、雁啼声等等。引:拉长声音。

〔7〕罗带:丝织的腰带。纤腰:细腰。周邦彦《解语花》词:"楚女纤腰一把。"

〔8〕"自剪"句:亲手剪除灯花,拿起彩笔写信。彩笔:笔的美称。

〔9〕"收起"二句:书信写毕,又封折起来,等明天早晨,去询问船期,把信寄往江北去。

周词秾丽,但偶然也以淡笔寓寄深情,本词即其一例。井桐飘叶,北雁哀鸣,触动了词中女子对远役他乡的亲人的思念之情,于是她不顾霜重夜寒,中宵起身,束好腰带,在灯下写信问候,还打算明天一早去打探船期的消息。通篇用家常语写日常情,不带一点夸饰,读来正觉情真、语真、意真。

南乡子[1]

轻软舞时腰。初学吹笙苦未调[2]。谁遣有情知事早?相撩。暗举罗巾远见招[3]。　　痴骏一团娇[4]。自折长条拨燕巢[5]。不道有人潜看着[6],从教[7]。掉下鬟心与凤翘[8]。

〔1〕这首词陈本无。毛本题"拨燕巢"。
〔2〕笙:一种簧管乐器。由长短不齐的竹管组成圆桶形插入斗中,竹管下端有按孔和簧片,奏时一边吹吸簧片使之振动发音,一边用手指按孔以调音高。未调:不协律,不合调。
〔3〕"谁遣"三句:谁使她那么早熟,小小年纪已懂得逗情,暗中举起手里的香罗手帕,远远地向人招示。撩:挑逗。
〔4〕痴骏(ɑi ɑi):痴傻,此言娇憨之态。
〔5〕拨燕巢:用长枝挑拨燕巢嬉耍。
〔6〕不道:不料。潜看着:暗中偷看。
〔7〕从教:任使。
〔8〕凤翘:女子头上的凤形钗饰。

这首词通过动作和细节的描写,生动地刻画出少女的痴娇情态,以展示其情窦初开的心理特征。

《雨村词话》:词景俱新丽动人,此春闺词也。刻本题下注"拨燕巢"三字,蛇足。

望江南[1]

歌席上,无赖是横波[2]。宝髻玲珑攲玉燕[3],绣巾柔腻掩香罗[4]。人好自宜多[5]。　　无个事,因甚敛双蛾[6]。浅淡梳妆疑见画,惺忪言语胜闻歌[7],何况会婆娑[8]。

〔1〕《望江南》:陈本注"大石"调,题作"咏妓"。

〔2〕无赖:用隋炀帝《嘲罗罗》:"个人无赖是横波,黛染隆颅蹙小蛾"中的成句。无赖,爱极而憎詈之词。横波:眼神流动如水波。傅毅《舞赋》:"眉连娟以增绕兮,目流睇而横波。"

〔3〕宝髻:发髻的美称。欹(qī 欺)玉燕:形容发钗横斜的样子。欹,斜。玉燕,钗名。《洞冥记》云:"元鼎元年,起招仙阁于甘泉宫西……以迎神女。神女留玉钗以赠帝,帝以赐赵婕妤。至昭帝元凤中,宫人犹见此钗。黄琳欲之。明日示之,既发匣,有白燕飞升天,后宫人学作此钗,因名玉燕钗。"

〔4〕"绣巾"句:谓香罗的绣花巾帕又柔软又染有香脂。罗:一种丝织品,手感柔滑,质地疏薄,有纹。

〔5〕人好(去声):人人喜爱。

〔6〕敛双蛾:紧锁双眉。蛾,喻眉,以蛾首有两触角,弯而细。

〔7〕惺忪:语音清轻也。晏几道《丑奴儿》:"莺语惺忪。"

〔8〕婆娑:舞蹈。《诗·陈风·东门之枌》:"子仲之子,婆娑其下。"

这首词曾在当时的汴京十分流行,据《浩然斋雅谈》所载,乃作者于某亲王宴席上挥毫赠妓所作。词中描写了一位能歌善舞、活泼多情的歌女,形象而生动。全词曲调轻快,节奏鲜明。"宝髻""浅淡"两联对句也工整流丽。

《白雨斋词话》:美成艳词如《少年游》《点绛唇》《意难忘》《望江南》等篇,别有一种姿态,句句洒脱,香奁泛语,吐弃殆尽。

《词则·别调》:艳词至美成一空前人,独开机杼,如此词下半阕不用香泽字面,而姿态更饶,浓艳益至,此美成独绝处。

《云韶集》:此词最芊绵而有则,他手自不及。

《蕙风词话》:清真词《望江南》云"惺忪言语胜闻歌",谢希深《夜行船》云"尊前和笑不成歌",皆熨帖入微之笔。

乔批《片玉集》:《片玉》小令极近五季,不为当行。"宜多"者,谓多所相宜也。

望江南

春游

游妓散[1],独自绕回堤[2]。芳草怀烟迷水曲[3],密云衔雨暗城西[4]。九陌未沾泥[5]。　桃李下,春晚自成蹊[6]。墙外见花寻路转,柳阴行马过莺啼[7]。无处不凄凄[8]。

〔1〕游妓:陪客游宴玩乐的歌妓。
〔2〕回堤:曲折回环的堤岸。
〔3〕"芳草"句:河岸曲折,长满了芳草,水气弥漫,烟笼雾迷。水曲:河岸弯曲处。
〔4〕"密云"句:浓云密布,含雨未下,城西天色已灰暗下来。《易·小畜》:"密云不雨,自我西郊。"
〔5〕九陌:都城的大道。据《三辅黄图》载:汉时长安城中有"八街、九陌、三宫、三府、三庙、十二门、九市、十六桥"。后以九陌指都城的道

路。韩偓《初赴期集》:"轻寒著背雨凄凄,九陌无尘未有泥。"

〔6〕"桃李"二句:化用《史记·李将军列传》中"桃李不言,下自成蹊"的成语。自,一本作"未"。

〔7〕"墙外"二句:谓从墙外见到花园内鲜花怒放,便有心沿着院墙转弯抹角地前去寻访;骑着马儿经过柳阴之下,可以听到黄莺儿在枝头恰恰娇啼。

〔8〕"无处"句:谓处处呈现出暮春季节的凄清景象。

本词题为"春游",不取繁缛似锦、游女如云的热闹场景,而写游客散去后词人独自绕堤漫步的幽趣。然而,就在寻花路转,步马闻莺的时刻,词人感受到春光即将逝去,产生了惜春、留春的凄楚情怀。词中"芳草怀烟迷水曲,密云衔雨暗城西"二句,精雕细琢,字字经过锤炼,可以见出清真下字运意的功夫。

浣溪沙[1]

翠葆参差竹径成[2]。新荷跳雨碎珠倾[3]。曲阑斜转小池亭[4]。　　风约帘衣归燕急[5],水摇扇影戏鱼惊[6]。柳梢残日弄微晴[7]。

〔1〕《浣溪沙》:陈本注"黄钟"宫。这首词约作于知溧水任上。

〔2〕翠葆:即"羽葆""羽盖",古时用翠鸟羽毛装饰的车盖。葆,车盖,这里比喻枝叶茂盛的竹子。杜牧《华清宫三十韵》:"嫩岚滋翠葆,清渭照红妆。"参差:长短不齐貌。径:小路。

〔3〕"新荷"句:雨点打在新生的荷叶上,就像散落的玉珠在跳滚倾泻。钱起《苏端林亭对酒喜雨》诗:"跳珠乱碧荷。"苏轼《永遇乐》词:"曲港跳鱼,圆荷泻露。"

〔4〕"曲阑"句:谓沿着曲折的栏杆斜转过去就是临池的小亭。

〔5〕风约:风卷。帘衣:帘布。

〔6〕"水摇"句:扇影在水中摇动,惊动了戏水的游鱼。

〔7〕"柳梢"句:雨后斜阳映照在柳梢上,风吹柳枝婀娜,似在逗弄晚晴。

这首词写夏雨晚晴的景色。画面的中心在亭前的小池,周围绿竹参差,曲栏斜转,池中新荷泻珠,游鱼戏水,有静有动,而以动景取胜。

《草堂诗余正集》:景物一一不谬。

浣溪沙

争挽桐花两鬓垂[1]。小妆弄影照清池[2]。出帘踏袜趁蜂儿[3]。　跳脱添金双腕重[4],琵琶破拨四弦悲[5]。夜寒谁肯剪春衣[6]。

〔1〕挽:指梳挽发髻。桐花:古代少女发式之一种。两鬓垂:古代未成年女子两边鬓发下垂。

〔2〕"小妆"句:稍事打扮后便到池水前照影弄姿。

〔3〕"出帘"句:窗外偶有蜜蜂飞过,姑娘们便急忙掀开门帘,一个

劲地出户去追赶,连鞋子都顾不上穿。

〔4〕跳脱:手镯。汉繁钦《定情诗》:"何以致契阔,绕腕双跳脱。"

〔5〕"琵琶"句:她们弹奏琵琶,节奏急促,乐音动人。破:唐宋大曲的第三段称"破",往往节拍急促,歌舞并作。这里泛指弹奏琵琶的节拍。四弦:琵琶共有四根弦。悲:指乐音动人。白居易《琵琶行》:"曲终收拨当心画,四弦一声如裂帛。"

〔6〕"夜寒"句:谁也不愿冒寒熬夜去裁制春衣。剪:裁制。

这是一群天真烂漫的小歌女的形象。她们临池照影,趁蜂踏袜,处处表现出爱美、爱春天、爱自然的活泼天性。深夜她们苦练琵琶,小小双腕在弦上熟练地挥舞,弹奏出悲切动人的乐章;可是,谁也不愿意忍着夜寒去裁春衣,做女红。词人在刻画她们的形象时准确地把握住年龄特征和心理特征,所以才写得如此真实动人。

浣溪沙

雨过残红湿未飞[1]。疏篱一带透斜晖[2]。游蜂酿蜜窃香归。　　金屋无人风竹乱[3],夜篝尽日水沉微[4]。一春须有忆人时。

〔1〕"雨过"句:谓大雨方过花朵湿重,故未能飘飞。庾信《同颜大夫初晴诗》:"湿花飞未远,阴云敛向低。"

〔2〕"疏篱"句:夕阳穿过稀疏的篱孔,画出一排清晰的篱影。"疏篱一带",陈注本作"珠帘一行"。

〔3〕"金屋"句:华丽的闺阁中寂静无人,只听得屋外风吹竹叶的沙沙声。李白《长门怨二首》:"天回北斗挂西楼,金屋无人萤火流。"

〔4〕篝:指熏被的笼子。水沉微:沉水香轻淡的香气。夜,一作"衣"。

这是一首春闺怀人词。前五句写景,末句点题。上片为室外之景,春暮雨过,残红零落,疏篱斜晖,游蜂时过。下片为室内之景,金屋无人,沉水微燃。如无结句,则读者还以为这一切皆为词人所写客观之景,至末句"一春须有忆人时",方知以上均为抒情女主人公眼中所见。她无情无绪、百无聊赖地看着花儿落地、蜂儿窃香,一天又将过去,一春又将逝去,内心是何等惆怅!

《草堂诗余正集》:软而灵。

浣溪沙[1]

日薄尘飞官路平[2]。眼明喜见汴河倾[3]。地遥人倦莫兼程[4]。　　下马先寻题壁字[5],出门闲记榜村名[6]。早收灯火梦倾城[7]。

〔1〕这首词约作于作者浮沉州县多年后即将回到汴京途中。

〔2〕日薄:日暮,傍晚。官路:古代的交通大道。

〔3〕汴河:即汴水。隋开通济渠,其东段自洛阳至淮水,流经汴京,唐宋时称为汴水。

〔4〕"地遥"句:谓路远人已疲乏,不能日夜赶路。

181

〔5〕题壁字：古人常在村店、驿馆或凉亭壁上题写诗词或字句以为留念。

〔6〕榜村名：古代村口张贴告示处，此泛指村庄名。

〔7〕倾城：美女，此指作者在汴京时认识的女子。《汉书·孝武李夫人传》："北方有佳人，绝世而独立。一顾倾人城，再顾倾人国。"

本词乃作者久放外任后，重返京师途中所作。长途跋涉，风尘仆仆，既见汴河，云胡不喜？于是下得马来，一路寻访旧迹，重温往事，表现出梦想成真的愉悦心态。

浣溪沙

楼上晴天碧四垂〔1〕。楼前芳草接天涯〔2〕。劝君莫上最高梯〔3〕。　新笋已成堂下竹，落花都上燕巢泥〔4〕。忍听林表杜鹃啼〔5〕。

〔1〕"楼上"句：谓登楼仰望所见，天空像青绿色的幕帐向四边垂下。韩偓《有忆》诗："愁肠泥酒人千里，泪眼倚楼天四垂。"

〔2〕芳草：春草。《楚辞·招隐士》："王孙游兮不归，春草生兮萋萋。"

〔3〕"劝君"句：王之涣《登鹳雀楼》诗云："欲穷千里目，更上一层楼。"此反用其意，谓莫上高楼，以免触景伤怀。

〔4〕"新笋"二句：谓春光将逝，春事已毕，堂前的春笋已长成枝叶亭亭的翠竹，院里的落花和着春泥被燕子衔去筑巢。

〔5〕忍：不忍。林表：林外。杜鹃：鸟名，又名杜宇、思归。此鸟鸣于百花将残之暮春，其鸣声似谓"不如归去"。

读这首词，呈现在我们眼前的是一幅清新而美丽的图画：蔚蓝的天空，绵绵的芳草，堂前粉竹抽枝，梁上燕巢落泥，还有从林外传来的杜鹃的声声悲啼。意境是那么空灵蕴藉，却引起人们感慨万端的种种联想。至于抒情主人公此刻究竟在想什么：孤寂之感？羁旅之愁？伤春之慨？还是对亲人的思念，对美好年华的眷念？都难以指实。短短一首小词，千古以来，赢得多少读者心灵的共鸣，这就是美的启示、美的力量！

《花草蒙拾》："楼上晴天碧四垂"，本韩侍郎"泪眼倚楼天四垂"，不妨并佳。欧文忠"拍堤春水四垂天"、柳员外"目断四天垂"，皆本韩句，而意致少减。

浣溪沙[1]

日射欹红蜡蒂香[2]。风干微汗粉襟凉[3]。碧绡对卷簟纹光[4]。　　自剪柳枝明画阁[5]，戏抛莲菂种横塘[6]。长亭无事好思量[7]。

〔1〕这首词《草堂诗余》题作"夏景"。约作于溧水任上。

〔2〕欹（qī欺）红：指红烛侧斜。欹，斜也。蜡蒂：谓蜡烛熔化后作花蒂形。温庭筠《碌碌古词》："融蜡作杏蒂，男儿不恋家。"

〔3〕粉襟：犹香襟，衣襟沾粉带香。襟之美称。

〔4〕碧绡(xiāo消):即绡纱,指纱帐。绡,生丝织成的薄绸,亦指薄纱。碧纱对卷:两边帐门对卷。簟(diàn电)纹:竹席上的花纹。卷,陈注本作"掩"。

〔5〕"自剪"句:为使画阁明亮而自剪阁前的柳枝。

〔6〕"戏抛"句:谓闲着以抛莲子于横塘之中为消遣。莲菂(dì帝):即莲子。《尔雅·释草》:"荷,芙蕖……其实莲,其根藕,其中的。"的即菂。皇甫松《采莲子》词:"无端隔水抛莲子,遥被人知半日羞。"陈注本引《(墨客)挥犀》云:"投莲菂于靛甕,种之则花碧。元祐中畿县民池中生碧莲,用此术。"横塘:长形池塘。

〔7〕长亭:此指园内廊亭。

这首词是周邦彦在溧水期间萧闲生活的剪影。

《草堂诗余正集》:"粉襟"句,画出佳人。

《古今诗余醉》:"好思量"三字妙。

乔批《片玉集》:夏词,颇见新意。

点 绛 唇〔1〕

孤馆迢迢〔2〕,暮天草露沾衣润〔3〕。夜来秋近。月晕通风信〔4〕。　　今日原头,黄叶飞成阵〔5〕。知人闷。故来相趁〔6〕。共结临歧恨〔7〕。

〔1〕《点绛唇》:陈本注"仙吕"宫。

〔2〕迢迢:遥远貌。《古诗十九首》:"迢迢牵牛星,皎皎河汉女。"

〔3〕"草露"句:化用王粲《从军诗五首》中"草露沾我衣"的句子。

〔4〕月晕通风信:月亮经云层折射形成的光圈,谓之月晕。苏洵《辨奸论》:"月晕而风,础润而雨,人人知之。"

〔5〕"今日"二句:谓今日到郊外送别时,落叶纷纷,卷地而来。原头:原野,郊外。

〔6〕相趁:同往、相随。

〔7〕临歧恨:临路惜别之情。杜甫《送梓州李使君之任》诗:"不作临歧恨,惟听举最先。"歧,歧路,岔道口。王勃《送杜少甫之任蜀州》:"无为在歧路,儿女共沾巾。"

这首词写秋郊临别的伤感。草露沾衣,月色晕淡,孤馆遥远,黄叶纷飞,临别的痛苦由景物衬托出来。末句谓黄叶有情也来送行,真是信手拈来,便成佳句。

点绛唇[1]

辽鹤归来[2],故乡多少伤心地。寸书不寄。鱼浪空千里[3]。　凭仗桃根[4],说与相思意。愁无际。旧时衣袂。犹有东风泪[5]。

〔1〕此词陈本题作"伤感"。《花草粹编》作"寄楚云"。王灼《碧鸡漫志》记有周邦彦与姑苏妓岳楚云事,如有此事,则当在大观二年七月至三年七月(1108—1109),作者从京都归乡途经苏州时作。

〔2〕"辽鹤"句:用丁令威的典故,表达物是人非的沧桑感。据《搜神后记》载:辽东人丁令威到灵虚山去学道求仙,后来化为白鹤飞回故乡,停在城门华表柱上。当时有一少年拿起弓箭要射它,白鹤徘徊飞于空中,而口里说:"有鸟有鸟丁令威,去家千年今始归。城郭如故人民非,何不学仙冢累累。"而后冲天高飞。

〔3〕寸书:极言书信之简短。鱼浪:指水浪。牛峤《江城子》词:"帘卷水楼鱼浪起。"又《古诗》:"客从远方来,遗我双鲤鱼。呼儿烹鲤鱼,中有尺素书。上言加餐饭,下言长相思。"这里反用其典说:一封短信都没有,让鱼儿空行千里水浪。

〔4〕"凭仗"句:对着她妹妹诉说我的相思情意。桃根:晋王献之妾名桃叶,她妹妹名桃根。献之有《桃叶歌》云:"桃叶复桃叶,桃叶连桃根。相怜两乐事,独使我殷勤。"

〔5〕衣袂(mèi妹):衣袖。东风泪:东风吹泪,此指泪痕。风,陈本作"门"。此二句说:我的衣袖上还留有当年分别时的泪痕。

这首词包含一个凄楚动人故事。周邦彦年轻时在苏州,和一个名叫岳楚云的歌妓热恋,后从京师归乡,途经苏州,则楚云早已从人了。一天在苏州太守举行的宴会上,遇到了楚云的妹妹,引起词人的缱绻思恋之情,于是写下这首词表达自己内心的痛楚。事见王灼《碧鸡漫志》卷二。短短一首小词,连用了几个典故:辽鹤归来、鱼传尺素、桃叶桃根等都很贴切。"衣袂"二句秀雅而有风韵。

《词综偶评》:淡淡写来,深情无限,宜楚云为之感泣也。
《白雨斋词话》:美成艳词如《少年游》《点绛唇》《意难忘》《望江南》等篇,别有一种姿态,句句洒脱,香奁泛语,吐弃殆尽。
《词则·别调》:缠绵凄咽,措语亦极大雅,艳体正则也。

乔批《片玉集》:小词大做。

《碧鸡漫志》卷二:周美成初在姑苏,与营妓岳七楚云者游甚久。后归自京师,首访之,则已从人矣。明日,饮于太守蔡峦子高坐中,见其妹,作《点绛唇》曲寄之。(按:"峦"或为"崈"之误。据王鏊《姑苏志》卷三云:蔡崈大观二年十一月,除显谟阁待制,知苏州,三年七月落职。)

《夷坚支志》,末云:"楚云得词,感泣累日。"

点绛唇

征骑初停[1],酒行欲散离歌举[2]。柳汀莲浦[3]。看尽江南路。　苦恨斜阳,冉冉催人去[4]。空回顾。淡烟横素[5]。不见扬鞭处[6]。

〔1〕征骑初停:谓解鞍暂歇。
〔2〕酒行:此泛指酒席宴饮。岑参《西亭子送李司马》诗:"酒行未醉闻暮鸡,点笔操纸为君题。"举:起也。
〔3〕柳汀莲浦:泛指江南河岸塘浦,因其岸边多植柳,塘中多种荷。
〔4〕冉冉:渐渐地,慢慢地。
〔5〕淡烟横素:谓水烟弥漫如素练横布。李白《早过漆林渡寄万巨》诗:"林烟横积素。"
〔6〕扬鞭:谓策马起行。温庭筠《春洲曲》:"紫骝蹀躞金衔嘶,岸上扬鞭烟草迷。"李贺《代崔家送客》诗:"何忍重扬鞭。"

这首词抒发离愁,好在篇末,"空回顾,淡烟横素,不见扬鞭处",境界迷茫,心绪惆怅。

《云韶集》:情景兼胜,笔力高绝,较柳耆卿"今宵酒醒何处",更高一着。

乔批《片玉集》:送别似不经意,然小词能臻"重""大"之境。结意厚。

点绛唇[1]

台上披襟,快风一瞬收残雨[2]。柳丝轻举。蛛网黏飞絮[3]。　极目平芜[4],应是春归处[5]。愁凝伫[6]。楚歌声苦[7]。村落黄昏鼓[8]。

〔1〕这首词约作于周邦彦宦游荆南时期。

〔2〕"台上"二句:形容快风收雨的情景,暗用宋玉《风赋》的典故。《风赋》云:"楚襄王游于兰台之宫,宋玉、景差侍。有风飒然而至,王乃披襟而当之,曰:'快哉此风!寡人所与庶人共者邪?'"披襟:敞开衣襟。

〔3〕"柳丝"二句:化用杜甫《白丝行》中诗句:"落絮游丝亦有情,随风照日宜轻举。"

〔4〕极目平芜:放眼展望平旷的原野。芜,丛生的草。平芜,指原野。

〔5〕春归处:黄庭坚《清平乐》词:"春归何处?寂寞无行路。"

〔6〕愁凝伫:因有愁思而出神呆立的样子。

〔7〕楚歌声:楚地民歌声。苦:凄苦悲怆。《史记·项羽本纪》:"夜闻汉军四面皆楚歌。"此二句谓:楚地民歌声调凄苦,伴着黄昏时分的更

鼓,从村庄里一阵阵传来,令人闻之生悲。

〔8〕村落黄昏鼓:据《北史·李崇传》载,崇为兖州刺史时,令村置一楼,楼悬一鼓,盗发之处,双槌乱击,声布百里。

这是一篇借景抒情之作,看似通篇写景,而惜春思乡之情溢于言表。末句"楚歌声苦,村落黄昏鼓"以景寓情,尤觉余韵无穷,较"掩重关,遍城钟鼓"感情更为沉郁,景象更加幽寂,而楚地风情似见。

乔批《片玉集》:真处可思。

夜游宫〔1〕

秋暮晚景

叶下斜阳照水〔2〕。卷轻浪、沉沉千里〔3〕。桥上酸风射眸子〔4〕。立多时,看黄昏,灯火市。　　古屋寒窗底。听几片、井桐飞坠〔5〕。不恋单衾再三起〔6〕。有谁知?为萧娘,书一纸〔7〕。

〔1〕《夜游宫》:陈本注"般涉"调,无题。

〔2〕叶下:树叶飘落。《楚辞·九歌·湘夫人》:"嫋嫋兮秋风,洞庭波兮木叶下。"下,作动词"落下"的意思。

〔3〕沉沉:深貌。此句谓水流深而长,水面卷起微微的波浪。

〔4〕"桥上"句:化用李贺《金铜仙人辞汉歌》:"魏官牵车指千里,东关酸风射眸子。"酸风:寒风,以其刺射眼孔鼻腔发酸,故云。眸子:瞳仁。

《孟子·离娄上》:"存乎人者,莫良于眸子。"此句谓:站在桥上,冷风从水面吹来,刺得眼珠发酸。

〔5〕"古屋"二句:独自坐在陈年老屋下,只听得桐叶飘落井台的声音。井桐:井边的梧桐树,此指桐树叶子。徐锴《秋词》:"井梧纷堕砌,寒雁远横空。"

〔6〕"不恋"句:夜不成寐,几次掀开被子从床上起来。衾(qīn 亲):被子。

〔7〕"有谁知"三句:哪个知道我深夜不寐的原因呢?都是为了收到萧娘的一纸书信。萧娘:指所爱女子。杨巨源《崔娘》诗:"风流才子多春思,肠断萧娘一纸书。"

这首词上阕写暮秋晚景,下阕写深夜相思,中间似无关联;其实上阕写景正为下阕抒情作好铺垫,即所谓景为情设,情因景生,情景交融,方觉全词精力弥满。词中化用李贺诗句十分妥帖。

《海绡说词》:桥上则"立多时",屋内则"再三起",果何为乎?"萧娘书一纸",惟己独知耳,眼前风物何有哉!(《词话丛编》增订本)

《宋四家词选》:此亦是层叠加倍写法,本只"不恋单衾"一句耳,加上前阕,方觉精力弥满。

诉衷情[1]

残杏

出林杏子落金盘。齿软怕尝酸[2]。可惜半残青紫,犹印小唇丹[3]。　　南陌上,落花闲。雨斑斑[4]。不言不语,一段伤春,都在眉间[5]。

〔1〕《诉衷情》:一作《点绛唇》。陈本注"商调",无题。
〔2〕"出林"二句:刚从果园摘下的新杏,盛在描金的花盘里,可是因为怕酸,尚未品尝而已觉齿软。金盘:描金花盘,盘的美称。杜甫《野人送朱樱》诗:"金盘玉箸无消息,此日尝新任转蓬。"齿软:牙床酸软。韩偓《幽窗》诗:"手香江橘嫩,齿软越梅酸。"
〔3〕半残青紫:指咬剩的杏子。唇丹:涂饰嘴唇的红色化妆品。此二句谓:半青半紫的新杏,只咬了一口,却留下那可爱的红唇印记。
〔4〕"南陌"三句:城南大道上,雨水溅着落花,斑斑点点地洒满了一地。南陌:城南大道。晏几道《临江仙》:"争如南陌上,占取一年春。"
〔5〕"不言"三句:谓此刻她默默无言,伤春惜春的一片愁思都流露在紧锁的双眉之间。

这首词从一颗咬残的杏子生发出女子伤春惜春的无限情思,既写了物态,又写了人的心态,取得咏物和抒情的双重效果。词中齿软怕尝酸,残杏印朱唇等细节的刻画尤其生动逼真。

乔批《片玉集》:闺咏亦新,不似柳公尘下。

诉衷情

堤前亭午未融霜[1]。风紧雁无行[2]。重寻旧日歧路[3],茸帽北游装〔4〕。　　期信杳〔5〕,别离长。远情伤。风翻酒幔〔6〕,寒凝茶烟〔7〕,又是何乡。

〔1〕亭午:日至正午。亭,正,当。《水经注·江水》:"自非停(一作亭)午夜分,不见曦月。"
〔2〕"风紧"句:化用杜甫《冬晚送长孙渐舍人归州》诗:"云晴鸥更舞,风逆雁无行。"
〔3〕"重寻"句:谓昔日曾经此地,今寻旧跡。歧路:岔道。
〔4〕茸帽:毛皮帽子。茸,柔软的兽毛。杜牧《扬州》诗:"喧阗醉年少,半脱紫茸裘。"
〔5〕杳(yǎo咬):远无踪影。
〔6〕酒幔(màn慢):酒旗、酒帘。
〔7〕寒凝茶烟:天寒闭户,室内茶烟迷凝不散。

这首羁旅行役词写北游途中情景。"风紧雁无行"化用杜诗十分熨贴;末二句"寒凝茶烟,又是何乡",迷罔忧怨之意无穷。

乔批《片玉集》:"期信"二句作对,下接"远情"三字,乃真北法也。

一落索〔1〕

眉共春山争秀〔2〕。可怜长皱〔3〕。莫将清泪湿花枝,恐花也、如人瘦〔4〕。　　清润玉箫闲久〔5〕。知音稀有〔6〕。欲知日日倚阑愁,但问取、亭前柳〔7〕。

〔1〕《一落索》:陈本注"双调"。一作"洛阳春"(见《耆旧续闻》)。此词作于初旅汴京时期。

〔2〕"眉共"句:古人常以女子的眉毛比作远山。

〔3〕可怜:令人爱怜。

〔4〕"莫将"二句:谓别将晶莹的泪水洒在花枝上,怕只怕,花儿沾上泪水,也像美人一样瘦损。湿花枝:李商隐《天涯》诗:"莺啼如有泪,为湿最高花。"

〔5〕清润:此指箫声的清悠圆润。玉箫:玉饰之箫管,箫之美称。

〔6〕知音:喻知心的人。《列子·汤问》:"伯牙善鼓琴,钟子期善听,伯牙鼓琴,志在登高山,钟子期曰:'善哉,峨峨兮若泰山!'志在流水,钟子期曰:'善哉,洋洋兮若江河!'"后以知心的朋友称知音。

〔7〕问取:取,语助词,犹着也、得也。李白《金陵酒肆留别》诗:"请君试问东流水,别意与之谁短长?"亭前柳:唐宋人送别时常折柳枝相赠。

这首词写相思离愁,语言明快而情韵深长,其中"莫将"二句将花比人,尤其动人。李清照《醉花阴》中"人比黄花瘦"句异曲同工。

乔批《片玉集》:"知音"句,可叹。

《耆旧续闻》:周美成至汴京主角妓李师师家,为作《洛阳春》(按即《一落索》),师师欲委身而未能也。(沈雄《古今词话》引)

一落索

杜宇催归声苦[1]。和春归去。倚阑一霎酒旗风[2],任扑面、桃花雨[3]。　　目断陇云江树[4]。难逢尺素[5]。落霞隐隐日平西,料想是、分携处[6]。

〔1〕"杜宇"句:杜鹃的鸣叫声似在苦苦地催促游子"不如归去"。杜宇,即杜鹃,原是传说中的蜀国国王。周代末年,杜宇称帝于蜀,号曰望帝;后归隐,让位于其相,时适二月,子鹃鸟鸣,蜀人怀念他,因呼子鹃为杜鹃。一说,杜宇通于其相之妻,惭而亡去,其魂化为鹃(见《华阳国志·蜀志》)。
〔2〕酒旗风:风中酒旗飘扬。杜牧《江南春》:"千里莺啼绿映红,水村山郭酒旗风。"
〔3〕桃花雨:桃花凋落,花瓣如雨飘下。李贺《将进酒》:"况是青春日将暮,桃花乱落如红雨。"
〔4〕"目断"句:谓遥望和企盼。陇云:陇头之云。柳恽《捣衣诗》:"亭皋木叶下,陇首秋云飞。"江树:江边的树。谢朓《之宣城郡出新林浦向板桥》诗:"天际识归舟,云中辨江树。"
〔5〕尺素:指书信。古诗《饮马长城窟行》:"客从远方来,遗我双鲤鱼。呼儿烹鲤鱼,中有尺素书。"
〔6〕分携处:分别的地方。

这首词约作于离京漂泊时期,词中抒写离别思归的痛苦情怀。先以杜鹃的鸣声唤起归思,再以桃花雨渲染日暮春深之惆怅。下片转入抒情,然仍从写景落笔,景中寓情:陇云、江树,言其所思之远;落霞、斜日,念其分携之处。此词与前"眉共春山"同写"倚阑",一闺怨,一旅愁;一纤巧,一拙实。

乔批《片玉集》:此首取境尤"重""大"。

虞美人[1]

疏篱曲径田家小[2]。云树开秋晓[3]。天寒山色有无中[4]。野外一声钟起、送孤篷[5]。　　添衣策马寻亭堠[6]。愁抱惟宜酒[7]。菰蒲睡鸭占陂塘[8]。纵被行人惊散、又成双[9]。

[1]《虞美人》:陈本注"正宫"。

[2]"疏篱"句:稀疏的篱笆,弯弯曲曲的小路,这里散落着几户农家小屋。

[3]云树开秋晓:晨曦驱开云雾,林间透出秋晨的凉爽气息。秋,陈注本作"清"。

[4]山色有无中:用王维《汉江临泛》诗"江流天地外,山色有无中"中的成句。

[5]孤篷:指孤舟。篷,船篷,此代船。

[6]添衣策马:谓晨起赶路,添衣以御朝寒。策,马鞭,此作动词用,赶马的意思。亭堠(hòu 后):古代用来侦察或瞭望的岗亭以及供行人或驿使休息食宿的旅舍。

[7]愁抱:即抱愁,心有忧愁。曹操《短歌行》:"何以解忧？唯有杜康(指酒)。"

[8]菰、蒲:两种水生植物。菰,俗称茭白。蒲,蒲草。陂(pí 皮)塘:池沼、池塘。

[9]"纵被"句:借陂塘双鸭惊散复聚,反喻情人分离而不复相见。

杜牧《入茶山下题水口草市绝句》诗:"惊起鸳鸯岂无恨,一双飞去却回头。"

这首词描写旅途景色和愁苦心情。上片写晨景,疏篱、曲径、云树、孤篷,环境清幽寂静;下片写心情,通过陂塘睡鸭含蓄地表达其孤单寂寞的愁怀。炼字度句,勾勒微妙。

乔批《片玉集》:"野外",内转可思。

醉桃源[1]

冬衣初染远山青。双丝云雁绫[2]。夜寒袖湿欲成冰。都缘珠泪零[3]。　　情黯黯[4],闷腾腾[5]。身如秋后蝇[6]。若教随马逐郎行。不辞多少程[7]。

〔1〕《醉桃源》:陈本注"大石"调。
〔2〕"冬衣"二句:谓新制的冬衣染成青山之色,衣料用双丝绫缎织成,上面有秋雁行云的图案。白居易《缭绫》诗:"织为云外秋雁行,染作江南春水色。"
〔3〕"夜寒"二句:极言临别之夜泪流惜别之状。
〔4〕情黯黯:心神沮丧的样子。
〔5〕闷腾腾:因郁闷而无精打采的样子。
〔6〕秋后蝇:秋后气温下降,苍蝇无力起飞,常附着在物体上,久不离去。

〔7〕"若教"二句：意为由于伤心和愁闷，她已慵弱无力，像秋后的苍蝇，但如果让她跟着郎君的马儿行走，决不计较路程的远近。《文选》刘孝标《广绝交论》注引《张敞集》云："苍蝇之飞不过十步，托骥之尾，乃腾千里之路。"

词中这位女子，衣衫素雅而情感率真，以秋蝇自喻，粗拙中见敦厚。俞平伯云："秋蝇一喻，信为警策。"（《清真词释》）

《古今词统》：徐士俊评："身如"三句，蝇附骥尾，极陈之语，用得极新。

红窗迥[1]

几日来，真个醉。不知道、窗外乱红，已深半指[2]。花影被风摇碎[3]。拥春酲乍起[4]。　　有个人人，生得济楚[5]，来向耳畔，问道："今朝醒未？"情性儿、慢腾腾地。恼得人又醉[6]。

〔1〕《红窗迥》：此调由周邦彦始创。陈本无此词。《百家词》注"仙吕"宫。
〔2〕乱红：落花。已深半指：形容落花已堆积满地。
〔3〕"花影"句：风吹花动，花影显得零乱破碎。
〔4〕拥春酲（chéng 呈）乍起：抱着几分春情酒意刚刚起身。酲，醉而未醒。

〔5〕人人:对美人的昵称。济楚:整齐、漂亮。
〔6〕恼得人又醉:惹得人重又陶醉。

这首词全用口语、俗语,写情态、写醉态,淋漓尽致,活脱活现。

《词苑萃编·谐谑》:此亦词中俳体,而尚饶情趣,迥异柳七、黄九诸阕。

南浦[1]

浅带一帆风,向晚来、扁舟稳下南浦[2]。迢递阻潇湘[3],衡皋迥[4]、斜舣蕙兰汀渚[5]。危樯影里,断云点点遥天暮[6]。菡萏里风[7],偷送清香,时时微度。　　吾家旧有簪缨[8],甚顿作天涯,经岁羁旅[9]。羌管怎知情[10]?烟波上,黄昏万斛愁绪[11]。无言对月,皓彩千里人何处[12]?恨无凤翼身,只待而今,飞将归去[13]。

〔1〕《南浦》:此词陈注本无。《百家词》注"中吕"宫。
〔2〕"浅带"三句:水流清浅,帆满风顺,傍晚时分,小舟平平稳稳地直下南浦。向晚:傍晚。扁(piān 翩)舟:小舟。《史记·货殖列传》:"范蠡既雪会稽之耻……乃乘扁舟,浮于江湖。"南浦:泛指送别之地。江淹《别赋》:"送君南浦,伤如之何。"
〔3〕潇、湘:二水名。在今湖南境内,流入洞庭湖。
〔4〕衡皋:长满香草的水边。衡,同"蘅",香草名。贺铸《青玉案》

词:"碧云冉冉蘅皋暮。"迥:远,长。

〔5〕舣(yǐ 倚):船着岸。左思《蜀都赋》:"试水客,舣轻舟。"蕙、兰:两种香草名。汀:水边平地。渚:水中小洲。

〔6〕危樯(qiáng 墙):船上挂帆的高杆。断云:片云,散云。

〔7〕菡萏(hàn dàn 旱但):荷花的别称。按:按谱此句有脱字。

〔8〕"吾家"三句:谓自己出身官宦之家,怎么突然衰败下来,如今成年累月地漂泊在天涯海角。簪缨:古代官帽上的饰物,后引申为做官的人。据宋吕陶《周居士墓志铭》记,周氏四世祖曾仕钱王。

〔9〕甚:怎么。顿:一时间,暂忽。

〔10〕羌管:羌地(古代西北地区,相当于今甘肃、青海、四川部分地区)出产的一种笛子。

〔11〕"烟波"句:暗用崔颢《黄鹤楼》诗句:"日暮乡关何处是,烟波江上使人愁。"斛(hú 胡):古代一种量器。十斗为一斛。

〔12〕"皓彩"句:反用苏轼《水调歌头》词:"但愿人长久,千里共婵娟。"皓彩:形容月色的美丽和光明。皓,明亮。《诗·陈风·月出》:"月出皓兮。"

〔13〕恨无凤翼身:化用李商隐《无题》诗句:"身无彩凤双飞翼。"凤翼,凤鸟的翅膀。飞将:飞起来。将,助词,用于动词后。

这首词作于羁旅漂泊途中。上片写景,疏淡而有致,蕙兰、汀渚、桅樯、云影、菡萏、微风,风景如画,香沁心脾。下片抒情,感叹身世,有无限怨恨。"烟波上"几句由崔颢诗脱胎而来,用于长短句,不露痕迹。

月下笛[1]

小雨收尘[2],凉蟾莹彻[3],水光浮璧[4]。谁知怨抑[5]。静倚官桥吹笛。映宫墙、风叶乱飞,品高调侧人未识[6]。想开元旧谱[7],柯亭遗韵[8],尽传胸臆[9]。　　阑干四绕,听《折柳》徘徊,数声终拍[10]。寒灯陋馆,最感平阳孤客[11]。夜沉沉、雁啼正哀,片云尽卷清漏滴[12]。黯凝魂、但觉龙吟万壑天籁息[13]。

〔1〕这首词陈注本无。《百家词》注"越调"。

〔2〕小雨收尘:一阵小雨收净空中飞尘。

〔3〕凉蟾:清冷的月亮。传说嫦娥奔月后化为蟾蜍,故以蟾代月。李商隐《燕台四首·秋》诗:"月浪冲天天宇湿,凉蟾落尽疏星入。"莹彻:晶亮透彻。

〔4〕水光浮璧:水面上的月影如一块浮动的璧玉。璧,环形的玉石。范仲淹《岳阳楼记》:"皓月千里,浮光跃金,静影沉璧。"

〔5〕谁知怨抑:谁了解笛曲中的怨恨和抑郁感情?

〔6〕"品高"句:谓笛曲高超绝诣而无人赏识。调侧:侧,古乐三调(清调、平调、侧调)之一。此谓侧出诸调,曲高多犯,和者甚少。

〔7〕开元旧谱:唐代开元年间遗下的古乐谱。开元,唐玄宗的年号,公元713—741年。《太平御览》卷五七四引《明皇杂录》:"开元二年,上于梨园自教法曲,必尽其妙。"

〔8〕柯亭遗韵:汉末音乐家蔡邕遗留下来的笛谱。柯亭,亭名,遗址在今浙江绍兴西南。汉末蔡邕避难会稽,宿于柯亭,仰见亭上椽竹,知为制笛良材,取而为笛,果成宝笛,奇声独绝(见《格致镜原》卷四十七晋伏滔《长笛赋序》)。

〔9〕"尽传"句:谓汉唐古乐熟谱胸中。臆(yì 艺):心胸。

〔10〕"听《折柳》"句:暗用李白《春夜洛城闻笛》诗意,谓由笛曲而引起乡思。诗云:"谁家玉笛暗飞声,散入春风满洛城。此夜曲中闻《折

柳》,何人不起故园情。"《折柳》:乐府横吹曲名,即《折杨柳》。拍:乐曲的段落。

〔11〕平阳孤客:指东汉马融。融善笛,年轻时落魄不得志,曾客居平阳(今山西临汾)旅店,听到有人吹笛,引起他的悲愁,因而作《长笛赋》。事见《长笛赋序》。

〔12〕夜沉沉:李白《白纻辞三首》之二:"月寒江清夜沉沉。"清漏滴:漏壶滴水之声很清晰。

〔13〕黯凝魂:心神沮丧的样子。龙吟:形容笛声。李白《宫中行乐词八首》:"笛奏龙吟水,箫鸣凤下空。"壑(hè 褐):山中深沟。天籁:自然界的音响。《庄子·齐物论》:"女(汝)闻人籁而未闻地籁,女闻地籁而未闻天籁夫?"

这首词描写月下吹笛的感受。上片极力铺写环境的清幽和笛韵的优美高超,以寄寓词人曲高和寡的苦闷;下片抒写客居孤馆的伤感,用马融落魄的典故,进一步抒发怀才不遇的忧伤,环境气氛更显苍凉。末句"龙吟万壑",真天籁也,而莫究其托喻之旨。

烛影摇红[1]

芳脸匀红,黛眉巧画宫妆浅[2]。风流天付与精神,全在娇波眼[3]。早是萦心可惯[4]。向尊前、频频顾盼[5]。几回相见,见了还休,争如不见[6]。　　烛影摇红[7],夜阑饮散春宵短[8]。当时谁会唱《阳关》[9]?离恨天涯远。争奈云收雨散[10]。凭阑干、东风泪满[11]。海棠开后,燕子来时,黄昏庭院〔12〕。

〔1〕烛影摇红:《古今词谱》曰"大石调曲。"吴曾《能改斋漫录》云:"王都尉(诜)有《忆故人》词云:'烛影摇红,向夜阑,乍酒醒,心情懒。尊前谁为唱《阳关》,离恨天涯远。无奈云沉雨散。凭阑干,东风泪眼。海棠开后,燕子归来,黄昏庭院。'徽宗喜其词意,犹以不丰容宛转为恨,遂令大晟别撰腔。周美成增损其词,而以首句为名,谓之《烛影摇红》。"据此,周邦彦此词当作于提举大晟府期间。

〔2〕匀红:均匀地涂抹红粉。黛眉:青黑色的眉毛。宫妆:宫中女子的打扮。

〔3〕"风流"二句:她天生动人的风采韵姿,全从一双娇媚如流的眼神中传出。

〔4〕萦心可惯:缠人心头,逗人宠爱。惯,纵爱。

〔5〕"向尊前"句:在酒席宴上,不断地向人递送秋波。盼,一作眄。

〔6〕争如:怎如,不如。

〔7〕烛影摇红:红烛的光影在摇动。柳永《昼夜乐》:"金炉麝袅青烟,凤帐烛摇红影。"

〔8〕夜阑:夜深,夜尽。春宵:春夜,指夜欢。白居易《长恨歌》:"春宵苦短日高起。"

〔9〕谁会:谁解。《阳关》:古曲《阳关三叠》的简称,是抒发离愁别绪的名曲。

〔10〕争奈:怎奈,无奈。云收雨散:比喻男女间恩爱休歇。典出宋玉《高唐赋》,后以云雨指男女幽合。

〔11〕"凭阑干"句:化用李白《清平调》诗:"解释春风无限恨,沉香亭北倚栏杆。"阑干:栏杆。

〔12〕海棠开后:宋释惠洪《冷斋夜话》引《太真外传》:"上皇登沉香

亭,诏太真妃子,妃子时卯酒未醒,命力士从侍儿挟掖而至。妃子醉颜残妆,鬓乱钗横,不能再拜。上皇笑曰:'岂是妃子醉?真海棠睡未足耳。'"此典以海棠的红艳比美人的醉颜,与上句"东风泪满"呼应。从字面解,此数句说:海棠花开后,燕子双双从南方飞来,黄昏时分,我独自站在庭院里,靠着栏杆,苦苦地思念你,让东风吹拂我流满眼泪的双颊。

这首词据《能改斋漫录》所记,乃周邦彦依王诜《忆故人》词改写而成,王词已见本词注解[1]。比较两首词的优劣,不难看出周邦彦善于铺叙的特长,其所增全在上片,共分三个层次:第一层描写美人面部化妆的匀巧,第二层画龙点睛,写出其娇美之神全在一副媚眼,第三层写尊前相见,频送秋波的撩人爱怜之情。这就为下片所写的相思离别之苦作好充分的铺垫,遂使全词焕然生色。

《草堂诗集隽》:上是懒整宫妆,下是愁添黄昏时。玉辇不游幸,新妆付与谁?

《草堂诗余正集》:(原书本词作者作王晋卿)几回得见,见了还休,痛乎哉,九死易耳。恨意悉。

诗

薛侯马并序[1]

薛侯,河东土豪也[2],以战功累官左侍禁[3]。西方罢兵[4],薛归吏部授官[5],带所乘骆马寓武城坊[6],经年不得调。羁马厩屋下[7],马怒,败主人屋,时时蹄碎市贩盆器,薛悉卖装以偿。伤己困阨[8],因对马以泣。邻居李文士因之为薛作传。同舍生赋诗者十一人[9],仆与其一焉。

薛侯俊健如生猱[10],不识中原生土豪。蛇矛丈八常在手,骆马蕃鞍云锦袍。往属嫖姚探虎穴[11],孤鸣萧萧风立发。短鞯淋血斩胡归[12],夜斫坚冰濡马渴[13]。中都久住武城坊,屋头养骆如养羊。枯萁不饱篱壁尽[14],狭巷怒蹄盆盎伤。只今栖栖守环堵[15],五月湿风柔巨黍[16]。千金夜出酬市儿,客帐昼眠听戏鼓[17]。边人视死亦寻常,笑里辞家登战场。铨劳定次屈壮士[18],两眼荧荧收泪光[19]。齿坚食肉何曾老,骗马身轻飞一鸟[20]。焉知不将万人行,横槊秋风贺兰道[21]。

——录自陈郁《藏一话腴》乙集卷上

〔1〕薛侯:字号不详,生平见序文。这首诗作于元丰七年周邦彦尚在太学时。

〔2〕河东:宋代路名。北宋太宗至道年间分全国为十五路,河东居

其一,治所在并州(后改太原府,今山西太原),辖境相当于今山西省内长城以南龙门山至垣曲以北一带。

〔3〕左侍禁:武官名。见《宋史·职官志九》。

〔4〕西方罢兵:指与西夏休战。据《宋史·神宗纪》载:元丰六年(1083)闰六月,西夏国主秉常请修贡,许之。诏陕西、河东毋辄出兵。

〔5〕归吏部授官:唐宋时选拔官吏除最高职的官员由皇帝任命外,一般都由吏部按照规定选补或升迁。

〔6〕骆马:尾巴和鬃毛黑色的白马。《诗·小雅·四牡》:"啴啴骆马。"毛传:"白马黑鬣曰骆。"武城坊:城当作"成"。据《宋会要·方域·东京杂录》记载:太宗至道元年(995)改撰坊名,共八厢一百二十一坊。武成坊为新城城南厢二十坊之一。

〔7〕庳(bēi 卑,又读 bǐ 比):低下。

〔8〕阨:同"厄",困也,屈也。

〔9〕同舍生:犹同班同学。宋代太学于熙宁四年(1071)十月创"三舍法",分太学为外舍、内舍和上舍三部分。周邦彦当时为外舍生。

〔10〕猱(náo 挠):猿类动物,身体便捷,善攀援。

〔11〕嫖(piào 票)姚:汉霍去病曾任嫖姚校尉,击匈奴。杜甫《后出塞》诗:"借问大将谁,恐是霍嫖姚。"此借指军中将领。

〔12〕韂(jiān 煎):衬托马鞍的垫子。

〔13〕斫(zhuó 琢):砍、斩。濡:沾湿,浸润。

〔14〕萁:豆茎,可作饲料。

〔15〕栖(xī 西)栖:不安貌。环堵:犹言四壁。

〔16〕巨黍:古代一种良弓。《荀子·性恶》:"繁弱、钜黍,古之良弓也。"

〔17〕戏鼓:古代歌舞杂戏演出时敲的鼓声。

〔18〕铨劳定次:唐宋时叙官的制度,按照资历或功绩核定官职的升

迁。按《宋史·职官志九》：武臣三班叙迁，左侍禁右迁西头供奉官，仍属卑位，故诗云"屈壮士"。

〔19〕荧荧：微光闪烁貌。

〔20〕骗马：骗，同"鹝"，纵身上马。

〔21〕槊（shuò朔）：长矛。古代兵器之一。贺兰道：贺兰山，在今宁夏回族自治区。宋仁宗景祐以后，为西夏所占领。

这首诗对武艺高强的边将薛侯不得其用的遭遇，表示深切的同情。题为"薛侯马"，全诗借马写人，写人又写马。前八句刻画人的剽悍、马的骏健，并以血战沙场、饮马冰河突出其显赫的战功。中八句，叙写回京后被长期闲置，人的困厄和马的怂狙相交织，终至卖马而栖居不出。后八句，直言"铨劳定次"的不公，抨击朝廷用人之弊端，并以再塑边将和番马的尚武气概收结。全诗平仄韵交替，以顿挫抑扬的节拍，抒发壮士内心的不平和愤懑。

天赐白并序[1]

永乐城陷[2]，独王湛、曲真夜缒以出[3]。真持木为兵，且走且战，前陷大泽中。顾其旁有马而白，暂腾上驰去，五鼓达米脂城[4]，因以得脱。真名其马为"天赐白"。蔡天启得其事于西人[5]，邀余同赋。

君不见书生镌羌勒兵入[6]，羌来薄城束练急[7]。蜡丸飞出辞大家[8]，帐下健儿纷雨泣。凿沙到石终无水，扰扰万人如

209

渴蚁。挽绋窃出两将军[9],敌箭随来风掠耳。道旁神马白雪毛,噤口不嘶深夜逃。忽闻汉语米脂下,黑雾压城风怒号。脱身归来对刀笔[10],短衣射虎朝朝出[11]。自椎杂宝涂箭创[12],心折骨惊如昨日。谷城鲁公天下雄[13],阴陵一跌兵力穷[14]。舣舟不渡谢亭长,有何面目归江东[15]。将军偶生名已弱,铁花暗涩龙文锷[16]。缟帐肥刍酬马恩[17],闲望旄头向西落[18]。

——录自陈郁《藏一话腴》乙集卷上

〔1〕天赐白:马名,详见本诗序。这首诗约作于元丰五年(1082)九月永乐之战后,时周邦彦在京城太学读书。

〔2〕永乐城陷:永乐城,故址在今陕西省米脂县。《宋史·外国传二》:"(元丰五年)五月,沈括请城古乌延城以包横山,使夏人不得绝沙漠。遂遣给事中徐禧、内侍押班李舜举往议。禧复请于银、夏、宥之界筑永乐城。永乐依山,无水泉,独种谔极言不可,禧率诸将竟城之,赐名银川砦。"城于当年九月被西夏攻陷。

〔3〕王湛、曲真:宋将名。《宋史·外国传二》:永乐城陷,"禧、舜举、运使李稷皆死于乱兵,惟曲珍、王湛、李浦、吕整裸跣走免。"曲真:《宋史》卷三五〇作"曲珍",本传"字君玉,陇干人,世为著姓。宝元、康定间,夏人数入寇,珍诸父纠集族党御之,敌不敢犯,于是曲氏以材武长雄边关……徐禧城永乐,珍以兵从。版筑方兴,羌数十骑济无定河觇役,珍将追杀之,禧不许。谍言夏人聚兵甚急,珍请还米脂,而自居守。明日果至,禧复来,珍曰:'敌兵甚众,公宜退处内栅,檄诸将促战。'禧笑曰:'曲侯老将,何怯邪?'夏兵且济,珍欲乘其未集击之,又不许。及攻城急,又劝禧曰:'城中井深泉啬,士卒渴甚,恐不能支,宜乘兵气未衰,溃

围而出,使人自求生。'禧曰:'此城据要地,奈何弃之?且为将而奔,众心摇矣。'珍曰:'非敢自爱,但敕使、谋臣同没于此,惧辱国耳!'数日城陷,珍缒而免,子弟死者六人,亦坐贬皇城使。帝察其无罪,谕使自安养,以图后效。元祐初,为环庆副总管,夏人寇泾原,号四十万。珍捣虚驰三百里,破之曲律山,俘斩千八百人,解其围。进东上阁门使、忠州防御使。卒年五十九"。

〔4〕米脂:宋砦名。故址在今陕西北部无定河中游。

〔5〕蔡天启:即蔡肇,字天启。丹阳(今属江苏)人,元丰二年(1079)进士,元祐中为太学正,历官至中书舍人。《宋史·蔡肇传》谓其"能为文,最长歌诗。初事王安石,见器重。又从苏轼游,声誉益显"。历官至中书舍人,为言论弹劾,落职提举洞霄宫,旋复。周邦彦与之交往,有《天启惠酥》诗四首。

〔6〕"君不见"句:讥徐禧以书生治兵,疏狂无谋。书生:指徐禧。《宋史》卷三三四《徐禧传》云:"徐禧,字德占,洪州分宁人……延帅沈括欲尽城横山,瞰平夏,城永乐,诏禧与内侍李舜举往相其事……遂城永乐,十四日而成……夏兵二十万屯泾原北,闻城永乐,即来争边。人驰告者十数,禧等皆不之信,曰:'彼若大来,是吾立功取富贵之秋也。'禧亟赴之,大将高永亨曰:'城小人寡,又无水,不可守。'禧以为沮众,欲斩之,既而械送延狱。比至,夏兵倾国而至。永亨兄永能请及其未陈击之,禧曰:'尔何知!王师不鼓不成列。'禧执刀自率士卒拒战,夏人益众,分阵,迭攻抵城下。曲珍兵陈于水际,官军不利,将士皆有惧色……俄,夏骑卒度水犯陈……师大溃,死及弃甲南奔者几半……遂受围,水砦为夏人所据,掘井不及泉,士卒渴死者太半。夏人蚁附登城,尚扶创拒斗。珍度不可敌,又白禧,请突围而南;永能亦劝李稷尽捐金帛,募死士力战以出,皆不听。戊戌夜大雨,城陷。四将走免,禧、舜举、稷死之,永能没于陈……禧数以边事自任,狂谋轻敌,猝与强虏遇,至于覆没。"镌(juān

捐)羌:指赴边抵御西夏。羌,古族名,北宋时为西夏政权。镌,削。勒兵:统率部队。

〔7〕薄:迫、近。束练:指缒城用的绳束之类用品。

〔8〕蜡丸:又称蜡弹,蜡制之丸,用以密封书信或奏状等,保密防湿。大家:指皇帝。

〔9〕挽絙(gēng耕):牵拉粗索,指从城上用绳索下缒。

〔10〕"脱身"句:谓曲真缒城逃出后受审坐贬事。刀笔:指刀笔吏,掌管讼狱的吏。《史记·李将军列传》:"广年六十余矣,终不能复对刀笔之吏。"

〔11〕"短衣"句:谓曲真贬居乡间的生活。据《汉书·李广传》载:李广因兵败屏居蓝田南山,闻所居郡有虎,常自射之。

〔12〕椎:捶击的工具,此作动词用,以椎击物也。

〔13〕谷城鲁公:指项羽,羽曾被封为鲁公,死后葬于谷城,故址在今山东平阴西南东阿镇。《史记·项羽本纪》:"楚怀王初封项籍(字羽)为鲁公,及其死,鲁最后下,故以鲁公礼葬项王谷城。"

〔14〕"阴陵"句:项羽兵败曾于阴陵迷路而陷于大泽,见《史记·项羽本纪》:"项王渡淮,骑能属者百余人耳。项王至阴陵,迷失道,问一田父,田父绐曰'左',左,乃陷大泽中。"此喻曲真兵困而无助,缒城出逃。阴陵:今安徽定远县。

〔15〕"舣舟"二句:以项羽兵败后不肯渡江,反讽曲真兵败出逃。《史记·项羽本纪》:"项羽欲东渡乌江,乌江亭长权船待……项王笑曰:'天之亡我,我何渡为?且籍与江东子弟八千人渡江而西,今无一人还,纵江东父兄怜而王我,我何面目见之?纵彼不言,籍独不愧于心乎?'"舣(yǐ倚):同"权",船泊岸边。亭长:秦汉时乡村每十里为一亭,亭有亭长,掌治安警卫,治理民事。

〔16〕"铁花"句:谓兵器久置不用而锈蚀。龙文锷:指宝剑锋刃上

的龙纹图案。

〔17〕"缟帐"句:谓曲真报答天赐白救命之恩,养于缟帐之中,饲以肥草。缟:未经染色的绢。刍:喂牲口的草料。

〔18〕旄头:星名。旄,同"髦"。《史记·天官书》:"昴,曰髦头,胡星也。"《正义》云:"昴七星为髦头……摇动若跳跃者,胡兵大起。"

这首诗以马名题,实写永乐之战失败的教训。曲真缒城突围而出,因获宝马得以全身,与项羽义不渡江宁死不屈的精神相比,固然有愧;但徐禧书生治兵,决策错误,且拒不接受曲真诸将的合理谋略,终致城陷兵败,亦不足取。诗的后半部分,着重叙写主人公回朝对簿公堂及罢废后的落寞生涯,人畜之间的困厄相济与政坛上的炎凉浇薄,作一鲜明对照。结句西望旄头,显示其心念边陲却不能报国雪耻的惆怅。

元夕[1]

翠华临阙巷无人[2],曼衍鱼龙触眼新[3]。羽蝶低昂万人醉,木山彩错九城春[4]。闲坊厌听粔籹鼓[5],晓漏犹飞辀辘尘[6]。谁解招邀狂处士,掺挝惊倒坐中宾[7]。

——录自《永乐大典》卷二〇三五四"夕"字韵

〔1〕这首诗约作于周邦彦在京师为太学正久居不迁之时。

〔2〕翠华:皇帝出巡的仪仗。阙:城楼门观。此指汴京宣德门。

〔3〕曼衍鱼龙:古代杂耍技艺。《汉书·西域传》赞:"作巴俞、都卢、海中砀极、漫衍鱼龙、角抵之戏以观视之。"颜师古注曰:"漫衍者,即

213

张衡《西京赋》所云'巨兽百寻,是为漫衍者也'。鱼龙者,谓舍利兽,先戏于庭,及毕,乃入殿前激水,化成比目鱼,跳跃、漱水,作雾障日,化成黄龙八丈,遨戏于庭,炫耀日光。"

〔4〕"羽蝶"二句:描述汴京元夕之盛况。木山:指灯山。九城:皇城,其门九重。《东京梦华录》卷六"元宵"云:"正月十五日元宵,大内前自岁前冬至后,开封府绞缚山棚,立木正对宣德楼,游人已集御街两廊下。奇术异能,歌舞百戏,鳞鳞相切,乐声嘈杂十余里……彩山左右,以彩结文殊、普贤,跨狮子、白象,各于手指出水五道,其手摇动。用辘轳绞水上灯山尖高处,用木柜贮之,逐时放下,如瀑布状。又于左右门上各以草把缚成戏龙之状,用青幕遮笼,草上密置灯烛数万盏,望之蜿蜒如双龙飞走。自灯山至宣德门楼横大街,约百余丈,用棘刺围绕,谓之'棘盆',内设两长竿,高数十丈,以缯彩结束,纸糊百戏人物,悬于竿上,风动宛若飞仙……宣德楼上皆垂黄缘帘,中一位,乃御座。用黄罗设一彩棚,御龙直执黄盖掌扇,列于帘外。两朵楼各挂灯毯一枚,约方圆丈余,内燃椽烛,帘内亦作乐。宫嫔嬉笑之声,下闻于外……万姓皆在露台下观看,乐人时引万姓山呼。"

〔5〕"闲访"句:闲居的街坊里,听厌了卖糖人的摇鼓声。粻䭯(zhāng huáng 章黄):祭粮。此疑为"饻饻",干的饴糖,即饧。《广雅疏证》卷八上:"饻饻,饧也。"

〔6〕辀辘:车行轨道,此指车轮转动。

〔7〕"谁解"二句:狂处士:指东汉名士祢衡,此作者自况。掺挝(càn zhuā 灿抓):谓操杖击鼓。掺,持也。挝,鼓杖。《后汉书·祢衡列传》:"祢衡,字正平,少有才辩,而尚气刚傲,好矫时慢物……(孔)融既爱衡才,数称述于曹操,操欲见之,而衡数相轻疾,自称狂病,不肯往,而又数有恣言。操怀忿,而以其才名,不欲杀之。闻衡善鼓,乃召为鼓史。因大会宾客,阅试音节,诸史过者,皆令脱其故衣,更着岑牟(鼓角士

之胄)单绞之衣。次至衡,衡方为《渔阳参挝》,蹀躞而前,容态有异,声节悲壮,听者莫不慷慨。衡进至操前而止,吏诃之曰:"鼓史何不改装?而敢轻进乎!"衡曰:"诺。"于是先解衵衣,次释余服,裸身而立,徐取岑牟、单绞而着之,毕,复参挝而去,颜色不怍(羞也)。操笑曰:'本欲辱衡,衡反辱孤。'"

这首七律前二联极写汴京元宵节的热闹繁华景象,作为诗人独处闲坊孤独无聊心情的反衬。末联以恃才傲物的祢衡自比,抒发其怀才不遇的孤愤。

漫成二首(选一)[1]

其二

河声连底卷黄沙,回首方惊去国赊[2]。唯有客情无尽处,暗随春水涨桃花[3]。

——录自《永乐大典》卷八九九"诗"字韵

〔1〕本诗约作于政和三年(1113)春周邦彦离开汴京赴隆德府途中。

〔2〕国:指京都。赊(shā沙):远。

〔3〕春水涨桃花:"春涨桃花水"之倒文。桃花水:即桃花汛。《宋史·河渠志一》:"黄河随时涨落,故举物候为水势之名……二月、三月桃花始开,冰泮雨积,川流猥集,波澜盛长,谓之桃花水。"

一句景,一句情,景中寓情,倾诉其去国怀乡之愁思。

楚村道中[1]二首(选一)

其二

族云行太虚,布置初狼藉[2]。弥逢天四维[3],俄顷同一色[4]。雨形如别泪,含恶未忍滴[5]。泥途颇翻车,行者自朝夕。中央成白道,袅袅踏蛇脊[6]。潺湲冒田水[7],去作涧底碧。高林荫清快,渴乌时一掷[8]。晚休张庄聚,泾草蒙古驿。往时解鞍地,醉墨栖坏壁。孤星探先出,天镜小摩拭。比邻忽喧呼,夜磔鲁津伯[9]。梦归谖草堂[10],再拜悲喜剧。问言劳如何,嗟我子行役[11]。平明看屋雷[12],两鹊声喷喷[13]。果逢南使还,凭寄好消息[14]。谁秣百里驹,肯税不论直[15]。

——录自《永乐大典》卷三五七九"村"字韵

〔1〕楚村:泛指楚地乡村。周邦彦元祐年间离开京都,到过庐州(今安徽合肥)、荆楚(今属湖北)、溧水(今属江苏),三地均属古楚之地。故诗约作于路过荆楚途中。

〔2〕族:丛聚。太虚:天空。狼藉:像狼窝里垫的草一样乱七八糟。狼离窝时,总要把草搅乱。藉,铺垫的草。

〔3〕弥逢:弥满。四维:指四隅:东南、西南、东北、西北。

〔4〕俄顷：一会儿。

〔5〕含恶：含恨。《世说新语·言语》："谢太傅语王右军曰：'中年伤于哀乐，与亲友别，辄作数日恶。'"

〔6〕袅袅：摇曳貌。此指行于蛇脊般弯曲的小道上。

〔7〕潺湲(yuán 元)：水徐流貌。

〔8〕渴乌：古代的吸水器。《后汉书·张让列传》："又作翻车渴乌，施于桥西，用洒南北郊路。"李贤注："翻车，设机车以引水。渴乌，为曲筒以气引水上也。"

〔9〕夜磔(zhé 哲)：谓深夜杀猪，以备祭神。磔，分裂牲体，用以祭神。鲁津伯：传说中的豕仙。《太平御览》卷九〇三引《符子》："朔人献燕昭王以大豕。曰：'养奚若？'使曰：'豕也，非大圂不居，非人便不珍，今年百二十矣，人谓豕仙。'王乃命豕宰养，六十五年，大如沙坟，足如不胜其体。王异之，令衡官桥而量之，折十桥，豕不量。又命水官舟而量，其重千钧。其巨而无用。燕相谓王曰：'奚不飨之？'王乃命宰夫膳之。夕见梦于燕相曰：'造化劳我以豕形，食我以人秽，吾患其在久矣，仗君之灵，得化吾生，始得为鲁津之伯。'燕相游夫鲁津，有赤龟奉璧而献。"

〔10〕谖(xuān 宣)草堂：萱堂。谖，同"萱"，旧谓母之所居。

〔11〕"嗟我"句：父母对游子的惦念。《诗·魏风·陟岵》："陟彼岵兮，瞻望父兮。父曰：'嗟！予子行役，夙夜不已。'"

〔12〕屋霤(liù 溜去声)，屋檐下接水的长槽。

〔13〕啧啧：鹊鸣声。

〔14〕"果逢"二句：化用岑参《逢入京使》诗："马上相逢无纸笔，凭君传语报平安。"

〔15〕秣：牲口的饲料，此作动词用，喂养也。税：驾也。直：同"值"，价钱。

217

这首七言古诗通篇押仄声韵,前七韵叙旅途之艰辛,中四韵述夜宿张庄之见闻,后五韵写梦见慈母之欣慰和平明寄问之情况。播迁流徙之郁闷、楚地民俗之古朴、客思乡愁之真情,娓娓道来,从容不迫,沉着中见真切。

无题[1]

石濑光洄洄[2],沙步平侹侹[3]。枫林名一社,春汲共寒影[4]。藩篱曲相通,窈窕花竹静[5]。兹焉自足乐,未觉丘园迥[6]。令尹虽无恩[7],黠吏幸先屏[8]。唯当谨时候[9],田庐日三省[10]。骄儿休马足,高廪付牛领[11]。无人横催租,烹鲜会同井[12]。

——录自《永乐大典》卷八九九"诗"字韵

〔1〕这首诗约作于周邦彦知溧水任上。

〔2〕石濑(lài 赖):从石上流过的急水。洄洄:水流回旋貌。

〔3〕步:埠,水边停船处。侹(tǐng 挺)侹:平直而长貌。

〔4〕春汲(chōng jí 冲级):泛指农家春米汲水等日常劳作。春,用杵臼捣去谷物的皮壳。汲,取水于井。

〔5〕窈窕(yǎo tiǎo 咬朓):幽深貌。

〔6〕丘园:小山的花园,转指隐居之地。

〔7〕令尹:谓县令、县尹。此作者自指。

〔8〕黠(xiá 侠)吏:奸诈小吏。

〔9〕谨时候:谓谨守农时,不予延误。

〔10〕省(xǐng醒):看望。

〔11〕高廪:高高的粮仓。《诗·周颂·丰年》:"亦有高廪,万亿及秭。"牛领:牛之颈项。顾况《杜秀才画立走水牛歌》:"江村小儿好夸骋,脚踏牛头上牛领。"

〔12〕同井:犹言同村老乡。

周邦彦知溧水期间,为政清简,能宽租缓税,屏斥黠吏,息讼弛刑,与民休息,故颇有政声。诗中写曲篱花竹之幽静,田庐高廪之丰足,颇有怡然自得、甘老此乡之意。

曝日[1]

冬曦如村酿[2],奇温止须臾[3]。行行正须此,恋恋忽已无[4]。

——录自周密《齐东野语》卷四

〔1〕曝(pù瀑)日:晒太阳。
〔2〕曦(xī希):早晨的阳光。村酿:村酒。
〔3〕止:同"只"。须臾:一会儿,一刹那。
〔4〕恋恋:留恋爱惜貌。

王国维评本诗云:"语极自然,而言外有北风雨雪之意。在东坡《和陶诗》中,犹为上乘,惜仅存四句也。"按:本诗"行行"二句颇似律诗第二联,对仗工整,似断欲续;但从"奇温止须臾"句看,欲续又止,可能本就只写了四句,意已尽,便戛然而止。

宋吴聿《观林诗话》云:东坡"几思压茅柴,禁网日夜急。"盖世号市沽为茅柴,以其易着易过。周美成诗云(本诗。从略),非惯饮茅柴不能为此语也。

宋周密《齐东野语》:周邦彦尝有诗云(本诗。从略)。余尝于南荣作小日阁,名之曰"献日轩",幕以白油绢,通明虚白,盎然终日,四体融畅,不止须臾而已。

王国维《清真先生遗事·尚论》:先生之诗存者一鳞半爪,俱有足观。至如《曝日》诗云(诗句从略),语极自然,而言外有北风雨雪之意,在东坡"和陶诗"中,犹为上乘。惜仅存四句也。

春雨

耕人扶耒语林丘[1],花外时时落一鸥[2]。欲验春来多少雨,野塘漫水可回舟。

——录自宋刘克庄《后村千家诗》

[1] 耒(lěi 磊):古代耕地翻土的工具名耒耜(sì 四),耒为柄,耜为铲。林丘:林边小高地。
[2] "花外"句:鸥本水鸟,时落花下,以见雨多水涨。

咏春雨是古典诗词中常见的题材,多为文人雅士赏景之作,惟杜甫《春夜喜雨》浸润着作者"穷年忧黎元"的真情。周邦彦此诗从耕人扶耒、野塘漫水,写春雨过多,影响农事,亦以黎元为忧。诗风清淡自然。

偶 成

窗风猎猎举绡衣[1],睡美唯应枕簟知[2]。忽有黄鹂深树语[3],宛如春尽绿阴时。

——录自《永乐大典》卷八九九"诗"字韵

〔1〕猎猎:风声。绡衣:生丝制的薄绸衣。
〔2〕簟(diàn 店):古时供坐卧用的竹席。
〔3〕黄鹂:又称黄莺,巢于深树高枝,性好双飞,多夏季出现。

偶成者,写偶见之景、抒偶发之兴,属无题诗一类。本诗用语平直,笔意含蓄。晚唐韩偓诗"已凉天气未寒时"(《已凉》),境界略似。

芝术歌并序[1]

道正卢至恭[2],得芝一本,生于术间。术生石上,根须连络不可解。遇于白鹄庙之侧[3],樵斧断取之,犹含石也。邦彦请乞于卢,持寿叔父[4]。

华阳之天诸洞府,阿穴便门迷处所[5]。三君谒帝不知还[6],帐冷祠空遗鹤羽。玉津宝气久成腴,灵术神芝时出

221

土。日精潜烛山自明,人力穷搜神不与。前年桡栋作新宫[7],坎坎空岩响斤斧[8]。君来胎禽舞海雪[9],君去云山杂川雨。是生朱草示尘寰[10],故遣樵青入林薮[11]。蘖膏紫漆自坚栗[12],下附天苏蟠石坞[13]。肉人但恐奇祸作[14],药笼复忧神物取。庐陵太守蕴仙风[15],健骨清姿欲飞举。阴功除瘼民正悦[16],灵药引年天亦许。愿因服饵断膏粱[17],未让南华《养生主》[18]。

——录自元刘大彬《茅山志》卷二九

〔1〕芝:灵芝,草药名。古人认为瑞草,药用,性温,有益精强筋、安神益智之功效。术(zhú 竹):草药名,即山蓟,分白术、苍术等数种。此诗作于周邦彦知溧水期间。

〔2〕道正:道士之官名。俞正燮《癸巳存稿·道士官》:"道士官,正六品为正一,从六品为演法,正八品为至灵,从八品为至义,从九品为都纪,其以府分者为副都纪。州为道正,县为道会。"卢至恭,生平不详。

〔3〕白鹄庙:即白鹤庙,故地在句容县东南三里。《六朝事迹编类》下引《茅山白鹤庙记》云:"此庙即祠三茅君之所也。霓旌屡降,鹤驾时逢,茅君分理于赤诚玉洞,每年以十二月二日驾白鹤于此会诸真君,故名焉。在句容县东南三里。"

〔4〕叔父:指周邠。潜说友《咸淳临安志·人物传》:"周邠,字开祖,嘉祐八年登进士第。熙宁间,苏轼倅杭,多与酬唱,所谓周长官者是也。轼后自密州改除河中府,过潍州,邠时为乐清令,以《雁荡图》寄轼,有诗,轼和韵有'西湖三载与君同'之句。后轼知湖州,以诗得罪,邠亦坐罚金。元祐初,邠知管城县,乞复管城为郑州,有兴废补败之力,由是通判寿春府,见苏辙所行告词。后知吉州,官至朝请大夫、上轻车都尉,

其丘墓在南荡山。邠系元符末上书人,崇宁初,第为上书邪等。政和五年,又为僧怀显序《钱塘胜迹记》,盖历五朝云。侄邦彦。"又《景定建康志》卷二七溧水县令题名,有"周邠元丰四年到任,张常元丰六年九月到任"之语,则周邠亦曾知溧水。

〔5〕"华阳"二句:茅山为道教第八大洞天,有华阳洞,唐改为太平观,在句容县东南四十里茅山之侧。又,《景定建康志》卷一九:"华阳洞,在茅山侧,三茅、二许得道于此。此洞其门五,三门显,二门隐。"此二句谓华阳洞五门三显二隐令人迷而不知处所。阿(ē 婀):曲隅。

〔6〕三君:指三位茅君。相传西汉景帝时茅盈及其弟固、衷在此修道成仙,号三茅真君。《六朝事迹编类》下"茅君山"引《图经》云:"汉时有三茅君各乘一白鹤来居其上,故号三茅君。"

〔7〕桡(ráo 饶)栋:屋栋弯折。桡,曲折也。

〔8〕坎坎:伐木声。《诗·魏风·伐檀》:"坎坎伐檀兮,置之河之干兮。"

〔9〕胎禽:指鹤,传说鹤为胎生,故称。

〔10〕朱草:指灵芝,其形菌状,红褐色。

〔11〕樵青:唐张志和之奴婢配为夫妻,夫曰渔僮,妻曰樵青(见颜真卿《浪迹先生玄真子张志和碑》)。此泛指打柴人。

〔12〕蘖(niè 聂):树木被砍伐后生出的新茅。紫漆自坚栗:灵芝有漆状紫褐色光泽,似栗壳之坚硬。

〔13〕天苏(蘇):疑为"天蓟"之误。天蓟,即术也。一名山芥,一名天蓟,因其叶似蓟而味似姜也。蟠石:指芝木之根与石相盘结。蟠,盘屈。坞:四西高而中央低的山地。

〔14〕肉人:指凡人。

〔15〕庐陵太守:指周邠,以其曾知吉州。吉州,古为庐陵郡。

〔16〕"阴功"句:谓周邠有政迹,除民瘼,阴功积德。瘼:疾苦。

223

〔17〕膏粱:精美的食品。

〔18〕南华《养生主》:唐玄宗天宝元年尊庄子为南华真人,号其书为《南华经》。《养生主》为《庄子》篇名。

这首诗前八句写华阳洞天的神秘,为下文灵芝仙草的出土作铺垫。接下去十句写樵采灵芝的过程,进一步渲染此草为不可多得之神物。最后六句叙其为叔父乞得芝草,以养生延年。虽说通篇离不开"灵""神""仙"等字眼,但"阴功除瘼民正悦,灵药引年天亦许",仍忘不了一个"民"字。

仙杏山[1]

仙人药光明夜烛,种杏碧山如种玉[2]。春风裂石凤收花,赤颊离离照山谷[3]。卿云承日作阴润[4],猛虎守山防采斫[5]。高奠筐篚入时贡[6],拜望通明荐新熟[7]。珠旒领首一破颜[8],气压蟠桃羞若木[9]。自从移植近星榆[10],山水无光灵鬼哭。长松枯倒流液尽,摧颖牵藤多朴樕[11]。我思百年访灵异,羽褐虽存言语俗[12]。本非民土宰官身[13],欲断人间烟火谷[14]。行寻幽洞觅丹砂[15],倘见臞仙骑白鹿[16]。便应执帚洗仙坛,不用纤纤扫尘竹。

——录自宋周应合《景定建康志》卷一七

〔1〕仙杏山:宋周应合《景定建康志》卷一七:"仙杏山,在溧水县东南四十三里。旧经云:绝顶有杏林及仙人足迹,因以名之。又有仙坛三

所及丹井。一名仙坛山,下有清泉,流入丹阳湖。元祐中,知县周邦彦有《仙杏山》诗云……"则此诗作于周邦彦知溧水任上无疑。

〔2〕碧山:树木繁茂的山。李白《山中问答》诗:"问余何意栖碧山,笑而不答心自闲。"种玉:《搜神记》卷一一:"杨公伯,雍雒阳县人……性笃孝,父母亡,葬无终山,遂家焉。山高八十里,上无水,公汲水作义浆于坂头,行者皆饮之。三年,有一人就饮,以一斗石子与之,使至高平好地有石处种之,云'玉当生其中'……语毕,不见。乃种其石,数岁,时时往视,见玉子生石上。"

〔3〕赤颊:一作赤颗。离离:果实茂盛貌。

〔4〕卿云:同"庆云",即景云。一种彩云,古以为祥瑞之气。《史记·天官书》:"若烟非烟,若云非云,郁郁纷纷,萧索轮囷,是谓卿云。"

〔5〕斫(zhuó 琢):大锄,引申为砍、斩。

〔6〕"高奠"句:谓满盛仙杏以为贡品。筐、篚(fěi 匪):盛物之竹器。筐,方形;篚,圆形,有织纹。

〔7〕通明:道家谓玉帝之殿为通明。荐:祭献。

〔8〕珠旒(liú 流):天子冠冕前后悬垂的玉串,此代玉帝。颔首:点头。破颜:笑貌。苏轼《荔枝叹》:"宫中美人一破颜。"

〔9〕蟠桃:传说中的仙桃。《汉武故事》:"西王母降,出桃七枚,自啖二枚,五枚与帝,帝留核欲种,母曰:'此桃三千年一开花,三千年一结实。'"若木:神话传说中的仙树。《山海经·大荒北经》:"大荒之中有衡石山、九阴山、洞野之山,上有赤树,青叶赤华,名曰若木。"

〔10〕星榆:群星。《玉台新咏·陇西行》:"天上何所有?历历种白榆。"

〔11〕摧颖:枝断梢折。颖,尖端。朴樕(sù 速):小木也。《诗·召南·野有死麕》:"林有朴樕。"毛传云:"小木也。"

〔12〕羽褐:以毛羽制成的衣服,指道服。郭璞《江赋》:"衣则羽褐,

食则蔬鲜。"

〔13〕宰官身:宰官,指县令。苏轼《纵笔诗》:"父老争看乌角巾,应缘曾现宰官身。"语出《法华经》:"应以宰官身得度者,即现宰官身为说法。"

〔14〕烟火谷:指熟食。道家称辟谷修道为不食烟火食。

〔15〕幽洞:修仙学道者常居之僻静山洞。丹砂:即辰砂、朱砂,古道家炼药多用此物。

〔16〕臞(qú渠)仙:指仙人。臞,亦作"癯",瘦也。骑白鹿:传说仙人常骑白鹿而行。《楚辞·哀时命》:"浮云雾而入冥兮,骑白鹿而容与。"

溧水时期的周邦彦深受道家和道教的影响,追求清静无为,迷信辟谷成仙。本诗题为仙杏山,以"仙"字开头,从种杏写到祭奠,再转入觅丹访仙。"本非民土宰官身,欲断人间烟火谷"二句是作者的自白,也是本诗的主旨所在。从诗的风格看,本诗与《芝术歌》均有李贺长吉体的影子。

过羊角哀左伯桃墓[1]

溧水县南,元祐中为令时作[2]。

古交久沦丧[3],末世尤反覆[4]。《谷风》歌焚轮[5],《黄鸟》譬《伐木》[6]。永怀羊与左,重义逾血属[7]。客行干楚王[8],冬雪无斗粟[9]。倾粮活一士,誓不俱死辱。风云为惨变,鸟兽同踯躅[10]。角哀哭前途,伯桃槁空谷[11]。终乘大夫车[12],千骑下棺椁[13]。子长何所疑,旧史刊不录[14]。独行贵苟难[15],义侠轻杀戮[16]。虽云匪中制,要可兴薄俗[17]。荒坟邻万鬼,溘死皆碌碌[18]。何事荆将军[19],操戈相窘逐[20]。

——录自《宋诗纪事》卷二八

〔1〕羊角哀左伯桃墓:故址在溧水县南四十五里(见《景定建康志·诸墓》)。羊角哀、左伯桃:春秋燕国二位义士。《后汉书·申屠刚列传》:"布衣相与,尚有殁身不负然诺之信,况于万乘者哉!"李贤注引《烈士传》云:"羊角哀、左伯桃二人为死友,欲仕于楚,道阻,遇雨雪不得行,饥寒,自度不俱生。伯桃谓角哀曰:'俱死之后,骸骨莫收。内手扪心,知不如子,生恐无益而弃子之能,我乐在树中。'角哀听之,伯桃入树中而死。楚平王爱角哀之贤,以上卿礼葬伯桃。角哀梦伯桃曰:'蒙子之恩而获厚葬,正苦荆将军冢相近,今月十五日,当大战以决胜负。'角哀至其日,陈兵马诣其冢,作三桐人,自杀,下而从之。此殁身不负然诺之信也。"《六朝事迹编类》下"荆将军庙"条亦引《烈士传》,文字略有出入。见注〔20〕,周邦彦于元祐八年(1093)春知溧水县,此诗当作于溧水期间。

〔2〕元祐:宋哲宗赵煦年号,公元1086—1093年。此题见厉鹗、马曰琯《宋诗纪事》,宋周应合《景定建康志》亦录此诗,然无题注,可见是后人所加,非作者原注。

〔3〕古交:古代交友以信义的道德。《景定建康志》"交"作"道"。

〔4〕末世:一个朝代的末期,此指周室衰微的春秋战国时期。反覆:反,同"翻";覆,翻倒,败坏。

227

〔5〕《谷风》:《诗·小雅》篇名。颓轮:《诗·小雅·谷风》第二章云:"习习谷风,维风及颓。"郑笺云:"颓,风之颓轮者也。风薄相扶而上,喻友相须而成。"

〔6〕《黄鸟》:《诗·秦风》篇名,咏子车氏三良为秦穆公殉葬事。此喻左伯桃与羊角哀为友殉身。《伐木》:《诗·小雅》篇名,咏朋友故旧以信义为重。

〔7〕逾血属:超越血缘亲属关系。

〔8〕干:求也。此言求见楚王。

〔9〕无斗粟:谓所剩之粟不满一斗。斗,古代容量单位,十升为一斗。

〔10〕踯躅(zhí zhú 直烛):徘徊不进的样子。

〔11〕槁(gǎo 搞):枯干。此作动词用,谓死于枯树之中。

〔12〕"终乘"句:谓羊角哀终于当了楚国的上大夫。

〔13〕"千骑"句:谓羊角哀为左伯桃举行了隆重的葬礼。椟(dú 读):棺木。

〔14〕"子长"二句:谓司马迁怀疑左、羊故事的真实性,故《史记》削去不载。子长:司马迁的字。旧史:指《史记》。刊:砍,削。

〔15〕独行:儒家注重独处无人注意时的自我行为亦必须谨慎不苟,符合君子之道。

〔16〕"义侠"句:古代侠义之士重然诺、轻死生,为讲信义,动辄杀身。

〔17〕"虽云"二句:承上谓义侠之士动辄杀身虽不合儒家中庸之道,但与浇薄的世风相比,还是难能可贵的。匪:同"非"。

〔18〕溘(kè 克)死:谓死亡。溘,奄忽。碌碌:平庸貌。

〔19〕荆将军:指荆轲(?—前227),战国时卫国人。游于燕,燕太子丹尊为上卿,派他去刺杀秦王,未成,被杀。

〔20〕"操戈"句：谓以武力威迫驱逐。戈：古代兵器。青铜制，横刃，长柄，盛行于战国时期。《六朝事迹编类》下"荆将军庙"引《烈士传》曰："昔左伯桃、羊角哀往楚，并粮于梁山，左伯桃死而角哀达，乃厚葬伯桃于梁山下。一夕，角哀梦伯桃告曰：'幸感所葬，奈何与荆将军墓相邻，每地下与吾战，为之困迫。今年九月十五日将大战，至时望子借兵马于冢上，叫噪相助。'角哀觉而悲之，如期而往，曰：'今在冢上，安知我友地下之胜负？'乃命开棺，自刭而死，报并粮之义也。庙在溧水县南四十五里。"

羊角哀和左伯桃的故事反映了古人重友谊轻死生的道德观念，在世风浇薄、党争激烈的北宋后期，"重义逾血属"的友情更见难能可贵。诗人歌咏羊、左，引用《谷风》《伐木》等诗，当为有感而发，具有深刻的寓意。诗歌的风格与后面一首《楚平王庙》相近，夹叙夹议，寓论于史，语言平直。

楚平王庙[1]

奸臣乱国纪[2]，伍奢思结缨[3]。杀贤恐遗种[4]，巢卵同时倾[5]。健雏脱身去[6]，口血流吴廷[7]。达士见几微，楚郊忧苦辛[8]。十年军入郢[9]，势如波卷萍。贤亡国婴难[10]，王死尸受刑[11]。将隳七世庙，先坏百里城[12]。子胥虽捐江[13]，素车驾长鲸[14]。惊涛寄怒馀，遗庙罗千楹[15]。王祠何其微[16]，破屋风泠泠[17]。蛰虫陷香案，饥鼠悬灯檠[18]。淫俗敬魑魅[19]，何人顾威灵。臣冤不仇主，况乃锄丘茔[20]？报应苦不直[21]，吾将问冥冥[22]。

——录自《溧水县志》卷一八

〔1〕楚平王庙：《六朝事迹编类》卷下"楚平王庙"云："《吴越春秋》云：'楚平王都于固城。'庙今在溧水县南九十里。昔周成王封熊绎子男之田于蛮荆之地，至庄王时，赐姓为芈氏。至灵王立，与敌日寻干戈，边鄙不宁，时吴军失利，乃陷濑渚。至平王用佞臣之言，杀太傅伍奢并其子尚。子胥奔吴，吴用之，破楚而入郢。此庙即平王之旧址也，唐广明元年重修。"这首诗作于周邦彦知溧水期间。

〔2〕纪：纲也，道也。

〔3〕伍奢：一作伍子奢（？—前522），楚国大夫，楚平王时任太子太傅。少傅费无忌谗毁太子建，伍奢因直谏被害（见《史记·楚世家》）。结缨：把帽带结好而死，以示从容就义。《左传·哀公十五年》："子路曰：'君子死，冠不免。'结缨而死。"缨，帽带。

〔4〕"杀贤"句：杀死贤者，尚恐留下复仇的种子。伍奢因极谏楚平王而被囚，少傅费无忌又进谗言，谓"伍奢有二子，不杀者为楚国患，何不用免其父罪而召之？"子尚至，与父同难，子胥奔吴。（同上）

〔5〕"巢卵"句：喻祸及子辈，全家遇害。典出《世说新语·言语》："孔融被收，中外惶怖。时融儿大者九岁，小者八岁，二儿故琢钉戏，了无遽容。融谓使者曰：'冀罪止于一身，二儿可得全不？'儿徐进曰：'大人岂见覆巢之下，复有完卵乎？'寻亦收至。"

〔6〕健雏：指伍子胥。

〔7〕"口血"句：谓伍子胥至吴后，竭力游说吴王伐楚。

〔8〕"达士"二句：伍子胥游说吴王僚伐楚，公子光从中阻挠。子胥察知公子光欲杀僚自立，便进刺客专诸于公子光，以成其事，而自己躬耕于楚之郊野（事见《史记·伍子胥列传》）。达士：指伍子胥。见几微：于

微小处察见事机。

〔9〕"十年"句:据《史记·楚世家》载:"楚昭王十年,吴王阖闾(即公子光)、伍子胥、伯嚭与唐、蔡俱伐楚,楚大败,吴兵遂入郢。"

〔10〕"贤亡"句:谓伍奢被害,楚国从此遭到祸患。婴:通"撄",遭遇。

〔11〕"王死"句:据《史记·伍子胥列传》载:"及吴兵入郢,伍子胥求昭王,既不得,乃掘楚平王墓,出其尸,鞭之三百然后已。"

〔12〕"将隳"二句:与上"贤亡国婴难"相呼应。谓国家将败亡,总先自毁长城,残害贤良。据《史记·吴太伯世家》及《越王勾践世家》载:吴王阖闾死,太子夫差立,伐越,勾践请和,伍子胥力谏灭越,夫差听信太宰嚭谗言,赐子胥属镂之剑以死,吴终为越所灭。七世庙:帝王的宗庙。《礼记·王制》:"天子七庙,三昭三穆,与太祖之庙而七。"宗庙毁则国亡,故以宗庙毁为国亡。隳:毁坏。

〔13〕"子胥"句:据《史记·伍子胥列传》载:吴王夫差"使使赐伍子胥属镂之剑曰:'子以此死。'伍子胥仰天叹曰……告其舍人曰:'必树吾墓上以梓,令可以为器;而抉吾眼悬吴东门之上,以观越寇之入灭吴也。'乃自刭死。吴王闻之,大怒,乃取子胥尸,盛以鸱夷革,浮之江中。吴人怜之,为立祠于江上,因命曰胥山"。

〔14〕"素车"句:《录异记》云:"夫差杀伍子胥,煮之于镬,乃以鸱彝橐投之于江。子胥恚恨,驱水为涛以杀人。今时会稽、丹徒、大江、钱塘、浙江皆立子胥之庙,盖欲慰其恨心,止其猛涛也。时见子胥素车白马在潮头之中,因立庙以祠焉。"长鲸:此喻巨涛。

〔15〕楹(yíng盈):厅堂前部的柱子。

〔16〕王祠:指楚平王庙。

〔17〕泠(líng零)泠:形容风之清泠。

〔18〕檠(qíng擎):灯架。

231

〔19〕"淫俗"句:淫俗:淫祀之风俗。据《景定建康志·风土志》载:溧水乡俗"信巫鬼,重淫祀"。凡不合祀典的祭祀称淫祀。魑魅(chī mèi 蚩妹):山泽中的鬼怪。

〔20〕"臣冤"二句:谓人臣受冤不与君主为仇敌,何况掘墓鞭尸。《史记·伍子胥列传》:"始伍员与申包胥为交。员之亡也,谓包胥曰:'我必覆楚。'包胥曰:'我必存之。'及吴兵入郢……申包胥亡于山中,使人谓子胥曰:'子之报仇,其以甚乎?……今子故平王之臣,亲北面而事之,今至于僇死人,此岂其无天道之极乎?'"

〔21〕"报应"句:谓伍子胥不能做到以直道报怨。《论语·宪问》:"以直报怨,以德报德。"

〔22〕冥冥:指遥空。

溧水时期,饱经风霜的诗人对人生和历史进行了反思。本诗以夹叙夹议的手法,对春秋时期吴楚之争作了历史的回顾,认为楚平王不辨贤佞,听信奸谗,导致灭国,固然不合为君之道;但伍子胥不以直道报怨,亦失为臣之礼。"将隳七世庙,先坏百里城",历代统治者均当引以为戒,这是本诗的主题所在。

凤凰台[1]

危台飘尽碧梧花[2],胜地凄凉属梵家[3]。凤入紫云招不得,木鱼堂殿下饥鸦[4]。

——录自宋周应合《景定建康志》卷二二

〔1〕凤凰台:《六朝事迹编类》卷下"凤凰山"云:"宋元嘉中,凤凰集于是山,乃筑台于山椒,以旌嘉瑞。在府城西南二里,今保宁寺是也。"又《景定建康志》卷二二云:"凤凰台在保宁寺后,宝祐元年倪总领堃重建。宋元嘉十六年,秣陵王顗见三异鸟数集于山,状如孔雀,文彩五色,音声谐和,众鸟附翼而群集,时谓之凤,乃置凤凰里,起台于山,因以为名。周邦彦诗云云。"这首诗约作于周邦彦知溧水期间,足迹所到,即景而赋。

〔2〕危台:高台。碧梧:相传凤凰非梧桐不栖,非练实不食。杜甫《秋兴》八首:"碧梧栖老凤凰枝。"

〔3〕梵家:佛家。

〔4〕木鱼:佛教法器。剖木为鱼形,中空,扣击有声。有直鱼形,悬于殿前以警众;有圆鱼形,置于佛殿,诵经时敲击。

凤凰台在金陵凤凰山上,相传南朝刘宋元嘉年间,有凤集于此山,乃筑台山巅。《六朝事迹编类》谓"今保宁寺也"。南朝佛寺众多,香火特盛,但至宋时已很冷落。周邦彦这首诗极写佛地的凄凉,首句"危台飘尽碧梧花",象征凤去台空的沧桑巨变,三、四句以"凤入紫云"和"饥鸦下殿"作对照,形象鲜明,含意隽永,是周氏佚诗中的一篇佳构。

越台曲[1]

玉颜如花越王女[2],自小娇痴不歌舞。嫁作江南国主妃[3],日日思归泪如雨。江南江北梅子黄,潮头夜涨秦淮江[4]。江边雨多地卑湿,旋筑高台匀晓妆[5]。千艘命载越中土,喜见越人仍越语。人生脚踏乡土难,无复归心越中去。高台何易倾,曲池亦复平。越姬一去向千载,不见此台空有名[6]。

——录自元陈世隆《宋诗拾遗》卷一五

〔1〕越台:《景定建康志》卷二〇:"古越城一名范蠡城。"又引《宫苑记》及《图经》云:"古越城,俗呼越台,城筑于周元王四年(前472),周围二里八十步,在秣陵县长干里。"又,卷二二"越台"条云:"旧基在城南江宁尉廨后,范蠡筑城长干里,此即古越城内所筑台也。"则越台当为古越城中所筑台,古越城因台而俗称越台。周邦彦于元祐八年(1093)春知溧水,溧水与江宁比邻,此诗当作于赴溧水途中或知溧水期间。

〔2〕越王女:指西施及郑旦。《吴越春秋》卷九载:越王勾践败于吴,与大夫种谋献美女于吴王夫差,"乃使相者国中,得苎萝山鬻薪之女曰西施、郑旦,饰以罗縠,教以容步,习于土城,临于都巷,三年学服而献于吴。乃使相国范蠡进曰:'越王勾践窃有二遗女,越国洿下困迫,不敢稽留,谨使臣蠡献之,大王不以鄙陋寝容,愿纳以供箕帚之用。'"

〔3〕江南国主:原为五代周世宗对南唐国主的称呼。《旧五代史·李景传》:"世宗因谓觉曰:'江南国主,若能以江北之地尽归于我,则朕亦不至穷兵黩武。'"此借指吴王夫差。

〔4〕秦淮江:即秦淮河,是长江下游的一条支流,东源出句容县大茅山,南源出溧水县东芦山,在秣陵附近汇合北流,经今南京市区,入长江。

〔5〕"旋筑"句:《述异记》:"吴王夫差筑姑苏之台,三年乃成,周旋诘屈,横亘五里,崇饰土木,殚耗人力,宫妓数千人,上别立春宵宫,为长夜之饮。"旋:不久。

〔6〕"高台"四句:谓世事沧桑,空遗陈迹。《说苑·善说》:"雍门周曰:'千秋万岁之后,庙堂必不血食矣,高台既以坏,曲池既以渐,坟墓既以下而青廷矣……众人见之,无不愀焉为足下悲之曰:"夫以孟尝君尊

贵,乃可使若此乎?'于是孟尝君泫然泣涕承睫。"又,桓谭《新论》作"高台既已倾,曲池又已平。"(见《文选》丘迟《与陈伯之书》注引)

这首诗描写越女的娇美和远嫁思归的感情,篇末由台倾池平抒发世事沧桑的感慨。全诗共十六句,七言中夹杂二句五言,每四句换一个韵,仄声韵与平声韵交替转换,曲调清新流畅,颇有初盛唐歌行体的风味。

天启惠酥[1]四首(选一)

其二

浅黄拂拂小鹅雏[2],色好从来说雍酥[3]。花草偏宜女儿手,缄封枉入野人厨[4]。细涂麦饼珍无敌,杂炼猪肪术最迂。脔肉便知全鼎味[5],它时不用识醍醐[6]。

——录自《永乐大典》卷二四〇五

〔1〕天启:蔡肇之字,生平见《天赐白》注。惠:惠赠,美意赠送。酥:此指用动物乳酪制的食品。

〔2〕"浅黄"句:形容酥饼的色香和形状。

〔3〕雍酥:古雍州当甘肃、陕西一带,以产酥著名。

〔4〕"花草"二句:指酥上的花饰由女子手工滴制而成。缄封:束住封口。

〔5〕脔肉:切成块状的肉。《淮南子·说林》:"尝一脔肉而知一镬之味。"

235

〔6〕醍醐:酥酪上凝聚的油。《本草纲目·兽一》引寇宗奭"作酪时,上一重凝者为酥,酥上加油者为醍醐,熬之即出,不可多得,极甘美"。

本诗共四首,此选其中第二首。作者与蔡肇早年就有交往,见《天赐白》序言。这四首诗可能是中年回京后两人交往之作。宋人每喜以馈赠之物互相咏唱,日本学者吉川幸次郎说宋诗有日常生活化的倾向(见《宋诗概说》),这就是日常生活化的一个方面吧!

游定夫见过晡饭,既去,烛下目昏不能阅书,感而赋之〔1〕

烟草里门秋,暮气幽人宅。遥知金轮升〔2〕,户牖粲虚白〔3〕。风驱云将来,市声落九格〔4〕。连曹属解鞍〔5〕,一饭已扫迹。余羶未洁鼎,傲鼠已出额〔6〕。铜英洗病眼〔7〕,乌乌畏断册〔8〕。已为儿辈翁,兹事岂不迫。昔见羡门生〔9〕,童子身三尺。捐象问道要〔10〕,颡声不好剧〔11〕。颇观鸟迹书〔12〕,保气如保璧。贪饵投祸罗,煎丝废前绩。上惭玄元教〔13〕,溘死有余责〔14〕。浊镜在两眸,看朱忽成碧〔15〕。当时方瞳叟〔16〕,变灭云雾隔。肝劳忧久痼〔17〕,瞑坐救昏幕。尚须文字间,侵尽百年客。非图瞩秋毫〔18〕,所要分菽麦〔19〕。

原注:孙真人云〔20〕:"诸以阅细字、刺绣、雕镂而得目昏者,名为肝劳,非瞑目三年不可治。"

——录自《永乐大典》卷一九六三七

〔1〕游定夫：即游酢（1053—1123），北宋理学家。据杨时《御史游公墓志铭》载："公于元丰六年登进士第，调越州萧山尉，用侍臣荐，召为太学录，迁博士。"周邦彦于元丰七年擢为太学正，则二人早年曾共事。徽宗时，周邦彦入职秘书监，游酢为监察御史，同官于京师，当有交往。晡（bū 补阴平）饭：晚饭。晡，申时，属黄昏时分。

〔2〕金轮：喻日月。语出佛典《俱舍论》："东方忽有金轮宝现，其轮千辐，具足毂辋。"

〔3〕虚白：此指光明。语出《庄子·人间世》："虚室生白，吉祥止止。"司马彪注云："室比喻心，心能空虚则纯白独生也。"

〔4〕九格：犹九街、九陌，京城的大道。

〔5〕连曹：官署相连。曹，分职主事的官署。周邦彦与游酢之官署相邻，故云。解鞚（kòng 控）：卸下马络头，指下马。鞚，有嚼口的马络头。

〔6〕鼎：炊具，商周时多用青铜铸成，东周后多陶制。额：指匾额，挂在门顶或墙上的题字横牌。

〔7〕铜英：即铜锈、铜青，俗称铜绿。《淮南子·说林》："铜英青，金英黄，玉英白。"古时可作中药，用以治眼疾等。《本草》卷五："铜青，平，微毒。治妇人血气心痛，合金疮，止血，明目，去肤赤、息肉。生铜皆有青。"又《本草纲目》卷八："铜青为铜之液气所结，酸而小有毒，能入肝胆，故吐利风痰，明目杀疳，皆肝胆病也。"

〔8〕乌舄（xì 戏）：黑色的靴，古代官服。此指有官职在身。舄，古代一种复底鞋。崔豹《古今注·舆服》："舄，以木置履下，干腊不畏泥湿也。"断册：指整理断简残册，刊正讹误。作者曾在朝任秘书省正字、校书郎等职，均为消耗目力之事。

〔9〕羡门生：古代传说中的仙人，又称羡门高或羡门子高。《史记·秦始皇本纪》："三十二年，始皇之碣石，使燕人卢生求羡门、高誓。"

三家注羡门、高誓,皆古仙人。

〔10〕捐象:即弃象,捐弃物象,不使萦累身心。孟浩然《来阇黎新亭作》:"弃象玄应悟,忘言理必该。"

〔11〕颛声:颛,同"专"。罗忼烈《周邦彦清真集笺注》引王利器先生语:"《老子》第十章言'专气致柔,能婴儿乎?'"罗云:"专、颛古通,颛声岂即专气,亦即所谓内听耶?"可参考。

〔12〕鸟迹书:文字如鸟的足迹,指古代的道书。李白《游泰山六首》:"遗我鸟迹书,飘然落岩间。其字乃上古,读之了不闲。"

〔13〕玄元教:指道教。唐高宗乾封元年(666)祠老子,追封太上玄元皇帝,因称道教为玄元教。

〔14〕溘(kè克)死:谓人死亡。溘,忽然。

〔15〕"看朱"句:谓视觉模糊。王僧孺《夜愁示诸宾》诗:"谁知心眼乱,看朱忽成碧。"

〔16〕方瞳叟:指一起求道学仙谈玄的人。王嘉《拾遗记》卷三:"老聃在周之末,居反景日室之山,与世人绝迹。惟有黄发老叟五人,或乘鸿鹤,或衣羽毛,耳出于顶,瞳子皆方,面色玉洁,手握青筠之杖,与聃共谈天地之数。"

〔17〕痼(gù固):病久难治。

〔18〕秋毫:鸟兽在秋天新生长的细毛,喻极纤细的事物。《孟子·梁惠王上》:"明足以察秋毫之末。"

〔19〕菽:豆类。

〔20〕孙真人:孙思邈,古代医药家,著有《孙真人备急千金要方》九十三卷。

这首诗抒写作者由于长期读书和校书,视力减退,以致不能在灯下阅书的苦恼,并由生命的耗损,悟养生之重要。全诗共三十四句,十七韵,通篇押入声韵。前五韵叙游定夫见过晡饭的过程,中七韵写由苦于眼疾而产生了学道养生的需求,后五韵说明目力昏乱是由肝劳久积而成,须瞑目长期休养才能恢复。

谩书

丽日烘帘幔影斜[1],酒余春思托韶华[2]。高楼不隔东南望,若雾游云莫谩遮[3]。

——录自《永乐大典》卷八九九"诗"字韵

[1] 烘帘:暖日烘照着帘幔。
[2] 韶华:春光,喻青春年华。
[3] 谩:同"漫"。

这首七绝写怀人之思,所处在丽日烘帘之高楼,所思却在若雾游云所遮之东南,此所谓"含而不露"也。跂望之情以"托""不""莫"三个入声字表达,可见诗人用字审音之精准。

开元夜游图并序

唐景龙中[1],明皇自潞州别驾来朝[2],遂留京师。中夜发策,引万骑以安宗社,易如振臂[3]。其英睿之姿,凛然可想。当是时,如王毛仲、李宜德皆以骑奴执箙房从事[4]。一旦乘天威,相附丽以起韦、杜之间[5],猎师、酒官封官赐第[6],赏赉华渥[7],后宫游燕,未尝不与。然皆庸人崛起,不得与佐命中兴之士比[8]。宠荣极矣,犹怏怏觖望[9],其后多被诛,或贬以死。向使君臣无忘艰难,以相戒敕,则诸臣各保世宠,而天宝之祸,必不至鱼烂如此[10]。古人以燕安为鸩毒[11],岂虚也哉!此本李公麟所摹[12],乃欧阳氏旧物也。

潞州别驾年十八,弯弓射鹿无虚发。真龙绝水鱼鳖散,参军后骑凫鸥没。咸原瑞气映壶关[13],城南书生知阿瞒[14]。解鞍下马日向夕,炙驴行酒天为欢。坐上何人识天意,摩帽破靴朝邑尉[15]。旄头夜转紫垣开[16],太白光芒黄钺利[17]。万骑齐呼左右分,将军夜披玄武门。鏖兵三窟尽妖党[18],问寝五门朝至尊[19]。羽林萧萧参旗折[20],太极瑶光净烟雪[21]。杀身志在攀龙鳞[22],唾手成功探虎穴。麾下且侯李与王[23],轻形玉带持簸房。晋文赏功从悉录[24],汉光道旧情无忘[25]。与燕宫中张秘戏[26],复道晴楼过李骑[27]。连催羯鼓汝阳来,一抹鲲弦薛王醉[28]。玉阶凄凄微有霜[29],天鸡唤仗参差光[30]。宜春列炬散行马[31],长乐疏钟严晓妆[32]。清丝急管欢未毕,瑶池八马西南出[33]。扪参历井行道难[34],失水回风永相失。君不见当时韦杜间,呼鹰走狗去不还。坐间年少莫大语,临淄郡王天子父[35]。

——录自《永乐大典》卷八八四四"游"字韵

〔1〕景龙:唐中宗李显的年号,公元707—710年。

〔2〕"明皇"句:明皇即唐玄宗李隆基(685—762),睿宗第三子。初封临淄郡王,神龙二年(705)迁卫尉少卿;景龙二年(708)四月,兼潞州别驾。四年(710),中宗将祀于南郊,李隆基自潞州别驾来朝京师(见《旧唐书·玄宗本纪》)。

〔3〕"中夜"四句:景龙四年(710)六月,中宗暴卒,少帝李重茂立,韦后临朝称制,欲谋害李隆基之父李旦。李隆基乃与太平公主合谋,于庚子夜发动政变,杀韦后及韦氏党羽,死者甚众,武氏宗族亦基本肃清。于是迫少帝逊位,立李旦为帝,是为睿宗(见《旧唐书·玄宗本纪》)。

〔4〕王毛仲、李宜德:都是李隆基的弓矢随从。王毛仲,高丽人。李隆基为临淄王时,常侍从左右。李出潞州别驾,又见李宜德矫捷善骑射,为人奴仆,乃以五万钱买得。景龙间,二人随李隆基至京师,挟弓矢侍从。讨韦之役,李宜德等参与其事者封将军、中郎将等;王毛仲未预其事,亦拜为将军,后封霍国公,开府仪同三司,因恃宠骄纵,为高力士所忌,贬瀼州,后赐死(详见《旧唐书·王毛仲传》)。李宜德后改名守德,封成纪侯。箙(fú服)、房:皆盛箭之器。箙,用竹木或兽皮制成。房,箭舍,盛箭之器。

〔5〕附丽:互相依附。韦、杜:韦曲和杜曲,地名,在长安城南,韦、杜二族所居之地。

〔6〕猎师:猎人,长于猎事的人。

〔7〕赏赉(lài赖):赏赐,赠送。华渥(wò握):华贵丰富。

〔8〕佐命中兴之士:辅助天子振兴国运的贤士。

〔9〕怏怏觖(jué决)望:心中不满足而抱怨。据《旧唐书·王毛仲传》载:自玄宗正位后,十五年间,毛仲等位至开府,"毛仲益骄,尝求为兵部尚书,玄宗不悦,毛仲怏怏,见于词色"。

〔10〕鱼烂:喻国家内部溃烂。语出《公羊传·僖公十九年》:"其言

241

梁亡何？自亡也。鱼烂而亡。"

〔11〕鸩(zhèn 阵)毒：毒药，毒酒。《左传·闵公元年》："宴安鸩毒，不可怀也。"孔颖达疏："宴安自逸，若鸩毒之药，不可怀恋也。"

〔12〕李公麟：北宋画家，字伯时，号龙眠，舒州舒城(今属安徽)人，官至朝奉郎。博学多能，喜藏钟鼎古器及书画，与苏轼、黄庭坚、米芾交往。善书工画，尤擅人物、佛道像、鞍马、山水等。《宋史·文苑六》有传。

〔13〕咸原：指京畿咸阳一带。瑞气：古时望气者所言吉祥之兆。壶关：指潞州。潞州治所在壶州，辖境在今山西武乡、襄垣、长治、壶关一带。《旧唐书·玄宗本纪》：李隆基在潞州时，"州境有黄龙白日升天。尝出畋，有紫云在其上，后从者望而得之，前后符瑞凡一十九事"。又，神龙四年至京师，"所居宅外有水池，浸溢顷余，望气者以为龙气"。

〔14〕阿瞒：李隆基的小名。段成式《酉阳杂俎》前集卷一："玄宗，禁中尝称阿瞒，亦称鸦。"

〔15〕挼(yè 夜)：用手指按压。朝邑尉：此指刘幽求。《旧唐书·刘幽求传》："刘幽求，冀州武强人也。圣历年应制举，拜阆中尉，刺史不礼焉，乃弃官而归。久之，授朝邑尉……及韦庶人将行篡逆，幽求与玄宗潜谋诛之。"

〔16〕旄头：星座名，古说兆战事。《史记·天官书》："昴曰髦(同"旄")头，胡星也。"《正义》曰："昴七星为髦头……摇动若跳跃者，胡兵大起。"李白《幽州胡马客歌》："旄头四光芒，争战若蜂攒。"紫垣：指宫禁。此句与下句都是说李隆基于宫中伐韦事。

〔17〕太白：星名，即金星，或称长庚、启明。《史记·天官书》："太白逮之，破军杀将。"《索隐》引宋均曰："太白宿，主军来冲拒也。"黄钺(yuè 越)：铜斧。钺，斧也。

〔18〕"万骑"三句：写玄武门事变的情景。万骑：皇帝出猎时的随

从武士，属羽林营。《旧唐书·王毛仲传》："太宗贞观中，择官户蕃口中少年骁勇者百人，每出游猎，令持弓矢于御马前射生，令骑豹文鞯，著画兽文衫，谓之'百骑'。至则天时，渐加其人，谓之'千骑'，分隶左右羽林营。孝和谓之'万骑'，亦置使以领之。"又《玄宗本纪》载：讨韦之役中，李隆基"率(刘)幽求等数十人自苑南入，总监钟绍京又率丁匠百余以从，分遣万骑往玄武门，杀羽林将军韦播、高嵩，持首而至，众欢叫大集。攻白兽、玄德等门，斩关而进。左万骑自左入，右万骑自右入，合于凌烟阁前。时太极殿前有宿卫梓宫万骑，闻噪声，皆披甲应之。韦庶人惶惑走入飞骑营，为乱兵所害。于是分遣诛韦氏之党，比明，内外讨捕，皆斩之"。三窟：典出《战国策·齐策》："狡兔有三窟，仅得免其死耳。"妖党：指韦氏之徒党。

〔19〕"问寝"句：谓李隆基于讨韦胜利后谒见父王李旦。问寝：请安，朝寝问安。五门：古代皇宫有五门："外曰皋门，二曰雉门，三曰库门，四曰应门，五曰路门。"（见《周礼·天官·阍人》）据《旧唐书·玄宗本纪》载：庚子之夜，"或曰：'先启大王（指李旦）。'上（李隆基）曰：'我拯社稷之危，赴君父之急，事成，福归于宗社；不成，身死于忠孝，安可先请，忧怖大王乎？若请而从，是王与危事；请而不从，则吾计失矣。'"事变后，"乃驰谒睿宗，谢不先启之罪。睿宗遽前抱上而泣，曰：'宗社祸难，由汝安定，神祇万姓，赖汝之力也。'"

〔20〕羽林：皇帝的护卫军，始于汉武帝时，取其"为国羽翼，如林之盛"意。参旗：星官名，又名天旗、天弓。共九星。《史记·天官书》："参为白虎……其西有句曲九星，三处罗，一曰天旗。"《正义》："参旗九星在参西，天旗也，指麾远近以从命者。王者斩伐当理，则天旗曲直顺理，不然则兵动于外，可以忧之。"

〔21〕太极：皇宫正殿名。《旧唐书·地理志》"关内道·京师"条："皇城在西北隅，谓之西内，正门曰承天，正殿曰太极。"清徐松《唐两京

城坊考》：太极殿者，朔望视朝之所也。"净烟雪：《资治通鉴》卷二〇九："时羽林将士皆屯玄武门，逮夜，葛福顺、李仙凫皆至隆基所，请号而行。向二鼓，天星散落如雪。刘幽求曰：'天意如此，时不可失。'"此句谓清除韦党后，太极殿重放光芒。

〔22〕攀龙鳞：谓臣下从君以建功业。《后汉书·光武帝纪》："天下士大夫捐亲戚，弃土壤，从大王于矢石之间者，其计固望攀龙鳞，附凤翼，以成其志耳。"

〔23〕麾下：部下。李与王：指李宜德和王毛仲。

〔24〕"晋文"句：晋文：指春秋五霸之一晋文公重耳。据《左传·僖公二十三、二十四年》所载：晋因内乱，公子重耳出亡，狐偃、赵衰、魏武子、颠颉、司空季子等随从流亡十九年，后重耳返国继位，随从者皆得封赏。

〔25〕"汉光"句：汉光：指东汉光武帝刘秀。据《后汉书·严光列传》载：严光少有高名，与光武一同游学。光武即位，严光改易姓名，隐居不见。光武帝思念他的贤能，图其形貌寻得，然严光不愿出仕，光武与之共偃卧"论道旧故，相对累日"。又，据《旧唐书·王毛仲传》载：李隆基即位后，王毛仲等封赏甚厚，"每入侍宴赏，与诸王、姜皎等御幄前连榻而坐。玄宗或时不见，则悄然如有所失；见之，则欢洽连宵"。则此句实以光武帝与严光事暗讽玄宗骄纵王毛仲辈。

〔26〕"与燕"句：谓玄宗于宫中淫乐。秘戏：男女淫乐之戏。燕：同"宴"。

〔27〕复道：高楼间架空的上下两重通道。杜牧《阿房宫赋》："复道行空，不霁何虹？"李骑：指李宜德及所部之卫士。李官左武卫将军，持弓矢随玄宗。

〔28〕"连催"二句：谓玄宗于宫中与诸王行乐事。羯鼓：又名两杖鼓，古代一种打击乐器。南北朝时由西域传入，盛行于唐开元、天宝年间。据南卓《羯鼓录》载，其制"如漆桶，下以小牙床承之，击用两杖"。

汝阳:指汝阳郡王李琎,睿宗长子宁王李宪之子,玄宗之侄,小名花奴。天宝初加特进。《羯鼓录》谓其:"姿容妍美,秀出藩邸,玄宗特钟爱焉,自传授之(指羯鼓之乐)。又以其聪悟敏慧,妙达其旨,每随游幸,顷刻不舍。琎尝戴砑绢帽打曲,上自摘红槿花一朵置于帽上笡(竹篾编制)处,二物极滑,久之方安。遂奏《舞山香》一曲,而花不坠落。上大喜笑,赐琎金器一厨。因夸曰:'花奴姿质明莹,肌发光细,非人间人,必神仙谪坠也。'"抹:用手指轻按,奏弦乐指法的一种。白居易《琵琶行》:"轻拢慢捻抹复挑。"鹍弦:用鹍鸡筋制的琵琶弦。薛王:睿宗第五子李业,玄宗之弟。李商隐《龙池》诗:"龙池赐酒敞云屏,羯鼓声高众乐停。夜半宴归宫漏永,薛王沉醉寿王醒。"

〔29〕"玉阶"句:张籍《楚宫行》:"玉阶罗幕微有霜。"

〔30〕天鸡:星名,属斗宿,共二星。此指报晓之鸡。唤仗:谓鸡鸣啼醒宫中兵卫。仗,兵卫。

〔31〕宜春:指宜春院,唐长安宫内歌妓所居之院。崔令钦《教坊记》:"妓女入宜春院,谓之内人,亦曰前头人。"列炬:张烛,掌灯。散行马:谓解除门禁。行马,设于门前禁止通行的木马。程大昌《演繁露》:"行马者,一木横中,两木互穿以成四角,施之于门以为约禁也。"

〔32〕长乐:汉宫名。《三辅黄图》:"长乐宫,本秦之兴乐宫也。高皇帝始居栎阳,七年,长乐宫成,徙居长安城。"

〔33〕"瑶池"句:喻安史之乱爆发,玄宗奔蜀。瑶池:传说中昆仑山上的池名,西王母所居。《穆天子传》:"天子觞西王母于瑶池之上。"八马:相传周穆王驾八骏之马,使造父为御,赴瑶池会西王母。

〔34〕"扪参"句:化用李白《蜀道难》"扪参历井仰胁息"句,形容蜀道之难、山势之高峻,行其上举手可扪及参星,经过井星。参星位于西方白虎之末宿,井星为南方朱鸟之首宿。

〔35〕"君不见"四句:钱希白《南部新书》云:"开元皇帝为潞州别

驾,乞假归京,值暮春,戎服臂鹰于野次。时有豪氏子十余辈,供帐于昆明,上时突会坐中,有持酒船唱令曰:'今日宜以门族官品。'至上,笑曰:'曾祖天子,祖天子,父相王,临淄郡王李某。'诸辈惊散,上联举三船,尽一巨觥而去。"天子父:谓父为天子也。按,嗣圣元年(684)中宗被废,相王李旦即帝位,是为睿宗,年号文明,故称天子父。

这是一首题画诗,由于画的是历史题材,所以本诗便写成一首借古讽今的咏史诗。诗的小序说:"向使君臣无忘艰难,以相戒敕,则诸臣各保世宠,而天宝之祸,必不至鱼烂如此。古人以燕安为鸩毒,岂虚也哉!"主题明确如此。全诗共40句280字,每四句押一韵,平仄间换,形成抑扬顿挫的节奏。诗前小序已交代人物、事件和教训,诗歌按时间顺序着重描写李隆基早年的英武果断、玄武门事变的壮举、事成后君臣的荒淫享乐、安史乱中仓皇出奔等几个历史片断,与序文互相照应,而无重复之嫌。就艺术风格而言,似学唐长庆体,但流利婉转尚嫌不够。

次韵周朝宗六月十日泛湖五首[1](选一)

其三

沟塍绕湖干[2],琐细分顷段。潮回晚渔集,山静村樵散。冲风偃萑葭[3],猎猎如卷幔。何当饮清光,乘月行夜半。

——据唐圭璋辑《清真先生文集》转录
（出《永乐大典》卷二二七四"湖"字韵）

〔1〕次韵:按原诗的次序和韵。周朝宗:周沔,字朝宗,苏州人,元祐二年(1087)进士。官溧水丞(见《宋诗纪事小传补正》及《景定建康志》)。湖:指石此五首约作于溧水任上。湖:指石臼湖,在溧水县西南四十里。

〔2〕沟塍(chéng 成):水沟和田界。塍,田畦,田间界路。湖干:湖岸。

〔3〕冲风:大风。偃:倒伏。萑菼(huán tǎn 环坦):芦荻。芦类植物,初生叫"蒹",长成后叫"萑"。菼,荻。

本诗共五首,此选一首。五首都是和韵诗,原诗押的仄声韵,故本诗亦依次押仄韵。此诗对湖泽沟塍和山村晚景的描写十分形象,"潮回晚渔集,山静村樵散"句对仗工整,似有孟浩然之风。

本诗共五首,与未入选的《二月十四日至越州》等,均据唐圭璋辑《清真先生文集》(原载 1936 年《艺文杂志》第一卷第三期)转录,诗出《永乐大典》卷二二七四"湖"字韵。因今印本《永乐大典》残卷中无此卷,笔者曾请教唐先生,并得先生手谕云:"今《大典》没有。那时是据赵万里所存《大典》录入的……万里已故,无从问起,也不知他存的《大典》下落何处。"

文

汴都赋

臣邦彦顿首再拜曰:"自古受命之君,多都于镐京[1],或在洛邑[2],惟梁都于宣武,号为东都,所谓汴州也[3]。后周因之,乃名为京[4]。周之叔世,统微政缺[5],天命荡杌[6],归我有宋。民之戴宋,厥惟固哉[7],奉迎鸾舆,至汴而上,是为东京[8]。六圣传继[9],保世滋大,无内无外,涵养如一,含牙带角[10],莫不得所。而此汴都,高显宏丽,百美所具,亿万千世。承学之臣[11],弗能究宣,无以为称。伊彼三国,割据方隅[12],区区之霸,言余事乏[13],而《三都》之赋,磊落可骇[14],人到于今称之。矧皇居天府而有遗美[15],可不愧哉!谨拜手稽首,献赋曰[16]:

〔1〕镐(hào号)京:周朝初年的国都,故址在今陕西西安市西南。

〔2〕洛邑:周成王时筑,故址在今河南洛阳市洛水北岸。周时有二城:瀍水之西曰王城,周平王迁都于此;瀍水之东曰成周,周敬王迁都于此。

〔3〕梁:指五代后梁(907—923)。宣武:唐建中二年(781)置宣武军,治所在汴州(今河南开封)。唐中和三年(883),朱温任宣武节度使,在宣武割据称雄,不断扩张、兼并。公元907年,他以开封宣武军节度使的力量,代唐建梁,改元开平,升汴州为开封府,建名东都,改洛阳为西都。

〔4〕"后周"二句:五代后周(951—960)继后梁、后晋和后汉,亦都

251

开封,称"京"。

〔5〕叔世:末世,衰世。统微政缺:王统衰微,纲纪败坏。

〔6〕荡杌(wù误):动摇倾危。

〔7〕戴宋:拥护宋朝。厥惟固哉:谓很坚定。厥,其也。固,坚持,坚定。

〔8〕"奉迎"二句:公元960年,后周殿前都点检(禁军统领)赵匡胤奉命率禁军抵御辽和北汉的入侵,行至开封城北二十里的陈桥驿,发生兵变,被拥戴为帝,即率军回开封,取代天下,是为宋朝。鸾舆:皇帝的车驾。鸾,通"銮",有銮铃的车叫銮舆。上,明本作"止"。

〔9〕六圣:指宋太祖、太宗、真宗、仁宗、英宗、神宗。

〔10〕含牙带角:有牙有角的兽类。此泛指各类生物。

〔11〕承学之臣:在学的学子。时周邦彦为太学外舍生,故以自称。

〔12〕三国:指魏、蜀、吴。方隅(yú于):一方一角。隅,屋角。边远之地亦称隅。

〔13〕区区:小,细微。言余事乏:无可称道之意。

〔14〕《三都》之赋:晋左思作《蜀都赋》《吴都赋》《魏都赋》,合称《三都赋》。磊落可骇:壮伟惊人。

〔15〕矧(shěn审):何况。遗美:缺失颂美之辞。

〔16〕稽首:古代跪拜之礼。

以上为本赋的序引,交代作者写赋颂赞的缘由。

发微子客游四方[1],无所适从。既倦游,乃崎岖邅回,造于中都[2],观土木之妙,冠盖之富[3],炜烨焕烂,心骇神悸[4],瞑眴而不敢进[5]。于是夷犹于通衢[6],彷徨不知所届。适遭衍流先生目而招之[7],执其袪[8],局局然叹曰[9]:"观子之貌,神采不定,状若失守[10],岂非蔽席隐茅[11],未游乎广厦;诛草钽棘[12],未撷乎兰葰[13];披褐挟缊,未曳乎绮縠[14];微邦陋邑,未睹乎雄藩大都者乎?[15]"发微子姞然有赧色[16],曰:"臣翱翔乎天下[17],东欲究扶桑[18],西欲穷虞渊[19],南欲尽反户[20],北欲彻幽都[21],所谓天子之都,则未尝历焉。今先生讯我,诚有是也。然观先生类辩士,其言似能碎昆仑而结溟渤[22],镂混沌而形罔象[23]!试移此辩,原此汴都,可乎?臣固不敏,谨愿承教。"

〔1〕发微子:散体大赋的传统形式设有主客问答,发微子和下文的衍流先生均为本文假设的人物,通过他们一主一宾的问答来展开全文。

〔2〕崎岖:地面高低不平貌。邅(zhān沾)回:徘徊,艰于行进的样子。造:到达。中都:古代对都城的通称,此指汴京。

〔3〕土木:指建筑工程。冠盖:仕宦的冠服和车盖。

〔4〕炜烨(wěi yè伟业)焕烂:光辉灿烂。心骇(hài害)神悸:心神为之惊动。骇同"骇",惊也。悸(jì寄),心跳。

〔5〕瞁瞨(xù huò序或):惊视貌。瞨,疑为"瞁(xù序)"之误。

〔6〕夷犹:迟疑不进貌。通衢(qú渠):四通八达的道路。

〔7〕衍流先生:本文假设的人物,已见上注〔1〕。

〔8〕祛(qū区):袖口。

〔9〕局局然:俯身而笑貌。一说:大笑貌。

〔10〕状若失守:六神无主的样子。

〔11〕蔽席隐茅:用席遮风挡日,用茅草盖屋,形容居所之简陋。

〔12〕诛草钽棘:锄去荆棘和野草。钽(chú除),同"锄"。

〔13〕撷(xié协):采摘。兰、葰(shè社):二种香草名。

253

〔14〕披褐(hè 贺)挟缊(yùn 蕴):形容穿着的粗陋。褐,粗麻织的短衣。挟缊,以乱麻为絮的敝衣。曳(yè 夜)乎绮縠(qǐ hú 起斛):形容穿着华丽。曳,牵引,拖。绮縠,有纹形的丝织品。縠,绉纱。

〔15〕微邦陋邑:鄙远的小国。邦,古代诸侯封国之称。邑,古代称国为邑。雄藩:重要的藩镇,此指大城市。

〔16〕姡(kuò 括)然:靦觍,惭愧貌。赧(nǎn 南上声)色:因羞惭而脸红。

〔17〕翱翔:悠闲逍遥貌。

〔18〕扶桑:东方日出之处。《淮南子·天文》:"日出于旸谷,浴于咸池,拂于扶桑,是谓晨明。"

〔19〕虞渊:西方日落之处。《淮南子·天文》:"(日)至于虞渊,是谓黄昏。"

〔20〕反户:南方极远之地,门户都朝北开,故称。《淮南子·墬形》:"南方曰都广,曰反户。"高诱注:"言其在乡(向)日之南,皆为北乡户,故反其户也。"

〔21〕彻:尽也。幽都:北方极远之地。《史记·五帝本纪》:"申命和叔,居北方,曰幽都。"

〔22〕昆仑:山名,横贯今新疆、西藏之间,此亦泛指高山。溟渤:溟海和渤海,亦泛指大海。

〔23〕镂浑沌而形罔象:谓能使无像者有像,虚无者有形。镂,刻也。浑沌、罔象,都是《庄子》寓言中无形无像的人物。《庄子·应帝王》:"南海之帝为儵,北海之帝为忽,中央之帝为浑沌。儵与忽时相与遇于浑沌之地,浑沌待之甚善,儵与忽谋报浑沌之德,曰:'人皆有七窍,以视听食息,此独无有,尝试凿之。'日凿一窍,七日而浑沌死。"罔象,即象罔。《庄子·天地》:"黄帝游乎赤水之北,登乎昆仑之丘而南望,还归,遗其玄珠。使知索之而不得,使离朱索之而不得,使吃诟索之而不得也。乃

使象罔,象罔得之。"成玄英疏:"罔象,无心之谓,离声色,绝思虑。"

以上通过发微子与衍流先生主客对答的形式引起下文对汴京各方面铺张扬厉的颂赞,属大赋的常套手法。

先生笑曰:"客知我哉!"于是申喙据床[1],虚徐而言曰:"噫[2]!子独不闻之欤?今天下混一,四海为家,令走绝徼,地掩鬼区[3]。惟是日月所会,阴阳之中,据要总殊[4],搞键制枢[5],拱卫环周,共安乘舆[6]。而此汴都,禹画为豫[7],周封郑地[8]。觜觿临而上直,实沈分以为次[9]。惟蓬泽之故境,昔合縻之所至[10]。芒、砀、渙、涡截其面[11],金堤、玉渠累其脊[12],雷夏、灉、沮绕其胁[13],畾丘、晵娄夹其胰[14]。梁、周帝据而糜沸[15],唐、汉尹统而宁一[16]。故此王国,袭故不徙[17]。恢圻甸域[18],尊崇天体[19]。司徒制其畿疆[20],职方辨其土地[21]。前千官而会朝,后百族而为市[22]。分疆十同[23],提封万井[24]。舟车之所辐辏[25],方物之所灌输。宏基融而壮址植[26],九鼎立而四岳位[27]。仰营域而体极[28],立土圭而测晷[29]。蜀险汉垒,荆惑闽鄙[30]。惟此中峙[31],不首不尾。限而不迫,华而不侈。环睎睋于郡县,如屿嵝之迤逦[32]。

〔1〕申喙(huì汇):动嘴说话。申,同"伸"。喙,鸟类的嘴,此借指人嘴。据:凭靠。

〔2〕噫(yī):感叹词。

〔3〕绝徼(jiào叫):绝域,边界。鬼区:鬼方、远方。《后汉书·章帝纪》:"仁风翔于海表,威霆行乎鬼区。"李贤注:"鬼区,即鬼方。"纪又云:"克伐鬼方,开道西域。"注云:"鬼方,远方。"

〔4〕据要总殊:占据要害之地,总领殊异之方。

〔5〕搹(è扼)键制枢:把握关键,控制枢纽。搹,握也。

〔6〕"拱卫"二句:谓四方拥护,上下安顺。拱卫:护卫也。拱,两手合抱。乘(shèng圣)舆:古时帝王和诸侯乘的车。贾谊《新书·等齐》:"天子车曰乘舆,诸侯车曰乘舆,乘舆等也。"

〔7〕禹画为豫:夏禹将天下划为九州,汴京地属九州中的豫州。《周礼·夏官·职方》:"河南曰豫州。"

〔8〕周封郑地:周的封国,郑国的故址。据《史记·郑世家》载:周宣王二十二年(前806年),封宣王之弟姬友于郑,是为郑桓公。郑的故址在今陕西华县西北。周平王东迁时,郑徙于今河南新郑,据有今河南省中部黄河以南的地面,即春秋时的郑国。汴京属于郑国故地,故云。

〔9〕"觜觽(zī xī资希)"二句:谓汴京正当觜觽和实沈的分野。觜觽:星官名,二十八宿之觜宿。实沈:星次名,包括觜、参、毕及井之一部分。据《史记·天官书》张守节《正义》所注,觜觽和实沈都属魏的分野。魏,本在山西,战国时徙都于开封,称梁。

〔10〕蓬泽:蓬,当作"逢"。逢泽,在开封南。合麋:当作"介麋"。介麋,大獐也。《左传·哀公十四年》:"迹人(掌管邦域田猎的官)来告曰:逢泽有介麋。"

〔11〕"芒砀"句:谓芒山、砀山、涣水、涡水皆横贯其地面。芒山和砀山,位于安徽砀山县东西,二山相距八里,与河南永城市接界。涣水、涡水,分别源自河南的陈留和通许,流入安徽而汇于淮河。

〔12〕"金堤"句:谓金堤和玉渠垒筑成它的脊梁。金堤:一名千里堤,在河南浚县西南及滑县东。玉渠:不详,与"金堤"对举。罗忼烈《周

邦彦清真集笺》注:"疑指隋炀帝所开之永济渠,源出河南辉县之卫河,南流合小丹河,东北流合清、淇、洹、漳诸水。"可参考。

〔13〕雷夏:古泽名,又名雷泽。故址在今山东菏泽县。灉(yōng雍):水名。古时为黄河决而复流处,其残留部分唐时为灉水,在山东菏泽东北与沮水合流,汇入雷夏泽。沮(jū苴),水名。在山东菏泽东北,与灉水会合,流入雷夏泽。胁:腋下胁骨。

〔14〕曡丘:未详。罗忼烈注:"疑为封丘,古封国地,与长垣毗邻,俱在汴都正北。"可参考。訾(zǐ紫)娄:春秋卫邑,故址在今河南长垣市西。胰:人体脏腑肝胆胰脾之一,俗称夹肝。《四库全书》本作"腋"。

〔15〕梁、周:后梁、后周均在开封称帝建都。縻沸:混乱貌。

〔16〕唐、汉尹统而宁一:唐朝、汉朝建都于长安,国家统一而安定。尹,治也。

〔17〕袭故不徙:谓宋朝承袭后周之旧,建都汴京,不再改徙。按:宋太祖开宝九年(976),赵匡胤有迁都之意,为群臣谏止。后宋仁宗初年又有此议。见《资治通鉴长编》卷一七和卷一一八。

〔18〕恢圻(qí其)甸(diàn店)域:扩大京畿的地域。恢,扩大。圻,古制天子之地方千里曰一圻。《左传·襄公二十五年》:"天子之地一圻,列国一同。"杜预注:"(圻)方千里,(同)方百里。"甸,古时城外称郭,郊外称甸。

〔19〕尊崇天体:按照上天的体制来布局。

〔20〕司徒:古官名,辅佐天子安邦定国。《周礼·地官·司徒》:"乃立地官司徒,使帅其属掌邦教,以佐王安扰邦国。"畿:京郊。

〔21〕职方:古官名,掌管国家的土地和图籍。《周礼·夏官·职方氏》:"掌天下之图,以掌天下之地,辨其邦国都鄙。"

〔22〕百族:各式各类的人,此指商贾和一般市民。张衡《西京赋》:"尔乃商贾百族,裨贩夫妇。"

〔23〕分疆十同：谓分封诸侯。同，方百里曰同。此代诸侯。

〔24〕提封万井：谓按制立赋。《汉书·刑法志》："因井田而制军赋，地方一里为井，井十为通，通十为成，成方十里；成十为终，终十为同，同方百里；同十为封，封十为畿，畿方千里。"又云："一同百里，提封万井。"提，举也。

〔25〕辐辏（còu 凑）：谓如车辐之集聚也。辐，车轮中凑集于中心毂（gǔ 骨）上的直木。辏，车辐凑集于毂。

〔26〕宏基融而壮址植：谓基业永久而深固。融，长也，永也。址，基地。

〔27〕九鼎立而四岳位：谓国家既立，四方安定。九鼎，传国之宝，国家之象征。《汉书·郊祀志》："禹收九牧之金，铸九鼎，象九州。"四岳，东岳泰山、西岳华山、南岳衡山、北岳恒山，此喻四方诸侯。位，定位，安于其位。

〔28〕仰营域而体极：仰观天象以营建城域，下察六极以确定方位。体，体察。极，指六极，即上、下和四方。

〔29〕立土圭而测晷（guǐ 鬼）：用土圭来观测日影。土圭，古代观测日影的工具。晷，日影。

〔30〕"蜀险"二句：列举五代的后蜀、南汉、南平和闽诸国，言其所建国都均不足取。后蜀都成都，其地太险。南汉据岭南，都广州，其地尘俗。南平都荆南，四面受敌，为兵争之地，故云"惑"。闽都福州，其地鄙远。坌（bèn 笨）：坌勃，尘土纷扬貌，此言尘俗。

〔31〕中峙（zhì 制）：居中而耸立。

〔32〕"环睎睨（xī é 希鹅）"二句：谓向四周远望，郡县相接，就像岣嵝山连绵不断。睎睨：远望或审视。岣嵝（gǒu lǒu 狗娄）：衡山七十二峰中主峰名，亦作衡山之代称。迤逦（yǐ lǐ 以里）：连绵不断貌。

以上借衍流先生之口,开始铺展全文。先述汴京的历史沿革及九州居中的地理位置,说明王朝建都于汴的统摄意义。

观其高城万雉,埤堄鳞接[1]。缭如长云之方舒[2],屹若崇山之礲礍[3]。坤灵因巘岿而踘蹐,土怪畏榨压而妥贴[4]。靡胥不可缒而登[5],爵鼠不可嚙而穴[6]。利过百二[7],崄逾四塞[8]。鄙秦人之践华[9],陋荆州之却月[10]。顿捷步与超足,矧蹒跚与鳖鳖[11]。阓城为门[12],二十有九[13]。琼扉涂丹[14],金铺镂兽[15]。列兵连卒,呵夜惊昼[16]。异物不入,诡邪必究[17]。城中则有东西之阡,南北之陌,其衢四达,其涂九轨[18]。车不理击互,人不争险易[19]。剧骖崇期[20],荡夷如砥[21]。雨毕而除,粪夷萧秽[22]。行者不驰而安步,遗者恶拾而恣弃[23]。跨虹梁以除病涉,列佳木以安休惕[24]。殊异羊肠之诘曲,或踠蹄而折辀[25]。

〔1〕"观其"二句:宋代汴京城曾多次扩建,以神宗熙宁八年(1075)九月兴工的一次规模最大,历时三年。城"周围五十里一百六十五步,横度之基五丈九尺,高度之基四丈,而埤堄七尺,坚若挺埴,直若引绳"(据《宋会要·方域》一之二二李清臣所撰文载)。雉:古制城墙高一丈、长三丈为"雉"。埤堄(pí nì 皮腻):城墙上的小墙。鳞接:如鱼鳞般一层紧接一层。

〔2〕"缭如"句:形容城墙之曲折环绕,犹如长云在天空中长舒曼展。

〔3〕"屹若"句:形容城墙之高大,犹如高山峻岭的连绵不断。礲礍(liè jié 猎捷):山与山连属貌。

259

〔4〕"坤灵"二句:极言城之高坚厚重,使地神因负载过重只能弯曲腰背走路,使土怪因压迫过度而服贴安妥。坤灵:地神。赑屃(bì xì 币细):用力负物如龟蚨之负碑状。跼蹐(jú jí 局集):伛偻小步。

〔5〕"靡胥"句:谓城高而险,刑徒不能逾越。靡胥,当作"胥靡",古代刑徒之人。《庄子·庚桑楚》:"胥靡登高而不惧,遗死生也。"缒(zhuì坠):用绳子一端拴住人或物,从高处往下吊。

〔6〕"爵鼠"句:谓城坚,鸟兽不能筑洞巢穴。爵,同"雀"。喌(zhòu咒)同"咮",鸟嘴,这里作动词用。

〔7〕利过百二:谓地形之利胜过秦地。百二:以二敌百。一说:百的一倍。《史记·高祖本纪》:"秦形胜之国,带山河之险,县隔千里,持戟百万,秦得百二焉。"裴骃《集解》引苏林曰:"得百中之二焉。秦地险固,二万人足当诸侯百万人也。"司马贞《索隐》引虞喜曰:"言诸侯持戟百万,秦地险固,一倍于天下,故云得百二焉,言倍之也,盖言秦兵当二百万也。"

〔8〕嶮逾四塞:意同上句,谓地势险固胜过四塞之地的秦地。嶮:同"险"。四塞:四面皆有天险可作屏障。《史记·苏秦列传》:"秦,四塞之国,被山带渭。东有关河,西有汉中,南有巴蜀,北有代马,此天府也。"张守节《正义》:"东有黄河,有函谷、蒲津、龙门、合河等关;(南有)南山及武关、峣关;西有大陇山及陇山关、大震、乌兰等关;北有黄河南塞,是四塞之国。"

〔9〕秦人之践华:秦国曾据守华山以为帝都东城。贾谊《过秦论》上:"然后践华为城,因河为池。"

〔10〕却月:半圆形的月亮,此言城呈半月形。《南史·侯景传》:"城内作迂城,形如却月以捍之。"又,《荆州图记》:"沌阳县有却月城。"

〔11〕矧(shěn 审):何况。蹒跚(pán shān 盘珊):行走不便,一瘸一拐的样子。鳖蹩(bié xiè 别屑):行走迟缓貌。

〔12〕 阚（kàn 瞰）：望也。

〔13〕 二十有九：谓汴京城有城门二十九。据孟元老《东京梦华录》卷一记载，东都外城共十五门，旧京城共十二门，加上城南陈州门和戴楼门旁各有一蔡河水门，共二十九门。

〔14〕 琼扉涂丹：城门用红漆涂饰。琼扉，扉的美称。扉，门扇。

〔15〕 金铺：铜制的铺首。铺首，门饰，常作龟蛇或兽形，用以贯锁或衔环。铺，明本作"墉"。镂兽：雕刻呈兽状图形。

〔16〕 "列兵"二句：谓设有卫士，日夜守卫。

〔17〕 诡（guǐ 鬼）邪：违规不正。

〔18〕 其涂九轨：谓道路宽广，可容多车并驶。语出张衡《东都赋》："经途九轨。"涂，同"途"。

〔19〕 "车不"二句：谓车驰道中互不撞击，人行路上互不争途。擎（jí 及）互：车辖互相撞击。

〔20〕 剧骖崇期：谓道路交出，交通复杂。《尔雅·释宫》："一达谓之道路，二达谓之歧旁，三达谓之剧旁，四达谓之衢，五达谓之康，六达谓之庄，七达谓之剧骖，八达谓之崇期，九达谓之逵。"郭璞注："剧骖，三道交为六，复有一歧出者。""崇期，四道交出。"

〔21〕 荡夷如砥（dǐ 底）：谓道路宽阔而平整，如履平石。砥，磨刀石。

〔22〕 粪夷：扫除也。茀（fú 扶）秽：清除污物。茀，清除。

〔23〕 "遗者"句：谓路不拾遗也。

〔24〕 "跨虹梁"二句：谓跨水架桥，以除涉水之艰难与惊恐。据《东京梦华录》卷一"河道"："自东水门外七里至西水门外，河上有桥十三。从东水门外七里曰虹桥，其桥无柱，皆以巨木虚架，饰以丹艧，宛如飞虹，其上下土桥亦如之。"佳木：指桥上虚架之巨木。怵（chù 触）惕：恐惧。

〔25〕 踠（wǎn 宛）蹄而折辖（wèi 卫）：谓马失蹄而折损车毂。踠，屈

也。辖,古代车轴上之部件。

以上铺叙京城建筑之宏伟,守卫之森严,城中水陆交通之便利。

顾中国之阛阓[1],丛赀币而为市[2]。议轻重以奠贾[3],正行列而平肆[4]。竭五都之瑰富[5],备九州之货贿[6]。何朝满而夕除,盖趋嬴而去匮[7]。萃剽俭于五均[8],抚贩夫于百隧[9]。次先后而置叙,迁有无而化滞[10]。抑强贾之乘时,摧素封之专利[11]。售无诡物[12],陈无窳器[13]。欲商贾之阜通[14],乃有廛而不税[15]。销卓、郑、猗、陶之殖货[16],禁乘坚策肥之拟贵[17]。道无游食以无为[18],矧敢婆娑而为戏[19]。其中则有安邑之枣,江陵之橘,陈、夏之漆[20],齐、鲁之麻。姜、桂、藁[21]、谷,丝、帛、布、缕,鲐、鳖、鳅、鲍[22],酿、盐、醢、豉[23]。或居肆以鼓炉橐[24],或鼓刀而屠狗彘[25]。又有医无闾之珣玗,会稽之竹箭,华山之金石,梁山之犀象,霍山之珠玉,幽都之筋角,赤山之文皮[26]。与夫沉沙栖陆,异域所至,殊形妙状,目不给视[27],无所不有,不可殚纪[28]。

〔1〕中国:即国中,此指京中。阛阓(huán huì 环汇):市肆,即今市区。阛,市垣,环绕市区的墙。阓,市门,进入市区的门。

〔2〕"丛赀币"句:集中货币资金来进行商品交易。赀(zī 资)币:资金,钱币。

〔3〕议轻重以奠贾(jià 价):根据供求关系来定货物之贵贱。轻重:

《管子·轻重》："夫物多则贱,寡则贵;散则轻,聚则重。"《汉书·食货志》："岁有凶穰,故谷有贵贱;令有缓急,故物有轻重。"颜师古注："李奇曰:'上令急于求米,则民重米;缓于米,则民轻米。'"奠贾,确定价格。

〔4〕正行（háng 杭）列而平肆:使各行各业陈列货物,公平交易。《周礼·天官·内宰》："正其肆,陈其货贿。"行,货行。平肆,公平交易。

〔5〕五都:原指西汉时京都长安以外的五个大都市,即雒（洛）阳、邯郸、临淄、宛、成都。此泛指商业繁荣的大都市。

〔6〕货贿:货物。贿,财物。

〔7〕赢:同赢,盈利。匮（kuì 愧）:亏空,缺乏。

〔8〕萃驵侩（zǎng kuài 葬上声快）于五均:将牙商们都集中起来,由均官掌管。萃,草丛生貌,引申为聚集。驵侩,牙商,古时说合牲口买卖的生意人,后泛指说合交易的人。五均,掌贸易的官。《汉书·食货志》："遂于长安及五都立五均官,更名长安东、西市令及洛阳、邯郸、临淄、宛、成都市长,皆为五均。"

〔9〕隧:店铺间的道路。班固《西都赋》："货别隧分。"薛综注："隧,列肆道也。"

〔10〕迁有无而化滞:以此地之有余迁运至彼不足处,即化阻滞为畅通。

〔11〕"抑强贾"二句:抑制巨商和豪富乘机垄断市场。素封:指豪强,虽无封邑却如封君一样有权有势。

〔12〕诡物:假货。

〔13〕窳（yǔ 雨）器:劣质品。

〔14〕阜通:财源亨通。阜,丰盛。

〔15〕有廛（chán 蝉）而不税:谓客商储货于邸店,收取邸舍费而不收其货物税。廛,供客商储存货物、寓居或进行交易的邸店,犹栈房。《礼记·王制》："市,廛而不税。"郑玄注："廛,市物邸舍,税其舍而不税

263

其物。"

〔16〕卓、郑、猗(yī 衣)、陶：卓氏、程郑、猗顿、陶朱公，四人都是历史上的富商巨贾。《史记·货殖列传》："蜀卓氏之先，赵人也，用铁冶富。秦破赵，迁卓氏……致之临邛，大喜，即铁山鼓铸，运筹策，倾滇蜀之民，富至僮千人，田池射猎之乐拟于人君。""程郑，山东迁虏也，亦冶铸。贾椎髻之民，富埒卓氏，俱居临邛。""猗顿，用盬(gǔ 谷)盐起，而邯郸郭纵以铁冶成业，与王者埒富。""范蠡既雪会稽之耻……乃乘扁舟浮于江湖，变名易姓，适齐为鸱夷子皮，之陶，为朱公。朱公以陶为天下之中，诸侯四通，货物所交易也，乃治产积居……十九年之中三致千金。"殖货：不断积聚之货财。

〔17〕乘坚策肥：乘坐上等的车马。坚，指好车。肥，指良马。语出《汉书·食货志》："乘坚策肥，履丝曳缟。"拟贵：假贵族，模拟显贵者。

〔18〕道无游食以无为：谓路上无游手好闲、无所事事的人。

〔19〕"矧(shěn 审)敢"句：岂敢放荡嬉戏不务正业。矧：况，何。婆娑：舞貌，此谓放逸。《诗·陈风·东门之枌》："不绩其麻，市也婆娑。"

〔20〕"安邑"三句：语出《史记·货殖列传》："安邑千树枣……江陵千树橘……陈、夏千亩漆……此其人皆与千户侯等。"安邑，县名，今属山西。江陵，县名，今属湖北。陈、夏，古国名，故址属今河南。

〔21〕藁(gǎo 槁)：苦木也。

〔22〕鲐(tái 台)鲚(jì 剂)鲰(zōu 邹)鲍(bào 抱)：四种鱼类。语出《史记·货殖列传》："鲐鲚千斤，鲰千石，鲍千钧。"鲐，海鱼，即河豚鱼。鲚，即刀鱼。鲰，杂小鱼，白而小。鲍，又称石决明，古称鳆鱼。

〔23〕酿：酒。醯(xī 希)：醋。豉(chǐ 齿)：大豆发酵后的制成品。

〔24〕或居肆以鼓炉橐(tuó 驼)：有的坐在铺子里鼓动风箱。橐，牛皮做的吹火之器。

〔25〕鼓刀：动刀作声。屠狗彘(zhì 至)：宰狗杀猪。彘，小猪。

〔26〕"又有"七句：罗列全国四方各地的土特名产。语出《尔雅·释地》："东方之美者，有医无闾之珣玗琪焉；东南之美者，有会稽之竹箭焉；南方之美者，有梁山之犀象焉；西南之美者，有华山之金石焉；西方之美者，有霍山之多珠玉焉；西北之美者，有昆仑虚之璆琳琅玕焉；北方之美者，有幽都之筋角焉；东北之美者，有斥山之文皮焉。"医无闾，山名，亦称医巫山、广宁山，在今辽东。珣(xún 旬)玗(yú 于)：即珣玗琪，玉名。会稽：山名，在今浙江绍兴东南。华山：在今陕西省东部，古称西岳。梁山：名梁山者甚多，据郝懿行《尔雅义疏》，此指衡山，古称南岳。霍山：在今山西霍州市东南。幽都：山名。郝懿行注谓山在昌平县（今北京西北）西北。赤山：当为"斥山"，在今山东荣成南。

〔27〕"与夫沉沙"四句：谓四方各国水下陆上从未见过的珍奇异物，应有尽有，目不暇视。

〔28〕不可殚(dān 丹)纪：不能尽记。殚，尽也。

以上铺叙市区商业的繁荣，各地丰富和珍贵的特产，均集中于此。

若夫帝居宏丽，人所未闻。南有宣德，北有拱辰。延亘五里，百司云屯[1]。两观门峙而竦立[2]，罘罳遐望而相吞[3]。天河群神之阙[4]，紫微、太一之宫[5]，拟法象于穹昊[6]，敞闾阖而居至尊[7]。朴桷不斫，素题不枅[8]，上圆下方，制为明堂[9]。告朔朝历[10]，颁宣宪章[11]。谓之太庙，则其中可以叙昭穆[12]；谓之灵台，则其高可以观氛祥[13]。后宫则无非员无录之女、佞幸滑稽之臣[14]。陋甘泉与楚宫[15]，缪延寿与阿房[16]。信无益于治道，徒竭民而怠荒[17]。故今上林仙籞[18]，不闻乎鸣跸[19]，瓶甀岁久而苔苍[20]。

265

〔1〕"南有"四句：宣德、拱辰：宫门名。据《东京梦华录》卷一"大内"条云："大内正门宣德楼列五门，门皆金钉朱漆，壁皆砖石间甃，镌镂龙凤飞云之状，莫非雕甍画栋，峻桷层榱，覆以琉璃瓦，曲尺朵楼，朱栏彩槛，下列两阙亭相对，悉用朱红杈子。入宣德楼正门，乃大庆殿，庭设两楼，如寺院钟楼，上有太史局，保章正测验刻漏，逐时刻执牙牌奏。每遇大礼，车驾斋宿及正朔朝会于此殿。殿外左右横门曰左右长庆门。内城南壁有门三座，系大朝会趋朝路。宣德楼左曰左掖门，右曰右掖门。左掖门里乃明堂，右掖门里西去乃天章、宝文等阁。宫城至北廊约百余丈，入门东去，街北廊乃枢密院、次中书省、次都堂、次门下省、次大庆殿外廊横门……东廊大庆殿东偏门，西廊中书、门下后省，次修国史院……宣祐门外，西去紫宸殿、次曰文德殿、次曰垂拱殿、次曰皇仪殿、次曰集英殿，后殿曰崇政殿、保和殿，内书阁曰睿思殿，后门曰拱辰门。"延亘：连绵不断。百司：政府的各部门。云屯：如云聚集。

〔2〕两观：宫门前的高大建筑，如楼，左右各一，中间空缺，故又称双阙。

〔3〕罘罳（fú sī 浮思）：宫门外的屏，上有孔，形似网，用以守望或防御。程大昌《雍录》一〇："罘罳者，镂木为之，其中疏通，可以透明，或为方空，或为连琐，其状扶疏，故曰'罘罳'。"遐望：远望。

〔4〕阙：古代宫殿或祠庙、陵墓前的高建筑物，左右各一，建成高台，台上起楼观。因左右之间有空缺，故名阙或双阙。此指代宫殿。

〔5〕紫微、太一之宫：指天子所居宫殿。《晋书·天文志》："紫微，大帝之坐也，天子之常居也。"太一：天帝的别名，天神中最尊者。《史记·天官书》："中宫天极星，其一明者，太一常居也。"

〔6〕拟法象于穹昊（qióng hào 穷浩）：法象，事物现象的总称。穹昊：天。《易·系辞上》："是故法象莫大于天地，变通莫大乎四时。"

〔7〕阊阖:天门。《离骚》:"吾令帝阍开关兮,倚阊阖而望予。"此指皇宫的正门。

〔8〕"朴桷(jué 决)"二句:谓宫殿建筑朴质不加雕饰。语出《淮南子·精神》:"今高台层榭,人之所丽也。而尧朴桷不斫,素题不枅。"桷:方形的椽子。斫:砍、削。题:屋椽的前端。枅(jī 鸡):柱上承栋的横木。

〔9〕明堂:天子宣明政教的地方,凡朝会、庆赏、选士、养老、教学等大典均在其中举行。《淮南子·本经》:"是故古者明堂之制。"高诱注:"明堂,王者布政之堂。上圆下方,堂四出各有左右房,谓之个,凡十二所。王者月居其房,告朔朝历,颁宣其令,谓之明堂。其中可以序昭穆,谓之太庙;其上可以望氛祥,书云物,谓之灵台。"

〔10〕告朔:周制,天子于每年秋冬之交,把第二年的历书颁给诸侯,诸侯每月朔日(夏历初一)朝祭宗庙,受朔听政。

〔11〕颁宣:宣布、布发也。宪章:法律制度。

〔12〕太庙:帝王的祖庙。昭穆:宗庙的次序,始祖之庙居中,以下父为昭,在左;子为穆,在右。依次而列,故曰"叙昭穆"。

〔13〕灵台:周文王始用民力筑台,民乐其有灵德,称之"灵台"。《孟子·梁惠王上》:"文王以民力为台为沼,而民欢乐之,谓其台曰灵台,谓其沼曰灵沼。"氛祥:凶吉。

〔14〕佞幸:谄媚而得宠。

〔15〕甘泉:宫名。故址在今陕西淳化西北甘泉山,本为秦国林光宫,宫周匝十余里。汉武帝建元中增广之,周十九里,离长安三百里。武帝常于此避暑,接见诸侯及外国宾客。

〔16〕缪:通"谬"。延寿:不详,疑为宫名。阿房(ē páng 婀旁):宫名。《三辅黄图》:"阿房宫亦曰阿城,惠文王造,宫未成而亡。始皇广其宫,规恢三百余里,离宫别馆,弥山跨谷,辇道相属,阁道通骊山八十余里,表南山之颠为阙,络樊川以为池。作阿房前殿,东西五十步,南北五

267

十丈,上可坐万人,下建五丈旗,以木兰为梁,以磁石为门。周驰为复道,度渭属之咸阳,以象太极,阁道抵营室也。阿房宫未成,欲更择令名名之,作宫阿基旁,故天下谓之阿房宫。"

〔17〕竭民:使百姓财尽力疲。怠荒:政务荒弛。

〔18〕籞(yù 御):帝王的禁苑。

〔19〕鸣跸(bì 毕):帝王出行时奏乐开道。跸,此指帝王的车驾。

〔20〕瓴甋(líng dì 灵帝):砖瓦。瓴,屋上仰盖的瓦,瓦沟。甋,砖。

以上描写帝居的宏丽庄严,但并不奢侈逾距,以免竭民荒政。

其西则有宝阁灵沼[1],巍峨泛滟[2],缭以重垣[3],防以回堤。云屋连簃[4],琼栏压墀[5]。池水则溶溶沄沄[6],洋洋浘浘[7],涵润滉瀁[8],浡潏浩漾[9]。微风过之,则澜沺浽溜[10],慢散洄淀[11],潺潺涟漪[12]。大风过之,则汩涌淤溇[13],瀇溗湢泬[14],掀鼓浃溢,不见津濂[15]。舞楣景以断续,漾金碧而陆离[16]。恍遇、浯与方壶,帝令鬼凿而神移[17]。其中则有菰蒟萑芦[18],菡萏莲蕙[19],蒹苹蘪蕰[20]。其鱼则有鳣鲤鲨鮀[21],鲡鲵鳏鲸[22],鲂鳟鳎鳊[23],鳜鳒王鲔[24],科斗魁陆[25],蛙黾鳖蠦[26],含蜇巨鳌[27],容与相羊,荫藻衣蒲[28]。其鸟则有鹠鹛鹈鸪[29],鹅鹭凫鹥[30],嚘鹨鸡鹊[31],鸨鹆鹇鹤[32],鸰鹛楚雀[33],鹳鹨挥霍[34],㒽㒽嚯嚯[35],群鸽香啄[36]。其木则有樻槚栟桐[37],梗楠梅枞[38],梶杬槟榔[39],㯕柘桑杨[40],梓杞豫章[41],勾科扶疏[42],蔽芾竦寻[43],集弱椅施[44],挈枝

268

刺条〔45〕,条干蟠根〔46〕,矫躩鳞皴〔47〕。其下则有申叶兰茝〔48〕,芸芝荃荪〔49〕,发布丝匀〔50〕,馥郁清芬〔51〕,其气袭人。

〔1〕灵沼:沼,池也。《诗·大雅·灵台》:“王在灵沼,于牣鱼跃。”详见前段“灵台”注。

〔2〕巍峨泛滟:高台临水,其影雄伟而水波相连。

〔3〕缭以重垣:四周有矮墙围绕。垣(yuán 原),矮墙。

〔4〕“云屋”句:楼阁相连如云之绵延。簃(yí 移):堂楼阁边小屋。

〔5〕墀(chí 迟):台阶。

〔6〕溶溶:水流动貌。沄(yún 云)沄:水流回转貌。

〔7〕洋洋:水盛貌。湜(shí 十)湜:水清见底貌。

〔8〕涵润:水平满而流貌。滉瀁(huàng yǎng 晃养):水深广荡漾貌。

〔9〕淸瀞(qìng 庆):水深而清冷貌。淸,水深清也。瀞,冷寒也。浩溔(yǎo 杳):水无涯际貌。

〔10〕灛淗(chǎn jú 阐菊):波起水溢貌。灛,水溢貌。淗,水波之纹。潺灂(chán zhuó 馋浊):小水注壑之声。

〔11〕洄淀:即回旋。

〔12〕潪(nì 昵)潪:水纹或水动貌。涟漪:风吹水面形成的波纹。

〔13〕汩(gǔ 骨)涌:急流貌。湁潗(chì jí 斥集):水沸涌貌。《史记·司马相如列传》:“湁潗鼎沸。”

〔14〕瀿渿湢泎(fān nài bì zè 翻奈避仄):水势汹涌貌。瀿,大波也。渿,起波貌。湢泎,水惊涌貌。

〔15〕掀鼓渼(měi 美)溢:水波动荡貌。渼,水波。津瀿(méi 眉):水的边岸。瀿,俗“湄”字。

〔16〕"舞榍(yán 阎)景"二句:描写宫殿宝阁倒映水中泛出的光彩。榍景:即檐影。陆离:纷散貌。

〔17〕"恍㝢浯"二句:谓巧夺天工,犹如海上仙境。㝢(yú 愚)、浯:地名,即番㝢、苍梧,二地多水,江湖环绕。方壶:神话传说中的海上仙山。《列子·汤问》:"渤海之东,不知其几亿万里,有大壑焉……其中有五山焉:一曰岱舆,二曰员峤,三曰方壶,四曰瀛洲,五曰蓬莱。"鬼凿神移:谓巧夺天工。

〔18〕菰(gū 孤):一名"蒋",俗称"茭白"。蒻(ruò 若):嫩的香蒲。萑(huán 环):芦类植物。

〔19〕菡萏(hàn dàn 汉旦):荷花。莲:荷之实。蕸(xiá 霞):荷之叶。《尔雅·释草》:"荷,芙蕖;其茎茄,其叶蕸,其本蔤,其华菡萏,其实莲,其根藕。"

〔20〕蘋(pín 频)蘋:大萍也。藆蒘(jì nú 寄奴):水草名,俗称"窃衣",似芹,可食,子大如麦,两两相合,有毛著人衣,故称。

〔21〕鱣(zhān 毡):鱼名,即鳣。《尔雅·释鱼》郭璞注:"今江东呼为黄鱼。"李时珍以为即鲟鳇鱼。鲨(shā 沙):即鲨鱼,或称鲛。鮀(tuó 驼):淡水小鱼,又称鲨鮀,体圆而有点文。

〔22〕鴷(liè 列):即鳘,鲂鱼。鮩(bì 必):鳟也,似鲩子,赤眼。鰋(yǎn 眼):即鲶(nián 年)。鮧(yí 夷):即鲶(鮎)。《尔雅·释鱼》郭璞注云:"江东通呼鲶为鮧。"

〔23〕魴(fáng 房):形似鳊而背隆起。鳟(zūn 尊):又名虹鳟、赤眼鳟,色鲜艳,体中央有一红色纵带。鰼(xí 习):泥鳅。鰝(hào 浩):一种特大的海虾。

〔24〕鱖鯞(jué zhǒu 决帚):即鳑鲏,似鲫而小。郭璞云:"似鲋子而黑,俗呼为鱼婢,江东呼为妾鱼。"王鮪(wěi 伟):大鱣。

〔25〕科斗:同"蝌蚪",蛙的幼体。魁陆:蚶也。状如海蛤,圆而厚,

外有纹理。

〔26〕鼍(tuó 驼):俗称猪婆龙、扬子鳄,形似蜥蜴而长丈余,皮可以为鼓。鳖(biē 别阴平):甲鱼。蜃(shèn 慎):大蛤蜊。

〔27〕含蛼:即蚌。蛼,当作"浆"。巨鳌:即蟹。

〔28〕"容与"二句:谓鱼类水族游息于水藻蒲草之间。容与:游息自得貌。相羊:徜徉。荫藻衣蒲:以藻为荫,以蒲遮体。

〔29〕鵁鵾(bēi jū 卑居):鸦鸟,小而多群,腹下白,"江东亦呼为鵁乌"(《尔雅·释鸟》郭璞注)。鹈鹕(tí gū 题姑):即鵁鵾,好群飞,沉水食鱼,一名洿泽,"俗呼之为淘河"(同上)。

〔30〕凫鹥(fú yī 扶医):鸥也,一名水鸮。

〔31〕䴉䴉:不详。罗忼烈注云:"䴉䴉,当作鹔鹴,俗书讹误也;《说文》:'鹔鹴,鳧属。'"鵁鶄(jiāo jīng 交精):即池鹭,似凫,脚高,毛冠。《尔雅·释鸟》郝懿行疏:"此鸟红毛为冠,翠鬣紫缨,驳羽朱掖,文彩烂然……通作'交精',《上林赋》云'交精旋目'是也。"

〔32〕鹍(kūn 坤)、鸀(zhū 朱)、鹇(xián 闲)、鹤:四种禽鸟。鹍,即鹍鸡、昆鸡,似鹤,黄白色。鸀,《山海经·南山经》:"其状如鸥而人手,其音如痹,其名曰鸀,其名自号也。"鹇,雉类,羽白色而背有黑文,尾长四五尺,喙及爪皆赤。

〔33〕鸧鹒:即仓庚,又称鸝黄、黑枕黄鹂。楚雀:即仓庚。

〔34〕鹳(guàn 贯)鹖挥霍:鹳,大型涉禽,形似鹤,亦似鹭,嘴长而直,翼大尾短,夜宿高树,日游溪边。鹖:不详。

〔35〕雋(yuān 渊)雋雥(zá 杂)雥:《说文》:"雥,群鸟也。"又云:"雋,鸟群也。"段注:"如屌为水聚。"

〔36〕群鹌(hàn 汉)眷(nì 逆)啄:鹌鹑聚啄也。鹌,即鹌鹑。眷,聚也。

〔37〕枘(shān 山):同"杉",木名。木纹平直,材可造船筑屋。樌

（jiǎ假）：同"檟"，即山楸，梓也。常与松树植于墓前。栟榈（bīng lǘ 兵吕）：即棕榈。紫红色似檀，质坚，可作器具。

〔38〕楩（pián 骈）：黄楩木。《汉书·司马相如传》：'楩楠豫章。'楠（nán 南）：樟科乔木。其木有香气，为建筑良材。栴（zhān 毡）：同"旃"，旃檀，即檀香。枞（cōng 匆）：《尔雅·释木》："枞，松叶柏身。"郝懿行疏："今大庙良材用此木。"

〔39〕棂（líng 灵）：长木。纭（yún 云）：木的纹理。槟榔：棕榈科常绿乔木，实可食，有药用价值。

〔40〕橪（yǎn 掩）、柘（zhè 浙）：均为桑科植物。橪桑，即山桑，似桑，材可作弓及车辕。柘，亦名柘黄、柘桑，叶可饲蚕，果可食，亦可酿酒、药用。

〔41〕梓（zǐ 子）：落叶乔木，木材轻软耐朽。杞（qǐ 起）：枸杞，落叶小灌木，子可药用。豫章：樟木。

〔42〕勾科：蜷曲状。扶疏：枝叶茂盛纷披的样子。

〔43〕蔽芾（fèi 肺）：木干及叶小貌。竦寻：高而长貌。

〔44〕椅施：木弱貌。施，罗注："疑为柅之讹。谢朓《芳树》：'椅柅芳若斯。'"可参考。

〔45〕挐（rú 汝）枝刺条：枝条交错纷杂貌。挐，纷乱。

〔46〕条干蟠根：树干修长，根枝盘曲。

〔47〕矫躩（jué 觉）：指树枝高扬。鳞皴（cūn 村）：树皮有鳞状皱纹。

〔48〕申叶：明本"叶"作"栎"，栎，即椒。《离骚》："杂申椒与菌桂兮。"王逸注："椒，香木也。"兰茝（chǎi 柴上声）：二种香草名。

〔49〕芸芝荃荪：四种香草名。芸，芸香。芝，同"芷"。荃，即"荪"。

〔50〕发布丝匀：如丝发般细匀。

〔51〕馥（fù 腹）：香气。

以上叙述禁苑中池水之清涵荡漾,水草之盛,游鱼之众,林木之繁茂。

上方欲与百姓同乐[1],大开苑囿。凡黄屋之所息[2],鸾辂之所驻[3],皆得穷观而极赏,命有司无得弹劾也[4]。于时则有绝世之巧,凝神之技,恍人耳目,使人忘疲。是故宫旋室浮,舣舰移也[5];蛟螭蜿蜒,千桡渡也[7];虩虎瞥騰,角抵戏也[8];星流电掣,弄丸而挥剑也[9];鸾悲凤鸣,纤丽歌也[10];鸿惊燕居,绰约舞也[11];霆震雷动,钧天作也[12];奔驫驯骏,群马闯也[13];辚辘辘辘,万车辙也[14];洒天翳日,扬埻壒也[15];杌山荡海[16],欢声同而和气浃也[17];震委蚘而啼罔象[18],出鲛人而舞冯夷者[19],潜灵幽怪助喜乐也。

〔1〕上:指皇帝。
〔2〕黄屋:指帝王乘坐的车,因车上以黄缯为车盖,故称。
〔3〕鸾辂(lù 路):有鸾铃的车。辂,车名。
〔4〕命有司无得弹劾:据《东京梦华录》卷七"三月一日开金明池琼林苑"条:"三月一日,州西顺天门外,开金明池琼林苑,每日教习车驾上池仪范。虽禁从士庶许纵赏,御史台有榜不得弹劾。池在顺天门外街北,周围约九里三十步,池西直径七里许。入池门内南岸,西去百余步,有面北临水殿,车驾临幸,观争标,锡宴于此……五殿正在池之中心,四岸石甃,向背大殿,中坐各设御幄,朱漆明金龙床,河间云水,戏龙屏风,不禁游人。"
〔5〕舣(líng 灵)舰:有屋的船。

〔6〕蛟螭(chī痴)：古代传说中的动物。蚊，龙无角曰蛟。螭，若龙而黄。

〔7〕桡(ráo饶)：船桨。

〔8〕虓(xiāo肖)：虎鸣也。甝(yín银)虪：两虎相争之鸣声。角抵戏：古代一种竞技杂耍。《汉书·武帝纪》："三年春，作角抵戏，三百里内皆观。"注引应劭曰："角者，角技也。抵者，相抵触也。"又引文颖曰："名此乐为角抵者，两两相当角力，角技艺射御，故名角抵，盖杂技乐也。"

〔9〕弄丸：古代杂技名。众丸抛空中，随接随抛，不使落地。

〔10〕纤丽：此指代纤弱美丽的女子。

〔11〕鸿惊：形容女子美貌。曹植《洛神赋》："翩若惊鸿。"绰约：女子姿态柔美貌。

〔12〕钧天：天帝的音乐。《史记·赵世家》："赵简子疾，五日不知人，大夫皆惧……居二日半，简子寤，语大夫曰：'我之帝所甚乐，与百神游于钧天，广乐九奏万舞，不类三代之乐，其声动人心。'"

〔13〕奔骉驷骏(biāo liè bō 标列拨)：谓众马奔驰。骉，众马。驷，马按次第奔驰。骏，马行貌。

〔14〕輣輷辌辂(péng hōng lù luò 彭轰鹿落)：谓车声隆隆。輣，与"輰""輣"通，楼车也。輷，群车声也。辌，同"辘"，车行声也。辂，车转声也。辙：此指车行。

〔15〕翳日：遮蔽太阳。埒壒(bó ài 勃爱)：尘埃。壒，同"堨"，埃也。

〔16〕杌(wù勿)山荡海：形容人声鼎沸如山摇海动。杌，不安貌。

〔17〕浃(jiā夹)：通"彻"。

〔18〕委蛇(yí移)、罔象：《庄子》寓言中的鬼怪名，亦即下文所谓"潜灵幽怪"。《庄子·达生》："水有罔象，丘有莘，山有夔，野有彷徨，泽

有委蛇……委蛇,其大如毂,其长如辕,紫衣而朱冠。其为物也,恶闻雷车之声,则捧其首而立,见之者殆乎霸。"罔象,一种水怪。成玄英疏:"注云状如小儿,黑色,赤衣,大耳,长臂。"

〔19〕鲛人:传说中的人鱼。《太平御览·珍宝部二·珠(下)》引张华《博物志》:"鲛人从水出,寓人家,积日卖绡,将去,从主人索一器,泣而成珠满盘。"冯(píng 平)夷:传说中的水神名,即河伯,一名冰夷、无夷。曹植《洛神赋》:"冯夷鸣鼓,女娲清歌。"

以上描写开放禁苑,君民同乐的热闹场面。

若乃丰廪贯庮[1],既多且富。永丰、万盈、广储、折中、顺成、富国,星列而棋布[2]。其中则有玄山之禾[3],清流之稻[4],中原之菽[5]。利高之黍,利下之稌[6]。有虋有芑[7],有秬有秠[8]。千箱所运,亿廪所露[9]。入既夥而委积,食不给而红腐[10]。如坻如京[11],如冈如阜[12]。野无菜色,沟无捐瘠[13]。擩拾狼戾[14],足以厌鳏夫与寡妇[15]。备凶旱之乏绝,则有九年之预[16]。又将敦本而劝稼[17],开帝籍之千亩[18]。良农世业,异物不睹。播百谷而克敏,应三时而就绪[19]。蹲镈铠閜[20],灌畷雨注[21]。孰任其力,侯彊侯以[22]。千耦其耘,不怒自力[23]。疏逖其理[24],狼莠不植[25]。奄观坚阜[26],与与薿薿[27]。沟塍畹畦[28],亘万里而连绎[29]。丑恶不毛[30],硗狭荒瘠[31],化为好畴[32]。

〔1〕丰廪(lǐn 凛)贯庮(kuài 快):谓仓廪丰实,粮草富足。廪,米仓。《广韵》:"仓有屋曰廪。"庮,仓也,积藏刍草之处,草料库。

〔2〕永丰、万盈、广储、折中、顺成、富国:均为粮仓名。

〔3〕玄山之禾:语出《吕氏春秋·本味》:"饭之美者,玄山之禾,不周之粟。"高诱注:"玄山,处则未闻。"

〔4〕清流之稻:语出左思《魏都赋》:"雍丘之粱,清流之稻。"

〔5〕中原之菽:语出《诗·小雅·小宛》:"中原有菽,庶民采之。"菽,豆也。

〔6〕"利高"二句:谓高地利于种黍,低地利于种稌。黍:粮食作物之一,小米。性黏,可酿酒。稌(tú 途):稻。《诗·周颂·丰年》:"丰年多黍多稌。"一说专指糯稻。朱熹集传:"黍宜高燥而寒,稌宜下湿而暑。黍稌皆熟,则百谷无不熟矣。"

〔7〕虋(mén 门):即红高粱。同"穈"《尔雅·释草》:"虋,赤苗。"郭璞注:"今之赤粱粟。"芑(qǐ 起):白高粱。《尔雅·释草》:"芑,白苗。"郭注:"今之白粱粟,皆好谷。"《诗·大雅·生民》:"维穈维芑。"

〔8〕秠(pī 披):一种黑黍。秬(jù 巨):黑黍。《诗·大雅·生民》:"诞降嘉种,维秬维秠。"《尔雅·释草》:"秠,一稃二米。"

〔9〕千箱所运:千车万箱地运输。箱,车箱也。

〔10〕"入既夥"二句:收获丰富因而长期积储,食用不完以致霉烂发红。

〔11〕如坻(dǐ 底)如京:堆积如山。语出《诗·小雅·甫田》:"如坻如京。"坻,山的侧坡。京,高丘也。

〔12〕如冈如阜(fù 负):堆积如山。语出《诗·小雅·天保》:"如山如阜,如冈如陵。"冈,高起的土坡。底本作岗,据明本改。阜,土山。

〔13〕野无菜色:野外无饥饿之民。菜色,面有菜色之民,即饥民。沟无捐瘠(jí 急):沟中无因贫困饥饿致死而被捐弃之人。瘠,瘦弱。

〔14〕攟(jùn 郡)拾狼戾:谓粮仓满溢,以致狼藉于地,任人拾取。攟,同"捃",拾取也。狼戾:狼藉也。语出《孟子·滕文公上》:"乐岁粒

米狼戾。"

〔15〕"足以"二句:谓粮食之富,足养鳏寡孤独无力自给之人。厌:通"餍",饱,满足。

〔16〕预:备也。

〔17〕敦本而劝稼:治本劝农,以农业为根本,劝民耕作。

〔18〕开帝籍之千亩:动员民力耕作天子的土地。《诗·周颂·载芟》序:"《载芟》,春籍田而祈社稷也。"郑笺:"籍田,甸师氏所掌,天子千亩,诸侯百亩。籍之言借也,借民力治之,故谓之籍田。"

〔19〕"良农"四句:良农一心营田,代代务耕,不思他作,勤播百谷,不误农时。三时:春、夏、秋。《国语·周语》:"三时务农而一时讲武。"

〔20〕蹠(zhí 直)镈(bó 博)铠鬭:谓赤脚下地犹如战士打仗。蹠,同"跖",足底。镈,锄田除草的农具。铠,战士护身的铁甲。鬭,相斗。

〔21〕灌畷(zhuì 缀)雨注:灌溉田地犹如雨之下注。畷,两陌间的通道,田间小路。

〔22〕侯彊侯以:谓用强壮的劳力。语出《诗·周颂·载芟》。侯,乃也。彊,强力。以,用。

〔23〕千耦(ǒu 偶)其耘:谓大规模的集体耕作。语出《诗·周颂·载芟》。耦,两人各持一耜,并肩而耕。怒:奋力貌。

〔24〕疏遬(sù 速)其理:均匀禾苗之疏密,指耘田。遬,密也。《管子·小匡》:"别苗莠,列疏遬。"

〔25〕狼:当作"稂"。稂莠(láng yǒu 郎有):有害的草。

〔26〕坚皁(zào 灶):实未坚者曰皁。《诗·小雅·大田》:"既方既皁,既坚既好,不稂不莠。"此句谓观察庄稼的成长。

〔27〕与与薿(nǐ 你)薿:庄稼茂盛貌。《诗·小雅·楚茨》:"我黍与与。"又,《诗·小雅·甫田》:"黍稷薿薿。"

〔28〕沟塍(chéng 成)畹畦(wǎn qí 宛其):形容田亩有沟有畦,整整

齐齐。塍,田畦。畹,古代地积单位,或云十二亩为一畹(王逸),或云三十亩为一畹(班固),或云三十步为一畹(《玉篇·田部》)。

〔29〕亘:横贯。连绎(yì易):连续不断。

〔30〕不毛:不生长草木五谷、不能栽种桑麻的荒瘠土地。

〔31〕硗(qiāo敲)狭荒瘠:土地坚硬而贫瘠荒芜。硗,土地坚硬。

〔32〕好畴:良田。畴,已耕作的田地。

以上描写粮食储备之丰实,以示农业的发达。

转名不易,惟彼汴水[1],贯城为渠[2],并洛而趋[3]。昔在隋叶,祀丁大业[4],欲为流连之乐,行幸之游[5],故凿地导水,南抵乎扬州[6]。生民力尽于畚锸[7],膏血与水而争流。凤舸徒见于载籍[8],玉骨已朽于高丘[9]。顾资治世以为利,迄今杭筏而浮舟[10]。桃花候涨[11],竹箭比驶[12],汹涌湢㵽[13],飒淢沸洄[14]。捯防巇岸[15],溰濊迅迈[16]。匪江匪海,而朝夕舞乎滂湃。掀万石之巨舣,比坳堂之一芥[17]。舵艩不时而相值,篙师龋拱而俟败[18]。智者不敢睥睨而兴作[19],绵千祀而为害[20]。岂积患切病[21],待圣人而后除耶?厥有建议,导河通洛[22]。引宜禾之清源,塞擘华之浑浊[23]。蹙广堤而节暴[24],纡直行而杀虐[25]。其流舒舒[26],经炎凉而靡涸[27]。于是自淮而南,邦国之所仰,百姓之所输,金谷财帛,岁时常调,舳舻相衔[28],千里不绝;越舲吴艚,官艘贾舶,闽讴楚语,风帆雨楫[29],联翩方载,钲鼓镗鞈[30]。人安以舒,国赋应节[31]。

〔1〕"转名"二句:汴水,又称汳水、汴渠、汴河,名虽不同,水则为一,故云。

〔2〕贯城为渠:汴河穿过汴京城区。《东京梦华录》卷一"河道"条云:"穿城河道有四……中曰汴河,自西京洛口分水入京城,东去至泗州入淮。运东南之粮,凡东南方物自此入京城,公私仰给焉。"

〔3〕并洛而趋:谓疏通洛水和汴水,二水同流。《宋史·河渠志》卷四载:元丰二年三月,以宋用臣提举导洛通汴。六月戊申,清汴成。

〔4〕祀丁大业:指隋炀帝大业年间。祀,古代纪年的一种名称,夏朝称"岁",商朝称"祀",周朝称"年",唐、虞称"载"。大业,隋炀帝(605—618)年号。

〔5〕行幸:皇帝出行。

〔6〕"凿地"二句:隋炀帝于大业元年(605)发河南、淮北民百余万,开掘通济渠,自洛阳西苑引谷、洛二水入黄河,引汴水入泗水,以达淮水,又开邗沟,自山阳至扬子入长江。是年秋八月,炀帝乘龙舟幸江都,舳舻相连二百余里。见《隋书·炀帝纪》。

〔7〕锸(chā 插):即锹,插地起土的工具。

〔8〕凤舳(tà 踏):大船。《隋书·炀帝纪》:"大业元年三月……遣黄门侍郎王弘,上仪同于士澄往江南采木,造龙舟、凤舳、黄龙、赤舰、楼船等数万艘。"

〔9〕"玉骨"句:谓隋炀帝的尸骨早已腐烂墓中。李白《江上吟》诗:"屈平词赋悬日月,楚王台榭空山丘。"

〔10〕杭:通"航"。筏(fá 伐):用竹木或皮革编造的渡水用具。

〔11〕桃花:指春天桃花水、春水。

〔12〕竹箭比駃(jué 决):形容水流急速如箭飞,如马驰。駃,駃騠(tí 题),良马名。《史记·李斯列传》:"骏马駃騠。"

〔13〕㶁㴋(gǔ yì 骨译):水流通畅貌。

〔14〕渢渹(féng hóng 冯虹):水声。沸㵗(huò 划):㵗(漕),疑为㵘(zhòu 昼)之误。㵘,水沸之声。

〔15〕掏(hōng 轰)防圮(pǐ 匹)岸:冲击堤防,毁坏堤岸。掏,相击声。圮,毁也。

〔16〕㵸㶒(huò xuè 或谑):水激荡之声。

〔17〕"掀万石"二句:"形容水势之凶猛,掀起万石海轮,犹如扬起洼水中的一根小草。石:古重量单位,三十斤为钧,四钧为石。巨舻:海中大船。坳堂之一芥:典出《庄子·逍遥游》:"覆杯水于坳堂之上,则芥为之舟。"坳堂,地之低洼处。芥,小草。

〔18〕"舵艠"二句:言汴水中的船只很多,舵和桨不时地互相碰撞,水手们奋力撑篙,仍不免碎舟沉没。鼯(wú 吾)拱:如鼯鼠似地拱腰。鼯,大飞鼠,能在树间滑翔。俟:等待。

〔19〕睥睨(bì nì 必腻):斜视。

〔20〕千祀:千年。祀,商代称年为祀,已见前注。

〔21〕切病:按脉诊病。

〔22〕"厥有"二句:指疏导黄河引洛水通汴的建议。据《宋史·河渠志》卷四载:元丰元年五月,范子渊都水监丞,言"汜水出玉仙山,索水出嵩渚山,合洛水,积其广深,得二千一百三十六尺,视今汴流尚赢九百七十四尺。以河、洛湍缓不同,得其赢余,可以相补。犹虑不足,则旁堤为塘,渗取河水,每百里置木㮹一,以限水势……起巩县神尾山至土家堤,筑大堤四十七里以捍大河。起沙谷至河阴县十里店,穿渠五十二里,引洛水属于汴渠。"

〔23〕"引宜禾"二句:谓引进禾稻所需之清水,堵塞黄河之浊流。擘(bò)华之浑浊:指黄河流经华山这一段。擘华:将华山一剖为二,成太华、少华二山。张衡《西京赋》:"缀以二华……以流河曲。"薛综注:"古语云:此本一山,当河水过之而曲行。河之神以手擘开其上,足蹋离

其下,中分为二,以通河流。"太华,即华山;少华在其西南。

〔24〕蹙(cù促)广堤而节暴:用蓄水的广堤来约束和控制水势。蹙,收缩。

〔25〕纡直行而杀虐:使直行的河道纡曲而走,以制止河水肆虐而造成的灾祸。

〔26〕舒舒:迟缓不迫貌。

〔27〕经炎凉而靡涸:谓一年四季,经历寒暑都不枯竭。

〔28〕舳舻(zhú lú逐卢)相衔:言其船多,前后相连。舳,船后持舵处。舻,船前刺棹处。此皆代船。

〔29〕"越舲(líng铃)吴艚(cáo曹)"四句:谓南方各地的官私船运,通行无阻。舲:有窗户的船。艚:漕运所用的船舶。越、吴、闽、楚:泛指南方各地。

〔30〕方载:船与船并行。钲(zhēng征)鼓:古代行军时的两种乐器。《诗·小雅·采芑》毛传:"钲以静之,鼓以动之。"镗(tāng汤)鞳(dā搭):钟鼓声。

〔31〕国赋应节:通过漕运按时将国赋运至京城。

以上叙述导河通汴兴修水利,以利农业发展和水路运输的畅通。

若夫连营百将,带甲万伍。控弦贯石[1],动以千数。其营则龙卫神勇,飞山雄武,奉节拱圣,忠靖宣效,吐浑金吾,掷飚万胜,渤海广备,云骑武肃[2]。材能蹶张[3],力能挟辀[4]。投石超距[5],索铁伸钩[6]。水执鼋鼍,陆拘黑貅[7]。异党之寇,大邦之雠[8]。电鸷雷击,莫不系累而为囚。于是训以鹳鹅鱼丽之形[9],格敌击刺之法。剖微中虱[10],贯牢彻

281

札[11]。挥铊掷镖[12],举无虚发。人则便捷,器则犀利,金角丹漆,脂胶竹木,以时取之,遴弃恶弱[13]。割蛟革以连函[14],劚兕觡以为弭[15],剚鱼服以怀锷[16]。百工备尽,锃磨锲削[17],其成鉴钢而铗镡[18],植之霜凝而电烁[19]。故有强冲劲弩[20],云梯轒车[21],修锻延钚[22],铦戈兑殳[23],繁弱之弓[24],肃慎之矢[25],谿子之弩[26],夫差之甲[27],龟蛇之旐,鸟隼之旟[28],军事蚤正,用戒不虞[29]。

〔1〕控弦贯石:言其武艺高强,拉弓射箭能穿石没镞。《史记·李将军列传》:"广出猎,见草中石,以为虎而射之,中石没镞,视之,石也。"

〔2〕"其营"句:自龙卫至武肃,均为禁军及厢军的番号,详见《宋史·兵志一》。

〔3〕蹶张:古代的弩,用脚踩的叫蹶张,用手拉的叫擘张。《汉书·申屠嘉传》:"以材官蹶张,从高帝击项籍。"注引如淳曰:"材官之多力,能脚踏强弩张之,故曰蹶张。"

〔4〕挟辀(zhōu 舟):谓力大能用手挟车而走,不用马驾。《左传·隐公十一年》:"颍考叔挟辀以走。"辀,小车居中弯曲而向上的车杠。

〔5〕投石超距:有投掷飞石的绝技。《史记·王翦列传》:"方投石超距。"据《集解》云,飞石重十二斤,当用机关发射,此云用手投掷,以示力大。超距,犹跳跃。

〔6〕索铁伸钩:力能绞铁成索,拉钩使直。《淮南子·主术》:"桀之力,制觡伸钩,索铁歙金,椎移大牺,水杀鼋鼍,陆捕熊罴。"

〔7〕貔貅(pí xiū 皮休):即貔貅,山中猛兽。

〔8〕大邦之雠:大邦,大国。雠,同"仇"。《诗·小雅·采芑》:"蠢尔蛮荆,大邦为雠。"

〔9〕鹳鹅鱼丽:战阵名。《左传·昭公二十一年》:"与华氏战于赭丘,郑翩愿为鹳,其御愿为鹅。"杜预注:"鹳、鹅,皆阵名。"《左传·桓公五年》:"为鱼丽之阵,先偏后伍,伍承弥缝。"杜注引《司马法》:"车战,二十五乘为偏。以车居前,以伍次之,承偏之隙,而弥缝阙漏也。五人为伍,此盖鱼丽阵法。"

〔10〕剖微中虱:言箭法之高明。中虱,《列子·汤问》:"纪昌者,又学射于飞卫。飞卫曰:'尔先学不瞬……学视而后可。视小如大,视微如著,而后告我。'昌以氂悬虱于牖,南面而望之,旬日之间浸大也;三年之后,如车轮焉。以睹余物,皆丘山也。乃以燕角之弧、朔蓬之簳射之,贯虱之心而悬不绝。"

〔11〕贯牢彻札:箭矢穿透牢固的铁甲。贯、彻,穿透。牢,牢固之物。札,铠甲上的铁片。

〔12〕挥铊(shī 施或读 shé 蛇)掷镆(sè 色):挥掷短矛和铁枪。铊,短矛。镆,铁枪。

〔13〕遴弃恶弱:选择精良,淘汰差劣。

〔14〕连函:连缀皮革为铠甲。函,铠甲。

〔15〕劇(duó 铎)兕(sì 四)觡(gé 格)以为弭(mǐ 米):剖开兕牛的角用来饰弓。劇,剖也。兕,犀牛一类的野兽,其皮坚厚可制铠甲。觡,骨角。弭,弓的两头弯曲处,可用骨、角饰之。

〔16〕剸(tuán 团):割,截断。鱼服:鱼皮做的箭袋。怀锷:藏刃,指鞘。

〔17〕锃(zèng 赠)磨锲削:磨刻得闪亮耀眼。锃,磨光耀眼。锲,刻。

〔18〕鉴纲而铩鐬(chǎng huì 厂惠):把刀剑武器炼得锋利无比。鉴,淬刀剑使之坚也。铩,锋利。鐬,尖锐。

〔19〕霜凝而电烁:形容武器锋利,亮如霜凝,光如电烁。

〔20〕强冲劲弩：强有力的战车和弓弩。冲，冲车，战车。弩，机械发射的强弓。

〔21〕云梯轈（chōng冲）车：均为作战进攻的工具。云梯，古代攻城时攀登城墙的长梯。轈车，即冲车，冲锋陷阵的战车。

〔22〕錏鍜：护颈的甲。《说文》："錏鍜：颈铠也。"延钑（cōng匆）：长矛。钑，小矛。

〔23〕銛（xiān先）戈：锋利的戈。銛，锋利。戈，古代兵器名。兑殳（ruì shū锐书）：兑，通"锐"。殳，古代冲击用的兵器。《诗·卫风·伯兮》："伯也执殳，为王前驱。"

〔24〕繁弱：良弓名。《荀子·性恶》："繁弱、钜黍，古之良弓也。"

〔25〕肃慎之矢：肃慎产的良矢。肃慎，北夷之国，居长白山之北，周武王、成王时曾以"楛矢石砮"来贡，臣服于周。

〔26〕谿子之弩：古代少数民族地区所产之弓弩。一说郑国弩匠谿子阳所制之弩。《淮南子·俶真》："乌号之弓，谿子之弩，不能无弦而射。"高诱注："谿子为弩所出国名也。或曰：谿，蛮夷也，以柘桑为弩，因曰谿子之弩。一曰谿子阳，郑国善为弩匠，因以名也。"弩，用机栝发箭的弓。

〔27〕夫差之甲：《国语·越语上》："今夫差衣水犀之甲者，亿有三千。"

〔28〕龟蛇之旐（zhào兆）、鸟隼之旟（yú于）：古代的两种旗，上画龟蛇和鸟隼。《周礼·春官·司常》："鸟隼为旟，龟蛇为旐。"

〔29〕蚤：同"早"。戒：戒备。不虞：意想不到的情况。

以上叙述军营之盛、将士之训练有素、武器之精良等，以示王朝军事力量之强大。

其次则有文昌之府[1],分省为三[2],列寺为九[3],殊监为五[4]。左选为文,右选为武[5]。曰三十房[6],二百余案[7],二十四部[8]。黜隋之陋,更唐之故[9]。补弊完罅,剔朽焚蠹[10]。人夥地溥,事若织组[11]。滋广莫治,壹壹成蛊[12]。纤弱不除,将胜戕斧[13]。虽离娄之明[14],目迷簿书而莫睹。豪胥倚文以鬻狱[15],庸吏瘝官而受侮[16]。各怀苟且以逃责,孰肯长虑而却顾?官有隐事,国有遗利,纷讼牍于庭戺[17],縶累囚于囹圄[18]。此浮彼沉,甲可乙否。操私议而轧泲[19],各矛盾而龃龉[20]。于是合千司之离散,俨星罗于一宇。千梁负栋,万楹镇础[21]。诛乔松以为煤,空奥山而斫楮[22]。官有常员,取雄材伟器者以充其数。上维下制,前按后覆[23]。譬如长蛇,抶其脊膂而首尾皆赴[24]。阖户而议,飞檄乎房闼,应答乎秦楚[25]。披荒榛而成径[26],绎缴繁而得绪[27]。崇善废丑,平险除秽,纤悉不遗乎一羽[28]。于是宣其成式,变乱易守者,刑之所取[29]。贻之后昆[30],永世作矩[31]。

〔1〕文昌之府:尚书省的别称。以下至注〔8〕均见《宋史·职官志》。

〔2〕分省为三:指门下省、中书省、尚书省。

〔3〕列寺为九:指太常寺、宗正寺、光禄寺、卫尉寺、太仆寺、大理寺、鸿胪寺、司农寺、太府寺。

〔4〕殊监为五:指国子监、少府监、将作监、军器监、都水监。本还有司天监,共六监,元丰官制罢司天监,立太史局,隶秘书省,故止五监。

〔5〕"左选"二句：宋制中书省和枢密院对持文武二柄，号为二府。枢密院在阙门之西南、中书省之北，称西府。东府掌文事，西府掌武事。见周城《宋东京考》卷五。

〔6〕三十房：房指办事处。门下省和尚书省各十房，中书省八房，共二十八房，此举其成数。

〔7〕二百余案：三省及各部的文书、档案及事务，分案掌管，共二百余处。

〔8〕二十四部：指尚书省所属二十四司，如左司、右司、制置三司条例司等等。

〔9〕"黜隋之陋"二句：言改革官制，除隋朝之陋规，革唐朝之弊政。

〔10〕"补弊"二句：弥补缺漏，剔除腐败。罅（xià下）：缝也。

〔11〕溥：广大。

〔12〕亹（wěi伟）亹成蛊（gǔ古）：逐渐酿成祸害。亹亹，进貌。蛊，腹中虫也。

〔13〕"纤弱"二句：谓小患不除则成大祸。戕（qiāng枪）、斧：二种古代武器，此指代战事。

〔14〕离娄之明：《孟子·离娄上》："离娄之明，公输子之巧，不以规矩，不能成方圆。"离娄，古之明目者，能视于百步之外，见秋毫之末。

〔15〕豪胥倚文以鬻狱：谓酷吏靠舞文弄墨受贿断狱。豪胥，酷吏。胥，办文书的小吏。

〔16〕庸吏瘝（guān关）官而受侮：谓平庸无能的官吏旷废职事而受人侮。瘝，旷废。

〔17〕陛（shì士）：台阶旁所砌斜石。

〔18〕絷（zhí执）：拘囚。累囚：俘获的囚犯。累，系，捆绑。《左传·成公三年》："两释累囚，以成其好。"囹圄（líng yǔ灵宇）：牢狱。

〔19〕轧汨（mì密）：暗中排挤。汨，潜藏貌。

〔20〕龃龉（jǔ yǔ举语）：上下齿不配合，比喻意见不合。

〔21〕"合千司之离散"四句：指元丰五年（1082）建尚书省新廨，集六曹二十四司于一体。宋庞元英《文昌杂录》："元丰五年七月，始命皇城使、庆州团练使宋用臣建尚书新省，在大内之西，废殿前等三班，以其地兴造，凡三千一百余间。都省在前，总五百四十二间……其后分列六曹，每曹四百二十间……厨在都省之南，东西一百间。华丽壮观，盖国朝官府未有如此之比也。"楹（yíng 盈）：厅堂前的柱子。

〔22〕奥山：深山。楮（chǔ 楚）：木名，其材可造纸。

〔23〕上维下制：谓纲纪严明，上有纲纪，下有法制。前按后覆：前有纪录，后有检核。

〔24〕抶（chì 翅）其脊膂（lǚ 旅）而首尾皆赴：谓击其背脊便头尾都到。抶，鞭打。脊膂，背脊骨。《孙子·九地》："故善用兵者，譬如率然。率然者常山之蛇也，击其首则尾至，击其尾则首至，击其中则首尾俱至。"抶其脊膂，谓击其中也。

〔25〕"阖户"三句：谓中央议政则令达四方，内外呼应。檄（xí 习）：官府用以征召或声讨的文书。房闼（tà 榻）：房门之内。闼，门内。亦指宫中小门。

〔26〕披荒榛而成径：排除荆棘，开辟道路。

〔27〕绎缵（zhǔn 准）繁而得绪：从纷杂繁乱的事件中寻出头绪。绎，抽丝，此引申为寻究事理。缵繁，乱丝。缵，一作"綧"。

〔28〕纤悉不遗乎一羽：谓一丝不苟，一羽不漏。

〔29〕刑之所取：取其典型引为楷模。

〔30〕贻之后昆：传给后代。后昆，后裔，子孙。

〔31〕矩：本义为古代量方形的尺，引申为法度。

以上叙述改革官制，整顿吏治，纲纪立，法度明，王朝得以巩固。

至若儒宫千楹[1],首善四方[2],勾襟逢掖,褒衣博带[3],盈牣乎其中[4]。士之匿华铲采者[5],莫不拂巾衽褐,弹冠结绶[6]。空岩穴之幽邃,出郡国之遐陋[7]。南金象齿,文旄羽翮,世所罕见者,皆倾囊鼓箧,罗列而愿售[8]。咸能湛泳乎道实,沛然攻坚而大叩[9]。先斯时也,皇帝悼道术之沉郁[10],患诂训之荒谬[11]。诸子腾躏而相角[12],群言骀荡而莫守[13]。党同伐异[14],此妍彼丑。挈俗学之芜秽,诋淫辞而击掊[15]。灭窦突之荧烛,仰天庭而睹昼[16]。同源共贯[17],开覆发菩[18]。于是俊髦并作[19],贤才自厉[20],造门闱而臻壶奥,骋辞源而驰辨囿[21]。术艺之场,仁义之薮[22]。温风扇和,儒林发秀。宸眷优渥,皇辞结纠。荣名之所作,庆赏之所诱[23]。应感而格,驹行雉响[24]。磨钝为利,培薄为厚。魁梧卓行,抨锋露颖[25],不驱而自就。复有佩玉之音,笾豆之容,弦歌之声,盈耳而溢目,错陈而交奏[26]。焕烂乎唐、虞之日[27],雍容乎洙、泗之风[28],夸百圣而再讲,旷千载而复觏[29]。又有律学以议刑制[30],算学以穷九九。舞象舞勺,以道幼稚[31];乐德乐语,以教世胄[32]。成材茂德,随所取而咸有。

〔1〕儒宫千楹:指国子监太学。《宋史·选举志三》:"元丰二年颁学令:太学置八十斋,斋各五楹。"崇宁元年(1102)又于东京城南外营建辟雍(大学,又称"外学"),为"四讲堂,百斋,斋五楹",可容外舍生三千人。

〔2〕首善四方:谓实施教化自京师始,推及四方。《史记·儒林列传》:"故教化之行也,建首善,自京师始,由内及外。"后因称京师为首善之区。

〔3〕"勾襟"二句:儒生的装束,指代儒生。勾襟:曲领褒衣。逢掖:大袖子。《礼记·儒行》:"丘少居鲁,衣逢掖之衣。"逢,大也,大掖之衣。褒衣:大衣襟的衣服。博带:宽而长的衣带。《汉书·隽不疑传》:"褒衣博带,盛服至门上谒。"

〔4〕盈仞(rèn 认):充满。仞,通"牣"。

〔5〕匿华铲采:才华未彰。《新唐书·高俭窦威传赞》:"古来贤豪,不遭与运,埋光铲采,与草木俱腐者,可胜咤哉!"

〔6〕"拂巾"二句:谓整理衣冠,准备出仕。衽(rèn 认):衣襟。褐:粗麻布的短衣。绶:系印的纽带。《史记·范雎蔡泽列传》:"怀黄金之印,结紫绶于要(腰)。"

〔7〕"空岩穴"二句:谓山林隐士和郡国的贤才都出仕。幽邃:深暗之处。遐(xiá 霞)陋:边远偏僻之处。

〔8〕"南金象齿"五句:以宝物喻才能,谓有才之士充分贡献自己的才能。南金象齿:出于《诗·鲁颂·泮水》:"元龟象齿,大赂南金。"毛传:"南谓荆、扬。"文旄羽翮(hé 核):古代祭祀时舞者手执的牦牛尾和杂色散羽。翮,羽毛。箧(qiè 怯):小箱子。

〔9〕"咸能"二句:谓都有很深的学问和道德修养。咸:全。湛:深。道实:指儒道。沛然:水势湍急貌。此喻学问之充实和论辩气势之充沛。攻坚:此喻钻研学问,质疑问难。大叩:《礼记·学记》:"善待问者如撞钟,叩之小者则小鸣,叩之大者则大鸣。"

〔10〕"先斯时"二句:谓皇帝(指神宗)笃意儒学,痛惜学术之沉闷。

〔11〕诂训:用当时通俗浅显的语言来解释古书中词句的意义和方音。荒谬:迷乱错误。

〔12〕诸子腾躏(lìn吝)而相角:谓各种学派相互攻讦。腾躏,马跳而践踏他物。

〔13〕群言骀(tái抬)荡而莫守:谓各种学说泛滥而不守儒道正统。骀荡,放荡。《庄子·天下》:"惜乎惠施之才,骀荡而不得,逐万物而不反。"

〔14〕党同伐异:拉帮结派,排斥异己。

〔15〕"挈俗学"二句:谓排除杂乱的俗学,痛斥浮艳的文辞。挈:缺也。诋:痛斥。

〔16〕"灭奥突(ào yào奥耀)"二句:喻消灭邪说,发扬正道。奥:西南隅。突:东南隅。荧:小光貌。班固《答宾戏》:"守奥突之荧烛,未仰天庭而睹白日也。"

〔17〕同源共贯:各种流派均出于一个源头。

〔18〕开覆发蔀(bù部):谓启发蒙蔽,覆者开之,蔀者发之。蔀,遮蔽。

〔19〕俊髦:英俊杰出之士。髦,俊也。

〔20〕自厉:自我磨砺。厉:"砺"之本字,磨刀石。

〔21〕"造门闱"二句:谓升堂入室,深究事理;博闻强辩,纵横自如。闱:宫中小门。壸(kǔn捆):宫中道也。

〔22〕薮(sǒu叟):聚集之处。

〔23〕宸眷:谓皇帝关怀厚爱。宸,北辰所居,因以指帝王。优渥:丰厚。皇辞:美辞。结纠:连结纠集,指连翩而来。

〔24〕应感而格:受到感应而来。格,至也。雊响(gòu够):雄鸡鸣叫。

〔25〕拺(chōu抽)锋露颖:指崭露头角,脱颖而出。拺,同"搊",引也。

〔26〕"复有"五句:谓提倡礼乐。笾豆之容:祭祀和宴会的盛况。

笾豆,古代礼器。笾,竹制的盛器;豆,木制的盛器。均为祭祀或宴会时盛果脯之用。弦歌之声:谓寓教于乐。

〔27〕唐、虞:唐尧和虞舜,远古时代的圣君。

〔28〕洙、泗之风:礼乐文化之风尚。洙、泗二水流经山东曲阜,孔子曾在此讲学。

〔29〕复觏(gòu构):重见。觏,同"遘",遇见。

〔30〕律学以议刑制:《宋史·选举志三》:"律学,国初置博士,掌授法律。熙宁六年,始即国子监设学,置教授四员。凡命官、举人皆得入学,各处一斋……先入学听读而后试补。习断案,则试按一道,每道叙列刑名五事或七事;习律令,则试大义五道,中格乃得给食……凡朝廷有新颁条令,刑部即送学。"

〔31〕舞象舞勺(sháo韶):习文武之舞蹈。舞象,古代成童所学的舞蹈;舞勺,古代儿童所学的乐舞。前者为武舞,后者为文舞。勺:籥(yuè跃),似笛而短小,执之可舞。《礼记·内则》:"十有三年,学乐、诵诗、舞勺,成童(十五岁以上)舞象。"

〔32〕乐德乐语:《周礼·春官·大司乐》:"以乐德教国子中和祗庸孝友,以乐语教国子兴道讽诵言语。"国子,即文中所谓"世胄"。世胄:世家,贵族后裔。

以上叙述王朝对教育的重视,颁学令,建辟雍,重振儒学,乐育英材。

若夫会圣之宫,是为原庙〔1〕。其制则般输之所作〔2〕,其材则匠石之所抡〔3〕。万指举筑,千夫运斤,挥汗飞雾,呼气如云。馨鼓弗胜〔4〕,靡有谂勤〔5〕。赫赫大宇,有若山踊而嶙峋〔6〕。下盘黄垆〔7〕,上赴北辰〔8〕。蕊珠广寒〔9〕,黄帝之宫,荣光休气,笼眬往来[10],葱葱郁郁而氤氲[11]。其内则檐橑榱题[12],宋贤椳楣[13],阗拱闱闳[14],屏宇闶阆[15],耸张矫踞,龙征虎蹲[16]。延楼跨空,甬道接陈。黝垩备昈,灿烂诡文[17]。菱阿芙蕖之流漫[18],惊波回连之瀺灎[19],飞仙降真之缥缈[20],翔鹓鹔鹨之缤纷[21]。地必出奇,土无藏珍。球琳琅玕,璠玙瑶琨[22]。流黄丹砂[23],玒瑁翡翠[24],垂棘之璧[25],照夜之蟆[26],鹄象犀角,刲犀劚玉[27],锲刻雕镂,其妙无伦。焜煌焕赫[28],璀错辉映,繁星有烂,彤霞互照。轩庑所绘,功臣硕辅[29],书太常而铭鼎彝者[30],环列而趋造。龙章凤姿,瑰形玮貌。文有伊、周,武有方、召。犹如謇谔以立朝[31],图宁社稷,指斥利害,踟蹰四顾而不挠[32]。其殿则有天元、太始、皇武、俪极、大定、辉德、熙文、衍庆、美成、继仁、治隆之名。重瞳隆准[33],天日炳明。皇帝步送,百寮拜迎。九卿三公,挟辀扶衡[34]。仪仗卫士,填郭溢城[35]。于是黔首飙集,百作皆停[36]。地震岳移,波翻海倾。足不得旋,耳不得听。神既安止,穷间微巷,惟闻咨嗟叹异之声。于是山罍房俎[37],牺尊竹箧[38],践列于两楹[39]。瞽史陈辞[40],宰祝行牲[41]。案刍豢之肥臞[42],视物色之犁骍[43]。登降祼献[44],百礼具成。

〔1〕"若夫"二句:指元丰五年(1082)增建景灵宫事。原庙:太庙之外别立的祖庙,如宋之神御殿即古原庙,分散于诸宫观中。北宋元丰五年于京师景灵宫增建十一殿,迎京中寺观诸神御入内,故云"会圣之宫"。《宋史·礼志一二》:"景灵宫,创于大中祥符五年……元丰五年,

始就宫作十一殿,悉迎在京寺观神御入内,尽合帝后,奉以时王之礼。"

〔2〕般输:春秋时的巧匠,即公输般,或称鲁班。

〔3〕匠石:匠人,名石,《庄子》寓言中的人物,见《徐无鬼》:"郢人垩漫其鼻端,若蝇翼,使匠石斫之。匠石运斤成风,听而斫之,尽垩而鼻不伤,郢人立不失容。"抡:抡材,选取木材。

〔4〕鼛(gāo 高):一种大鼓,古代有役事时击以召人。

〔5〕谂(shěn 审)勤:念其勤劳。谂,念也。

〔6〕嶙峋:山崖突兀貌。

〔7〕黄垆:指地下极深处。《淮南子·览冥》:"上际九天,下契黄垆。"黄垆,黄泉下的土地。垆,黑土。

〔8〕北辰:北极星。《论语·为政》:"为政以德,譬如北辰,居其所而众星共之。"

〔9〕蕊珠、广寒:宫殿名。《宋史·礼志一二》:"(元丰五年)十一月,百官班于集英殿廷,帝诣蕊珠、凝华等殿,行告迁庙礼,礼仪使奉神御升彩舆出殿。"又,《龙城录》:"开元六年,上皇与申天师、道士鸿都客,八月望日夜,因天师作术,三人同在云上游月中,过一大门,在玉光中飞浮,宫殿往来无定,寒气逼人,露濡衣袖皆湿,顷见一大宫府,榜曰'广寒清虚之府'。"

〔10〕休气:吉祥之气。笼晓:隐约貌。

〔11〕葱葱郁郁:形容气象旺盛。氤氲:(yīn yūn 因晕):气氛混和动荡貌。

〔12〕橑(liáo 辽):屋檐。榱(cuī 催):屋檐屋桷(方椽)的总称。榱题:屋椽的前端。

〔13〕宍(máng 忙)贤楶栭(ér 而):宍,栋也。韩愈《进学解》:"夫大木为宍,细木为桷。"贤,明本作"槛"。栭,斗拱,柱顶上支持屋梁的方木。

293

〔14〕闳(fāng 方)栱:闳,庙门也。栱:大柱也。闱:宫中小门。闼(tà 榻):小门。

〔15〕闳:宏大。闱:宫门。

〔16〕矫踞:犹雄踞。矫,举也,昂也。

〔17〕黝垩(yǒu è 有饿)备眆:黑白分明,奇光异彩。黝,淡黑色。垩,白色土。眆,文采貌。诡文:奇彩变幻之纹。

〔18〕菱阿:阿,明本作"荷"。菱是一种水生植物,其实曰"菱角",可吃。芙蕖:即荷花。

〔19〕回连:回波。瀷淢(yì yù 翼域):水流急貌。

〔20〕缥缈(piāo miǎo 飘渺):隐隐约约,若有若无。

〔21〕鹓(yuān 冤):鹓雏,鸾凤一类的鸟。《庄子·秋水》:"夫鹓雏发于南海而飞于北海,非梧桐不止,非练实(竹实)不食,非醴泉不饮。"鹓:疑为"翺"之误。翺,飞也。鹥(yàn 燕):凤的别名。缤纷:繁多交杂貌。

〔22〕球琳琅玕(láng gān 郎肝):皆玉石名。球,美玉。琳,美石。琅玕,似玉之美石,或曰似珠之美石。语出《尚书·禹贡》:"厥贡惟球、琳、琅玕。"璠玙瑶琨(fán yú yáo kūn 凡鱼摇昆):皆宝玉名。璠玙,《太平御览》卷八〇四引《逸论语》:"璠玙,鲁之宝玉也。孔子曰:'美哉璠玙,远而望之焕若也;近而视之,瑟若也。'"瑶、琨,《尚书·禹贡》:"厥贡惟金三品,瑶、琨、篠、簜……"

〔23〕流黄:即硫磺。

〔24〕玳瑁(dài mào 代茂)翡翠:龟甲珠玉类装饰品。《淮南子·泰族》:"瑶碧玉珠,翡翠玳瑁,文彩明朗,润泽若濡。"玳瑁,海龟类动物,其背甲呈黄褐色纹,可作装饰品。

〔25〕垂棘之璧:垂棘,古地名,春秋时晋邑,产美玉。《左传·僖公二年》:"晋荀息请以屈产之乘与垂棘之璧,假道于虞,以伐虢。"

〔26〕蠙(bīn宾):珠名。《尚书·禹贡》:"淮夷蠙珠暨鱼。"蠙,蚌之别名,此蚌出珠,遂以蠙为珠名。

〔27〕"鹘(hú胡)象"二句:谓精工雕琢各种宝物。《尔雅·释器》:"象谓之鹄,角谓之觷(xué学),犀谓之剒(cuò错),木谓之剫(duó铎),玉谓之雕。"郭璞注:"五者皆治朴之名。"

〔28〕焜煌:光明貌。

〔29〕"轩庑"二句:廊屋绘写功臣宰执的图像。《宋史·礼志一二》云:"(神御殿)累朝文武执政官、武臣节度使以上,并图形于两庑。"轩:有窗槛的长廊。庑:堂四周的廊屋。

〔30〕"太常"句:姓名记于太常寺内,刻在钟鼎彝器上。太常:九卿之一,掌礼乐、郊庙、社稷之事。此指太常寺。铭:刻也。鼎、彝:两种青铜器。

〔31〕伊周:伊尹和周公,商朝和周朝的辅国大臣。方召:方叔和召虎,周宣王时代的武臣,方叔佐宣王北伐猃狁,南征荆楚。召虎佐宣王伐淮夷。蹇(jiǎn简)谔:即"謇谔",正直敢言貌。

〔32〕图宁社稷(jì计):谋求国家的安定。社稷,本义为古代帝王、诸侯所祭的土神和谷神,后用作国家的代称。踟蹰(chí chú迟厨):徘徊不进。不挠:不屈。

〔33〕重瞳隆准:帝王相貌的特征。重瞳,双瞳人。《史记·项羽本纪》赞:"吾闻之周生曰:'舜目盖重瞳子。'又闻项羽亦重瞳子。"隆准:高鼻子。《史记·高祖本纪》:"高祖为人,隆准而龙颜。"

〔34〕辀(zhōu舟):车中弯曲的车杠。衡:车辕头上的横木。

〔35〕郛(fú孚):外城,郊也。

〔36〕黔(qián钱)首:战国时代秦国对国民的称呼,此指百姓。飙:旋风也。百作:各行各业。

〔37〕山罍(léi雷)房俎(zǔ祖):罍,青铜制的酒器,似壶而大。俎,

295

古代祭祀时用以盛放牲的礼器。《后汉书·马融列传》:"山罍常满,房俎无空。"

〔38〕牺尊竹筐(fěi 匪):谓祭品、祭器。牺,古代祭祀所用牲畜。纯色曰牺,全身曰牲。尊,酒杯。竹筐,盛物之竹器。

〔39〕践列:陈列整齐。《诗·小雅·伐木》:"笾豆有践。"

〔40〕瞽(gǔ 古)史:瞽矇和太史,即乐官与史官。《国语·楚语上》:"临事有瞽史之导。"韦昭注:"事,戎祀也。瞽,乐太师,掌诏吉凶。史,太史也,掌诏礼事。"

〔41〕宰祝:太宰和太祝,皆为主祭祀之官。《礼记·月令》:"仲秋之月……乃命宰祝循行牺牲,视全具,案刍豢,瞻肥瘠,察物色,必比类,量小大,视长短,皆中度。"

〔42〕刍豢(huàn 幻):草食曰刍,指牛羊;谷食曰豢,指犬豕。臞(qú 渠):即"癯",瘦也。

〔43〕犁骍(xīn 辛):犁,杂色。骍,赤色。《礼记·郊特牲》:"牲用骍,尚赤也。"

〔44〕祼(guàn 贯)献:献酒祭奠。祼,灌祭,灌酒于地,奠而不饮。见《周礼·天官·内宰》。

以上记述元丰五年于景灵宫增建神御殿时工程规模之巨大,以及迎祭之典的隆重。

至于天运载周[1],甲子新历[2]。受朝万方,大庆新辟。于时再鼓声绝[3],按稍收镝[4]。俨三卫与五仗,森戈矛与殳戟[5]。探平明而传点,趣校尉而唱籍[6]。千官鹭列以就次[7],然后奏中严外办也。撞黄钟以启乐[8],合羽扇以如翼。佽飞道驾以临座,千牛环帝而屏息[9]。炉烟既升,宝符奠瑞,聆《乾安》之妙音,仰天颜而可觌[10]。羌夷束发而蹈舞,象胥通隔而传译[11]。宣表章以上闻[12],奏灵物之充斥。群臣乃进万年之觞,上南山之寿。太尉升奠,尚食酌酒[13]。乐有《嘉禾》《灵芝》《和安》《庆云》[14];舞有《天下大定》《盛德升闻》[15]。饮食衍衍[16],燔炙芬芬[17]。威仪孔摄而中度[18],笑语不哗而有文。故无族谭错立之动众[19],躐席布武之纷纭[20]。盖天子以四海为宅,有百姓而善群。廷内不洒扫而行礼,则天下云扰而丝棼[21]。故受玉而惰,知晋惠之将卒[22];执币以傲,知若敖之不存[23]。闻乐而走者,为金奏之下作[24];虽美不食者,为牺象之出门[25]。赋《湛露》《彤弓》,而武子不敢答[26];奏《肆夏》《大明》,而穆子不敢闻[27]。盖礼乐之一缺,则示乱而昭昏[28]。是以定王享士会以殽烝,而刑三晋之法[29];高祖因叔孙之制,而知为帝之尊[30]。岂治朝之礼物,尚或展翳而沉湮?此所以举坠典而定彝伦者也[31]。其乐则有《咸池》《承云》《九韶》《六英》[32]《采齐》《肆夏》《箫韶》九成[33]。神农之瑟,伏羲之琴[34],倕氏之钟[35],无句之磬[36],铿铿锽锽[37],和气薰烝。于以致祖考之格[38],于以广先王之声[39]。昔王道既弱,淳风变浇[40]。乐器遭郑、卫而毁,矇瞽适秦、楚而逃[41]。朝廷慢金石之雅正,诸侯受歌管之嗸嘈[42]。文侯听淫声而忘倦[43],桓公受齐乐而辍朝[44]。季子始无讥于《郐》[45],仲尼乃忘味于《韶》[46]。故使制度无考,中声浸消[47]。非细则樛,非庳则高[48]。惟今也,求器得耕野之尺[49],吹律有听凤之箫[50]。或洒或离[51],或藂或辟[52]。或镛或柷[53],或管或篴[54]。众器俱举,八音孔调。鹭鹭离丹穴而来集[55],鸣喈喈而舞修翔[56]。又有賨旅巴渝之舞[57],僸佅狄鞮之倡[58],远人面内而进技,逾山海而梯航[59]。故纳之庙者,周公所以广其赐鲁[60];观之庭者,安帝所以喜其来王[61]。

〔1〕天运载周:周之天命从文王开始,此喻宋之天命自太祖开始。载,始也。

〔2〕甲子新历:新的历法从甲子开始,谓历史打开新的一页。甲子,分别为天干和地支之首位。

〔3〕"于时"句,谓战事已息。再鼓:击鼓二通。《左传·庄公十年》:"夫战,勇气也。一鼓作气,再而衰,三而竭。"

〔4〕稍(shuò朔):即槊,长矛。镝(dí敌):箭镞。

〔5〕俨:严肃整齐貌。三卫:侍卫的通称。《旧唐书·职官志二》:"凡左右卫、亲卫、勋卫、翊卫,及左右率府亲勋翊卫,及诸卫之翊卫,通称三卫。"五仗:仪仗卫队的通称。《新唐书·仪卫志上》:"凡朝会之仗,三卫番上,分为五仗,号衙内五卫:一曰供奉仗,以左、右卫为之;二曰亲仗,以亲卫为之;三曰勋仗,以勋卫为之;四曰翊仗,以翊卫为之。皆服鹖冠、绯衫袄。五曰散手仗,以亲、勋、翊卫为之。"森:严也。戈、矛、殳、戟:均为古代武器。

〔6〕平明:天亮。传点:传送更点以报时。趣:小步疾走。唱籍:按名册点名。《新唐书·仪卫志上》:"平明,传点毕,内门开,监察御史领百官入夹阶,监门校尉二人执门籍,曰唱籍。"

〔7〕鹜列:像鹜鸟一样队列整齐。鹜,野鸭。就次:依次就位。

〔8〕"撞黄钟"二句:谓乐工奏乐,宫女侍侧。黄钟:古代乐曲分为十二律,黄钟为第一律。启乐:开始奏乐。

〔9〕"欻飞"二句:谓皇帝上朝时武士夹道、侍卫环列的庄严肃穆的场面。欻(cì次)飞:古代的勇士,后用以名队伍,如虞侯欻飞、铁甲欻飞等(见《宋史·仪卫志》)。千牛:侍卫官名。升殿时执御刀弓箭列于御座左右。详见《新唐书·仪卫志》。

〔10〕聆:听也。乾安:乐曲名。《宋史·乐志一》:"皇帝出入作《乾安》,罢旧《隆安》之曲。"觌(dí敌):见。

〔11〕羌、夷:指古代西方和东方的少数民族。象胥:古翻译官。《周礼·秋官·象胥》:"掌蛮夷、闽貉、戎狄之国使,掌传王之言而谕说焉。若以时入宾,则协其礼与其辞言传之。"

〔12〕表、章:古代的臣子向皇帝奏请用的文体。

〔13〕"太尉"二句:谓上寿之礼。太尉、尚食皆官名。《宋史·礼志一九》:"太尉升殿,诣寿尊所,北向。尚食奉御酌御酒一爵授太尉,揩笏执爵诣前跪进。帝执爵,太尉出笏,俯伏,兴,少退,跪奏:文武百寮、太尉具官臣某等稽首言:'元正首祚,臣等不胜大庆,谨上千万寿。'"

〔14〕"乐有"二句:列举朝会所奏乐曲。《宋史·乐志二》:"今朝会仪:举第一爵,宫悬奏《和安》之曲;第二、第三、第四,登歌作《庆云》《嘉禾》《灵芝》之曲。"

〔15〕"舞有"二句:列举朝会之舞。《宋史·乐志二》:"《玄德升闻》之舞象揖让,《天下大定》之舞象征伐。"《宋史·乐志十三》:"初举酒毕,《盛德升闻》。"

〔16〕饮食衎(kàn瞰)衎:语出《易·渐》。衎衎:和乐貌。

〔17〕燔(fán凡)炙:古代祭祀用的炙肉。燔,通"膰"。芬芬:香也。

〔18〕"威仪"句:谓辅佐之臣仪表威严而得体。语出《诗·大雅·

299

既醉》:"摄以威仪,威仪孔时。"摄:佐也。孔:甚也。

〔19〕族谭错立:聚谈或站立非位。《周礼·秋官·彲士》:"禁慢朝错立族谭者。"族,聚也。谭,同"谈"。错立,违其位而立。

〔20〕蹴席布武:均为不合礼仪规范的动作。蹴席,《礼记·玉藻》:"登席不由前为蹴席。"布武,《礼记·曲礼上》:"堂上接武,堂下布武。"注:"武,迹也。谓每移足各自成迹,不相蹑也。"纷纭:乱貌。

〔21〕棼(fén坟):纷乱也。

〔22〕"受玉"二句:谓晋惠公受天子所赐之玉而怠于礼,故知其国运不长。典出《左传·僖公十一年》:"天王使召武公,内史过赐晋侯命,受玉,惰。过归,告王曰:'晋侯其无后乎?王赐之命而惰于受瑞,先自弃也已。其何继之有?'"

〔23〕"执币"二句:谓楚子越椒傲其先君,故知若敖氏之将灭。典出《左传·文公九年》:"楚子越椒来聘,执币傲。叔仲惠伯曰:'是必灭若敖氏之宗。傲其先君,神弗福也。'"

〔24〕"闻乐"二句:谓地室悬钟而迎宾是二君相见之礼,所以郤至闻乐觉其非礼而惊走。典出《左传·成公十二年》:"晋郤至如楚聘,且莅盟。楚子享之,子反相,为地室而悬焉。郤至将登,金奏作于下,惊而走出。子反曰:'日云暮矣,寡君须矣,吾子其入也。'宾曰:'君不忘先君之好,施及下臣,贶之以大礼,重之以备乐;如天之福,两君相见,何以代此?下臣不敢。'"

〔25〕"虽美"二句:谓非礼之食不食。典出《礼记·坊记》:"故君子苟无礼,虽美不食焉。"牺象之出门:古代享燕正礼,当设于宫内,不得违礼而行,妄作于野。典出《左传·定公十年》:"且牺、象不出门,嘉乐不野合。"牺、象,酒器中的牺尊、象尊。

〔26〕"赋《湛露》"句:谓赋诗不合其礼,故宁武子不答。典出《左传·文公四年》:"卫宁武子来聘,公与之宴,为赋《湛露》及《彤弓》,不

辞,又不答赋。使行人私焉。对曰:'臣以为肄业及之也。昔诸侯朝正于王,王宴乐之,于是乎赋《湛露》,则天子当阳,诸侯用命也。诸侯敌王所忾,而献其功,王于是乎赐之彤弓一,彤矢百,旅弓矢千,以觉报宴。今陪臣来继旧好,君辱贶之,其敢干大礼以自取戾?'"《湛露》《彤弓》,皆《诗·小雅》篇名。

〔27〕"奏《肆夏》"句:谓奏乐不合其礼,故穆子不敢听。典出《左传·襄公四年》:"穆叔如晋,报知武子之聘也。晋侯享之,金奏《肆夏》之三,不拜;工歌《文王》之三,又不拜;歌《鹿鸣》之三,三拜。韩献子使行人子员问之曰:'子以君命辱于敝邑,先君之礼,藉之以乐,以辱吾子。吾子舍其大而重拜其细,敢问何礼也?'对曰:'三《夏》,天子所以享元侯也,使臣弗敢与闻。《文王》,两君相见之乐也,臣不敢及。《鹿鸣》,君所以嘉寡君也,敢不拜嘉?'"《肆夏》,乐曲名。《大明》,《诗·大雅》篇名。《鹿鸣》,《诗·小雅》篇名。

〔28〕"盖礼乐"二句:综述"故受玉"以下十二句,谓礼乐有失,表明朝政将昏乱。

〔29〕"是以"二句:谓士会受定王的殽烝之享,归而修晋国之法。《左传·宣公十六年》:"冬,晋侯使士会平王室,定王享之,原襄公相礼,殽烝。武子(士会之谥)私问其故。王闻之,召武子曰:'季氏(士会字季)而弗闻乎?王享有体荐,宴有折俎。公当享,卿当宴,王室之礼也。'武子归而讲求典礼,以修晋国之法。"殽(yáo 摇)烝:把肉切成块状放在俎(盛器)里。烝,升也。刑三晋之法:为晋法作出典范。刑,同"型"。

〔30〕"高祖"句:谓汉高祖因叔孙通制礼法而懂得帝王的尊严。《史记·叔孙通列传》:"汉五年,已并天下,诸侯共尊汉王为皇帝……群臣饮酒争功,醉或妄呼,拔剑击柱,高帝患之。叔孙通知上盖厌之也,说上曰:'臣愿征鲁诸生,与臣弟子共起朝仪。'……乃令群臣习肄。""汉七年,长乐宫成,诸侯群臣皆朝……于是皇帝辇出房,百官执职传警,引诸

侯王以下至吏六百石以次奉贺。自诸侯王以下莫不振恐肃敬……竟朝置酒,无敢喧哗失礼者。于是高帝曰:'吾乃今日知皇帝之贵也。'"

〔31〕"岂治朝"三句:谓倘或象征国家权力的礼仪器物掩埋或亡失,就必须重振纲常,再举失典。展翳(yī衣):展,明本作"屏"。屏翳,被掩遮。坠典:亡失的典章。彝伦:纲常伦理。

〔32〕《咸池》《承云》:皆乐曲名,相传为远古时代黄帝所作。《九韶》:乐曲名,相传为虞舜所作。《六英》:即《六莹》,乐曲名,相传为帝喾所作。

〔33〕《采齐》《肆夏》:皆乐曲名,一说为逸诗名。《采齐》,又作《采荠》。《周礼·春官·乐师》:"教乐仪,行以《肆夏》,趋以《采荠》。"谓人君行步以《肆夏》为节,趋疾步则以《采荠》为节。《箫韶》九成:《尚书·皋陶谟》:"《箫韶》九成,凤皇来仪。"疏引孔安国传云:"《韶》,舜乐名。言箫,见细器之备……九奏而致凤皇。"

〔34〕"神农"二句:相传神农作琴,伏羲作瑟。《说文》:"琴,禁也,神农所作。"又云:"瑟,庖牺所作弦乐也。"

〔35〕倕氏之钟:倕氏,尧时巧工。倕,同"垂"。《说文》:"钟,乐钟也。古者垂作钟。"

〔36〕无句之磬:无句,即毋句,尧时人。《说文》:"磬,石乐也。古者毋句氏作磬。"

〔37〕铿铿锽锽:象声词,皆钟声。

〔38〕致祖考之格:达到父祖的准则。格,法,准则。

〔39〕广先王之声:推广先王的礼乐教化。

〔40〕"王道"二句:指周室衰微,世风由淳厚变为浇薄。

〔41〕"乐器"二句:谓周室衰微,礼崩乐坏,乐人皆离去。"矇瞽"句:《论语·微子》:"太师挚适齐,亚饭干适楚,三饭缭适蔡,四饭缺适秦。"

〔42〕"朝廷"二句:谓上自天子,下至诸侯,皆不讲究礼乐。慢:懈怠。

〔43〕"文侯"句:谓魏文侯听郑卫新声,乐而不知疲倦。《礼记·乐记》:"魏文侯问于子夏曰:'吾端冕而听古乐,则唯恐卧;听郑、卫之音,则不知倦。敢问古乐之如彼何也?新乐之如此何也?'"

〔44〕"桓公"句:谓季桓子接受了齐国的女乐,从此不理朝政。《论语·微子》:"齐人归女乐,季桓子受之,三日不朝。"桓公,一作桓子,即季桓子。

〔45〕"季子"句:据《左传·襄公二十九年》载:吴公子季札聘于鲁,请观于周乐,使乐工为之依次歌《国风》,"自《邶》以下无讥焉"。

〔46〕"仲尼"句:《论语·述而》:"子在齐闻韶,三月不知肉味。曰:'不图为乐之至于斯也。'"

〔47〕"故使制度"二句:谓假若乐不合律,中和之声将渐渐消亡。《国语·周语下》:"律所以立钧出度也。古之神瞽,考中声而量之以制。"考:合也。

〔48〕"非细"二句:谓造钟不合其制,则所发乐音不准,不是太细就是太宽,不是太低就是太高。《左传·昭公二十一年》:"钟,音之器也……小者不窕,大者不槬,则和于物。"槬(huà化):宽大。庳(bēi卑):低下。

〔49〕耕野之尺:指周时玉尺,用以校正音律。《晋书·乐志上》:"荀勖又作新律笛十二枚,以调律吕,正雅乐,正会殿庭作之,自谓宫商克谐,然论者犹谓勖暗解。时阮咸妙达八音,论者谓之神解。咸常心讥勖新律声高,以为高近哀思,不合中和。每公会乐作,勖意咸谓之不调,以为异己,乃出咸为始平相。后有田父耕于野,得周时玉尺,勖以校己所治钟鼓金石丝竹,皆短校一米,于此伏咸之妙。"

〔50〕听凤之箫:《列仙传》:"萧史者,秦穆公时人也,善吹箫,能致

孔雀白鹤于庭。公有女字弄玉,好之,公遂以女妻焉。日教弄玉作凤鸣。居数年,吹似凤声,凤凰来止其屋,公为作凤台,夫妇止其上,不下数年。一旦,皆随凤凰飞去。故秦人为作凤女祠于雍宫中,时有萧声而已。"

〔51〕洒:大瑟。离:大琴。

〔52〕鼖(fén 汾):大鼓。磬(xiāo 消):乐器名,即大磬。

〔53〕镛(yōng 雍):大钟。栈:小钟。

〔54〕筦(yán 言):大箫。筊(jiǎo 绞):小箫。

〔55〕鹥鷟(yuè zhuó 岳浊):凤之别名。丹穴:传说中的山名。《山海经·南山经》:"丹穴之山……有鸟焉,其状如鸡,五采而文,名凤皇……见则天下安宁。"

〔56〕噰(yōng 拥)喈:鸣声。修:长也。蹻(qiáo 桥):高飞貌。

〔57〕賨(cóng 丛)旅巴渝之舞:古代巴蜀一带的舞蹈。左思《蜀都赋》:"奋之则賨旅,玩之则渝舞。"李善注:"应劭《风俗通》曰:'巴有賨人,剽勇……阆中有渝水,賨人左右居,锐气喜舞。高祖乐其猛锐,数观其舞,后令乐府习之。"

〔58〕僸佅(jìn mài 近迈)、狄鞮(dī 低):四方少数民族之乐。班固《东都赋》:"僸佅兜离,罔不具集。"李善注:"《孝经钩命诀》曰:东夷之乐曰佅,南夷之乐曰任,西夷之乐曰株离,北夷之乐曰僸。"司马相如《上林赋》:"俳优侏儒,狄鞮之倡。"李善注引郭璞曰:"狄鞮,西戎乐名也。"

〔59〕"远人"句:谓四面边陲之人跨山航海来朝进献技艺。

〔60〕"纳之庙者"二句:谓将夷蛮之乐收入太庙,意在推崇周公之德,传播天子之乐。《礼记·明堂位》:"成王以周公为有勋劳于天下……命鲁公世世祀周公以天子之礼乐……纳夷蛮之乐于太庙,言广鲁于天下也。"其赠:底本无,据明本补。

〔61〕"观之"二句:安帝:指东汉安帝刘祜。汉安帝元初二年,马融上《广成颂》有云:"明德曜乎中夏,威灵畅乎四荒,东邻浮巨海而入享,

304

西旅越葱岭而来王。"来王:归顺之意。

以上叙写宋朝开国大典以及制礼作乐政统有序、四方来朝的盛况。

若其四方之珍,以时修职[1],取竭天产,发穷人迹。砥其远迩[2],陈之艺极[3]。厥材竹木,厥货龟贝,厥币锦绣,厥服绨紵,旅贡羽毛,祀贡祭物,嫔贡丝枲,物贡所出,器贡金锡[4]。砺砥砮丹[5],铅松怪石[6],惟金三品[7],惟土五色[8],泗滨浮磬[9],羽畎夏翟[10]。龙马千里,神茅三脊[11]。方箱椭筐[12],肆陈乎殿陛[13];丰苞广匮[14],亟传乎骑驿[15]。连樯结轨,川咽涂塞[16],歌欤终岁而不息[17]。至于羌、氐、僰、翟、儋耳、雕脚,兽居鸟语之国,皆望日而趋[18],累载而至。怀名琛,拽驯兽,以致于阙下者旁午[19]。乃有帛氎罽氍,兰干细布。水精琉璃,轲虫蚌珠[20]。宝鉴洞胆[21],神犀照浦[22]。《山经》所不记[23],《齐谐》所不睹者[24],如粪如壤,轮积乎内府[25]。或致白雉于越裳[26],或得巨獒于西旅[27],非威灵之遐畅[28],孰能出瑰奇于深阻。盖徼外能率夹种来以修好,则中土当有圣人出而宁宇[29]。然皇帝不宝远物[30],不尚殊观。抵金于崭岩之山,沉玉于五湖之川[31]。洞刿之剑,乃入骑士之鞘;醫郲之马,或服鼓车之辕[32]。

〔1〕以时修职:此指按时纳贡。职,贡品。
〔2〕砥其远迩:谓不论远近,贡赋平等。砥,均也。

305

〔3〕陈之艺极：公布贡赋之法，贡赋的多少有固定的准则。《左传·文公六年》："为之律度，陈之艺极。"孔颖达疏："艺是准限，极是中正。制贡赋多少之法，立其准限中正，使不多不少。陈之以示民，故言陈之。"

〔4〕"厥材"九句：言朝廷所需，九贡齐备。《周礼·大宰》："以九贡致邦国之用：一曰祀贡，二曰嫔贡，三曰器贡，四曰币贡，五曰材贡，六曰货贡，七曰服贡，八曰斿贡，九曰物贡。"此变化其文而言之。厥：其也。绨绤（chī xī 痴隙）：葛布细者曰绨，粗者曰绤。斿（yóu 由）：同"游"。嫔（pín 贫）：宫中妇女。枲（xǐ 喜）：麻。

〔5〕"砺砥"六句：均出于《尚书·禹贡》。砺砥：磨刀石。砮（nǔ 努）：石制的箭镞。丹：朱砂。

〔6〕铅松怪石：据郑玄注，指怪异美石似玉者。

〔7〕惟金三品：指金、银、铜。

〔8〕惟土五色：《尚书·禹贡》郑玄注："王者封五色土为社，建诸侯则割其方色土与之，使立社。"

〔9〕泗滨浮磬：泗水边上的磬石。《尚书·禹贡》孔颖达《正义》云："泗水旁山而过，石为泗水之涯石，在水旁。水中见石，似若水中浮然。此石可以为磬，故谓之浮磬也。"

〔10〕羽畎（quǎn 犬）夏翟：羽山山谷中五彩羽毛的野鸡。《尚书·禹贡》孔安国传云："夏翟，翟，雉名，羽中旌旄。羽山之谷有之。"畎，山谷。夏，五色。翟，长尾野鸡。

〔11〕神茅三脊：所谓灵茅也。《史记·封禅书》："江淮之间，一茅三脊，所以为籍也。"又，真宗大中祥符元年九月戊午，"岳州进三脊茅"。宋人以此为祥瑞也。见《宋史·真宗纪》。

〔12〕椭篚：椭圆形的竹器。

〔13〕肆陈：铺列。陛：宫殿的台阶。

〔14〕苞:同"包"。

〔15〕亟:急。驿:古代供传送公文和来往官员住宿和换马的处所。

〔16〕"连樯"二句:谓车船运载,水陆交通为之堵塞。樯(qiáng墙):船只上的桅杆,此代船。

〔17〕歈:歌,一作"邪"。邪歈,疑为象声词,与"邪许"相类似。《淮南子·道应》:"今夫举大木者,前呼邪许,后亦应之,此举重劝力之歌也。"此象道途负载者之声,谓其往来川流不息。

〔18〕羌、氐:古之西戎。僰(bó博):古代西南少数民族。儋耳、雕脚:古部族名。《山海经·大荒北经》:"有儋耳之国,任姓。"郭璞注:"其人耳大,下儋垂在肩上。"《后汉书·南蛮西南夷列传》论:"缓耳、雕脚之伦,兽居鸟语之类。"注:"缓耳,儋耳也;兽居谓穴居。"鸟语:指蛮语。

〔19〕"怀名琛"三句:谓揣着珍宝,拉着骑兽,纷纷来到都城。琛(chēn抻):珍宝。拽(yè夜):拖、拉。旁(bàng磅)午:交错,纷繁。

〔20〕"乃有"四句:列举各种织物和珠宝。氎(dié迭):细毛织物。罽(jì计):毛织物。氍(qú瞿):毛织物。兰干细布:纻织品,织文如锦。轲(kē科)虫:贝类。《后汉书·南蛮西南夷列传》:"哀牢人皆穿鼻儋耳……知染采文绣,罽氀帛氎,兰干细布,织成文章如绫锦……(出)光珠虎魄,水精瑠璃,轲虫蚌珠。"

〔21〕宝鉴洞胆:《西京杂记》卷三:"高祖初入咸阳宫,周行库府……有方镜,广四尺,高五尺九寸,表里有明。人直来照之,影则倒见;以手扪心而来,则见肠胃五脏,历然无碍;人有疾病在内,则掩心而照之,则知病之所在。又,女子有邪心,则胆张心动,秦始皇常以照宫人,胆张心动者则杀之。"鉴,镜也。

〔22〕神犀照浦:《异苑》卷七:"晋温峤至牛渚矶,闻水底有音乐之声,水深不可测,传言下多怪物。乃燃犀而照之,须臾,见水族覆灭,奇形异状,或乘马车,著赤衣帻。"

〔23〕《山经》:《山海经》之简称。

〔24〕《齐谐》所不睹:齐谐,底本作"齐国",据《四库全书》本改。《庄子·逍遥游》:"《齐谐》者,志怪者也。"成玄英疏:"姓齐名谐,人姓名也,亦言书名也。齐国有此俳谐之书也。"

〔25〕轹(líng灵)积于内府:用轹车载来进贡之物,堆积于内府。轹,车阑,即车箱前面和左右两面横直交结的栏木,此指车。

〔26〕致白雉于越裳:越裳,古时南蛮之国名。《后汉书·南蛮西南夷列传》:"交阯之南有越裳国。周公居摄六年,制礼作乐,天下和平,越裳以三象重译而献白雉。"

〔27〕得巨獒(áo敖)于西旅:巨獒,一种大犬。西旅,指西戎。《尚书·旅獒》:"西旅献獒,太保作《旅獒》。"

〔28〕威灵之遐畅:指国家的声威远达四方。

〔29〕"徼(jiào叫)外"二句:谓域外异族友好交往,中州圣君安定天下。徼外:边界。修好:建立友好邦交。

〔30〕不宝远物:指皇帝不将这些珍宝异物视为至上。

〔31〕崭(chán婵)岩之山:崭,通"巉",山高峻貌。五湖:此泛指湖泊。

〔32〕洞剽(è鄂):不详,疑为宝剑名。剽,同"锷",刀剑之刃。酱郗(niè xī聂西):良马名。郗,同"膝"。王褒《圣主得贤臣颂》:"驾酱膝,骖乘旦。"鼓车:载鼓之车,古代帝王出巡时仪仗之一。《后汉书·循吏列传序》:"建武十三年,异国有献名马者,日行千里。又进宝剑,贾兼百金。诏以马驾鼓车,剑赐骑士。"以上八句颂美皇帝俭约之风。

以上铺写四方进贡之奇珍异宝,以示国家之富强,而皇帝并不崇尚奢侈。

至于乾象表贶[1],坤维荐祉[2]。灵物仍降,嘉生屡起[3]。晕适背镌,虹霓抱珥,鸣星陨石,怪飙变气[4]。垂白鲐背者不知有之[5],况能言孺倪[6]。岂独此而已也?复有穹龟负图[7],龙马载文[8]。汾阳之鼎[9],函德之芝[10],肉角之兽[11],箫声之禽[12],同颖之禾[13],旅生之谷[14],游郊栖庭[15],充畦冒畤[16]。非烟非云,萧索轮囷[17]。映带乎阙角,葱蔚乎城垒。鸷鸟不攫,猛兽不噬[18]。应图合谍[19],穷祥极瑞。史不绝书,岁有可纪。

〔1〕乾象表贶(kuàng况):天象(日月星辰)赐吉。乾,八卦之一,乾为天,坤为地。贶,赐与。

〔2〕坤维荐祉:大地献福。坤维,地的四方。荐,献也。祉,福也。古人认为天圆地方,天有九柱支持,地有四维系缀。

〔3〕灵物、嘉生:均指祥瑞。

〔4〕"晕适背镌(jué决)"四句:均指自然界的怪异现象。语出《汉书·天文志》:"晕适背穴,抱珥虹霓,迅雷风袄,怪云变气,此皆阴阳之精,其本在地,而上发于天者也。政失于此,则变于彼。"注引孟康曰:"晕,日旁气也。适,日之将食先有黑之变也。背,形如背字。穴多作镌,其形如玉镌也。抱,气向日也。珥,形点黑也。"

〔5〕垂白鲐(tái抬)背:指白发长寿老人。鲐背,老人背上生斑如鲐鱼背,故称之。

〔6〕孺倪:幼儿。倪,通"儿"。

〔7〕穹龟负图:《艺文类聚》卷九九引《龙鱼河图》:"尧时,与群臣贤智到翠妫之川,大龟负图来投尧。尧敕臣下写取,告瑞应,写毕,龟还水中。"穹,大也。

〔8〕龙马载文:《艺文类聚》卷九九引《尚书中候》:"尧时,龙马衔甲,赤文绿色,临坛上。甲似龟,广袤九尺,圆理平上,五色,文有列星之分,斗政之度,帝王录记之数。"

〔9〕汾阳之鼎:汾阳当作汾阴。《史记·孝武本纪》:"汾阴巫锦为民祠魏脽后土营旁,见地如钩状,掊视得鼎。鼎大异于众鼎,文镂毋款识,怪之,言吏。吏告河东太守胜,胜以闻。天子使使验,问巫锦,得鼎无奸诈,乃以礼祠,迎鼎至甘泉,从行,上荐之。"

〔10〕函德之芝:指灵芝。《汉书·宣帝纪》:"金芝九茎,产于函德殿铜池中。"注引服虔曰:"金芝,色像金也。"

〔11〕肉角之兽:指麟。《文选》扬雄《剧秦美新》:"来仪之鸟,肉角之兽。"李善注:"来仪,凤也;肉角,麟也。"宋王梾《燕翼诒谋录》卷三:"太平兴国九年十月癸巳,岚州献兽一角,似鹿无斑,角端有肉,性驯善。诏群臣参验,徐铉、滕中正、王佑等上奏曰麟也,宰相宋琪等贺。"

〔12〕箫声之禽:指凤。《荀子·解蔽》:"《诗》曰:'凤凰秋秋,其翼若干,其声若箫。有凤有凰,乐帝之心。'"

〔13〕同颖之禾:指一禾二穗。颖,禾本植物子实带芒的外壳。

〔14〕旅生之谷:野生的谷物。旅生,不因播种而生长。《后汉书·光武帝纪上》:"建武二年……至是野谷旅生,麻尗尤盛。"

〔15〕游郊栖庭:谓祥瑞屡现。《文子·精诚》:"风雨时节,五谷丰昌,凤凰翔于庭,麒麟游于郊。"

〔16〕畤時(zhì 至):古代祭祀天地五帝的处所。秦有密畤、上畤、中畤、下畤、畦畤。

〔17〕"非烟"二句:指庆云。《史记·天官书》:"若烟非烟,若云非云,郁郁纷纷,萧索轮囷,是谓卿云。卿云,喜气也。"萧索:云气疏散貌。轮囷:屈曲貌。

〔18〕攫(jué 决):抓起。噬(shì 逝):咬。

〔19〕图:河图。《易·系辞上》:"河出图,洛出书。"谍记:谱录。谍,通"牒"。《史记·三代世表》:"余读谍记,黄帝以来皆有年数。"《索隐》:"牒者,纪系谥之书也。"

以上铺叙天地呈祥,嘉瑞迭现的吉兆。

发微子于是言曰:"国家之有若是欤?意者先生快意于吻舌而及此耶?"先生曰:"国家之盛,乌可究悉?虽有注河之辩〔1〕,折角之口〔2〕,终日危坐,抵掌而谭〔3〕,犹不能既其万一,此特汴都之治迹耳。子亦知夫所以守此汴都之术,古昔之所以兴亡者乎?"客曰:"愿闻之。"

〔1〕注河之辩:《世说新语·赏誉》:"王太尉云:郭子玄语议如悬河写水,注而不竭。"

〔2〕折角之口:《汉书·朱云传》:"少府五鹿充宗贵幸,为梁丘《易》……(元帝)令充宗与诸《易》家论。充宗乘贵辩口,诸儒莫能与抗,皆称疾不敢会。有荐云者,召入,摄齐(zī衣下之裳)登堂,抗首而请,音动左右。既论难,连拄(挫折,驳倒)五鹿君,故诸儒为之语曰:'五鹿岳岳,朱云折其角。'"

〔3〕抵掌:击掌,一说犹据掌,即以一手覆按另一手的手掌。《战国策·秦策一》:"见说赵王于华屋之下,抵掌而谈。"谭:同"谈"。

此段承上启下,通过与发微子的对话,由铺叙汴都之治迹转而论述守汴之术。

先生曰："縶此寰宇,代狭代广,更张更弛[1]。黄帝都涿鹿,而是为幽州[2];少昊都穷桑,乃今鲁地[3]。伏羲都陈[4],帝喾都亳[5]。尧都平阳[6],乃若昊天而授人时[7];舜都蒲坂[8],乃觐群后而辑五瑞[9]。公刘处豳而兆王业之所始[10],太王徙邠者以避狄人之所利[11]。文王作酆,方蒙难而称仁[12];武王治镐,复戎衣而致乂[13]。盖周有天下三百余年,而刑措不用[14];及其衰也,亦三百余年,而五伯更起,星离豆割,各据谷兵以专利[15]。强侯胁带于弱国,不领人君之经费,天下日蹙而日裂[16],中国所有者无几[17]。当时权谋为上,雌雄相噬:孰有长距,孰有利觜[18];兵孰先选,粮孰夙峙;孰有桥关之卒[19],孰有凭轼之士[20];孰有素德,孰有强倚;孰欲报惠,孰欲雪耻[21]。或奉下邑以赂雠[22],或举连城而易器[23]。骸骨布野,介胄生虮[24]。肘血丹轮[25],马鞍销髀[26]。势成莫格[27],国墟人鬼[28]。噫彼土宇,凡几吞而几夺,几完而几弛[29]。秦中形势之国[30],加兵诸侯,如高屋之建瓴水[31]。神皋天邑[32],以先得者为上计。其他或左据函谷[33],右界褒斜[34],号为百二之都[35];东有成皋,西有崤渑[36],定为王者之里。以至置春陵之侠客[37],兴泗上之健吏[38]。扼襟控咽,屏藩表里。名城池为金汤[39],役诸侯为奴隶。拓境斥地,轹轊荒裔[40]。东包蟠木,西卷流沙,北绕幽陵,南裹交趾[41]。厥后席治滋永[42],泰心益侈。或慢守以启戎[43],或朋淫而招宄[44]。横调无艺而垂竭[45],游役不时而就毙[46]。卢令日纵而不继,鹭翱厌观而常值[47]。睚眦则覆尸而流血,愉悦则结缨而佩璲[48]。粉墨杂糅[49],贤才逆曳[50]。肿微黥黠而窃肉食[51],贼臣迴冗而图大器[52]。郡国制节,侯伯方轨,或为大尾而不掉[53],或为重腨而屡瘈[54]。室有丹楹,城有百雉[55]。朝廷无用于扬㷊[56],冠冕不闲于执贽[57]。天维披裂,地轴机梡[58],群生焦燃而殄瘁[59]。虽有城池,周以邓林[60],萦以天汉[61],曳辇可以陟崇巘[62],设趺可以济深水[63]。故魏武侯浮西河而下,自哆其地,而进戒于吴起[64]。盖秕政肆于庙堂之上,则敌国起于萧墙之里,奚问左孟门而右太行,左洞庭而右彭蠡[65]?"

〔1〕繄(yī衣):犹"惟",发语词。狭:缩小。广:扩大。张弛:比喻盛衰兴废。弓上弦叫张,卸弦叫弛。《韩非子·解老》:"万物必有盛衰,万事必有张弛。"

〔2〕涿鹿:今河北县名。在《禹贡》九州中属幽州。

〔3〕少昊都穷桑:少昊一作少皞。《左传·昭公二十九年》:"少皞氏有四叔……世不失职,遂济穷桑。"杜预注:"穷桑地在鲁北。"

〔4〕伏羲都陈:伏羲,一作"庖羲"。《帝王世纪》:"太昊帝庖羲氏,风姓也,蛇身人首,有圣德,都陈。"陈,在今河南淮阳县。

〔5〕帝喾(kù库)都亳(bó脖):《史记·五帝本纪》:《正义》引《帝王纪》云:"帝俈高辛,姬姓也……有圣德,年十五而佐颛顼。三十登位,都亳。"亳,今河南偃师;一说亳县,在今安徽省。

〔6〕尧都平阳:《史记·五帝本纪》:《正义》引徐广云:"(帝尧)号陶唐。《帝王纪》云:尧都平阳。"平阳,在今山西临汾西。

〔7〕"乃若"句:谓尧能敬顺上天,教民以四时耕作之宜。《史记·

313

五帝本纪》:"(帝尧)敬顺昊天,数法日月星辰,敬授民时。"昊天:上天。昊,广大。时:四时,四季的运行规律。

〔8〕蒲坂:今山西永济市西南。

〔9〕"乃觐(jìn 近)"句:谓会见诸侯,颁发瑞信。《史记·五帝本纪》:"帝尧老,命舜摄行天子之政……(舜)揖五瑞……五岁一巡狩,群后四朝。"《集解》:"揖,敛也。五瑞,公侯伯子男所执,以为瑞信(圭璧等瑞物)也。"群后:诸侯。

〔10〕公刘:古代周部落首领,相传是后稷的曾孙。自邰迁豳,周道之兴自此始。豳(bīn 邠):古邑名,在今陕西郇邑西南。周族后稷的曾孙公刘自邰迁居于此,到文王祖父太王又迁于岐。《诗·大雅·公刘》:"笃公刘,于豳斯馆。"

〔11〕太王:即古公亶父。邠,同"豳"。《史记·周本纪》:"古公亶父复修后稷、公刘之业,积德行义,国人皆戴之。薰育戎狄攻之,欲得财物,予之。已,复攻,欲得地与民……乃与私属遂去豳,度漆、沮,逾梁山,止于岐下。豳人举国扶老携弱,尽复归古公于岐下。"

〔12〕"文王"二句:《诗·大雅·文王有声》:"既伐于崇,作邑于丰。"丰,亦作"酆",故址在今陕西西安酆邑区东。蒙难:指囚于羑里事。《史记·周本纪》:"崇侯虎谮西伯于殷纣曰:'西伯积善累德,诸侯皆向之,将不利于帝。'帝纣乃囚西伯于羑里。"

〔13〕"武王"二句:谓周武王作邑于镐京,伐殷而治天下。镐:今陕西西安市。戎:兵也。乂:治也。

〔14〕刑措:刑罚不施。措,置也。

〔15〕五伯:伯,同"霸",五伯即春秋五霸(一般指齐桓公、晋文公、秦穆公、宋襄公、楚庄王)。星离豆割:犹如星散豆分。谷兵:粮食和武器。

〔16〕蹙(cù 猝):紧迫,收缩。

〔17〕中国所有者无几:指周天子所拥有的土地所剩无几。

〔18〕长距、利觜(zuǐ嘴):指鸡距和鸡嘴,鸡相斗时用以攻击对方,此喻击败他人的利器。张衡《东京赋》:"秦政利觜长距,终得擅场。"距,雄鸡脚跖后面突出像脚趾的东西。

〔19〕桥关之卒:指扼守要道关口的士兵。

〔20〕凭轼之士:指游说之士。《汉书·郦食其传》:"韩信闻食其冯轼下齐七十余城。"颜师古注曰:"冯,读曰凭,凭,据也。轼,车前横板隆起者也。云凭轼者,言但安坐乘车而游说,不用兵众。"

〔21〕"孰有"四句:列举各诸侯国的情况,谁素有德治,谁有恃无恐。谁想报恩,谁想复仇。

〔22〕奉下邑以赂雠:指弱国向强国献地。

〔23〕举连城而易器:指强国向弱国索宝。《史记·蔺相如列传》:"赵惠文王时,得楚和氏璧,秦昭王闻之,使人遗赵王书,愿以十五城请易璧。"

〔24〕介胄(zhòu宙):同"甲胄",披甲和头盔。

〔25〕肘血丹轮:谓浴血奋战。典出《左传·成公二年》:"郤克伤于矢,流血及屦,未绝鼓音。曰:'余病矣!'张侯曰:'自始合,而矢贯余手及肘,余折以御,左轮朱殷。岂敢言病?吾子忍之!'"丹轮,血染红了车轮。

〔26〕马鞍销髀(bì婢):谓身不离鞍,战斗不息。典出《三国志·蜀书·先主传》裴松之注引《九州春秋》:"备住荆州数年,尝于表坐起至厕,见髀里肉生,慨然流涕。还坐,表怪,问备,备曰:'吾常身不离鞍,髀肉皆消。今不复骑,髀里肉生……'"此反用其典。

〔27〕格:扞也。

〔28〕国墟人鬼:指国亡人死。

〔29〕弛:毁坏。

315

〔30〕秦中:略同"关中",今陕西中部平原地区,因春秋战国时地属秦国,故称。

〔31〕如高屋之建瓴水:《史记·高祖本纪》:"秦,形胜之国……其以下兵于诸侯,譬犹居高屋之上建瓴水也。"《集解》引如淳曰:"瓴,盛水瓶也。居高屋之上而幡瓴水,言其向下之势易也。"

〔32〕神皋天邑:谓关中沃土,乃天赐之邑。神皋,良田也。

〔33〕函谷:关名。在今河南灵宝东北,战国时秦置。关在谷中,深险如函,因而得名。东自崤山,西到潼津,通名函谷。

〔34〕褒斜:谷名,陕西终南山谷。南口曰褒,在褒城县南;北口曰斜,在郿县西南,长四百五十里。

〔35〕百二:极言秦地之险。《史记·高祖本纪》:"秦,形胜之国,带河山之险,县(悬)隔千里,持戟百万,秦得百二焉。"裴骃《集解》引苏林曰:"秦地险固,二万人足当诸侯百万人也。"

〔36〕成皋:在河南荥阳县汜水乡(俗名汜水镇)西,初名虎牢关。崤渑:崤山和渑池。崤山,在今河南洛宁县西北。渑池,故址在今三门峡市东,义马市西。

〔37〕舂陵之侠客:指后汉光武帝刘秀,其高祖封于舂陵。《后汉书·光武帝纪上》:"起于宛,时年二十八。十一月,有星孛于张,光武遂将宾客还舂陵。"

〔38〕泗上之健吏:指汉高祖刘邦。曾为泗水亭长。《晋书·张载传·榷论》:"设使秦、莽修三王之法,时致隆平,则汉祖泗上之健吏,光武舂陵之侠客耳。"

〔39〕金汤:金城汤池也。金以喻坚,汤喻拂沸不可近。

〔40〕輮轥(róu lìn 柔吝):车轮轧过。荒裔:荒远。

〔41〕"东包"四句:谓统辖四方极远之地区。《史记·五帝本纪》:"帝颛顼高阳者……北至于幽陵,南至于交阯,西至于流沙,东至于蟠

木。"蟠木:蟠曲生长的树木,此指代东海山上的树木。《集解》引《海外经》曰:"东海中有山焉,名曰度索,上有大桃树,屈蟠三千里。"流沙:此指我国西北沙漠地区。幽陵:此指北方幽州。交趾:交州,今越南、广西、广东的部分地区。

〔42〕"厥后"句:谓其后安定日久。

〔43〕慢守以启戎:放松守备给外敌以可乘之机。

〔44〕朋淫而招宄(guǐ 轨):淫靡成风而招致内乱。朋淫,淫靡成风。朋,成群。宄:内乱。《国语·鲁语上》:"窃宝者为宄。"

〔45〕横调无艺:横征暴敛没有节制。调,征也。艺,法制也。垂竭:民力将尽。

〔46〕游役不时:征役不按其时。毙:死亡。

〔47〕"卢令"二句:指沉湎于声色犬马之乐。卢令:猎犬。绁(xiè 泄):绳索。鹭翿(dào 道):鹭鸟之羽,古代舞者执之以舞。翿,翳也。《诗·陈风·宛丘》:"无冬无夏,值其鹭翿。"值:持。

〔48〕"睚眦"二句:谓反目者互相残杀,交友者升官晋爵。睚眦(yá zì 厓自):怒目而视。结缨而佩璲:戴冠佩玉,谓升官晋爵。缨,帽带。佩璲(suì 遂),以瑞玉为佩饰。《诗·小雅·大东》:"鞙鞙佩璲,不以其长。"谓居其官职而无其才之所长。璲,瑞玉名。

〔49〕粉墨杂糅:谓黑白相混。

〔50〕逆曳:倒拖。

〔51〕肿微:不详。䎽聒(mài guà 卖卦):顽恶也。肉食:指当官在位者。《左传·庄公十年》:"肉食者谋之。"杜预注:"肉食,在位者。"

〔52〕"贼臣"句:奸佞邪僻之人图谋窃取国之大柄。

〔53〕"郡国"二句:谓地方跋扈。方轨:车并列而行。《战国策·齐策》:"亢父之险,车不得方轨,马不得并行。"大尾而不掉:谓下属势力强于中央,难以驾驭。《左传·昭公十一年》:"末大必折,尾大不掉,君所

317

知也。"掉,摆动。

〔54〕重膇(zhuì 坠)而屡疐(zhì 治):因脚肿而仆倒,此谓民众贫病交困。《左传·成公六年》:"民愁则垫隘,于是乎有沉溺重膇之疾。"膇,脚肿。疐,同"踬",顿也,仆倒。

〔55〕"室有"二句:谓诸侯非礼越规。城有百雉:《左传·隐公元年》:"祭仲曰:都城过百雉,国之害也。"杜预注:"祭仲,郑大夫。方丈曰堵,三堵曰雉。一雉之墙,长三丈,高一丈。侯伯之城方五里,径三百雉,故其大都不得过百雉。"

〔56〕"朝廷"句:谓朝廷无力制服地方作乱。扬燎:放火燃烧。《诗·小雅·正月》:"燎之方扬,宁或灭之。"

〔57〕"冠冕"句:谓贿赂公行。冠冕:当官者。贽(zhì 至):求见时送的礼物。

〔58〕"天维"二句:谓纲常紊乱。天维:系天之绳,喻指纲常。地轴:地之轴心。杌柅(wù nǐ 兀泥):即"杌陧(niè 聂)",倾危不安。

〔59〕"群生"句:谓生民涂炭,困苦不堪。殄瘁(tiǎn cuì 舔粹):困苦。

〔60〕邓林:《山海经·海外北经》:"夸父与日逐走,入日,渴,欲得饮,饮于河渭,河渭不足,北饮大泽,未至,道渴而死,弃其杖,化为邓林。"此指树林。

〔61〕天汉:银河。

〔62〕曳辇(niǎn 捻):行车。曳,牵引。辇,人推挽车。陟(zhì 至)崇巘(yǎn 演):登上高峰。陟,登,升。巘,山峰。《诗·大雅·公刘》:"陟则在巘。"

〔63〕跗(fú 夫):脚背。疑作"泭",木筏也。《国语·齐语》:"方舟设泭,乘桴济河。"韦昭注:"编木曰泭。"

〔64〕"魏武侯"三句:谓魏武自哆山河险固,吴起向他戒谏。《史

记·吴起列传》:"武侯浮西河而下,中流,顾而谓吴起曰:'美哉乎山河之固!此魏国之宝也。'起对曰:'在德不在险。昔三苗氏左洞庭,右彭蠡,德义不修,禹灭之……殷纣之国,左孟门,右太行,常山在其北,大河经其南,修政不德,武王杀之。由此观之,在德不在险。若君不修德,舟中之人尽为敌国也。'"哆(chǐ齿):张口貌,此指夸赞。进戒于吴起:吴起向他进言劝戒。

〔65〕"盖秕政"四句:谓政治腐败,祸自内起,即使有孟门、太行、洞庭、彭蠡等有利地势,又有何用?秕(bǐ比)政:不良的政治措施。萧墙:门屏。《论语·季氏》:"吾恐季孙之忧,不在颛臾,而在萧墙之内也。"后因称内乱为"祸起萧墙"。孟门:古隧道名,在今河南卫辉市西。太行:山名。在山西高原和河南、河北平原间。洞庭:即洞庭湖,在湖南省北部,长江南岸。彭蠡:古泽薮名,一说即今鄱阳湖。

以上,以黄帝至周武王的仁政和春秋时期诸侯争霸的情况进行对比,从而说明:"守国之道,在德不在险。"

发微子曰:"天命有德,主此四方,如辐之拱毂,如楠之会极〔1〕。其硞巩者〔2〕,天与之昌;其阿砢者〔3〕,天与之亡。且非易之所能坏,亦非险之所能藏;非愚之所能弱,亦非贤之所能强。故将吞楚也,白蛇首断于大泽〔4〕;将继刘也,雄雉先雊于南阳〔5〕。龙漦出椟,而檿弧隐亡周之语〔6〕;蓐收袭门,而天帝贻刑虢之殃〔7〕。人力地利,信不能偃植而支仆〔8〕,而皆听乎彼苍。故鲸鲵勤解〔9〕,决一死于吻血;兕虎阗阓〔10〕,践巍岳为平冈。蹂生灵如踢块,簸天下如扬糠〔11〕。其败也,抉目而析骨〔12〕;其成也,顶冕而垂裳〔13〕。由此观之,土地足以均沛泽而施灵光而已,易险非所较〔14〕,贤否亦未可议也。"

〔1〕辐之拱毂:车辐之围聚于车毂。桷(jué决)之会极:方椽之架集于栋梁。桷,方形的椽子。极,房屋的中栋。

〔2〕硈(jiá夹)巩:坚固。硈,石坚也。

〔3〕阿砢(ě luǒ噁裸):门倾相扶持。语出《上林赋》:"坑衡阿砢。"

〔4〕"将吞楚"二句:用汉高祖刘邦的传说。《史记·高祖本纪》:"高祖被酒,夜径泽中,令一人行前。行前者还报曰:'前有大蛇当径,愿还。'高祖醉,曰:'壮士行,何畏!'乃前,拔剑击斩蛇,蛇遂分为两,径开……后人来至蛇所,有一老妪夜哭,人问何哭……妪曰:'吾子,白帝子也,化为蛇,当道,今为赤帝子斩之,故哭。'"

〔5〕"将继刘"二句:用东汉光武帝刘秀的传说。《搜神记》卷八:"秦穆公时……(二)童子化为雉……其雄者飞至南阳,今南阳雉县,是其地也……每陈仓祠,时有赤光,长十余丈,从雉县来,入陈仓祠中,有声殷殷如雄雉。其后,光武起于南阳。"雊(gòu够):雉鸣。

〔6〕龙漦(lí离)出椟(dú读):用周亡的传说。《史记·周本纪》:"昔自夏后氏之衰也,有二神龙止于夏帝庭而言曰:'余,褒之二君。'夏帝卜杀之,与去之,与止之,莫吉。卜请其漦而藏之,乃吉。于是布币而策告之,龙亡而漦在,椟而去之。夏亡,传此器殷;殷亡,又传此器周。比三代,莫敢发之。至厉王之末,发而观之,漦流于庭,不可除……宣王时之童女谣曰:'檿弧箕服,实亡周国。'"漦,龙的唾沫。椟,木匣。檿(yǎn掩),山桑,可制弧(桰)。

〔7〕蓐(rù入)收:天帝管刑杀之神。袭门:袭击国门。《国语·晋语二》:"虢公梦在庙,有神人面白毛虎爪,执钺立于西阿。公惧而走。神曰:'无走!帝命曰:使晋袭于尔门。'公拜稽首。觉,召史嚚占之,对

320

曰:'如君之言,则蓐收也,天之刑神也,天事官成。'……六年,虢乃亡。"蓐收,天之刑神。此谓蓐收进袭国门,这是天帝留给虢国的灭杀之祸。

〔8〕"人力"二句:谓人力、地利均无能为力。偃植而支仆:使立者伏,使仆者撑。偃,伏也。植,立也。支,撑也。仆,倒地也。

〔9〕勷(bà罢)解:恶怒。

〔10〕"兕(sì寺)虎"句:谓猛兽相斗。兕:古代犀牛一类的兽名。阛阓:疑为"闗闠"之误,罗笺谓:"阛阓,皆讹体字。"并引《说文》云:"闗闠,斗连结缤纷相牵也。"

〔11〕"蹂生灵"二句:谓残害百姓,扰乱天下。

〔12〕抉目而析骨:挖眼析骨,指受酷刑。

〔13〕"其成"句:谓成则称王。

〔14〕"易险"句:谓治乱非地力所能定。

以上通过发微子的言论引出下段,以主客问对答进一步阐发地险不足恃,有德则昌,无德则亡的道理。

先生曰:"以易险非所较者,固已乖矣[1]。以贤否非议者,乌乎可哉?客不闻'王公设险以守其国,有德则昌'者乎?地欲得险,势欲参德[2]。迫隘卑陋,则无以容万乘之扈从,供百司之廪饩[3];据偏守隅,则无以限四方之贡职,平道里之远迩[4]。膴原申区[5],割宅制里[6]。走八极而奔命[7],正南面而负扆[8]。举天下于康逵[9],力士鞲韥而不敢取[10],贪夫汗缩而不敢睨者[11],恃德之险也。襟凭终南、太华之固,背负清渭、浊河之注[12],扼人之吭而拊人之脊[13],一日有变而万卒立具。然而布衣可以窥隙而试勇,匹夫可以争衡

321

而号呼〔14〕,彼天府之衍沃,适为人而保聚〔15〕,此以地为险者也。地严德畅,然后为神造之域,天设之阻。

〔1〕乖:背戾。

〔2〕参德:《礼记·中庸》:"可以赞天地之化育,则可以与天地参矣。"参德,参德天地,与天、地合为三。

〔3〕万乘:指天子所拥有的规模。古者天子、诸侯、卿、大夫按等级拥有车辆之数不同,不得越矩。天子万乘,一车四马谓一乘。扈从:皇帝出巡时护驾的侍从。百司:政府各部门,此指百官。廪饩(xì 细):由官府供给的粮食。

〔4〕贡职:赋税和贡品。迩(ěr 尔):近也。

〔5〕膴(wǔ 五)原申区:《诗·大雅·绵》:"周原膴膴。"传:"膴膴,美也。"笺:"周之原,在岐山之阳,膴膴谓肥美。"申区,明本作"中区",指中州土地。

〔6〕割宅制里:划分居宅里巷之区域。《汉书·晁错传》中晁上书言当世急务云:"营邑立城,制里割宅,通田作之道,正阡陌之界。"

〔7〕八极:边远之地。《淮南子·墬形》:"天地之间,九州八极。"又云:"九州之外,乃有八殥。""八殥之外,而有八纮。""八纮之外,乃有八极。"

〔8〕负扆(yǐ 以):谓南面而朝诸侯。负,背也。扆,户牖之间为扆,因以指帝王宫殿上设的屏风。

〔9〕康逵:康庄大道。

〔10〕軆輗(tǐ nǐ 体你):软貌。

〔11〕睨(nì 腻):斜视。

〔12〕"襟凭"二句:谓正面凭靠终南山、太华山之险固,背靠渭河、黄河之水流。终南,指终南山,在今陕西西安市南;太华,华山主峰名,此

指华山,今陕西西安市东。

〔13〕扼人之吭(háng杭):扼住人的喉咙。吭,喉。拊(fǔ抚)人之脊:击人的脊背。拊,拍击。

〔14〕窥隙:犹伺机。争衡:争强斗胜。

〔15〕衍沃:同"沃衍",土地平坦肥美。适:恰、正。保聚:聚众保卫。

以上通过衍流先生的言论,说明地险与德畅二者兼有,则方为神造之域,天设之阻。

大哉炎宋[1],帝眷所瞩,而此汴都,百嘉所毓[2]。前无湍激旋渊吕梁之绝流,后无太行石洞飞狐句望浚深之岩谷[3]。丰乐和易,殊异四方之俗。兵甲士徒之须,好赐匪颁之用[4],庙郊社稷百神之祀,天子奉养、群臣稍廪之费[5],以至五谷六牲,鱼鳖鸟兽,阖国门而取足。甲不解累,刃不离鐲[6],秉钺匈奴而单于奔幕,抗旌西僰而冉骁蚁伏[7]。南夷散徒党而入质,朝鲜畏菹醢而修睦[8]。解编发而顶文弁,削左衽而曳华服[9]。逆节踯躅而取祸者,折简呼之而就戮[10]。耽耽帝居[11],如森锃利镞之外向[12],死士逡巡而莫触[13]。仁风冒于海隅,颂声溢乎家塾。伊昔天下阽危[14],王猷失度[15]。皇纲解纽[16],嘷豺当路。帝怀宝历[17],未知所付。可受方国,莫越艺祖[18]。图纬协期[19],讴谣扇孺[20]。赤子云望而风靡[21],英雄螽趯而蝇附[22]。玉帛骏奔者万国[23],冠冕充塞乎寰宇。绝塞税铠而免胄[24],障垒熄燧而摧橹[25]。拜槛神威[26],有此万旅。奕世载德[27],蔑闻过举[28]。发枊禾穇[29],子携稚哺。击果懋穗[30],疏恶鉴妖[31]。鈚角之碏刻[32],刺榴枪而牧圂[33]。爰暨皇帝,粉饰朴质,秤量纤巨[34],锽锽奏庙之金玉[35],璨璨夹楹之簠簋[36]。训典严密,财本丰阜。刑罚纠虔[37],布施优裕。田有愿耕之农,市有愿藏之贾。草窃还业而敛迹[38],大道四通而不敫[39]。车续马连,千百为群,肩舆捆载[40],前却而后跙[41],搏壤歌咢者万井[42],未闻欧嗳而告瘠[43]。虽立遗为界[44],其谁敢擸膊以批捭[45],况此汴都者乎!抑又有天下之壮,客未尝睹其奥也。

〔1〕炎宋:宋以火德王,色尚赤,故称。

〔2〕百嘉所毓(yù育):百美所育。嘉,善,美好。毓,生养,孕育。

〔3〕"前无"二句:谓宋朝守德不恃险。语出《淮南子·俶真》:"唯体道能不败,湍濑、旋渊、吕梁之深,不能留也;太行、石涧、飞狐、句望之险,不能难也。"高诱注:"湍濑,急流。旋渊,深渊也。吕梁,水名也,在彭城。皆水险留滞也。"又:"太行,在野王北,上党关也。石涧,深豁。飞狐,在代郡。句望,在雁门。皆险隘也。"按:石洞或是"石涧"之误。

〔4〕匪:同"筐",承帛之筐,此指朝廷的奖赐。杜甫《自京赴奉先县咏怀五百字》:"圣人筐篚恩。"

〔5〕稍廪:俸禄,月俸。

〔6〕甲不解累:谓偃武修文也。累,用以盛甲之器。韣(dú独):弓衣也。语出《国语·齐语》:"诸侯甲不解累,兵不解翳,弢无弓,服无矢。隐武事,行文道。帅诸侯而朝天子。"

〔7〕"秉钺"句:谓征战四方,四方均臣服。秉钺:手握武器,奉命征

伐之意。钺,古代兵器。奔幕:走降于军幕。语出《汉书·终军传》:"大将军秉钺,单于奔幕;票骑抗旌,昆邪右衽。"抗旌:举旌旗,言征战也。西僰(bó 舶):古族名。春秋前后居今川南及滇东一带。冉駹(máng 忙):古族名。分布在今四川茂汶羌族自治县一带。详见《史记·西南夷列传》。蚁伏:如蚁之伏地。

〔8〕入质:入为人质。质,抵押。菹醢(zū hǎi 租海):古代酷刑,将人剁成肉酱。修睦:和好。

〔9〕"解编发"二句:使四方蛮夷接受华夏文明。编发:结发为辫。弁(biàn 辨):古代贵族的帽子。左衽:古代少数民族的衣服,前襟左掩,不同于中原之右掩。

〔10〕逆节踯躅(zhí zhú 直烛):违命徘徊不进貌。节,使者所持信物。踯躅,徘徊。折简:写信。《晋书·宣帝纪》:"(王凌)面缚水次,曰'凌若有罪,公当折简召凌,何苦自来耶?'帝曰:'以君非折简之客,故耳。'"就戮:就刑。

〔11〕眈眈:通"沉沉",宫室深邃貌。左思《魏都赋》:"眈眈帝宇。"

〔12〕森锹(dí 敌)利镞(zú 族):森,密而多。锹,同"镝",箭镞。

〔13〕逡(qūn 群阴平)巡:退却,欲进不进、迟疑不决的样子。

〔14〕阽(diàn 店)危:危险。阽,近边欲坠。屈原《离骚》:"阽余身而危死矣。"

〔15〕王猷(yóu 犹):王道。猷,道也。

〔16〕皇纲解纽:指纲纪散乱。

〔17〕"帝怀"四句:指周恭帝禅位于宋太祖。宝历:历数,喻国祚。《论语·尧曰》:"尧曰:'咨尔舜,天之历数在尔躬。'"

〔18〕方国:四方来附者。《诗·大雅·大明》:"厥德不回,以受方国。"艺祖:一朝开国的皇帝,此指宋太祖赵匡胤。

〔19〕图纬:图谶(chèn 衬)和纬书。图即河图。纬,儒生方士编集

的附会儒家经典的各种著作。

〔20〕讴谣扇孺:谓民歌童谣风行。

〔21〕赤子:老百姓。云望:久旱而望雨云也。风靡:闻风而从。

〔22〕螽趯(tì 惕):踊跃貌。语出《诗·召南·草虫》:"趯趯阜螽。"蝇附:如蝇一般附于物上。

〔23〕玉帛骏奔者万国:各国骑骏马执玉帛来朝,以示和好。语出《左传·哀公七年》:"禹会诸侯于涂山,执玉帛者万国。"玉帛,瑞玉和束帛,古代诸侯参与会盟朝聘时所持礼物。

〔24〕税(tuō 脱)铠而免胄:脱去盔甲。税,舍也。铠,甲也。胄,头盔。

〔25〕障垒:边界上的堡垒。熄燧(suì 岁):指边疆安宁无战事。燧,古代报警的烽烟,昼则燔燧,夜乃举烽。摧橹:拆毁对方的边防。橹,楼橹,即望楼,古代军事上用来侦察、防御或攻城的高台。

〔26〕神威:本唐禁卫军之称。宋于咸平三年(1000)建"神威军","上下指挥十三:陈留三,许、巩各二,雍上、考城、咸平、河阳、广济、白波各一"。见《宋史·兵志一》。

〔27〕万旅:指强大的军队。奕世:累世。

〔28〕蔑闻:未闻,无闻。

〔29〕发栉(zhì 质)禾耨(nòu 獳):喻理顺国政如梳发耘禾。栉,梳篦。耨,小锄头。

〔30〕击果:不详。击或为"累"之讹,言果实之多。懋穗:瑞禾,美穗。

〔31〕疏恶鉴妖:谓除恶见美也。疏,明本作"拔"。

〔32〕铍(é 俄)觚(gū 姑)角之碜(chěn 臣上声)刻:使之圆顺之意。铍,刻也,去角。觚,棱角。碜刻,沙石之尖刻。

〔33〕刜(fú 弗)橃枪而牧圉(yǔ 语):谓平定边乱,使之归顺。刜,

砍也。欃枪,彗星,喻边患。圈,养马。

〔34〕秤量纤巨:权衡大小。

〔35〕锽(huáng 皇)锽:钟鼓声。

〔36〕簠簋(fǔ guǐ 府鬼):古代食器。方曰簠,圆曰簋,用以盛黍稷稻粱。

〔37〕刑罚纠虔:谓用刑严谨。纠虔,纠,恭也;虔,敬也。

〔38〕草窃还业:盗窃者回去就业。

〔39〕斁(dù 杜):闭也。

〔40〕肩舆:轿子。

〔41〕前却而后趄(jǔ 举):谓接踵而行。趄,行不进也。

〔42〕搏壤歌咢者万井:谓百姓安居乐业。搏,击也。击壤:《论衡·艺增》:"传曰:有年五十击壤于路者。观者曰:'大哉,尧德乎!'击壤者曰:'吾日出而作,日入而息,凿井而饮,耕田而食,尧何等力?'"歌咢(è 厄):击鼓而歌也。咢,击鼓而不歌。万井:我国奴隶社会时期,奴隶主为计算自己领地的大小和监督奴隶劳动,把土地划成很多方块,像"井"字,故又称"井田制"。万井形容很广阔的地方,引申为广大百姓。

〔43〕欭(yīn 因)嘤(yōu 忧)而告瘉(yù 愉):因贫病而叹息。欭嘤,叹息时气窒不畅貌。瘉,病也。

〔44〕壝(wěi 伟):祭坛四周的矮墙。

〔45〕撅(jué 爵)膊以批捭(bǎi 摆):伸臂搏击。撅膊,抬起胳膊。批捭,摆两手相击。

以上说宋朝立国虽无特殊的地险可凭,却能丰乐和易,四方臣服,民心归顺,无敢搏击者。

且宋之初,营是都也,上睎天时[1],下度地制,中应人欲。测以圣智,建以皇极[2],基以贤杰,限以法士,垣以大师,屏以大邦[3],扞以公侯,城以宗子[4]。以义为路,以礼为门[5],键钥以柄,开阖以权[6],扫除以政,周裹以恩[7],乃立室家,以安吾君。有庭其桓,社稷臣也[8];有梴其桷,众材会也[9]。有闱孔张,通厥明也;有牖孔阳,达厥聪也[10]。其槛如衡,前有凭也;其壁如削,后有据也[11]。其陛则崇,止陵践也[12];其极则隆[13],帝居中也。

〔1〕睇(dì弟):本义是斜视,此处作"察看"解。

〔2〕皇极:大道。《尚书·洪范》:"建用皇极。"皇,大。极,中。此言凡立事当用大中之道。

〔3〕"垣以"二句:谓用公卿、诸侯为国之屏障辅弼。垣:墙也。大师:三公也。屏:遮蔽和捍卫之物。大邦:大的诸侯国。《诗·大雅·板》:"大师维垣,大邦维屏。"

〔4〕"扞以"二句:谓以公侯嫡子保卫国家的安宁。扞:同"捍",保卫。《诗·周南·兔罝》:"赳赳武夫,公侯干城。"宗子:嫡子。《诗·大雅·板》:"怀德维宁,宗子维城。"

〔5〕"以义"二句:谓以礼义治国。《孟子·万章下》:"夫义,路也;礼,门也。"

〔6〕"键钥"二句:谓掌握关键,行施权力。

〔7〕"扫除"二句:谓以德除恶,以恩施善。

〔8〕"有庭"二句:谓朝廷有社稷之臣支撑。桓(huán环):柱子。

〔9〕"有梴(chān掺)"二句:谓众材齐备。梴:木长也。桷(jué掘):方的椽子。《诗·商颂·殷武》:"松桷有梴。"毛传:"梴,长貌。"

〔10〕"有闱"四句:谓聪明四达。闱:宫中小门。孔:甚,很。牖

(yǒu有):窗口。阳:明也。

〔11〕"其槛"四句:谓有凭有靠。槛:长廊边的栏杆。衡:车前横木。据:凭,靠也。

〔12〕陛(bì币):帝王宫殿前的台阶。崇:高也。陵践:登也。

〔13〕极:屋极,屋中最高正中处。

以上谓宋初在营建汴都的同时,建立了巩固的中央政权。

邑都既周,宫室既成,于是上意自足。乃驾六龙[1],乘德舆[2],先警跸[3],由黄道[4],驰骋乎书林,下观乎学海,百姓欣跃,莫不从属车之尘而前迈[5],妙技皆作,见者胆碎。乃使力士提挈乎阴阳,抟捖乎刚柔,应乎成器,方圆微硕,或粉或白,随意所裁[6]。上方咀嚼乎道味,斟酌乎圣泽,而意犹未快。又欲浮槎而上[7],穷日月之盈昃[8],寻天潢之流派[9]。操执北斗之柄,按行二十八星之次,夺雷公之枹[10],收风伯之鞴[11],一瞬之间,而甘泽滂沛。囚孛彗于幽狱[12],敷景云而黳霭[13]。统摄阴机,与帝唯诺而无阂[14]。如此淫乐者十有七年[15],疲而不止,谏而不改。吾不知天王之用心,但闻夫童子之歌曰:'孰为我尸[16],孰厘我载[17]。茫茫九有[18],莫知其界。'"

〔1〕乃驾六龙:谓驾御天下。《易·乾·文言》:"时乘六龙,以御天也。"

〔2〕乘德舆:《左传·襄公二十四年》:"夫令名,德之舆也。德,国家之基也。"

329

〔3〕警跸(bì 毕):皇帝出入的地方断绝行人,严加戒备。警,禁戒。跸,清道。《后汉书·杨震列传》:"王者至尊,出入有常。警跸而行,静室而止。"

〔4〕黄道:帝王巡行之道,此用其引申义。《汉书·天文志》:"日有中道,月有九行。中道者,黄道,一曰光道。"

〔5〕属车:车辆相连。

〔6〕"乃使力士"六句:叙写力士之妙技。抟:搓揉。捖(wán 完):刮摩。微硕:细小肥大。

〔7〕浮槎(chá 搽)而上:《博物志》卷一〇:"旧说云天河与海通,近世有人居海渚者,年年八月有浮槎去来,不失期。人有奇志,立飞阁于槎上,多赍粮,乘槎而去。"槎,木筏。

〔8〕盈昃(zè 仄):满与侧。昃,底本作"具",据明本改。《易·丰》:"日中则昃,月盈则食。"日西斜曰昃。昃,侧也。

〔9〕天潢:《史记·天官书》:"王良……旁有八星,绝汉,曰天潢。"潢者,积水池。

〔10〕枹(fú 浮):即"桴",鼓槌也。

〔11〕鞴(bì 必):皮囊,用以吹气鼓风。

〔12〕孛(bèi 贝)彗:彗星。

〔13〕敷:铺陈。景云:即卿云、彩云,古人以为祥瑞之气。黯霭:使雾气黯然消失。

〔14〕"统摄"二句:谓能统摄天机,与天帝之意唯诺相通,毫无隔阂。

〔15〕十有七年:英宗治平四年(1067)神宗赵顼即位,次年(1068)改元熙宁,到元丰六年(1084)周邦彦献《汴都赋》,其间共十七年。

〔16〕孰:谁。尸:主。

〔17〕厘:福也。载:地之所载万物也。

〔18〕九有:九州。《诗·商颂·玄鸟》:"奄有九有。"

以上称扬神宗在功业大成之后,进一步学道修德,以求与天地化机相参,造福无极。

客乃觍觍然惊〔1〕**,拳拳然谢曰**〔2〕**:"非先生无以刮吾之矇,药吾之聩**〔3〕**,臣不能究皇帝之盛德,谨再拜而退。"**

——录自吕祖谦《皇朝文鉴》卷七(《四部丛刊》初编本)

〔1〕觍(xì 细)觍然:惊惧貌。
〔2〕拳拳然:服膺貌。
〔3〕矇(méng 蒙):有眸子而失明。聩(kuì 溃):耳聋。

以客之惊服赞叹结束全篇。

《汴都赋》约作于神宗元丰六年,时作者在京城为太学外舍生,其后诸生纷纷献赋,唯邦彦此赋文采华瞻,内容丰富,受到神宗皇帝的青睐,命读于迩英阁,声名一日震耀海内。据李焘《续资治通鉴长编》卷三四四载:"元丰七年三月壬戌,诏太学外舍生周邦彦为试太学正,寄理县主簿、尉。邦彦献《汴都赋》,上以太学生献赋颂者以百数,独邦彦文彩可取,故擢之。"此赋在写法上取则于汉代题写京城的散体大赋,开首即以主客答问的传统形式引出对汴京的正面叙写,在概括交代汴京的地理位置和历史沿革以总摄建都的意义后,即展开方方面面的具体铺陈,城阙之壮丽、市容之繁华、物产之富庶、兵甲之坚锐、国威之昌

331

盛以及文化、教育、历法、礼乐等等设施之齐备,同时歌颂熙丰新政推行中,导洛通汴、官制改革和扩建景灵宫等业绩,既极尽形容又较为征实,能得汉人赋法的神理。文章后半部,又通过主客间的质疑和答询,进一步申说"有德则昌"的守国之道,将铺陈颂美之笔意转移到立国有则的警醒上来,使赋体文字"劝""讽"结合的原则得到较全面的体现,由此获取世人的更相赞誉和后代论家的充分肯定,在周氏现存诸文中是最为突出的一篇。

楼钥《清真先生文集序》:班孟坚之赋《两都》,张平子之赋《二京》,不独为五经鼓吹,直足以佐大汉之光明,诚千载之杰作也。国家定都大梁,虽仍前世之旧,当四通五达之会,贡赋地均,不恃险阻,真得周家有德易以王之意。祖宗仁泽深厚,承平百年,高掩千古,异才间出,曾未有继班、张之作者。神宗稽古有为,鼎新百度,文物彬彬,号为盛际。钱塘周公少负扆校隽声,未及三十,作为《汴都赋》,凡七千言,富哉,壮哉!极铺张扬厉之工。期月而成,无十稔之劳;指陈事实,无夸诩之过。赋奏,天子嗟异之,命近臣读于迩英阁,由诸生擢为学官,声名一日震耀海内,而皇朝太平之盛观备矣。

文廷式《纯常子词话》:《汴都赋》末段云:"上方咀嚼乎道味……莫知其界。"其讥讽徽宗求仙荒宴,殆比于家父作诵,非扬、马惩一而劝百者也。

丁立中《汴都赋跋》:此明刊《汴都赋》为当时单行本……世鲜传本。在宋时两呈御览,足与王氏(十朋)《会稽赋》并垂不朽。

王国维《清真先生遗事·尚论三》:先生《汴都赋》变《二京》《三都》之形貌而得其意,无十年一纪之研炼而有其工。壮采飞腾,奇文绮错。二刘博奥,乏此波澜;两苏汪洋,逊其典则。至令同时硕学只诵偏旁,异世通儒或穷音释,然在先生犹为少作已。

祷神文并序[1]

胥山子既弱冠[2],得健忘疾,坐则忘起,起则忘所适[3]。与人语则忘所以对,行于途懵懵然趋之,踬赿垺[4],抵植木[5],僮仆在后叱叱然呼之,然后知返。比年尤剧,自以为苦,莫知所以治者。有老子之徒教之[6],曰:"人身各有神,神各有司[7],而心为之主。神之不灵,众事错焉。澡雪其心[8],则君明令严,百官仰流,纤事不遗。然孰不涉事,而无此疾者,其君不挠也[9]。子非挠其君乎?时血并其上,气并于下,而为此疾乎?心明识还,血苏气蒸,殆可以已此乎[10]?然人之所知者止此耳。吾得法于海上:以时祭其神,酒一,茗一,割鹿为脯,藉以白茅[11],香秔肥𪊨[12],于阒室以意力遣神出[13]。既食既享,于是有道家法,并以咒语[14],其轮祭五神各有日,又于某日合祭之,其法有差焉[15]。至某时而后验。"胥山子难之曰[16]:"神岂道饮食而后灵耶[17]?"彼曰:"男女饮食,所好者神也。神无形也,以意力遣神出,则神亦为人出。即其所好,乃见吾神,因施吾法焉。非若祭欺魄[18],徒媚以饮食也,子勿深诘,吾弗敢告子矣。"吾固以为妄,而苦此疾也久矣,聊一试之,因一日行其法,作文以祷神。

333

〔1〕本文写作年代不详。祷神:谓求祷于神主,即自己心灵的主管。

〔2〕胥山子:文中假设的人物。按杭州吴山有伍子胥庙,故又名胥山。周邦彦是杭州钱塘人,因以自喻。

〔3〕适:往。

〔4〕踬(zhì 至):被绊倒。越埳(chú xiàn 除陷):田间坑洼地。越,同"畴"。埳,同"陷"。《淮南子·原道》:"凡人之志,各有所在。而神有所系者,其行也,足蹟越埳,头抵植木,而不自知也。"

〔5〕抵:触,撞。

〔6〕老子之徒:指道教人士。道教奉老子为祖师。

〔7〕司:主管,管理。

〔8〕澡雪其心:涤除心灵上的污染。《魏书·释老志》:"道家之原,出于老子……其为教也,咸蠲去邪累,澡雪心神。"雪,洗涤。

〔9〕其君:指司心之神明。不挠:不受扰乱。

〔10〕已:止。这里指病除。

〔11〕藉以白茅:(祭品)用白色的茅草垫底,表示洁净。藉,以物垫衬。

〔12〕秔(jīng 京):"粳"(jīng 京)的异体字。稻的一种,俗称大米。胾(zì 字):大块肉。

〔13〕阒(qù 去):寂静。以意力遣神出:用精神力量促使神明由体内走出以享受祭品。

〔14〕并:加。

〔15〕差:区别。

〔16〕难(nàn 南去声):诘难。

〔17〕道饮食:以饮食为通道。

〔18〕欺魄:土偶人。《列子·仲尼》:"见南郭子,果若欺魄焉,而不可与接。"张湛注:"欺魄,土人也。一说云欺'颖',神凝形丧,外物不能

得窥之。"

以上写胥山子患健忘症,从人劝而致祷于心之神明,是全文引子,即题中所谓"序"。

其辞曰:"繄人之生[1],秉灵怀奇。戴高趾厚[2],参相二仪[3]。上推晷躔[4],下泄化机[5]。众豗嵯峨[6],巧龙游蜚[7]。食虎则驯[8],豢龙而肥[9]。撷英已疾[10],播策穷微[11]。布灰阙晕[12],秉苅逃魑[13]。创物制形,任意莫违。俨灵府之旷深[14],包百怪之参差[15]。一拂则鸣,一染则缁[16]。事关古今,书传孔姬[17]。《金縢》《豹韬》[18],鸟迹龙图[19]。联编比简,句析章离[20]。漫烂五车[21],参罗是非[22]。匪诵匪习,一念则随[23]。至于识简知陵,探环悟儿[24]。部曲万人,一目谓谁[25]。口存亡书,手覆坏棋[26]。意者魂收其亡,尸录其遗[27]。纳之黄庭[28],阖以灵扉[29]。以时闭开,以应时用,分曹隶属,各有攸司。胡为乎血气则均,独分顽鄙[30]?四体不勤,又不强记[31]。今则捐昔,夜则昧昼,嗒然都忘,废若委衣[32]?

唯汝心君[33],不纪不纲,训下不齐。余官回冗[34],并弃尔典[35]。嗟尔职藏[36],不啬不啬[37]。盗发告竭,弗究弗追。日厌甘芳[38],自怿自嬉。使吾缪妄昏塞[39],既得复失,逮壮已然,垂白奈何!今者不决汝雠,更惠以德。既来既享,曷以报我?"

〔1〕繄(yī衣):发语词。

〔2〕戴高趾厚:顶天立地。戴,头顶。趾,足,此处作动词用,脚踩。高、厚,分别指代苍天和大地。《诗·小雅·正月》:"谓天盖高,不敢不局。谓地盖厚,不敢不蹐。"

〔3〕参相二仪:参与推动天地阴阳之变化。相(xiàng向),辅助。二仪,指天地。成公绥《天地赋》:"何阴阳之难测,伟二仪之夐(奢)阔!"傅亮《感物赋》:"彼人道之为贵,参二仪而比灵。"

〔4〕推:推算。晷(guǐ鬼):日影,此指阳光移动的位置。躔(chán缠):日月星辰运行的度次。《汉书·律历志上》:"日月初躔,星之纪也。"

〔5〕泄:泄漏,此指揭露。化机:自然变化之先兆。化,指造化。机,细嫩的迹象。

〔6〕"众隳(huī灰)"句:谓合众人之力可以摧毁高山峻岭。《吕氏春秋》:"隳人之城郭。"高诱注:"隳,坏也。"嵯峨(cuō é搓鹅):形容山的高峻。

〔7〕巧龙游䖟:巧匠刻制的土龙可似真龙飞游。语出《论衡·乱龙篇》:"鲁般、墨子刻木为鸢,䖟之三日而不集,为之巧也。使作土龙者若鲁般、墨子,则亦将有木鸢䖟不集之类。夫䖟鸢之气,云雨之气也。气而䖟木鸢,何独不能从土龙?"䖟,同"飞"。

〔8〕食(sì四)虎则驯:《论衡·乱龙篇》又云:"上古之人有神荼、郁垒者,昆弟二人,性能执鬼,居东海度朔山上,立桃树下,简阅百鬼。鬼无道理,妄为人祸,荼与郁垒缚以芦索,执以食虎。"食,同"饲"。

〔9〕豢(huàn患)龙而肥:养龙可引群龙聚合。《左传·昭公二十九年》录蔡墨答魏献子言:"昔有飂叔安,有裔子,曰董父,实甚好龙,能求其耆欲以饮食之,龙多归之。乃扰畜龙以服事帝舜,帝赐之姓曰董,氏曰豢龙。"豢,养也。

〔10〕撷(xié协)英:采摘事物的精华。疾:迅速。

〔11〕播策:推广计谋。穷微:极尽精微。

〔12〕布灰阙晕(yùn运):将芦草灰遮住圆的一部分,可出现月晕的现象。语出《淮南子·览冥》:"画随灰而月运(晕)阙。"高诱注:"以芦草灰随牖下月光中,令圜画缺其一面,则月运亦缺于上也。"此句及下句皆喻指人事可改变天象。

〔13〕秉苅(liè列)逃魑(chī痴):持桃木苕帚可驱逐鬼魅。《礼记·檀弓下》:"君临臣丧,以巫祝桃苅执戈,恶之也。"郑玄注:"为有凶邪之气在侧……桃,鬼所恶;苅,萑苕,可扫不祥。"按"桃苅"谓桃木做的苕帚。魑,鬼魅。

〔14〕灵府:指心,古时以心为思维器官。《庄子·德充符》:"不可入于灵府。"成玄英疏:"灵府者,精神之宅也,所谓心也。"

〔15〕百怪之参差(cēn cī岑次阴平):指各种奇特的印象。参差,高下不齐。

〔16〕"一拂"二句:指人心对外界作用的敏感。拂:击。缁(zī资):黑。

〔17〕孔姬:孔子和周公,周公姓姬名旦。古时视周、孔为大圣人,相传礼乐典籍均由他们而得到承传。

〔18〕《金縢(téng腾)》:《尚书》篇名。《书序》云:"武王有疾,周公作《金縢》。"孔颖达《正义》:"武王有疾,周公作策书告神,请代武王死。事毕,纳书于金縢之柜。"《豹韬》:古代兵书《六韬》之一。相传为周代太公吕望所作,后人或认为战国时作品。

〔19〕鸟迹龙图:指上古文书。张怀瓘《书断》:"按古文者,黄帝史籀仓颉所造也……仰观奎星圜曲之势,俯察龟文鸟迹之象,博采众美,合而为字,是曰古文。"又《竹书纪年》:"龙图出河,龟书出洛,赤文篆字,以授轩辕。"

337

〔20〕"联编"二句:指整理古籍。比:连属。简:竹简。古时刻字于竹片,编结成书。

〔21〕漫烂:繁盛的样子。五车:指读书、著述之多。《庄子·天下》:"惠施多方,其书五车。"

〔22〕参罗是非:指考订得失。参,检验、比照。罗,排列、分布。

〔23〕"匪诵"二句:谓学识渊博之人,考正古籍时无需借助诵习,能随手引证。

〔24〕"识简"二句:指见微知著。陵:衰蜕,陵替。儿(ní 泥):同"倪",事物的初始、由头。

〔25〕"部曲"二句:谓善于识别人众。部曲:部属。

〔26〕"口存"二句:指博闻强记。亡书:遗佚之书。覆:覆按。此指棋局结束后,棋手覆按棋局,以观得失。

〔27〕"意者"二句:谓人凭藉心灵的作用,才能有上述博闻强记的功能。意:料想。魂:指精神。尸:指形体。

〔28〕黄庭:道教用语,指人体的中枢机制。

〔29〕灵扉:心灵的门户。

〔30〕"胡为"二句:谓自己生理不异常人,为何精神特别差劣。

〔31〕"四体"二句:谓既不从事体力劳动,也不从事脑力活动。四体不勤:语出《论语·微子》:"四体不勤,五谷不分,孰为夫子?"四体,指四肢。

〔32〕"今则"四句:形容自己健忘。捐:丢弃。昧:无知。委衣:脱下衣服,喻指无所用。

〔33〕心君:即指神主。

〔34〕余官:指人体各种官能。回冗:错杂冗散。

〔35〕典:典章制度。

〔36〕职藏:喻指心君拥有的精神力量。职,执掌,主管。藏,储存,

收藏。

〔37〕不吝不啬：此处指不加宝爱。

〔38〕厌：同"餍"，吃饱，满足。

〔39〕缪(miù谬)：同"谬"。

以上为祷神之辞，首述心之种种妙用，次诉己身健忘之苦，复责心君不尽职守，末致求祷之意。

静听久之，忽若婴儿之声，既噎复吐，欲扬而抑。闻其言曰："呜呼！子之愚也甚矣！乃不自尤而尤我哉[1]？子之幼时，髧髦垂带[2]。父仁母慈，弗鞭弗笞。常人所庸[3]，乃独舍之。究思诡奇，乐而忘疲。乳虎玄驹，已志啮驰[4]。既冠既顽[5]，弗悔所为。譬如萌蘖怒生[6]，得雨益滋。钳制其形，束之礼仪。解构万事[7]，了无出期。星移岁迁，物必异姿。大化则然，谁使汝悲？朝烟暮霭，台高榭危。景物自然，谁使汝思？贪饕多欲[8]，久淫不还[9]。事左愿乖，动触忧患。身轻如毛，责重如山[10]。愁居慑处，精爽不完[11]。造化一模，天不汝悭[12]。今者脉络甚顺，腠理缜密[13]。却刺无功[14]，焉用砭石[15]？五毒弗主[16]，百品奚益[17]？熊经鸟伸[18]，自疲胁脊。非肿非疡，不羸不瘠[19]。日用不废[20]，何苦区区务去之也[21]？子不闻乎：方寸八达[22]，磊如明珠[23]。又复如鉴，物去则无[24]。一尘为伤，况复涂涂[25]！损实攻坚，日夜求虚[26]。缘念速起，亦贵速灭。岂容旅宾[27]而夺主居[28]？九流百家，大道裔余[29]。多积縑蕴,只益自困[30]。万事不留,欣戚亦除[31]。人呼而应,经目则视。脱此罦罳[32],腾跃自如。修者弗臻,子何苦诸[33]？昔人以圣智为疾[34],以妄宼真[35]。既寤而悒[36],操戈逐儒。于子观之,乃知非诬。然子自知其忘,其忘未甚也;并此不知,乃其至欤[37]！"

〔1〕尤:责怪。

〔2〕髧髦(dàn máo 淡毛)垂带:形容古代男子未成年时的装束。髧,头发下垂的样子。髦,下垂至眉的长发。《诗·鄘风·柏舟》:"髧彼两髦,实维我仪。"

〔3〕庸:同"用"。

〔4〕"乳虎"二句:喻指从小便有大志。玄驹:小马。

〔5〕冠:男子二十而行冠礼,指成年。颀(qí奇):身材长长的样子,指长大。

〔6〕萌蘖(niè 聂):植物的幼芽。

〔7〕解构万事:指追索万事万物之理。解,分析。构,组合。

〔8〕饕(tāo 滔):贪食。

〔9〕淫:过度。

〔10〕"身轻"二句:喻指位卑下而压力重。

〔11〕精爽:精神,神志。完:全。

〔12〕"造化"二句:谓造物者一律对待众生,并未苛待于你。一模:一个样子。悭(qiān 千):吝啬。

〔13〕腠(còu 凑)理:中医学名词,指人体皮肤、肌肉和脏腑的纹理,是气血流通灌注之处。此句指人体肌肉脏腑组织的紧密。《金匮要略》:"腠者,是三焦通会元真之处,为血气所注;理者,是皮肤藏腑之文理也。"

340

〔14〕却(郤)刺:当作"郤(xì细)刺"。郤,同"隙",空隙。郤刺,指针灸。

〔15〕砭(biān边)石:古代医疗工具,系经磨制而成的石片或尖石,用以刺激体表某些部位,以解除疾病痛苦,或刺破皮下浅表血管放血及开脓包排脓等。

〔16〕五毒:古代用以治病的五种有毒性的药物。《周礼·天官·疡医》:"凡疗疡,以五毒攻之。"郑玄注:"五毒,五药之有毒者。石胆、丹砂、雄黄、矾石、慈石,谓之五毒。"

〔17〕百品:指各类食物。《周礼·天官·内饔》:"掌王及后、世子膳羞之割烹煎和之事,辨体名肉物,辨百品味之物。"

〔18〕熊经鸟伸:指各种体操、气功锻炼之法。《庄子·刻意》:"吹呴呼吸,吐故纳新,熊经鸟申,为寿而已矣。"成玄英疏:"如熊攀树而自经,如鸟飞空而伸脚,斯皆导引神气以养形魄,延年之道。"

〔19〕羸(léi雷)、瘠(jí吉):均为瘦弱之意。

〔20〕日用不废:谓不妨碍日常生活。

〔21〕区区:形容一心一意的样子。去之:指排除疾病(健忘症)。

〔22〕方寸:一寸见方之小物体,喻指人心。《三国志·蜀书·诸葛亮传》:"(徐)庶辞先主而指其心曰:'本欲与将军共图王霸之业者,以此方寸之地也。今已失老母,方寸乱矣。'"

〔23〕磊:圆转的样子。《文心雕龙·杂文》:"磊磊自转,可称珠耳。"

〔24〕"又复"二句:谓心如明镜,能映照万物。鉴:镜子。

〔25〕涂涂:形容灰尘积得很厚的样子。《楚辞·九叹》:"白露纷以涂涂兮,秋风浏以萧萧。"王逸注:"涂涂,厚貌。"

〔26〕"损实"二句:谓欲求心灵不受损伤,须致力于清除外物积淀,恢复其澄明虚空的本性。实、坚,这里都指外物的积淀。虚,指人心明彻

如镜的本性。

〔27〕旅宾:寄居的客人,此指外界事物在自己心灵上的种种投影。旅,寄。

〔28〕主居:主人的居所,喻指心之所安。主,即本心。

〔29〕"九流"二句:谓各家学说皆出于"道"的分支分派。九流,指先秦时期影响较大的九个学术派别,即儒、道、阴阳、法、名、墨、纵横、杂、农等九家,见《汉书·艺文志》所记;后泛指各种流派。裔:后续。余:余脉。

〔30〕"多积"二句:谓博学多识,只会给自己添加困扰。缣(jiān兼)蕴:兼收并蓄。缣,原为双丝细绢,此处义同"兼"。蕴,积聚、藏蓄。

〔31〕"万事"二句:谓凡事不放在心,即能消除哀乐之情的刺激。

〔32〕馽(zhí执)羁:束缚,羁绊。馽,拴住马的两条前腿。

〔33〕"修者"二句:谓诚心修炼者还达不到这个境界,你为什么要以此为病苦。

〔34〕昔人:指老、庄等道家。《老子》第一九章有"绝圣弃智,民利百倍"之说。疾:病害。

〔35〕以妄寇真:此句解说"圣智"之弊,即在于以假害真。真,指人的天性,在道家看来应是自然无为。妄,为"真"的反面,即指心智、机巧等人工造作。

〔36〕寤:同"悟"。愠:恼怒。

〔37〕"然子"四句:谓你自知健忘,说明忘得还不到家;要连忘也不知,才算达到忘怀得失的最高境界。

以上为神的答辞,先言胥山子因思虑过多而致健忘,再说健忘于人无害,杂念过多反有碍于心之澄明。末引道家理论,以忘怀得失、自然无为为人生至境。

胥山子戄然起谢,曰[1]:"神姑宁止[2],吾弗求其他矣。"于是亟弃其法[3]。

——录自《永乐大典》卷二九五一"神"字韵

〔1〕戄(jué 绝)然:敬畏的样子。东方朔《非有先生论》:"于是吴王戄然易容。"李善注:"戄,敬貌也。"
〔2〕宁:安息。止:表确定的语气词。
〔3〕亟(qì 气):立即。

以上写胥山子得神言启示后,放弃求祷,安于健忘,是全文结局。从苦于健忘到乐于健忘,虽以道家思想为证,实含有反讽的意味。

这是一篇奇特的文字,它以胥山子因患严重的健忘症而求祷于自身神明,引发出"神主"的一番告诫,主旨在于说明健忘乃思虑过多、心灵疲惫所致,且健忘并不影响人的生存,思虑纷杂、得失萦心反足以障蔽和损伤人的灵明,进以得出弃圣绝智、葆真全性的养生结论。这一道家理念的阐发显然不同于作者进《汴都赋》时的心态,反映出其思想倾向上的另一个侧面。通篇构想奇特,描写生动,铺排有致,但不显得繁缛错杂,与模拟汉大赋式的《汴都赋》风格有别,而亦不同于其《续秋兴赋》之采用宋人"文赋"新体,当从东方朔《答客难》、扬雄《解嘲》以至唐韩愈、柳宗元的一些杂体赋流衍而来,足见作者文才修养之广博。

343

插竹亭记[1]

皇祐三年[2],俞君美于其舍植花[3],以断篠扶立之[4]。既而,花起篠茂,掘之,得根苞焉[5]。移植先陇[6],又移圃中[7],皆活。后数年,大者悉中榱桷[8]。凡根株唯竹为难迁,迁必以良日,并置故土,随所向背,旁设倚据,以防倾动,犹或不生。而俞氏之篠,初离燔燎[9],斩取其半,侨刺土中[10],决无可生之理,遂能滋植,盖亦异矣。

〔1〕插竹亭记:本文作于宋哲宗绍圣三年(1096),时作者知溧水。乾隆本《溧水县志·名宦》有周邦彦小传,云:"元祐八年(1093)任。雅娴于文词,一时称为才吏。在县作萧闲堂、插竹亭题名诸记及他什甚富,而不妨于政事。"插竹亭,据《县志》"遗迹"条云:"故址在县学东南,今废。"

〔2〕皇祐三年:公元1051年。皇祐,宋仁宗赵祯年号(1049—1053)。

〔3〕俞君美:溧水中山人,生平不详。

〔4〕篠(xiǎo 小):小竹。

〔5〕根苞:丛生的根。苞,物丛生也。

〔6〕先陇:祖坟。

〔7〕圃:菜园。

〔8〕榱桷(cuī jué 催觉):屋椽。榱,屋椽的总称。桷,方的椽子。

〔9〕离:经历。燔(fán 凡):焚烧。

〔10〕侨刺:犹移植,迁插。

以上记俞氏插断竹以扶花,不意竹生根苞,移植茔圃均活,因述其异。

俞氏世宦,富为乡间之望[1],居中山俞姓者[2],莫非其族,独君美好礼而寿,有子孙耽学[3],能世其家,其世祀殆未乏也[4]。《诗》不云乎:"如竹苞矣,如松茂矣[5]。"物之坚久晚茂,能阅众朽,莫过于此。而竹能无根而苞,其祥又可知矣。

〔1〕望:望族,人所仰重之大族。
〔2〕中山:山名。在溧水县东十一里,高一十丈,周五里。见《溧水县志》光绪本卷二。
〔3〕耽学:好学,嗜学。
〔4〕世祀:指世代承继,香火不断。
〔5〕"如竹"二句:语出《诗·小雅·斯干》。苞:茂盛。

以上谓俞氏世宦,子孙耽学,其竹无根而苞,乃世祀不乏之祥瑞。

绍圣三年[1],筑插竹亭,余为题其榜,又记其异,冀勉其子孙焉。钱塘周邦彦书。

——录自《溧水县志》康熙刊本(上图胶卷)

〔1〕绍圣:宋哲宗赵煦年号。绍圣三年即公元1096年。

以上写筑亭的年份、题榜作记的目的以及作记者的籍贯姓名。

本文为周邦彦的一篇佚文,在今人所辑清真佚文中,仅录存目,未见原文。本人于《溧水县志》清康熙十五年(1676)刊本"记"文中辑得,并与明万历七年(1579)刊本的胶卷本核对,专文介绍发表于1995年香港《大公报》"艺林"副刊第一〇二四期。

《插竹亭记》写了溧水中山县俞君美得竹之根苞,移植于先陇而得以成活的故事,四十年后,俞氏为志其事特于园中筑亭,并请知县周邦彦为亭作记。记文简述当年插竹成活乃世祀不乏之祥瑞,赞美俞氏好礼而寿,子孙耽学的良好家风,以勉励其后人。全文仅二百余字,夹叙夹议,从容不迫,平直中见起伏,具有宋代小品文简约明达的特点。

重进《汴都赋》表[1]

六月十八日,赐对崇政殿[2],问臣为诸生时所进先帝《汴都赋》[3],其辞云何。臣对曰:"赋语猥繁[4],岁月持久,不能省忆。"即敕以本来进者。雕虫末技,已玷国恩[5],刍狗陈言[6],再干睿览[7]。事超所望,忧过于荣。

[1] 据《宋史·周邦彦传》载:"哲宗召对,使颂前赋,除秘书省正字",则此表当写于元符元年(1098)。一说作于徽宗朝,见王明清《挥麈余话》卷一。

[2] 赐对:皇帝召见谈话。

[3] 诸生:此指太学学生。先帝:指神宗赵顼(xū吁)。

〔4〕猥繁:鄙陋烦琐。

〔5〕雕虫末技:谓作赋为文是小道末技。语出扬雄《法言·吾子》:"或问:'吾子少而好赋?'曰:'然。童子雕虫篆刻。'俄而曰:'壮夫不为也。'"玷(diàn 店):玉上的斑点,此作动词"污损"解。

〔6〕刍狗陈言:刍狗,古代祭祀所用的以茅草结扎成的狗,此喻废弃之物,于时无用。此句语出《庄子·天运》:"夫刍狗之未陈,盛以箧衍,巾以文绣,尸祝斋戒以将之。及其已陈也,行者践其首脊,苏者取而爨之而已。"

〔7〕睿(ruì 锐)览:圣览,皇帝阅读。

以上记述召对崇政殿,皇帝令其再进《汴都赋》的经过。

窃惟汉、晋以来,才士辈出,咸有颂述,为国光华。两京天临,三国鼎峙,奇伟之作,行于无穷[1]。共惟神宗皇帝,盛德大业,卓高古初。积害悉平,百废再举。朝廷郊庙,罔不崇饰[2];仓廪府库,罔不充牣[3];经术学校,罔不兴作;礼乐制度,罔不厘出[4];攘狄片地[5],罔不流行;理财禁非,动协成算[6]。以至鬼神怀,鸟兽若[7]。搢绅之所诵习[8],载籍之所编记,三五以降[9],莫之与京[10]。未闻承学之臣,有所歌咏,于今无传,视古为愧。臣于斯时,自惟徒费学廪[11],无益治世万分之一,不揣所堪,裒集盛事[12],铺陈为赋,冒死进投。

[1]两京:指汉时西京长安,东京洛阳。三国:指魏、蜀、吴。鼎峙:鼎足而立。鼎设三足,以喻三国。奇传之作:指前人所作歌颂两京、三都

347

的赋文。

〔2〕罔不:无不。崇饰:装饰宏丽。

〔3〕充牣(rèn认):充满,充实。

〔4〕厘:同"理"。

〔5〕攘狄斥地:指扩充边境,征服少数民族。狄,古代北方的少数民族。

〔6〕动协成算:谓政通令行,理财得体。

〔7〕"鬼神"二句:谓无灾无祟,天下太平。语出《古文尚书·伊训》:"山川鬼神亦莫不宁,暨鸟兽鱼鳖咸若。"若:驯顺也。

〔8〕搢绅:插笏于绅,表示官宦的装束,此作官宦之代称。

〔9〕三五:指三皇五帝。

〔10〕莫之与京:不能与比。京,大也。《左传·庄公二十二年》:"八世之后,莫之与京。"

〔11〕学廪:官府发给学生的津贴。

〔12〕裒(póu抔)集:搜集。

以上叙述当年献赋的动机是为了歌颂神宗皇帝的盛德大业。

先帝哀其狂愚,赐以首领[1]**,特从官使,以劝四方。臣命薄数奇**[2]**,旋遭时变**[3]**,不能俯仰取容**[4]**,自触罢废**[5]**,漂零不偶,积年于兹**[6]**。臣孤愤莫伸**[7]**,大恩未报,每抱旧稿,涕泗横流。不图于今得望天表,亲奉圣训,命录旧文。退省荒芜,恨其少作,忧惧怕惑,不知所为。**

〔1〕赐以首领:指读赋后,神宗擢升周邦彦为太学正事。首领,此指

学正。

〔2〕命薄数奇:命运不好,遇事多不利。《史记·李将军列传》:"大将军(青),亦阴受上诫,以为李广老,数奇,毋令当单于。"数奇,数指命数、命运。奇,不偶。

〔3〕旋:不久。时变:指元丰八年(1085)神宗去世,哲宗即位,因年幼,由高太后垂帘听政。

〔4〕俯仰取容:从俗应付,与时浮沉之意。《左传·定公十五年》:"左右周旋,进退俯仰。"取容,曲从讨好,取悦于人。

〔5〕自触罢废:指作者元祐年间被调离京师事。

〔6〕"漂零"二句:指浮沉州县多年。

〔7〕孤愤:内心愤懑。韩非著有《孤愤》,谓法术之士,既无党与,其材用终不见明,犹卞生抱玉长号,内心孤独,愤懑不已。此周邦彦自言含冤抱屈之内愤。

以上叙述因献赋所受之恩宠以及时变后漂零州县的孤愤。

伏惟陛下[1],执道御有[2],本于生知;出言成章,匪由学习。而臣也,欲睎云汉之丽[3],自呈绘画之工,唐突不量[4],诛死何恨!陛下德侔覆焘[5],恩浃飞沉[6],致绝异之祥光,出久幽之神玺[7]。丰年屡应,瑞物毕臻,方将泥金泰山,鸣玉梁父[8],一代方册,可无述焉?如使臣殚竭精神[9],驰骋笔墨,方于兹赋,尚有靡者焉。其元丰元年七月所进《汴都赋》并书,共二策[10],谨随表上进以闻。

——录自王明清《挥麈余话》卷一

〔1〕伏惟:古代下对上有所陈述时的表敬之辞。

〔2〕执道御有:推行王道,统治天下。

〔3〕欲睎云汉之丽:《诗·大雅·棫朴》:"倬彼云汉,为章于天。"睎(xī希),远望。云汉,银河。

〔4〕唐突:冒犯。

〔5〕德伴覆帱(dào道):恩德覆盖天地。帱:同"嶹(dào道)",覆遮。《礼记·中庸》:"辟如天地之无不持载,无不覆帱。"

〔6〕恩浃飞沉:恩泽普及禽类和水族。浃,沾润,浸润。

〔7〕出久幽之神玺:《宋史·哲宗本纪》:"元符元年春,正月……咸阳民段义得玉印一纽。(三月)乙丑,诏翰林学士承旨蔡京等辩验段义所献玉玺,定议以闻。"

〔8〕"方将"二句:古代认为五岳中泰山最高,秦始皇、汉武帝均曾举行封禅仪式。登泰山筑坛祭天曰封,在泰山南之梁父山上辟基祭地曰禅。《史记·封禅书》:"管仲曰:古者封泰山、禅梁父者七十二家。"泥金泰山:以金粉为书封于泰山。鸣玉梁父:以玉祭祀,禅于梁父。

〔9〕殚竭:尽也。

〔10〕元丰元年七月:此处记年有误。王国维《清真先生遗事·事迹》认为"元年"是"六年"之误。

以上歌颂哲宗政绩,并记所呈赋文及表文。

周邦彦这篇表文约写于哲宗再诏奉进之时。表中回顾先帝赐对的恩遇及作赋的初衷,诉说此后"旋遭时变"、长期漂零不偶的境况,借此申述其内心孤愤莫伸的郁闷;继而歌颂当今王朝之功业和祥瑞。全文辞情恳切,而语重意深。

王国维《清真先生遗事·尚论三》:《重进〈汴都赋〉表》高华古质,语重味深,极似荆公制、诰、表、启之文,末段仿退之《潮州谢上表》,在宋四六中颇为罕觏。

睦州建德县清理堂记[1]

浙西之壤与江而接者[2],穷于新定[3]。大江渺绵[4],陆地险阻,其势若与下流诸郡斗绝。重山复岭,环抱万室,朝霏夕岚[5],与人俯仰。长溪泻其前,大路绠其后[6]。过客舟车,非有故不止,故传舍常虚[7]。民俗靖雅[8],善蕃其产[9],而易慑以威,故斗讼常简。苟为治者明以察其隐,柔以保其良,刚以禁其暴,无苛取滋事以扰之[10],其息讼弛刑,视他郡为易[11]。

〔1〕睦州建德县:今浙江建德。本文作年见于篇末,为宋徽宗建中靖国元年(1101)。

〔2〕浙西:浙江之西。浙江即今钱塘江,其上游为新安江,江流至建德县梅城入钱塘江。

〔3〕新定:又名睦州,州府在今浙江建德。

〔4〕渺绵:水远貌。

〔5〕朝霏夕岚:早晚的云雾之气。岚(lán 兰),山中雾气。

〔6〕绠(gēng 耕):同"亘",连贯。

〔7〕传舍:客舍,古时设在驿站,供来往过客住宿的房舍。

〔8〕靖雅:安定和静。

〔9〕蕃:蕃衍,繁息。
〔10〕慑:害怕,惊惧。苛取滋事:繁重苛细的征敛,扰民生事。
〔11〕息讼弛刑:平息狱讼,宽免刑罚。

以上叙述睦州建德县的地理环境和民风。

奉议郎陆令之为建德也〔1〕,资禀粹和〔2〕,习于吏事,既兼三长〔3〕,加以不扰,恺悌之政〔4〕,能宜其民,尚乎讼息而刑弛矣。公事退,乃休于西堂,日以考经史、接宾客为务。尝试过其堂,则令在焉;又往过之,令亦在焉;数过之,无不在也。退而语人曰:"兹所谓乐土良民也欤!不干于有司而能佚其令也如此〔5〕。"

〔1〕奉议郎:宋官阶名,正八品。陆令:篇末记其名远,字潜圣,时为建德县令。
〔2〕资禀粹和:资质禀性纯正温和。
〔3〕三长:指上文"明以察其德,柔以保其良,刚以禁其暴"。陆令兼此三种长处。
〔4〕恺悌:和易宽仁。恺,悦也。悌,顺从长上。
〔5〕干:求。佚:同"逸",闲散。

以上叙述陆令勤政爱民,民亦敬顺,故能息讼弛刑,安居乐土。

或对曰:"不然,是诚在人。为简,简应;为繁,繁至。治丝者绎之则理,棼之则乱〔1〕;烹鲜者静之则全,挠之则碎。十室之邑[2]，可使智者劳；三人之众，可使勇者怯；况此邑之钜哉！今吾令之施教也，清而不烦；其区处也，要而归理[3]。民咸爱之，相戒以无犯，然后土始乐，民始良。无关决之劳[4]，知江山之胜，享为吏之乐而若是其佚也。"

〔1〕绎：抽丝。棼：乱也。《左传·隐公四年》："臣闻以德和民，不闻以乱。以乱，犹治丝而棼之也。"

〔2〕十室之邑：指小邑。《论语·公冶长》："十室之邑，必有忠信如丘者焉。"

〔3〕区处：安排处理。苏轼《论养士》："区处条理，使各安其处。"要而归理：掌握要领，合乎道理。

〔4〕关决之劳：裁决政事的劳累。

以上论述为政之道在"清而不烦""要而归理。"

某闻之，曰："美哉！是不可以无述。"堂故无名，因名之曰"清理"，书其语以告来者，以致斯民之意焉。令名远，字潜圣云。

建中靖国元年七月十日[1]，钱塘周某[2]记。

——录自《永乐大典》卷七二四一"堂"字韵

〔1〕建中靖国：宋徽宗赵佶年号，其元年为公元1101年。时作者四十六岁。

〔2〕周某：作者具名，指周邦彦。

末记堂名由来、陆令之名字及作记之时日、作记之人。

本文是作者应建德陆令为其所筑厅堂题名而撰,文中先写建德山水形胜之壮美,然后叙述陆令习于吏事,做到息讼弛刑,民"不干于有司而能佚其令",以突出其"清而不烦""要而归理"的治政理念,这一理念正合周邦彦本人知溧水期间的治政方针,特以"清理"二字题作堂名,并为之作记。记文不长,却能融描写、叙事和议论于一体,各得其宜。

跋李龙眠《归去来图》[1]

韩退之云[2]:"昔疏广、受二子辞位而去[3],公卿祖道都门外[4],车数百两,道路观者多叹息泣下。汉史既传其事[5],后世工画者又图其迹,至今昭人耳目,赫赫如前日事。"龙眠居士尝以陶靖节《归去来辞》形之图画,家宝户传,人人想见其风采。二疏以知足去位,元亮以违己弃官[6],皆不为声利所汨[7],世外人也。龙眠用意至到,依辞造设,若亲见其事云。

政和二年九月望武林周邦彦跋[8]。

——录自元张丑《清河书画舫》卷八下《补遗》

〔1〕跋:文体之一种,写在书籍、文章、画卷之后,多用以评价内容或写作过程等。李龙眠(1049—1106):北宋著名画家,名公麟,字伯时,号龙眠。舒州舒城人。生平事迹见本书《开元夜游图并序》注〔12〕、《宋

史·文苑传》。《归去来图》:据元张丑称,当时御府所藏李龙眠画有《写大梵天像》等107幅,《归去来图》乃其中之一。书中引《宋画录》云:"李伯时《归去来图》前有宋高宗御题,中有薛绍彭逐段所书陶辞,且款其后(见《云烟过眼录》)。",又录苏轼《归去来图》和《阳关图》的诗句。周邦彦善书法,正楷行书均善,故张丑于跋尾注明此为"真迹"。归去来:出自东晋诗人陶渊明《归去来辞》。本文作于政和二年(1112)。

〔2〕韩退之:唐文学家韩愈(768—824),字退之。河南河阳人。以郡望世称韩昌黎。以下引文出自韩愈《送杨少尹序》。文字略有出入,见《昌黎先生文集》卷二十一。

〔3〕疏广、受:疏广及其侄疏受,西汉东海兰陵(今山东枣庄东南)人。广,字仲翁,少好学,明《春秋》,家居教授,后延为博士。宣帝时,任太子太傅。侄受,字公子,任太子少傅。在位五年,广谓受曰:"吾闻知足不辱,知止不殆,功遂身退,天之道也。"遂称病辞退。

〔4〕祖道:古时为出行者祭祀路神,并饮宴送行。

〔5〕汉史:指《汉书》卷七十一《疏广传》。

〔6〕元亮句:谓陶渊明不为五斗米折腰而弃官,赋《归去来辞》。

〔7〕汩(gǔ古):汩没,沉没。

〔8〕政和:宋徽宗年号。据王国维《清真先生遗事年表》:政和元年作者五十六岁,"迁尉卫卿,又以直龙图阁学士知隆德府,帝留之"。则周邦彦政和二年九月尚在京都。望:望日,夏历每月的十五日。武林:杭州的别称。

这篇跋文,近现代学者或藏书家自王国维、丁立中、赵万里至罗忼烈等均未提及。本人在查找资料时,发现元张丑《清河书画舫》卷八(下)"补遗"中录有此跋,且明署其为"真迹",特辑入本书以存真。原跋无题,现据文意姑且题作《跋李龙眠〈归去来图〉》,有关介绍见拙著

《词别是一家》(上海社会科学院出版社2005年版)。

  据题,李龙眠形之于画的,当是陶渊明弃官归隐田园时的情景描绘,但跋文仅用"家宝户传,人人想见其风采"一句点明其传神画笔,而开首大段却引韩愈《送杨巨源少尹序》中颂扬二疏功遂身退之事例,以表白陶渊明辞官归隐的高风亮节对后世的影响,突出了画的立意所在。联系周邦彦佚诗《仙杏山》中自我表白"本非民土宰官身,欲断人间烟火食"的出世思想,便不难理解作者的用意所在。

续秋兴赋并序[1]

某既游河朔[2],三月而见秋。居僻近郊,虽无崇山峻岭之崔嵬[3],飞泉流水之潺湲[4],而蔬园禾畹[5],棋布云列,围木翁郁而竦寻[6],野鸟鸣侣而呼俦,纻麻桑柘,充茂荫翳。间或步屧于高原[7],前阻危垒,下俯长濠[8],寓目幽蔚[9],心放形适,似有可乐。今既秋也,草衰而微径见,露冷而丹叶陨,薄日黯淡而映野,游飙萧瑟而鸣条[10]。其既夜也,宇宙澄寂,纤云不飞,庭木萧疏,素月流光,穿予窗而照余席,弄婵娟而助凄凉。阒兮不闻人声[11],唯腐墙败壁之隈[12],有唧唧然鸣者,若吟若啸,若叹若泣,其作而忽辍[13],若倦而自止;其断而复续,若怨未已而再诉。予方开轩以迎风[14],钩帘以延月,隐几而坐[15],愀然变容[16],亦将有所感者。既而悟曰:彼物为阴阳所役,有口者不得嘿[17],有身者不得息,故为此唧唧也。今予又将为唧唧者役乎?因思古人之悲秋,岂非情之为累,不唯见役于阴阳,而更为物役者耶?将有终身之忧,托意于秋而发其狂言耶?将有幽愤,满心戚醮[18],遇景而增剧耶?不然,则所以悲秋者果焉在耶?古人已死,不可得而问,请断之以理。因抽毫进牍,作赋以自广。潘岳尝有《秋兴赋》[19],故此赋谓之续赋焉。其辞曰:

〔1〕续秋兴赋:本文序云:"潘岳尝有《秋兴赋》,故此赋谓之续赋焉。"潘赋见本文注解〔19〕。这篇赋文约作于徽宗重和元年(1118)秋。

〔2〕河朔:古泛指黄河以北之地,据《宋史·地理志二》,真定府属宋时河北西路。

〔3〕崔嵬(wéi唯):山高大不平貌。

〔4〕潺湲(chán yuán 馋元):水徐流貌。

〔5〕畹(wǎn 碗):古代以三十亩为一畹,此泛指田亩。

〔6〕围木:树木之粗大者。古以环周八尺为一围。蓊(wěng 翁上声)郁:草木茂盛貌。竦寻:树木粗壮高大貌。寻,古代长度单位,八尺为一寻。

〔7〕步屟(xiè 屑):着屟而行。屟,木屐。

〔8〕危垒:高大的石垒。濠:护城河。

〔9〕幽蔚:幽静的大自然。蔚,草木茂盛貌。

〔10〕飙:狂风。鸣条:鸣响于树木间。

〔11〕阒(qù 去):寂静。

〔12〕隈(wēi 威):弯曲之处,此指墙角。

〔13〕辍(chuò 婥):停止。

〔14〕轩:有窗槛的长廊或小室。开轩:打开窗子。

〔15〕隐几而坐:凭几而坐。隐,凭也。《庄子·齐物论》:"南郭子

萦隐几而坐。"

〔16〕愀（qiǎo巧）然：脸色改变。

〔17〕嘿：同"默"。

〔18〕戚醮：忧愁憔悴。醮，同"憔"。

〔19〕潘岳：西晋文人，字安仁（247—300），荥阳中牟（今属河南）人。曾任河阳令、著作郎、给事黄门侍郎等职。长于诗赋，有《潘黄门集》。其所作《秋兴赋》见于《文选》卷一三。

以上为序言，叙写景物由夏至秋的变化，因思古人悲秋之缘由，而作是赋。

嗟时之不可留兮，倏如飞筈之离弦[1]。忽此素秋之来兮，气憭栗而凄然[2]。夺青为黄兮，而变盛为蔫[3]。万实离离兮[4]，大者如杯而小者如拳。万叶飘摇兮，上者游空而下者沦渊。蚊蝇收声而离席，雕鹗得势而盘天[5]。微雨供凉而萧飒，鲜云结阴而连绵[6]。

余方纵步乎高明而游目于虚旷，见其为气也，非烟非雾，非氛非块[7]。森然骨清而肌栗[8]，憺然意适而神爽[9]。嗟钳口而结舌，不能托物以形像。嘉哉，秋之为气也！不媚不嫭[10]，不烦不缛[11]。虚旷而澄鲜，简劲而严肃。几似乎壮士之凝思，烈女之守独。其静听也，如埙如篪[12]，如笙如竽，清清泠泠[13]，不类乎人声，而在乎刽斩之比竹[14]，与穿穴之枯株。其下视也，水生涟漪[15]，潊漫织文，细如鱼鳞，滉漾乎萍面[16]，而萦环乎芦根。寻余衣而沐余发，揽之不得，但欲轻举而飞腾。

〔1〕倏(shū 书):迅速。筈(kuò 扩):箭的末端,射箭时搭在弓弦上的部分。

〔2〕憭栗:凄凉,寒冷。《楚辞·九辩》:"憭栗兮若在远行。"

〔3〕蔫(niān 拈):花草枯萎,颜色不鲜。

〔4〕离离:繁茂貌。《诗·王风·黍离》:"彼黍离离。"

〔5〕雕、鹗:两种鹰类。

〔6〕鲜云:微云。

〔7〕坱(yǎng 养):尘埃。

〔8〕森然:阴深可怕貌。

〔9〕憋(biē 憋):同"憋",急速。

〔10〕嫭(hù 户):同"嫭",美女,此言美。

〔11〕缛(rù 入):繁密的彩饰。

〔12〕埙(xūn 勋):古代一种陶制的吹奏乐器,或为骨制,椭圆或球形。篪(chí 池):古代一种竹制的吹奏乐器,单管横吹,与埙合奏,其音谐和。《诗·大雅·板》:"如埙如篪。"毛传:"言相和也。"

〔13〕笙、竽:两种管乐器。泠(líng 零)泠:形容声音之清越。

〔14〕刌(cǔn 忖):切断。比竹:箫管类乐器,即排箫。此泛指各种竹制管乐器。

〔15〕涟漪:细小的水波。

〔16〕滉(huàng 晃)漾:犹汪洋,水势广大无际貌。滉,水深广也。

以上先总写素秋初临时景物的变化,接着集中描写秋之为气的各种状态,寄无形于有形。

曰:岂非所谓秋风者耶?造化密移,不可察知,变四时为寒暑,记北风而嘘吹。徒见春花之绮靡,秋叶之离披[1],文禽嘤嘤于佳木[2],寒螀切切于空帏[3]。妄追逐于外物,淫思虑而欢悲。岂知夫哀乐荣盛,相寻反衍[4]。伊四时之去来,犹人事之展转。来兮不可推,去兮不可挽。知已毁者不完,故甑堕而不觑[5]。胡用逃江湖而长逝,啜糟粕而沉沔[6]?乃欲销日而忘忧,可嗟除患而术浅。天下之患,金木为轻。阴阳之患,无甚人情[7]。其热焦火,其寒凝冰。不息其火兮而与火增明,不释其冰兮而与冰凝。或局局然而笑[8],或觑觑然而惊[9]。凡一得一失,则一死一生。居处狭隘,则勃蹊而不宁[10]。方寸不虚,则宜乎为哀乐之所婴[11]。故睹节物之晼晚[12],则索然而涕零。彼物之枿者复茂[13],而黄者复青。唯汝丰肌改而憔悴,美须变而星星[14]。知凋年急景之易尽[15],何以衔哀怀恤、撑肠柱腹而填膺[16]?吾将徜徉乎冯闳[17],盱衡乎太清[18]。开襟延伫[19],冒秋气而赏秋风,观秋色而听秋声,岂知有哀乐得丧之不平!

——录自江佃《圣宋文海》卷五

〔1〕离披:分散貌。《楚辞·九辩》:"白露既下百草兮,奄离披此梧楸。"

〔2〕嘤(yīng英)嘤:鸟鸣声。《诗·小雅·伐木》:"鸟鸣嘤嘤。"

〔3〕寒螀(jiāng浆):寒蝉,似蝉而小,青赤色。切切:形容鸣声之凄厉微弱。

〔4〕相寻反衍:连续不断地交替而来。反衍,犹反复也。

〔5〕甑(zèng赠):古代蒸食炊具,底部有许多透明的孔格。甑堕而

不觇(chān 搀):谓甑落于地,不顾而去。典出《后汉书·郭太列传》:"孟敏,客居太原,荷甑堕地,不顾而去。林宗(郭太的字)见而问其意,对曰:'甑已破矣,视之何益?'林宗以此异之。"觇,看。

〔6〕啜(chuò 辍):吃。糟粕:此指酒。

〔7〕"天下之患"四句:谓人之祸患,外加刀锯斧钺等刑具为轻,内受情感的伤害为甚。典出《庄子·列御寇》:"为外刑者,金与木也;为内刑者,动与过也。宵人之离外刑者,金木讯之;离内刑者,阴阳食之。"金:指刀锯斧钺。木:指捶楚桎梏。

〔8〕局局然:俯身而笑貌。一说:大笑貌。

〔9〕觑(qù 去)觑然:惊惧貌。

〔10〕勃蹊:谓家庭中的争吵。蹊,亦作"豀""磎"。语出《庄子·外物》:"室无空虚,则妇姑勃磎。"

〔11〕方寸:指心。婴:缠绕。

〔12〕晼(wǎn 碗)晚:日将落时,亦喻年老。《楚辞·哀时命》:"白日晼晚其将入兮,哀余寿之弗将。"

〔13〕枿(niè 聂):槁木之遗也。

〔14〕星星:指斑白之须发。欧阳修《秋声赋》:"黟然黑者为星星。"

〔15〕凋年:指暮年,犹草木之凋落也。

〔16〕撑肠柱腹:形容腹中饱满。

〔17〕徜徉乎冯闳:犹言放浪形骸,超然物外。语出《庄子·知北游》:"彷徨乎冯闳。"成玄英疏:"彷徨是放任之名,冯闳是虚旷之貌。"徜徉,犹彷徨。冯闳,虚旷貌。

〔18〕盱(xū 虚)衡:举眉扬目。盱,张目。衡,眉上。《汉书·王莽传上》:"盱衡厉色,振扬武怒。"孟康注:"眉上曰衡。盱衡,举眉张目也。"太清:天空。

〔19〕开襟延伫:敞衣久立。

以上说四季循环是自然界的规律,当超乎哀乐得失之上,不必因悲秋而伤神。

本篇题《续秋兴赋》,显有接续西晋潘岳《秋兴赋》作意之用心。按以悲秋为主旨的作品,当起于宋玉《九辩》,其以秋景衰飒来衬托"贫士失职兮志不平"的感慨,实开启了以骚体写个人牢愁的文学传统。至潘岳《秋兴赋》,则改用赋体对衰飒秋景着意铺写,成为文学史上的名篇。周氏此作承接传统,摹写秋意入神,却落脚于"四时运行不足患,哀乐得失不足婴"的达观心态,主张"冒秋气而赏秋风,观秋色而听秋声",以充分享受大自然的美色。文章融抒情、写景、议论为一炉,文笔生动且有新意。与《汴都赋》相比,前者属散体大赋,此乃抒情小赋,各显特色,充分显示作者驾驭各种文体的才华。

楼钥《清真先生文集序》:"见《续秋兴赋》后序,然后知平生之所安。"按:"后序"疑为"并序"之误。

附录：

总评辑要

《后山诗话》：美成笺奏杂著俱善,惜为词掩。(清　沈雄《古今词话》引陈师道语)

《碧鸡漫志》：贺方回、周美成、晏叔原、僧仲殊各尽其才力,自成一家。贺、周语意精新,用意良苦。

前辈云："《离骚》寂寞千年后,《戚氏》凄凉一曲终。"《戚氏》,柳(永)所作也,柳何敢知世间有《离骚》? 唯贺方回、周美成时时得之。贺《六州歌头》《望湘人》《吴音子》诸曲,周《大酺》《兰陵王》诸曲最奇崛,或谓深劲乏韵,此遭柳氏野狐涎吐不出者也。

江南某氏者,解音律,时时度曲。周美成与有瓜葛,每得一解,即为制词,故周集中多新声。贺方回初在钱塘作《青玉案》,鲁直喜之,赋绝句云："解道江南断肠句,只今唯有贺方回。"贺集中如《青玉案》者甚众。大抵二公卓然自立,不肯浪下笔,故予谓："语意精新,用心甚苦。"(宋　王灼)

《清真先生文集序》：乐府传播,风流自命,又性好音律,如古之妙解。"顾曲"名堂,不能自已,人必以为豪放飘逸,高视古人,非攻苦力学以寸进者。及详味其辞,经史百家之言盘屈于笔下,若自己出,一何用功之深而致力之精耶! 故见所上献赋之书,然后知一赋之机杼;见《续秋兴赋》后序,然后知平生之所安;《磬》《镜》《乌几》之铭,可与郑圃、漆园相周旋;而《祷神》之文,则《送穷》《乞巧》之流亚也。骤以此语人,未必遽信,唯能细读之者,始知斯言之不为溢美耳。(宋　楼钥)

《题周美成词》:待制周公,元祐癸酉中为邑长于斯,其政敬简,民到于今称之者,固有余爱;而其尤可称者,于拨烦治剧之中,不妨舒啸,一觞一咏,句中有眼,脍炙人口者,又有余声洋洋乎在耳……抑又思公之词,其模写物态,曲尽其妙。(宋　强焕)

《详注周美成片玉集序》:周美成以旁搜远绍之才,寄情长短句,缜密典丽,流风可仰。其征辞引类,推古夸今,或借字用意,言言皆有来历,真足冠冕词林。(宋　刘肃)

《贵耳集》:美成以词行,当时皆称之,不知美成文章大有可观,惜以词掩其他文也。(宋　张端义)

《后村诗话》:周美成亦有才思者。集中有代内制作《春帖子》三十首,皆平平无警策。

美成颇偷古句。(宋　刘克庄)

《藏一话腴》:周邦彦字美成,自号清真。二百年来,以乐府独步。贵人、学士、市儇、妓女知美成词为可爱,而能知美成为何人者,百无一二也。盖公少为太学内舍选,年未三十作《汴都赋》,铺张扬厉,凡七千言,奏之,天子命近臣读于迩英阁,遂由诸生擢太学正,声名一日震耀海内。神宗上宾,哲宗置之文馆,徽宗列之郎曹,皆自文章而得。至于诗歌,自经史中流出,当时以诗名家如晁、张,皆自叹以为不及。如《薛侯马》《天赐白》……若此凡数百篇,岂区区学晚唐者可及耶……拟清真者,又当于乐府之外求之。(宋　陈郁)

《直斋书录解题》:邦彦博学多能,尤长于长短句自度曲,其提举大晟府亦由此,而他文未传。

清真词多用唐人诗句檃括入律,浑然天成。其在长调,尤善铺叙,富艳精工,词人之甲乙也。(宋　陈振孙)

《中兴以来绝妙词选》卷十引尹焕序梦窗词:求词于吾宋,前有清真,后有梦窗,此非焕之言,四海之公言也。(宋 黄昇)

《词源》:古之乐章、乐府、乐歌、乐曲,皆出于雅正。粤自隋唐以来,声诗间为长短句,至唐人则有《尊前》《花间集》。迄于崇宁,立大晟府,命周美成诸人讨论古音,审定古调,沦落之后,少得存者,由是八十四调之声稍传。而美成诸人又复增演慢曲、引、近,或移宫换羽,为三犯、四犯之曲,按月律为之,其曲遂繁。美成负一代词名,所作之词,浑厚和雅,善于融化词句,而于音谱且间有未谐,可见其难矣。

美成词只当看他浑成处,于软媚中有气魄,采唐诗融化为自己者,乃其所长,惜乎意趣却不高远。所以出奇之语,以白石骚雅句法润色之,真天机云锦也。(宋 张炎)

《山中白云词序》:丽莫若周,赋情近俚。(宋 邓牧)

《乐府指迷》:凡作词当以清真为主。盖清真最为知音,且无一点市井气,下字运意,皆有法度,往往自唐、宋诸贤诗句中来,而不用经史中生硬字面,此所以为冠绝也。学者看词,当以《周词集解》为冠。(宋 沈义父)

《词旨》:词不用雕刻,刻则伤气,务在自然。周清真之典丽,姜白石之骚雅,史梅溪之句法,吴梦窗之字面,取四家之所长,去四家之所短,此翁(指张炎)之要诀。(元 陆辅之)

《弇州山人词评》:《花间》以小语致巧,《世说》靡也;《草堂》以丽字取妍,六朝隃也。即词号称诗余,然则诗人不为也,何者?其婉娈而近情也,足以移情而夺嗜;其柔靡而近俗也,诗啴缓而就之,而不知其下也。之诗而词,非词也;之词而诗,非诗也。言其业,李氏、晏氏父子、耆卿、子野、美成、少游、易安至矣,词之正宗也。温、韦艳而促,黄九精而险,长公丽而壮,幼安辨而奇,又其次也,词之变体也。

美成能作景语,不能作情语;能入丽字,不能入雅字,以故价微劣于

柳。(明　王世贞)

《见山亭古今词选序》：诗降而为词，自《花间集》出而倚声始盛。其人虽有南唐、楚、蜀之殊，叩其音节，靡有异也。迨至宋，同叔、永叔、方回、叔原、子野，咸本《花间》而渐近流畅。耆卿专主温丽，或失之俚俗；子瞻专主雄浑，或失之肆；当其时，少游、鲁直、补之尽出其门……故论词于北宋，自当以美成为最醇。南渡以后，幼安负青兕之力，一意奔放，用事不休；改之、潜夫、经国尤而效之，无复词人之旨。由是尧章、邦卿别裁风格，极其爽逸芊艳；宗瑞、宾王、几叔、胜欲、碧山、叔夏继之。要其原，皆自美成出。(清　严沆)

《远志斋词衷》：僻调之多，以柳屯田为最，此外则周清真、史梅溪、姜白石、蒋竹山、吴梦窗、冯艾子，集中率多自制新调，余家亦复不乏。

清真乐章以短调行长调，故滔滔莽莽处，如唐初四杰作七古，嫌其不能尽变。(清　邹祗谟)

《词洁》：词工，则有目者可共为击节；调协，则非审音者不辨矣。柳永以乐章名集，其词芜累者十之八，必若美成、尧章，宫调、语句两皆无憾，斯为冠绝。

美成词乍近之觉疏朴苦涩，不甚悦口，含咀之久，则舌本生津。

美成如杜，白石兼王、孟、韦、柳之长，与白石并有中原者，后起之玉田也。(清　先著、程洪)

《皱水轩词筌》：长调推秦、柳、周、康为协律，然康唯《满庭芳》冬景一词可称禁脔，余多应酬铺叙，非芳旨也。周清真虽未高出，大致匀净，有柳欹花亸之致，沁人肌骨处，视淮海不徒娣姒而已。弇州谓其能入丽字不能入雅字，诚确。谓能作景语不能作情语，则不尽然，但生平景胜处为多耳。(清　贺裳)

《金粟词话》：宋人张玉田论词极推少游、竹屋、白石、梅溪、梦窗诸家，而稍拙美成。梦窗之词虽雕缋满眼，然情致缠绵微为不足，余独爱

其"除夕立春"一阕,兼有天人之巧。美成词如十三女子,玉艳珠鲜,政未可以其软媚而少之也。(清　彭孙遹)

《西圃词说》:渔洋王司冠云:"有诗人之词,唐、蜀、五代诸人是也;文人之词,晏、欧、秦、李诸君子是也;有词人之词,柳永、周美成、康与之之属是也;有英雄之词,苏、陆、辛、刘是也。"

弇州谓"美成能作景语,不能作情语",愚谓词中情景不可太分,深于言情者,正在善于写景。(清　田同之)

《四库全书总目提要·集部·词曲类·和清真词》:邦彦妙解音律,为词家之冠,所制诸调,非独音之平仄宜遵,即仄声字中上、去、入三声亦不容相混,所谓分刌节度,深契微芒,故方千里和词字字奉为标准。

《介存斋论词杂著》:美成思力独绝千古,如颜平原书,虽未臻两晋,而唐初之法至此大备,后有作者,莫能出其范围矣。

读得清真词,多觉他人所作,都不十分经意。

钩勒之妙,无如清真。他人一钩勒便薄,清真愈钩勒愈浑厚。(清　周济)

《宋四家词选·目录序论》:清真,集大成者也;稼轩,敛雄心,抗高调,变温婉,成悲凉;碧山餍心切理,言近旨远,声容调度,一一可循;梦窗奇思壮采,腾天潜渊,返南宋之清泚,为北宋之秾挚,是为四家,一代领袖,诸子莘莘,以方附庸……问涂碧山,历梦窗、稼轩,以还清真之浑化,余望于世之为词人者盖如此。

清真浑厚,正于钩勒处见,他人一钩勒便刻削,清真愈钩勒愈浑厚。少游最和婉醇正,稍逊清真者,辣耳。少游意在含蓄,如花初胎,故少重笔;然清真沉痛至极,仍能含蓄。

周、柳、黄、晁皆喜为曲中俚语,山谷尤甚,此当时之软平勾领,原非雅音。若托体近俳,而择言尤雅,是名本色俊语,又不可抹煞矣。

词笔不外顺逆反正,尤妙在复、在脱。复处无垂不缩,故脱处如望

海上,三山妙发,温、韦、晏、周、欧、柳推演尽致,南渡诸公,罕复从事矣。(清　周济)

《莲子居词话》:词至南宋始极其工,秀水创此论,为明季人孟浪言词者示救病刀圭,意非不足夫北宋也。苏之大,张之秀,柳之艳,秦之韵,周之圆融,南宋诸老,何以尚兹?(清　吴衡照)

《词概》:周美成词或称其无美不备。余谓论词莫先于品,美成词信富艳精工,只是当不得一个"贞"字。是以士大夫不肯学之,学之则不知终日意萦何处矣。

周美成律最精审,史邦卿句最警炼,然未得为君子之词者,周旨荡而史意贪也。(清　刘熙载)

《词学集成》:《词源》下卷第一条云:"……美成负一代词名,所作之词,浑厚和雅,善于融化诗句。而于音谱且间未谐,可见其难矣。"按:乐以和为贵,乐府之声安有不谐者?美成制作才,而间有未谐,此则余之所不解也。张氏亦第言其难,而不言所以未谐与所以难之故。其所谓未谐者,以余揣之,非造声之不克入律,实用字之未能审音也。至后之人,于字之不协者,欲易一字,于音虽协,或于语句未妥,更无可易之字,不得已用原字,歌时读作某音,此亦变通之一法也。

包慎伯大令(世臣)《月底修箫谱序》云:"词名倚声,声之得者又有三:"曰清、曰脆、曰涩。不脆则声不成,脆矣而不清,清矣而不涩则浮。屯田、梦窗以不清伤气,淮海、玉田以不涩伤格,清真、白石则能兼三矣。大家于'言外'之旨得矣,以云'意内',唯白石、玉田耳,淮海时时近之,清真、屯田皆去之弥远,而俱不害为可传者,则以其声之幺眇铿磐,恻恻动人,无色而艳,无味而甘故也。"

汪惟松云:"《茗柯词选》张皋文先生意在尊美成而薄姜、张,至苏、辛仅为小家,朱、厉又其次者。其词贵能有气,以气承接,通道如歌行然。又要有转无竭,全用缩笔包举时事,诚是难臻之诣。"按:常州派近

为词家正宗,然专尊美成,今取美成词读之,未能造斯境也。(清　江顺诒)

《宋七家词选》:清真之词,其意澹远,其气浑厚,其音节又复清妍和雅,最为词家之正宗。(清　戈载)

《白雨斋词话》:唐、五代词不可及处,正在沉郁……词至美成,乃有大宗。前收苏、秦之终,复开姜、史之始。自有词人以来,不得不推为巨擘。后之为词者,亦难出其范围。然其妙处,亦不外沉郁顿挫。顿挫则有姿态,沉郁则极深厚。既有姿态,又极深厚,词中三昧,亦尽于此矣。今之谈词者,亦知尊美成。然知其佳而不知其所以佳,正坐不解沉郁顿挫之妙。彼所谓佳者,不过人云亦云耳,摘论数条于后,清真面目可见一斑。

美成词极其感慨,而无处不郁,令人不能遽窥其旨……大抵美成词一篇皆有一篇之旨,寻得其旨,不难迎刃而解。否则病其繁碎重复,何足以知清真。

美成小令以警动胜,视飞卿色泽较淡,意态却浓。温、韦之外,别有独至处。

美成、白石各有至处,不必过为轩轾。顿挫之妙,理法之精,千古词宗,自属美成。而气体之超妙,则白石独有千古,美成亦不能至。

北宋之词,周、秦两家皆极顿挫沉郁之妙,而少游托兴尤深,美成规模较大,此周、秦之异同也。

周、秦词以理法胜,姜、张词以骨韵胜,碧山词以意境胜,要皆负绝世才,而又以沉郁出之,所以卓绝千古也。(清　陈廷焯)

《词坛丛话》:昔人谓东坡词胜于情,耆卿情胜词,秦少游兼而有之。然较之方回、美成,恐亦瞠于其后。

美成乐府,开合动荡,独有千古。南宋白石、梅溪皆祖清真,而能出入变化者。

美成词浑灏流转中,下字用意皆有法度,故其词名《清真集》。盖"清真"二字最难,美成真千古词坛领袖。(清　陈廷焯)

《云韶集》:美成词极顿挫之致,穷高妙之趣,前无古人,后无来者。

美成词大半皆以纡徐曲折制胜,妙于纡徐曲折中有笔力、有品骨,故能独步千古。(清　陈廷焯)

《复堂词话》:南渡词境高处,往往出于清真。(清　谭献)

《蒿庵论词》:盖屯田胜处,本近清真,而清真胜处,要非屯田所能到。(清　冯煦)

《词说》:词家正轨,自以婉约为宗,欧、晏、张、贺,时多小令,慢词寥寥,传作较少,逮乎秦、柳,始极慢词之能事。其后清真崛起,功力既深,才调尤高,加以精通律吕,奄有众长,虽率然命笔,而浑厚和雅,冠绝古今,可谓极词中之圣。(清　蒋兆兰)

《人间词话》:词之雅郑在神不在貌。永叔、少游虽作艳语,终有品格。方之美成、便有淑女与倡伎之别。

美成深远之致不及欧、秦,唯言情体物,穷极工巧,故不失为第一流之作者,但恨创调之才多,创意之才少耳。

诗人对宇宙人生,须入乎其内,又出乎其外。入乎其内,故能写之;出乎其外,故能观之;入乎其内,故有生气;出乎其外,故有高致。美成能入而不能出,白石以降,于此事皆未梦见。(清　王国维)

《人间词话删稿》:词之最工者,实推后主、正中、永叔、少游、美成,而后此南宋诸公不与焉。

唐五代之词,有句而无篇。南宋名家之词,有篇而无句。有篇有句,唯李后主降宋以后之作及永叔、子瞻、少游、美成、稼轩数人而已。(清　王国维)

《人间词话附录》:文学之事,其内足以摅己,而外足以感人者,意与境二者而已……温、韦之精艳,所以不如正中者,意境有深浅也。珠

玉所以逊六一，小山所以愧淮海者，意境异也。美成晚出，始以辞采擅长，然终不失为北宋人之词者，有意境也。（樊志厚叙二）

《清真先生遗事·尚论》： 先生诗文之外，兼擅书法，岳倦翁《法书赞》称其体具态全，董史皇《宋书录》谓其正行皆善，又《石刻铺叙·凤墅堂帖》第二十卷中，刻有周清真书，古人能事之多，自不可恻也。

先生于诗文无所不工，然尚未尽脱古人蹊径。平生著述自以乐府为第一，词人甲乙，宋人早有定论，唯张叔夏病其意趣不高远。然北宋人如欧、苏、秦、黄，高则高矣，至精工博大，殊不逮先生。故以宋词比唐诗，则东坡似太白，欧、秦似摩诘，耆卿似乐天，方回、叔原则大历十子之流，南宋唯一稼轩可比昌黎，而词中老杜，则非先生不可。昔人以耆卿比少陵，犹为未当也。

先生之词，陈直斋谓其"多用唐人诗句檃括入律，浑然天成"。张玉田谓其"善于融化诗句"，然此不过一端，不如强焕云"模写物态，曲尽其妙"为知言也。

境界有二：有诗人之境界，有常人之境界。诗人之境界唯诗人能感之而能写之，故读其诗者，亦高举远慕，有遗世之意，而亦有得有不得，且得之者亦各有深浅焉。若夫悲欢离合、羁旅行役之感，常人皆能感之，而唯诗人能写之，故其入于人者至深，而行于世也尤广。先生之词属于第二种为多，故宋时别本之多，他无与匹。

故先生之词，文字之外须兼味其音律。唯词中所注宫调不出教坊十八调之外，则其音非大晟乐府之新声，而为隋、唐以来之燕乐，固可知也。今其声虽亡，读其词者，犹觉拗怒之中自饶和婉，曼声促节，繁会相宜，清浊抑扬，辘轳交往，两宋之间，一人而已。（清　王国维）

《蕙风词话》： 宋词深致能入骨，如清真、梦窗是。（清　况周颐）